EL ELEGIDO

Planeta Internacional

ANDREW GROSS

EL ELEGIDO

Traducción de Alejandro Romero

 Planeta

Esta es una obra de ficción. Todos los personajes, organizaciones y eventos retratados en estela novela son productos de la imaginación del autor o se usan de manera ficticia.

Diseño de portada: Genoveva Saavedra
Imágenes de portada: © Shutterstock / Ysbrand Cosijn (hombre); Roman Fox (Campo de concentración); Militarist (medalla nazi) y Zodiact (fondo).
Fotografía del autor: © Lynn Gross

Título original: *The One Man*

© 2016, Andrew Gross

Traducción: Alejandro Romero

Derechos reservados

© 2019, Editorial Planeta Mexicana, S.A. de C.V.
Bajo el sello editorial PLANETA M.R.
Avenida Presidente Masarik núm. 111, Piso 2
Colonia Polanco V Sección
Delegación Miguel Hidalgo
C.P. 11560, Ciudad de México
www.planetadelibros.com.mx

Primera edición en formato epub: enero de 2019
ISBN: 978-607-07-5364-0

Primera edición impresa en México: enero de 2019
ISBN: 978-607-07-5360-2

No se permite la reproducción total o parcial de este libro ni su incorporación a un sistema informático, ni su transmisión en cualquier forma o por cualquier medio, sea éste electrónico, mecánico, por fotocopia, por grabación u otros métodos, sin el permiso previo y por escrito de los titulares del *copyright*.

La infracción de los derechos mencionados puede ser constitutiva de delito contra la propiedad intelectual (Arts. 229 y siguientes de la Ley Federal de Derechos de Autor y Arts. 424 y siguientes del Código Penal).

Si necesita fotocopiar o escanear algún fragmento de esta obra diríjase al CeMPro (Centro Mexicano de Protección y Fomento de los Derechos de Autor, http://www.cempro.org.mx).

Impreso en los talleres de Litográfica Ingramex, S.A. de C.V.
Centeno núm. 162-1, colonia Granjas Esmeralda, Ciudad de México
Impreso y hecho en México – *Printed and made in Mexico*

A mi suegro, Nate Zorman, por las historias contadas y aquellas que aún no se han contado.

Varios informes recientes dados a conocer tanto en periódicos como a través del servicio secreto dan indicios de que los alemanes podrían tener en su poder una nueva y poderosa arma, la cual se espera que estará lista entre noviembre y enero (1944). Al parecer, existen altas probabilidades de que esta nueva arma se trate del programa Tube Alloy (investigación clandestina para desarrollar armas nucleares, es decir, uranio). No hace falta describir las consecuencias que podrían suscitarse si esto resulta ser cierto.

Es posible que los alemanes tengan, para finales de este año, suficiente material para producir una gran cantidad de artefactos, los cuales verían la luz al mismo tiempo en Inglaterra, Rusia y este país. En este caso, la esperanza de neutralizarlos sería casi nula... Esto podría dejar particularmente a Gran Bretaña en una posición en extremo precaria, pero existiría la esperanza de que nuestro lado pudiese contraatacar antes de perder la guerra, siempre y cuando el ritmo al cual opera nuestro propio programa Tube Alloy se acelere drásticamente durante las siguientes semanas.

Edward Teller y Hans Bethe,
físicos participantes en el Proyecto Manhattan,
a Robert Oppenheimer
21 de agosto de 1943

PRÓLOGO

La habitación privada se encuentra en el cuarto piso del ala geriátrica del Hospital Edward Hines Jr. para Veteranos en las afueras de Chicago. Hombres viejos y encorvados se desplazan por los pasillos con sus batas de hospital, con enfermeras escoltándolos y catéteres en los brazos.

Entra la mujer, de unos cincuenta y tantos años pero aún con una apariencia juvenil, bien vestida, con una chaqueta acolchada y corta de Burberry, una bufanda color verde olivo y su oscuro cabello atado en una cola de caballo. Ve a su padre sentado en una silla; nunca le había parecido tan pequeño, tan frágil, ni siquiera en los dos meses posteriores al funeral. Por primera vez alcanza a distinguir las huesudas y prominentes líneas de sus mejillas, aunque mantiene una cabellera notablemente abundante, canosa pero no del todo blanca. Una manta cubre su regazo y la televisión está encendida: CNN. Si había algo que nunca fallaba, incluso a la mitad de un juego de los Osos de Chicago durante el Día de Acción de Gracias y con todos los nietos a su alrededor, era su papá pidiendo que pusieran las noticias. «¡Sólo para enterarme de lo que está pasando! ¿Qué tiene de malo?» Sin embargo, esta vez no ve nada más que el vacío, con la mirada en blanco.

Ella se percata de que le tiembla la mano.

—¿Papá?

La enfermera del turno diurno que está sentada frente a él deja su libro y se levanta.

—¡Mire quién está aquí!

Él apenas aparta la mirada del televisor; ya no escucha tan bien del lado derecho. Su hija entra y le sonríe a la enfermera, una robusta mujer negra de Santa Lucía, a quien contrataron para estar prácticamente todo el tiempo con él. Cuando su padre por fin la ve, su rostro se ilumina y esboza una sonrisa.

—Hola, mi cielo.

—Te dije que vendría, papá. —Ella se agacha para darle un abrazo y un beso en la mejilla.

—Te he estado esperando —le dice él.

—¿Ah, sí?

—Claro. ¿Qué otra cosa podría hacer aquí?

La mirada de la mujer se dirige a la repisa que se encuentra junto a su cama, más específicamente a las cosas que trajo consigo y colocó ahí después de su última visita, un mes atrás: la placa de «Hombre del Año» del Colegio de Abogados del Norte de Illinois que estaba en la pared de su oficina; la foto de sus padres en la Gran Muralla China; una foto del yate *Hatteras,* de once metros, que tenía en Jupiter, Florida, el cual ya habían puesto a la venta; fotos de sus nietos, entre los que se encontraban los hijos de ella, Luke y Jared.

Recuerdos de una vida plena y feliz.

—Greg dijo que vendría un poco más tarde. —Su esposo—. Tenía algunos negocios que atender. —Por negocios se refería a algunos asuntos que tenía que resolver con relación a la vieja casa en Highland Park y a algunas cuestiones relativas a la herencia de su madre.

Su padre alza la mirada.

—¿Negocios? ¿Aquí?

—Algunas cosas sin mayor importancia, papá… No te preocupes, nosotros nos encargaremos.

Su padre asiente dócilmente.

—Está bien.

Hace un año, se habría puesto sus lentes y habría insistido en revisar cada documento y factura él mismo.

Ella acaricia con afecto su cabellera, muy abundante aún.

—Así que... noventa y dos, ¿eh? Sigues luciendo bastante guapo, papá.

—No tan mal para un viejo. —Se encoge de hombros con una sonrisa huesuda—. Pero tampoco estoy para correr maratones.

—Bueno, tal vez el próximo año, ¿no? —le dice mientras aprieta su brazo—. ¿Y cómo está en verdad? —le pregunta a la enfermera—. Espero que se esté comportando.

—Oh, siempre se comporta —responde ella. Se ríe—. Pero, de hecho, no ha hablado mucho estos últimos días, desde que falleció su esposa. Duerme mucho. A veces damos un paseo por el hospital. Tiene algunos amigos a los que le gusta ir a visitar. La mayor parte del tiempo permanece sentado, justo como está ahora, y ve la tele. Le gustan las noticias, desde luego. Y el beisbol...

—A decir verdad, nunca ha sido un hombre de muchas palabras —admite su hija—. A no ser que se trate de negocios. O sus preciados Cachorros. Los adora. Sobre todo, considerando que ni siquiera sabía lo que era el beisbol cuando vino a este país. Ciento siete años y contando, ¿verdad, papá?

—Pero no me rindo —responde con una sonrisa.

—No, apuesto a que no. Oye, ¿quieres dar una vuelta conmigo? —Se agacha junto a él y toma su mano temblorosa—. Te contaré sobre Luke. Acaba de ser aceptado en Northwestern. Tu alma máter, papá. Es un chico inteligente. Y está en el equipo de lucha. Igual que tú...

Una mirada de preocupación aparece en el rostro de su padre.

—Dile que tenga cuidado con esos granjeros de la Universidad de Michigan. Son muy grandes. Y hacen trampa... Sabes que son...

Por el sonido que hace, parece como si quisiese agregar algo. Algo importante. Pero sólo asiente, se reclina en su silla y se queda contemplando el vacío. Sus ojos se oscurecen.

Ella acaricia su mejilla.

—¿En qué piensas todo el tiempo, papá? No sabes cómo desearía que me dejaras entrar en tu mente, aunque sea por una vez.

—Es probable que no piense en mucho, no desde... —dice la enfermera, evitando mencionar a su esposa—. No estoy muy segura de que esté del todo consciente de lo que sucede a su alrededor.

—Claro que estoy consciente —responde él de golpe—. Perfectamente consciente. —Voltea a ver a su hija—. Es sólo que... olvido algunas cosas de vez en cuando. ¿Dónde está tu madre? —Mira a su alrededor, como si esperase verla en su silla—. ¿Por qué no está aquí?

—Mamá ya no está con nosotros, papá —dice su hija—. Murió. ¿Recuerdas?

—Ah, sí, murió —asiente y sigue mirando al vacío—. A veces me confundo.

—Siempre había sido un hombre muy enérgico —le dice su hija a la enfermera—. Aunque también es verdad que siempre tuvo una especie de tristeza que nunca llegamos a comprender del todo. Siempre creímos que se debía al hecho de haber perdido a toda su familia en Polonia durante la guerra. Nunca supo qué fue de ellos. Alguna vez intentamos rastrearlos, sólo para descubrir lo que en verdad les había ocurrido. Existen registros, pero él nunca quiso saber lo que contenían, ¿verdad, papá?

Su padre se limita a asentir, su mano izquierda sigue temblando.

—Mira, tengo algo que mostrarte. —Saca una bolsa de plástico de su bolso que contiene algunas cosas que le gustan: la revista *The Economist*, unas cuantas fotos nuevas de sus nietos, una barra de chocolate Ghirardelli—. Encontramos algo... mientras limpiábamos la casa. Estábamos revisando algunas de las cosas viejas que mamá tenía guardadas en el ático. —Saca una caja de cigarros de la bolsa—. Mira lo que encontramos...

Abre la caja. Hay algunas fotografías viejas. Una de su padre y su madre durante la Segunda Guerra Mundial, recibiendo una medalla de dos militares de alto rango. Un pasaporte viejo y papeles de la milicia. Una foto en blanco y negro, pequeña y arrugada, de una mujer rubia y hermosa en un bote de remos, con el borde delantero de su gorra blanca levantado. La primera página de un concierto de Mozart partida a la mitad y pegada con cinta adhesiva. Una lustrosa pieza de ajedrez blanca. Una torre.

Por un segundo, los ojos de su padre parecen iluminarse levemente.

—Y esto... —Le muestra una bolsa de terciopelo y saca algo de ella.

Es una medalla. Una cruz de bronce con un águila que cuelga de un listón azul y rojo. La bolsa tiene algo de polvo; se nota que lleva mucho tiempo guardada en la caja. Ella pone la medalla sobre la palma de su mano.

—No es una medalla cualquiera, papá. Es la Cruz por Servicio Distinguido.

El anciano contempla la medalla por un segundo antes de apartar la mirada. Claramente, no está feliz de verla.

—Sólo la otorgan por actos de extrema valentía. Los chicos investigaron al respecto. Jamás solías tocar el tema de tus experiencias durante la guerra, cuando vivías en Polonia. Sólo sabemos que estuviste en...

Se detuvo. Siempre que el tema se desviaba a los horrores vividos en «los campos», su padre se apartaba o salía de la habitación. Por varios años se negó incluso a usar manga corta, y nunca le mostraba a nadie su número.

—Mira... —le dice mientras le entrega una foto de él con un grupo de oficiales militares—. Ni siquiera habíamos visto esta foto antes. ¿Cómo es posible? Fuiste un héroe.

—No fui un héroe. —Sacude la cabeza—. No lo entiendes.

—Entonces ayúdame a entender —le dice su hija—. Siempre hemos querido saber la verdad, por favor.

Abre la boca, como si se dispusiese a decir algo al fin, pero entonces sacude la cabeza y vuelve a contemplar el espacio.

—Si no hiciste algo importante, ¿por qué te dieron esa medalla? —le pregunta. Le muestra la fotografía de la hermosa mujer en el bote—. ¿Y quién es ella? ¿Acaso era parte de tu familia ahí, en Polonia?

—No, no era parte de mi familia…

Esta vez su padre toma la partitura y la observa con detenimiento. Hay un brillo distante en sus ojos. Una sonrisa tal vez, algo enterrado tiempo atrás que ha vuelto a la vida inesperadamente.

—Así son muchos —dice la enfermera—. No quieren recordar los viejos tiempos. Sólo guardan todos esos recuerdos por siempre, hasta que…

—Dolly… —murmura finalmente su padre.

—¿Dolly? —Su hija toca su brazo.

—Era la abreviatura de *Doleczki*. Quiere decir «hoyuelos». —Una sonrisa casi imperceptible se dibuja en su rostro—. Ella tocaba tan bello en ese entonces.

—¿Quién, papá? Por favor, dime quién es ella. Y cómo te ganaste esto. —Coloca la medalla en la palma de su mano—. Ya no hay motivo para que sigas ocultándolo.

Su padre deja escapar un suspiro, un suspiro que parecía haber estado conteniendo toda una vida. Finalmente, voltea a ver a su hija.

—¿En verdad quieres saber?

—Sí. —Se sienta junto a él—. Todos queremos saber, papá.

Él asiente.

—Entonces, tal vez ha llegado el momento. —Mira la fotografía de nuevo. Los recuerdos lo invaden como las arenas del desierto cubren una tumba con el paso del tiempo—. Sí, tengo una historia. Pero si en verdad quieres conocerla toda, debes saber que no empieza con ella. —Deja la fotografía sobre la mesa—. Comienza con dos hombres. En un bosque. En Polonia.

—Dos hombres… —repite su hija, tratando de alentarlo a que siga hablando—. ¿Y qué hacían ellos?

—Corrían. —El anciano desvía la mirada, pero esta vez sus ojos están llenos de vida y recuerdos—. Corrían por sus vidas…

PRIMERA PARTE

1

Abril, 1944

El ladrido de los perros se escuchaba cada vez más cerca, ya debían estar a unos cuantos metros de distancia.

Los dos hombres se abrieron paso entre rasguños por el tupido bosque polaco de noche, aferrados a la orilla del río Vístula, a unos cuantos kilómetros de Eslovaquia. Sus cuerpos debilitados clamaban de agotamiento, no resistirían mucho más. Su ropa estaba andrajosa y sucia; se habían deshecho ya de los zuecos mal ajustados que calzaban, los cuales resultaban inútiles en el espeso bosque, y por su hedor parecían más un par de animales cazados que hombres.

Pero al fin la persecución había terminado.

—*Sie sind hier!* —Escucharon los gritos en alemán detrás de ellos—. ¡Por aquí!

Durante tres días y tres noches, se escondieron bajo las pilas de madera que se encontraban afuera del alambrado perimetral del campo. También ocultaron su aroma de los perros utilizando una mezcla de tabaco y queroseno. Al pasar junto a ellos, escuchaban el sonido de las botas de los guardias, a unos centímetros de ser descubiertos y arrastrados de vuelta hacia una muerte inimaginable para cualquier hombre, incluso en ese lugar.

Después, en la tercera noche, salieron a rastras de su escondite, cubiertos por la oscuridad. Viajaban sólo de noche y robaban los restos de comida que encontraban en las granjas en su camino: nabos, papas crudas y calabacines. Los devoraban como animales famélicos. En todo caso, era mejor que la asquerosa basura con la que los habían mantenido vivos a lo largo de los últimos dos años. Como sus cuerpos se habían desacostumbrado a ingerir sólidos, vomitaron. Alfred se había torcido el tobillo ayer y ahora intentaba seguir adelante con una extremidad incapacitada.

Pero alguien los había visto. Unos cientos de metros atrás escucharon a los perros y los gritos en alemán que se incrementaban cada vez más.

—*Hier entlang!* ¡Por aquí!

—¡Vamos, Alfred! ¡Rápido! —exhortaba el más joven a su amigo—. Tenemos que seguir avanzando.

—No puedo. No puedo. —De pronto, el hombre que cojeaba se tropezó y cayó en un dique, sus pies sangraban en carne viva. Se quedó ahí sentado, al borde del agotamiento—. No puedo más. —Escucharon los gritos de nuevo, más cercanos esta vez—. ¿Qué caso tiene? Se acabó. —La resignación en su voz confirmaba lo que ambos ya sabían en el fondo de su corazón: esta era una causa perdida. Habían sido derrotados. Habían recorrido tanto, pero estaban a unos cuantos minutos de ser alcanzados por sus perseguidores.

—Alfred, tenemos que seguir avanzando —insistió su amigo. Corrió por la ladera y trató de levantar a su compañero fugitivo, quien, incluso en su débil estado, se sentía como un peso muerto.

—Rudolf, no puedo. No tiene caso. —El hombre herido sólo se quedó ahí sentado, totalmente rendido—. Tú sigue adelante. Toma… —Le entregó a su amigo la bolsa que venía cargando. La prueba que necesitaban para salir de ahí: listas de nombres, fechas y mapas. La prueba irrefutable de los crímenes atroces que el mundo tenía que conocer—. ¡Vete! Les diré que te perdí de vista hace horas. Así tendrás algo de tiempo.

—No. —Rudolf lo levantó—. ¿No juraste acaso que no morirías allá, en ese infierno? ¿Sólo para dejarte morir aquí…?

Podía verlo en la mirada de su amigo. Lo había visto ya en cientos de miradas en el campo, en los ojos de aquellos que se habían dado definitivamente por vencidos. Miles de ojos.

A veces morir es más sencillo que seguir peleando.

Alfred se quedó ahí, respirando con dificultad, casi sonriendo.

—Ahora vete.

Proveniente del bosque, a unos metros de distancia, escucharon un chasquido. El sonido de alguien amartillando un rifle.

Se quedaron congelados.

Se acabó, se percataron ambos a la vez. Los habían encontrado. El miedo hizo que el corazón les diera un vuelco.

Dos hombres salieron de la oscuridad. Ambos portaban atuendos de civiles y rifles; sus rostros tenían un aspecto áspero y estaban cubiertos de hollín. Claramente no se trataba de soldados. Tal vez eran granjeros del lugar. Quizá los mismos que los habían entregado.

—¿Resistencia? —preguntó Rudolf. El último rayo de esperanza que quedaba en su cuerpo destellaba en su mirada.

Por un instante, ninguno de los dos hombres habló. Uno de ellos se limitó a amartillar su arma. Después, el más grande de los dos, un hombre de barba que portaba una gorra de caza arrugada, asintió.

—¡Entonces ayúdenos, por favor! —imploró Rudolf en polaco—. Venimos del campo.

—¿El campo? —El hombre observó sus uniformes de rayas sin comprender.

—¡Miren! —Rudolf estiró el brazo y les mostró los números que tenía tatuados en la piel—. Auschwitz.

A juzgar por la intensidad del ladrido de los perros, estaban a punto de alcanzarlos. Sólo era cuestión de unos metros más. El hombre de gorra miró el lugar de donde provenía el sonido y asintió.

—Toma a tu amigo y sígueme.

2

Principios de mayo
Washington, D. C.

Esta era la primera vez que se le había invitado a sentarse en compañía de gente tan importante, y el capitán Peter Strauss esperaba que, después de lo que tenía pensado proponer, no sería la última.

Era una tarde de lunes lluviosa, y los ánimos alrededor de la mesa en el Despacho Oval de la Casa Blanca eran tan sombríos como los cielos plomizos de afuera. La noticia respecto a los dos fugitivos, Rudolf Vrba y Alfred Wetzler, había llegado a oídos del círculo de confianza del presidente Roosevelt unos cuantos días después de que estos hubieran logrado cruzar la frontera polaca rumbo a Eslovaquia.

Como uno de los oficiales más jóvenes de la Oficina de Servicios Estratégicos (OSS) a cargo de Bill Donovan, donde ya era el jefe de operaciones, y ya que él mismo era judío, Strauss sabía que las sospechas de que existían campos nazis de exterminio, y no sólo de trabajos forzados, circulaban desde 1942, cuando se filtraron varios informes provenientes de grupos de judíos europeos de que cien mil de ellos habían sido obligados a abandonar los guetos de Varsovia y Łódź, y probablemente habían sido asesinados. Pero los relatos de primera mano de los dos fugitivos de Auschwitz, reafirmados por los documentos que habían sustraído de las oficinas administrativas de los campos, los cuales detallaban nombres, números y los procesos casi industriales de exterminio masivo, confirmaban los peores temores en la mente de todos.

Alrededor de la mesa oval, Roosevelt, acompañado de su secretario de Guerra, Henry Stimson; el secretario del Tesoro, Robert Morgenthau; William Donovan, su jefe de espionaje y líder de la Oficina de Servicios Estratégicos; y el ayudante de Donovan, el capitán Peter Strauss, revisaban con cuidado el informe y evaluaban su significado. Lo que resultaba aún más preocupante eran las declaraciones de los fugitivos, quienes aseguraban que los campos de concentración se expandían con rapidez y que el ritmo de las exterminaciones masivas, por medio de asfixia por gas, se había incrementado. Miles y miles eran sistemáticamente eliminados cada semana.

—Y este es sólo uno de los muchos lugares de exterminio que existen —expresó sombríamente Morgenthau, quien también era judío y cuya prominente familia de banqueros, oriunda de Nueva York, había procurado que los relatos de los fugitivos llegaran a manos del presidente—. Los informes sugieren que hay muchas docenas más. Hay familias completas que son enviadas a las cámaras de gas tan pronto como llegan. Incluso pueblos enteros.

—¿Y cuáles son nuestras opciones, caballeros? —El desalentado Franklin D. Roosevelt observó a todos los presentes en la mesa. Un tercero y sangriento año en guerra, el nerviosismo por la invasión que se avecinaba, la decisión de postularse para un cuarto mandato y el avance de su enfermedad paralizante habían hecho estragos en él, pero no habían logrado disminuir el tono de lucha en su voz—. No podemos quedarnos sentados y permitir que sigan sucediendo estos actos inadmisibles ni un minuto más.

—El Congreso Judío y el Comité para Refugiados nos imploran que bombardeemos el campo —le aconsejó el secretario del Tesoro—. Simplemente no podemos seguir cruzados de brazos más tiempo.

—¿Y qué lograríamos exactamente con eso? —preguntó Henry Stimson, quien había servido en el mandato de dos presidentes anteriores a Roosevelt y había regresado del retiro para dirigir la Secretaría de Guerra en el país—. Sólo matar a muchos prisioneros inocentes. Nuestros bombarderos apenas pueden ir y regresar con una carga completa. Sufriríamos pérdidas considerables. Y bien sabemos que vamos a necesitar todos y cada uno de esos aviones para lo que viene.

La fecha era mayo de 1944, habían llegado rumores, incluso hasta el nivel de Strauss, acerca de los preparativos finales que se llevaban a cabo para la próxima invasión de Europa.

—Entonces, al menos podríamos arruinar sus planes y bombardear las vías del tren —le suplicó Morgenthau, quien estaba desesperado por convencer al presidente de tomar las medidas necesarias—. Los prisioneros son llevados hasta ahí en trenes cerrados. Cuando menos con eso lograríamos desacelerar el ritmo con el que se realizan los exterminios.

—¿Bombarderos volando sobre Europa de noche y lanzando ataques de precisión en vías de tren? Y como usted dice, existen muchos de estos campos, ¿cierto? —Stimson expresó su escepticismo—. Señor presidente, me parece que lo mejor que podemos hacer por estas pobres personas es llegar hasta ellas y liberarlas lo más rápido posible. No patrocinar ataques mal planeados, desde mi punto de vista.

El presidente tomó aire y se quitó los lentes de armazón de alambre; los profundos surcos alrededor de sus ojos reflejaban el aspecto pálido de un hombre en conflicto. Muchos de sus amigos más allegados eran judíos y le exigían que se tomaran acciones. Su mandato había introducido más judíos al gobierno que ningún otro anterior a él. Y, como un ser compasivo y humano que siempre buscaba brindar esperanza y elevar al hombre común, sentía más repudio por el informe de atrocidades que acababa de leer que por cualquier otro que hubiese llegado a su escritorio durante la guerra, incluso más que por la trágica pérdida de vidas estadounidenses en las playas del Pacífico o de tropas en el mar camino a Inglaterra.

Sin embargo, realista como era, Roosevelt sabía que su secretario de Guerra tenía razón. Había demasiados asuntos por delante, todos ellos de suma importancia. Además, los grupos antijudíos seguían teniendo fuerza en el país y, pensando en ganar una cuarta elección, los informes sobre bajas en el ejército por tratar de salvar predominantemente vidas judías no serían muy bien recibidos.

—Bob, sé lo duro que esto es para ti. —Colocó su mano sobre el hombro de su secretario del Tesoro—. Te aseguro que es duro para todos nosotros. Lo que nos lleva a la razón por la que estamos aquí reunidos esta noche, caballeros. Nuestro proyecto especial. ¿«Catfish», se llama? —Miró al líder de la oss, el coronel Donovan—. Dime, Bill, ¿tenemos alguna esperanza real de que este proyecto siga adelante?

«Catfish» era el nombre conocido sólo por algunos cuantos para la operación encubierta que Strauss tenía a su cargo, la cual consistía en sacar de contrabando a un individuo en particular de Europa: un judío polaco, quien, según la gente de Roosevelt, era fundamental si querían ganar la guerra.

Ya desde 1942 se había descubierto que a los portadores de ciertos documentos de identidad latinoamericanos se les daba un trato especial en Varsovia. Durante varios meses, a cientos de judíos polacos y holandeses se les habían emitido documentos falsificados de Paraguay y El Salvador para lograr salir de Europa. Muchos habían llegado hasta el norte de Francia, donde eran recluidos en un centro de detención en la localidad de Vittel mientras sus casos eran analizados por escépticos funcionarios alemanes. Por mucho que los nazis dudaran de la autenticidad de estos papeles, no podían darse el lujo de molestar a los países latinoamericanos neutrales, cuyos regímenes autoritarios de hecho simpatizaban con su causa. La manera en que estos refugiados en particular habían logrado adquirir dichos papeles, que se compraban en secreto a través de emisarios antinazis en las embajadas paraguayas y salvadoreñas de Berna, así como su dudosa procedencia, había sido siempre un asunto turbio. Lo que tampoco resultaba claro era cómo los contactos que simpatizaban con Estados Unidos se las habían ingeniado para llevarlos hasta las manos del mismísimo sujeto (alias «Catfish») que trataban de sacar a escondidas junto con su familia. Durante un tiempo, las perspectivas parecían esperanzadoras. En dos ocasiones se había logrado arreglar un transporte que los sacara de Europa por Holanda y Francia. Sin embargo, los alemanes bloquearon su salida en cada ocasión. Luego, tan sólo tres meses atrás, un informante de Varsovia había dado a conocer los presuntos orígenes de los papeles, y ahora el destino de todos los judíos de Vittel, incluido el de aquel a quien deseaban con tanta desesperación, estaba por completo en el aire.

—Me temo que nos hemos topado con un obstáculo, señor presidente —dijo Donovan—. Ni siquiera estamos seguros de que esté ahí.

—O si lo está, no sabemos si aún sigue con vida… —añadió Stimson, el secretario de Guerra—. Hemos perdido todo contacto con la situación.

Los emisarios que habían difundido los documentos habían sido arrestados y se encontraban ahora en prisiones nazis.

—Me dicen que todavía necesitamos a este hombre. A toda costa. —El presidente se dirigió al secretario de Guerra—. ¿Esto sigue siendo cierto?

—Como a ningún otro —asintió Stimson—. Casi lo logramos en Róterdam, incluso habíamos reservado un transporte. Pero ahora… —Sacudió la cabeza sombríamente, tomó su pluma y señaló un pequeño punto en el mapa de Europa que se encontraba en el atril junto a la mesa de conferencias.

Un lugar llamado Oświęcim. En Polonia.

—¿Oświęcim? —Roosevelt se puso nuevamente los anteojos.

—Oświęcim es el nombre polaco para Auschwitz, señor presidente —dijo el secretario de Guerra—. Que, a la luz del informe que acabamos de leer, es el motivo por el que todos estamos aquí.

—Ya veo —asintió el presidente—. ¿Así que ahora es uno más de los cinco millones de judíos sin rostro que han sido sacados de sus hogares a la fuerza, sin papeles y sin identidad?

—Y tampoco sabemos cuál será su destino… —dijo Morgenthau, sacudiendo seriamente la cabeza.

—Es el destino de todos nosotros el que está en juego, caballeros —dijo Roosevelt mientras empujaba su silla de ruedas fuera de la mesa—. Y ustedes están aquí para decirme que hemos hecho todo lo posible para encontrar a este hombre y sacarlo de ahí, y que ahora está perdido. Nosotros hemos perdido.

Le dio la vuelta a la mesa. Por un instante, nadie respondió.

—Tal vez no hemos perdido del todo, señor presidente. —El líder de la oss se inclinó hacia adelante—. Mi colega, el capitán Strauss, ha analizado la situación detenidamente y cree que podría existir una última opción…

—¿Una última opción? —La mirada cansada del presidente se enfocó en el joven ayudante.

—Sí, señor.

El capitán tenía la apariencia de un hombre de unos treinta años; también parecía haber comenzado a perder algo de cabello, tenía la pinta de un graduado de la Escuela de Leyes de Columbia. Un joven bastante inteligente, según le habían dicho a Roosevelt.

—Muy bien, hijo, tiene mi atención —dijo el presidente.

Strauss aclaró su garganta y miró a su jefe una última vez. Luego abrió su fólder.

—Adelante —le dijo Donovan asintiendo—. Cuéntale tu plan.

3

Enero, cuatro meses antes
El centro de detención de Vittel
en Francia durante la ocupación alemana

—¡Papá, papá, despierta! ¡Están aquí!

El estridente sonido de los silbatos atravesó el aire frío de la mañana. El doctor Alfred Mendl despertó en su estrecha litera, abrazado a su esposa, Marte, protegiéndola del frío de enero. Su hija, Lucy, estaba de pie junto a ellos, nerviosa y agitada. Había estado frente a la ventana cubierta con una manta en la angosta habitación, la cual estaba diseñada para albergar a lo mucho cuatro personas, pero que ahora compartían con catorce. No era el lugar idóneo para que una joven pasara su vigésimo segundo cumpleaños, como había sido su caso la noche anterior. Amontonados en colchones infestados de piojos, durmiendo en medio de sus descuidadas maletas y escasas pertenencias, todos se agitaron entre sus mantas y abrigos previendo algo que claramente estaba pasando.

—¡Papá, mira!

En el terreno de afuera, la *milice* francesa iba de habitación en habitación, golpeando las puertas con sus bastones.

—¡Levántense! Salgan de la cama, judíos holgazanes. Todos los que tengan pasaportes extranjeros agarren sus cosas y vengan con nosotros. ¡Van a marcharse!

El corazón de Alfred dio un vuelco. Después de ocho duros meses, ¿al fin había llegado el momento?

Saltó de la cama, aún con sus pantalones de *tweed* arrugados y su camiseta de lana que lo mantenían cálido. Todos habían dormido con su ropa más abrigadora durante casi todas las noches por varios meses, y la lavaban siempre que tenían la oportunidad. Casi se tropieza con la familia que estaba acostada en el suelo junto a ellos. Cada mes, se turnaban los lugares para dormir.

—¡Quiero a todos los que tengan pasaportes extranjeros con las maletas hechas y afuera! —les ordenó un oficial vestido de negro después de abrir la puerta de golpe.

—¡Marte, levántate! Junta todo. ¡Tal vez hoy sea el día! —le dijo a su esposa con un sentimiento de esperanza, una esperanza que había sido pisoteada muchas veces en el último año.

La habitación cobraba vida lentamente mientras todos los presentes murmuraban. La luz apenas entraba por las ventanas cubiertas por las mantas. Vittel era un centro de detención en el noreste de Francia. De hecho, el centro constaba de cuatro hoteles de seis pisos que formaban un círculo alrededor de un gran patio; no eran precisamente hoteles de «cuatro estrellas», como solían bromear entre ellos, ya que estaban rodeados por tres hileras de alambre de púas y vigilados por patrullas alemanas. Había miles de personas encerradas ahí, incluidos prisioneros políticos y ciudadanos de países neutrales, o enemigos que los alemanes esperaban intercambiar. Por otra parte, a los judíos, en su mayoría de ascendencia polaca y holandesa, cuyo destino estaba en las manos de Berlín, se les mantenía juntos en un solo lugar. El oficial francés que entró en su habitación se abrió paso entre los cuerpos susurrantes, picándolos con el bastón.

—¿Acaso no me escucharon? Todos ustedes, los quiero de pie y con sus pertenencias. ¡Rápido, rápido! ¿Por qué pierden el tiempo? Se van de aquí.

A los que se movían con lentitud los empujaba bruscamente con su bastón y de una patada abría sus maletas, las cuales estaban esparcidas por el suelo.

—¿A dónde vamos? —preguntaba la gente en múltiples idiomas y acentos: polaco, yidis y un francés muy malo, mientras se apresuraban a preparar sus cosas.

—Ya verán. Sólo muévanse. Ese es mi único trabajo. Ese y recoger sus papeles. Ya lo descubrirán abajo.

—¡Recoger nuestros papeles! —Alfred miró a Marte y a Lucy con el corazón esperanzado. ¿Al fin habría llegado su momento? Su familia y él habían esperado ahí durante tanto tiempo. Ochos duros meses, después de haberse abierto camino con los documentos de identidad falsificados que habían llegado a sus manos por parte del emisario de la embajada de Paraguay en Varsovia. Primero hasta la frontera suiza por Eslovaquia y Austria, donde fueron rechazados; luego en tren por el territorio ocupado de Francia a Holanda, siempre bajo la protección de la embajada paraguaya en Varsovia, haciéndose pasar por un extranjero empleado como docente en la Universidad de Leópolis. En una ocasión lograron llegar hasta el muelle de Róterdam, donde abordarían un buque de carga sueco, el *Prinz Eugen*, que los llevaría hasta Estocolmo. Llegaron con los pasaportes en mano sólo para ser rechazados de nuevo, ya que sus papeles debían ser autentificados. Al estar literalmente en el limbo, fueron enviados de vuelta a Vittel, mientras que varias organizaciones judías en Suiza y Estados Unidos, así como gobiernos británicos, argumentaban a su favor y ejercían presión para que los gobiernos de Paraguay y El Salvador validaran sus documentos. Desde entonces se les había retenido, en una especie de infierno diplomático, siempre bajo la promesa de que revisarían su caso. Un día más, sólo un día más mientras el Ministerio de Relaciones Exteriores de Alemania y las embajadas latinoamericanas llegaban a un acuerdo. Alfred y su familia incluso habían aprendido español por su cuenta, para que su caso resultara más convincente. Desde luego, estaban conscientes de que sus documentos no valían ni el papel en el que estaban impresos. Alfred era polaco, había nacido en Varsovia y enseñado física en la Universidad de Leópolis, después de haber pasado años en Praga y Gotinga junto con algunas de las mentes más brillantes en el campo de la física atómica. Claro, hasta que le quitaron su puesto un año atrás, además de tirar y quemar sus diplomas. Marte era de Praga, que entonces estaba bajo el dominio de los nazis, pero había sido una ciudadana polaca durante años. Todos sabían que lo único que había impedido que fuesen enviados a algún lugar y desapareciesen para siempre eran estos papeles, aun cuando fueran sospechosos, los cuales habían sido arreglados por un personaje desconocido con la promesa de que sacarían a su familia de ahí y la enviarían a Estados Unidos, donde él sería recibido calurosamente por Szilard y Fermi, sus antiguos colegas. Aun así, todo el sufrimiento que habían soportado durante estos últimos meses no se comparaba con lo que habrían tenido que enfrentar en casa. Hacía unos meses se había enterado de que la Universidad de Leópolis había sido desalojada, al igual que aquellas en Varsovia y Cracovia. Sus colegas, los que quedaban, habían sido ejecutados, arrojados a la calle o enviados a algún lugar lejano junto con sus familias, y nadie había vuelto a saber de ellos.

«Traigan sus papeles», había dicho el oficial. ¿Sería esta una buena señal, o una mala? Alfred no lo sabía. Pero todos a su alrededor parecían haber cobrado vida y vibraban con nervios y expectación. Tal vez todo se había resuelto al fin. Tal vez finalmente podrían marcharse.

No había pasado ni un solo día en el que no soñase con presentar su trabajo a personas que buscaran el bien común y no a estos nazis.

—Vamos, querida, ¡date prisa! —Le ayudó a su esposa a hacer su maleta. Marte estaba muy frágil últimamente. Se había resfriado en noviembre y parecía que el catarro se había alojado para siempre en su pecho. Además, parecía haber envejecido diez años desde que comenzaron su viaje.

Habían tenido que dejar casi todo al marcharse: su porcelana fina, su colección de frascos de farmacia antiguos, todos los premios que él había recibido y prácticamente todas sus pertenencias de valor, salvo algunas fotografías y, desde luego, su trabajo. Metieron lo poco que habían podido llevarse en pequeñas bolsas.

Cuando llegó el momento de marcharse, tuvieron que hacerlo en un solo día.

—¡Apresúrate, Lucy! —Alfred acomodó sus papeles y los aventó en su maleta de cuero junto con unos cuantos libros que había podido traer consigo. Podía perder su ropa, sus diplomas académicos, las fotografías de sus padres en el río Vístula en Varsovia, sus pertenencias más preciadas, incluso sus mejores zapatos, pero su trabajo, su trabajo tenía que salvarse. Sus fórmulas y su investigación. Todo dependía de que pudiera llevárselas. Algún día, el porqué quedaría claro. Envolvió todo junto rápidamente, lo echó en su maleta y la cerró—. Marte, Lucy, tenemos que irnos.

Algunos de los presentes en la abarrotada habitación se quedaron ahí y les dieron sus mejores deseos a aquellos que se marchaban, como prisioneros despidiéndose de un compañero recluso que había sido absuelto.

—Nos encontraremos en una vida mejor —le decían, como si supiesen de antemano que sus destinos no serían tan prometedores como el suyo. Un extraño vínculo familiar se había formado entre aquellas personas que se habían visto forzadas a compartir sus vidas durante meses en extrema cercanía.

—¡Que Dios los acompañe! ¡Adiós!

Alfred, Marte y Lucy se abrieron paso hasta afuera y se mezclaron con el río de gente que avanzaba por los corredores exteriores hacia el patio. Los padres sostenían a sus hijos; los hijos e hijas ayudaban a los mayores mientras estos bajaban lentamente las escaleras, para no ser pisoteados en medio de la apresurada multitud. Una vez abajo, fueron conducidos hasta el patio grande, temblando por el frío de enero, murmurando y preguntándose entre ellos qué pasaría ahora. Arriba de ellos, había una aglomeración de aquellos que se habían quedado, presionados contra el barandal para ver.

—Papá, ¿qué nos va a pasar? —preguntó Lucy mientras observaba a los guardias alemanes con sus ametralladoras en mano.

—No lo sé —respondió Alfred, mirando a su alrededor.

Había alemanes, como siempre, pero no tantos como para pensar que algo malo les ocurriría. Todos se apiñaron en medio del aire frío: comerciantes, profesores, contadores, rabinos. Todos con sus largos abrigos de lana y sus sombreros de fieltro.

Se escucharon unos silbatos. Un capitán de aspecto entrometido de la milicia francesa local, seguido por un oficial alemán, se acercó a la muchedumbre y les ordenó a todos que se formaran en una fila con sus papeles en la mano. El alemán portaba un abrigo de oficial de lana gris con las insignias de la división de inteligencia militar secreta, la *Abwehr,* lo cual preocupó a Alfred.

Él y su familia tomaron sus maletas y se unieron a la fila.

El oficial francés recorrió la hilera, familia por familia, inspeccionando sus papeles y sus rostros detenidamente. A algunos les ordenaba quedarse donde estaban; a otros les indicaba con la mano que avanzaran al otro lado del patio. Había guardias armados por todas partes y perros que ladraban fuerte y tiraban de sus correas, asustando a los niños más jóvenes y a algunos de los padres también.

—Será una dicha librarse de este lugar —dijo Marte—. Sin importar a dónde vayamos a parar.

—Lo será —dijo Alfred, aunque percibía algo que no le gustaba en la actitud de los soldados. Tenían sus gorras bajas y sus manos en las armas. No había ni rastro de ligereza ni de fraternidad en su comportamiento.

Aquellos que no hablaban francés eran enviados a un lado del patio sin saber lo que estaba pasando. Una familia húngara, le pareció a Alfred, gritaba con fuerza en su lengua materna mientras un miliciano francés trataba de separarlos del grupo. Después, de una patada, abrió una de sus maletas, la cual estaba llena de artículos religiosos; el anciano y su esposa trataron de levantarlos aprisa, pero en vano. Otro hombre, se trataba claramente de un rabino con una barba larga y blanca, le mostraba con frustración y sin cesar sus papeles al capitán de la *milice*. El oficial francés finalmente se los arrojó de vuelta y el anciano y su esposa se agacharon para levantarlos del suelo, con tal ansiedad como si se tratase de billetes de mil eslotis.

«No», pensó Alfred, «esto no luce nada bien».

El capitán y su supervisor alemán siguieron avanzando por la fila. Los soldados y guardias empezaron a usar gradualmente más fuerza para contener a todos los presentes.

—No se preocupen, ya han revisado estos documentos varias veces —les aseguró Alfred a Marte y Lucy—. Seguro pasarán la inspección.

Sin embargo, un sentimiento de preocupación había empezado a surgir dentro de él al percatarse de que cada interacción parecía resultar en frustración e ira. La gente era lanzada con brusquedad hacia la creciente multitud, acordonada por guardias considerablemente armados. Más allá de las paredes, escucharon el silbido de un tren que se detenía.

—¿Ven? Van a llevarnos a algún lado. —Alfred trató de sonar optimista por su familia.

Al fin, el oficial francés llegó hasta ellos.

—Papeles —les ordenó impasiblemente. Alfred le entregó los documentos que mostraban que tanto él como su familia se encontraban bajo la protección del gobierno paraguayo y que no habían sido más que residentes en Polonia durante estos últimos siete años.

—Hemos esperado mucho tiempo para ir a casa —le dijo Alfred en francés al oficial, cuyos ojos negros recorrían los papeles sin voltear a verlo detenidamente; sólo alternaba su mirada entre los documentos y sus rostros, como lo habían hecho otros en múltiples ocasiones durante los pasados ocho meses sin ningún incidente. El oficial de las SS estaba de pie detrás de él, con las manos juntas detrás de la espalda y con una apariencia de estatua que hacía que Alfred se sintiera intranquilo.

—¿Ha disfrutado su estadía aquí en Francia, señorita? —le preguntó a Lucy el capitán de la *milice* en un español aceptable.

—Sí, señor —respondió ella, lo suficientemente nerviosa como para que Alfred se percatara de ello al escuchar su voz. ¿Quién no se pondría nervioso?—. Pero estoy lista para irme a casa al fin.

—Estoy seguro de que lo está —dijo el capitán. Luego se paró frente a Alfred—. Dice aquí que usted es profesor, ¿cierto?

—Sí. Física electromagnética.

—¿Y dónde consiguió estos papeles, *monsieur*?

—¿Qué? ¿Que dónde los conseguí…? —tartamudeó Alfred al responder. Sus entrañas estaban hechas un nudo por el miedo—. Fueron emitidos por la embajada paraguaya en Varsovia. Le aseguro que son válidos. Mire, ahí lo puede ver… —Se acercó para enseñarle al oficial el sello y las firmas.

—Me temo que estos papeles son falsos —dijo el capitán de la *milice*.

—¿Disculpe?

—No valen nada. Me temo que son tan falsos como su español, *mademoiselle*. Así que, en lo que respecta a todos ustedes… —alzó la voz para que todos los presentes alcanzaran a escuchar— ya no se encuentran bajo la protección de los gobiernos de Paraguay y El Salvador. Hemos determinado que estas visas y pasaportes son inválidos. Ahora son prisioneros del gobierno francés, el cual, dada su situación, no tiene otra opción más que entregarlos a las autoridades alemanas.

Se escuchó un grito ahogado que provenía de la multitud. Algunos exclamaban: «¡Por Dios, no!». Otros se limitaban a mirar a la persona que estaba junto a ellos y murmurar: «¿Qué fue lo que dijo…? ¿Que los documentos no son válidos?».

Para horror de Alfred, el oficial francés empezó a destruir sus documentos en pedazos. Lo único que los había mantenido con vida los últimos diez meses, su única ruta hacia la libertad, se dispersaba en las manos de aquel hombre como cenizas que caían en los zapatos de Alfred.

—Ustedes tres —dijo el oficial mientras los empujaba bruscamente—, para allá con los otros. —Y siguió avanzando por la fila sin decir otra palabra—. Siguientes.

—¿Qué ha hecho? —Alfred se agachó para levantar los pedazos del documento del suelo y tiró del brazo del oficial—. Esos papeles son totalmente válidos. Los revisaron muchas veces. Mire, mire… —Señaló la hoja rota que contenía la firma—. Somos ciudadanos paraguayos que quieren volver a casa. ¡Exigimos tener permiso de tránsito!

—¿Exigen tener permiso de tránsito? —El oficial de las SS que venía siguiendo al capitán de la *milice* finalmente habló—. Pueden estar seguros de que van a transitar.

Dos guardias se abrieron paso hasta ellos y los sacaron de la fila empujándolos con sus armas.

—Tomen sus pertenencias. ¡Muévanse! ¡Allá! —Señalaron a la multitud conformada por otras personas que tenían pasaportes latinoamericanos y que ahora estaban siendo acorraladas por los guardias. Así como los guardias los rodeaban, un sentimiento de profunda desesperanza también empezaba a invadirlos.

La gente empezó a gritar para expresar su indignación y sus objeciones mientras mostraban sus documentos. Ocho meses de espera, de expectación, encerrados en gallineros. Sus sueños de libertad habían quedado deshechos en un instante. El oficial francés anunció en varios idiomas que todos los que tenían este tipo de documentos debían juntar sus pertenencias en cinco minutos y abordar el transporte que los aguardaba en las afueras del centro.

—¿A dónde nos llevan? —gritó aterrada una mujer. Durante meses, como un brote de tifus, habían circulado rumores en el centro de detención sobre lugares oscuros en los que la gente desaparecía para siempre.

—A la playa —dijo uno de los oficiales franceses en tono burlón—. Al sur de Francia. ¿A dónde más? ¿No es ahí adonde quieren ir?

—Tenemos un tren listo para ustedes. No se preocupen —dijo otro entre risas y con el mismo sarcasmo—, los aristócratas latinoamericanos viajarán en primera clase.

El caos se extendió como un incendio. Algunos simplemente se negaban a aceptar su destino. El viejo rabino y su esposa se sentaron en su equipaje y se negaron a moverse. Otros gritaron iracundos en respuesta a los guardias vestidos de negro. Ya que el verdadero propósito de lo que hacían había quedado expuesto y que la multitud empezaba a rebelarse, los guardias comenzaron a acercarse, arreando a las personas como ovejas hacia la puerta principal y blandiendo sus armas.

—No se separen —les indicó Alfred a Marte y a Lucy, sosteniendo sus maletas con firmeza. Fueron separados momentáneamente por un grupo de gente que se abría paso hasta el frente, maldiciendo y mostrando sus papeles desacreditados en medio de un ataque de ira. La multitud comenzó a agitarse. Los guardias se acercaron más, usando sus rifles como picanas. El rabino de barba blanca y su esposa seguían sin moverse; un guardia alemán había tomado el control y les gritaba como si estuviesen sordos.

—*Aussen*. «Afuera.» ¡Levántense! Ahora.

Empezaron a producirse peleas. Algunas personas tenían los rostros ensangrentados, golpeados por los rifles. Algunos ancianos cayeron al suelo y la multitud pasó por encima de ellos a pesar de las súplicas y los gritos desesperados de aquellos que se habían detenido a ayudar.

Sin embargo, no había otra opción más que marcharse. Familia tras familia. Todos tomaron sus pertenencias con preocupación. La *milice* los condujo en dirección a la entrada con sus bastones y rifles. Algunos rezaban, otros gimoteaban, pero todos, a excepción del rabino y su esposa, avanzaron. Los guardias se infiltraron entre la multitud y pateaban sus equipajes.

—¿Esto es tuyo? ¡Tómalo o se queda!

Los arrearon como ganado por la puerta de alambre improvisada de Vittel, los perros ladraban y jalaban sus correas; en medio de los gritos de indignación, los lamentos y gemidos que se escuchaban por todas partes, todos se dejaban llevar por sus más grandes temores.

—¿Qué sucede, papá? —preguntó Lucy con miedo.

—Vamos, no te alejes —dijo Alfred agarrando su maleta, la de Marte y su portafolio—. Tal vez sólo iremos a otro centro de detención como este. Hemos pasado por situaciones peores. —Trató de aparentar todo el optimismo que pudo, aunque en el fondo de su corazón sabía que no sería así. Ahora ya no tenían papeles. Y la salud de Marte empeoraba cada vez más. Pasaron por la entrada principal; era la primera vez en ocho meses que cruzaban la cerca de alambre.

Un tren de carga los esperaba en la vía. Al principio, la gente asumió que no era para ellos, sino para ganado o caballos. Después todos se sobresaltaron por el ruido tan repentino de las puertas al abrirse de golpe. Los guardias franceses se quedaron atrás. Ahora los soldados que se encontraban junto a la vía eran alemanes, lo cual llenó de terror los corazones de todos.

—Aquí está su transporte de lujo, judíos —dijo uno de ellos entre carcajadas—. Por favor, permítanme ayudarles. —Le dio a un hombre en la cabeza con su rifle—. Todos adentro.

Primero la gente se resistió, objetó y peleó. Este era un transporte para cerdos, no para personas. Después se escucharon dos estallidos como disparos de ametralladora detrás de ellos y todos voltearon. El rabino de barba blanca y su pobre esposa yacían en el suelo junto a su equipaje en medio de un charco de sangre.

—¡Oh, por Dios, van a masacrarnos! —gritó una mujer.

Todos corrieron hacia el tren. Uno por uno se apresuraron a subir, empujando a viejos y jóvenes por igual, arrastrando sus pertenencias con ellos.

Si no podían cargar su equipaje o si alguien se detenía para subirlo primero, este les era arrebatado y tirado a un lado del tren. Su ropa, sus fotografías y artículos de aseo personal quedaban esparcidos por el andén.

—¡No! ¡Esas son mis pertenencias! —gritó una mujer.

—Súbete. Súbete. No las necesitarás. —Un guardia la empujó para que abordara.

—Aquí no hay asientos —dijo alguien. Alfred ayudó a Marte y a Lucy a subir y alguien lo empujó desde atrás. Cuando todos pensaban que el vagón ya estaba repleto, los guardias siguieron metiendo más gente a empujones. En cuestión de minutos, apenas podían respirar.

—¡Ya no hay espacio! ¡Ya no hay espacio! Por favor… —gimió una mujer—. Nos vamos a sofocar aquí.

Continuaron llenándolo aún más.

—¡Por favor, no quiero ir! —gritó un hombre por encima de los alaridos.

—Vamos, ¿quieres acabar como ellos? —le dijo otro, instándolo a seguir adelante mientras volteaba a ver al rabino y a su esposa en el patio.

—Mi hija, mi hija. ¡Sophie…! —chilló una mujer.

—¡Mamá! —gritó a lo lejos una niña que era empujada por la multitud a otro vagón.

Los guardias siguieron arrastrando y subiendo gente con todo lo que pudiesen cargar hasta que el vagón del tren quedó más apretado y abarrotado de lo que Alfred habría podido imaginar.

Luego la puerta se cerró de golpe.

Al principio, sólo había oscuridad. La única luz proveniente del exterior era la que se colaba a través de las rendijas estrechas de la puerta. Se escuchaban algunos lloriqueos en medio de la penumbra, pero después todos guardaron silencio. La clase de silencio que sucede cuando nadie tiene idea de lo que ocurrirá después. Prácticamente no había espacio para moverse, ni siquiera para acomodar los brazos o para respirar. El vagón tenía un fuerte olor, el hedor de ochenta personas apiñadas en un espacio que estaba diseñado para albergar la mitad de eso. Muchos de ellos no se habían bañado en semanas.

Se quedaron así, escuchando los gritos y gemidos del exterior, hasta que se oyó un silbato y, con un tirón, el tren empezó a moverse. Ahora la gente gimoteaba, sollozaba y rezaba nuevamente. Lograron mantener una posición vertical recargándose unos sobre otros en medio de la oscuridad. En un rincón había dos jarras: una de ellas estaba llena de agua, aunque apenas era suficiente tomando en cuenta el número de personas que había en el vagón, y la otra estaba vacía. Alfred comprendió para qué era la otra.

—¿A dónde nos llevan, Alfred? —preguntó Marte en voz baja mientras aumentaba la velocidad del tren.

—No lo sé. —Buscó su mano y la de Lucy y las sostuvo firmemente—. Pero al menos estamos juntos.

4

El *Gruppenführer*, el coronel Martin Franke, salió del centro de detención y se dirigió a las vías mientras el tren se alejaba. Todo había terminado. Los judíos habían hecho sus maletas y estaban en camino. El engaño había salido a la luz y ahora no había más recurso para ellos. Lo único que había tenido que hacer era colgar el anzuelo lo suficiente y sabía que alguien lo mordería. Estos judíos pelearían hasta por un pedazo de tripa a medio comer tirado en el suelo, incluso si significaba sacrificar a uno de los suyos. Observó mientras el último vagón avanzaba hacia quién sabe dónde. A donde se dirigían, ningún pasaporte o visa en el mundo les volvería a servir de nada.

—Capitán. —Le asintió al oficial francés, cuyos hombres ahora estaban limpiando el desastre que había quedado en el patio, incluidos los dos o tres necios que yacían en charcos de su propia sangre; aquellos que habían sido utilizados como ejemplo—. Buen trabajo, capitán. —Ahora no volvería a existir ni rastro de aquellos que habían abordado el tren.

—Si me permite, coronel... —El oficial francés se agachó y levantó unos papeles de identificación que estaban dispersos por el suelo—. Pero ¿en verdad eran...?

—¿Eran qué? —Franke lo miró—. Hable.

—¿En verdad eran falsos? Los pasaportes. ¿Eran documentos falsos?

Franke le quitó el documento de las manos, el cual tenía marcas de bota. Posiblemente los mismos judíos lo habían pisoteado en su prisa por abordar.

—¿Y qué importa eso? —dijo el oficial, encogiéndose de hombros—. Nunca iban a ir a ningún lado, desde un principio fue así.

—¿Disculpe, coronel...?

—Asegúrese de que el resto de los documentos queden en nuestro registro —dijo Franke sin responder a su pregunta.

—Sí, *Herr Gruppenführer*. —El capitán saludó y luego se alejó.

Franke se cerró el pesado abrigo gris de oficial que lo protegía del frío. Había viajado durante dos días desde Varsovia, ¿y dónde estaba ahora? No estaba en París, en un cálido y abarrotado café, con una botella de Médoc añejo y su nariz enterrada en los senos de alguna fácil camarera francesa sentada en su regazo. No. Estaba metiendo a un montón de judíos irrelevantes y asustados en una prisión en medio del jodido bosque. No pasaba un día en el que no extrañara su antiguo puesto. Un año atrás, fue parte del agregado militar de Alemania en Lisboa; un encargo muy fácil, en el que había podido pasar la guerra asistiendo a fiestas en el *rooftop bar* del hotel Mundial y afinando sus habilidades diplomáticas. Con algo de suerte, habría llegado a ser jefe de misión en un año, y a partir de ahí, sin importar cuál fuese el resultado de la guerra, habría tenido la suficiente influencia para negociar: sobornos, venta de visas de salida, obras de arte robadas de los muros de palacios y almacenadas en bodegas.

Pero su secretaria, Lena, una hermosura de mujer que no podía escribir a máquina aunque su vida dependiese de ello, pero con quien se había estado revolcando durante casi toda la misión, resultó ser parte de una red de espionaje británica y escapó a Londres con los nombres de la mitad de los integrantes de la red *Abwehr* que había en Lisboa y una libreta llena de códigos de contacto; expuso a la mitad de sus enlaces en Europa y Gran Bretaña. Deshonrado, Franke fue transferido a Varsovia. Sección G. Sabotaje, documentos falsos, contactos encubiertos con ciertos grupos minoritarios. Aquí toda la comida era hervida y el único pescado que había provenía de la jodida alcantarilla. Eso sin mencionar el frío. Era la clase de frío que calaba hasta los huesos y nunca se iba del todo. En comparación, Lisboa le parecía el sur de Francia. Y encima de todo, su esposa, cuya familia era dueña de una próspera fábrica de metal en Stuttgart, lo cual le permitía a él darse lujos como elegantes linos y latas de caviar (cuando su propia familia apenas se las arreglaba para poner comida en la mesa), le había escrito para decirle que iba a dejarlo.

Aun así, Franke llegó a la conclusión de que el frío era mejor que una píldora de cianuro. Ahora servía a su país en esta guerra torciendo brazos y dirigiendo informantes para acabar con los simpatizantes de la resistencia en la frontera polaca o los judíos necios que seguían ocultándose en el sector ario. Un trabajo que, desde luego, estaba muy por debajo de sus capacidades, pero había que decir que su red de informantes era la que había logrado descubrir al traicionero *chargé d'affaires* de la embajada de Paraguay en Varsovia, la fuente de las falsificaciones. Franke se caracterizaba por ser un hombre dispuesto a hacer lo que fuese necesario, por el medio que fuese, para lograr su objetivo. Había sido detective cuando vivía en Essen. Y no uno de esos ostentosos lameculos que iban directo a los titulares de la prensa, sino la clase de detective que no dejaba una sola página sin voltear, que se arrodillaba de ser necesario para encontrar hasta el más mínimo vestigio de evidencia, y un hombre que siempre estaba alerta para detectar cualquier oportunidad que lo beneficiara. De otro modo, tendría que pasar el resto de la guerra en esta inútil y olvidada ciudad o, si las cosas empeoraban, como empezaba a percibir, hasta que lo enviaran a combatir, en el este, para recibir un tiro posiblemente de parte de sus propios hombres, mientras los exhortaba a mantenerse firmes y hacer frente a las hordas rusas que ganaban terreno. Últimamente, Franke anhelaba una sola cosa: volver a demostrar su valía a sus superiores en Berlín.

A pesar de todo, hoy había sido un buen día. Su red había sacado a la luz al informante en Varsovia que había delatado a los suyos. El rastro iba desde los guetos de Varsovia hasta las embajadas de Paraguay y El Salvador. Doscientos cuarenta judíos. Claro, tomando en cuenta el panorama general, era tan sólo una gota en el océano. Sin embargo, estos doscientos cuarenta judíos habían llegado a despertar el interés de los gobiernos de Estados Unidos y Gran Bretaña, y de ellos Berlín necesitaba desesperadamente pruebas incuestionables, si es que pensaba desafiar la soberanía de dos naciones latinoamericanas neutrales y resolver su polémica situación. Sin duda, recibiría una mención desde Berlín, tal vez incluso el reconocimiento de Canaris, admitiendo que habían ido demasiado aprisa con el trato que le habían dado en Lisboa. O tal vez el reconocimiento del mismísimo *Reichsmarschall*. Todos tendrían que reconocer su labor.

Porque un hombre como Franke, quien se había criado en las fábricas de fundición de hierro en Essen, sabía que no era tan complicado. Lo único que hacía falta era seguir tus instintos y no tener miedo a ensuciarse las manos. Ese era el problema de todos estos estirados de la *Abwehr:* estaban demasiado ocupados en sus cócteles y coqueteando con las esposas de los dignatarios como para diferenciar a un informante de un cantinero. Pero Franke era una persona dispuesta a arriesgarlo todo para cumplir con lo que tenía que hacerse.

Lamentablemente, por ahora, tenía que volver a Varsovia y a los dos meses de invierno que le quedaban por delante. Otro éxito como este y tendrían que ofrecerle regresar a su antiguo puesto. Tal vez lo enviarían a Ginebra esta vez, se permitía soñar de vez en cuando.

Tal vez incluso a París.

La última columna de humo ya se había desvanecido mientras el tren daba vuelta en una curva. Su trabajo aquí estaba hecho. Franke sacó el documento de identidad abandonado que el capitán le había entregado, la página de la visa que había caído en el andén, donde aparecía una fotografía. Bastante linda para ser judía. De unos doce años, con trenzas y una sonrisa de felicidad. Leyó el nombre: Elena Zeitman. *Zeitman.* «No importa», pensó Franke. La dobló con cuidado y la guardó en su bolsillo. No sabía la ubicación exacta a donde la habían enviado. Algún campo de trabajo forzado en Polonia, según había escuchado. Lo que sí sabía, mientras observaba el tren perdiéndose en la distancia, es que sin importar el destino que le esperase, ninguna visa o pasaporte en el mundo le serviría de nada ahora.

5

Enero, al día siguiente

Sentado frente a su escritorio en la sede de la OSS, en Washington, D. C., Peter Strauss leyó con una sensación de desaliento el telegrama del agregado de la Junta para los Refugiados de Guerra en Berna, Suiza.

El telegrama detallaba cómo varios civiles eran retenidos en el campo de detención de Vittel, al noreste de Francia; civiles que buscaban salir de Europa bajo la protección de ciertos pasaportes latinoamericanos. Los mismos pasaportes que tanto le interesaban, y los mismos que él había ayudado a preparar. El telegrama decía lo siguiente:

> Es mi desafortunado deber informarle que la protección de estos solicitantes ha sido permanentemente denegada. Se ha determinado que los documentos se obtuvieron de manera ilícita. Se reunió a todos los portadores y se les subió en un tren cerrado. Destino: campo de trabajos forzados al sur de Polonia. Creemos que se trata de un pueblo llamado Oświęcim.

Strauss volvió a leer el telegrama con un hueco en el estómago. Había pasado un año. Un año de planearlo todo cuidadosamente, de lograr que los documentos llegaran a manos del único hombre que necesitaban, de buscar una ruta para que él y su familia salieran de Polonia y cruzaran el territorio ocupado, de llevar a cabo en secreto los arreglos para el transporte. Un año de pedir al gobierno paraguayo que resistiera la presión diplomática ejercida por Alemania y los apoyara.

Un año perdido.

«Se reunió a todos los portadores y se les subió en un tren cerrado. Destino: campo de trabajos forzados al sur de Polonia.»

Strauss dejó el telegrama sobre la mesa. La Operación Catfish había llegado a su fin.

Como el hijo de un cantor de sinagoga, que podía recitar las oraciones y la Torá tan bien como podía decir su propio nombre, el vacío en el estómago de Strauss se sentía aún más profundo. El hermano de su padre seguía en Viena; no tenía idea de cuál había sido su destino, o el de su familia. De algún modo, Strauss había puesto todas sus esperanzas en esta misión, y su certeza de que el resultado de esta guerra sería positivo dependía enteramente de su éxito.

Y ahora ambas se habían desmoronado.

—¿Alguna respuesta, señor? —preguntó el joven teniente que había entregado el comunicado y seguía ahí parado.

—No. —Strauss se encogió de hombros con tristeza—. Ninguna respuesta. —Se quitó los anteojos de armazón de alambre y empezó a limpiarlos.

—Entonces ¿se acabó? Doscientos cuarenta de ellos… —preguntó el auxiliar. Hasta ahí llegaba el conocimiento del teniente al respecto—. Lo siento, señor.

—Doscientas cuarenta vidas… —asintió Strauss—. Sin duda valía la pena salvarlas a todas. Pero sólo una era vital.

6

Cuatro días después

Escucharon el silbido del vapor y la sacudida de los frenos. Después de haber pasado tres angustiosos días en este encierro maloliente y apretujados, el tren finalmente se detuvo.

—¿Dónde estamos? —preguntó la gente en medio de la oscuridad. Era de noche—. ¿Alguien puede ver algo?

Por un rato, el tren sólo se quedó parado. Escuchaban gritos en alemán afuera y perros que ladraban.

—He escuchado que dejan que los perros ataquen gente inmediatamente al bajar del tren —dijo alguien—. Sólo los dejan elegir.

—Cállate —respondió con severidad una mujer—. Estás asustando a los niños.

De pronto, escucharon el traqueteo de las cerraduras que se abrían, así como lo hicieron las puertas del tren instantes después, de par en par. El aire frío se coló en el interior, al igual que las luces deslumbrantes.

—*Raus, raus!* ¡Todo el mundo fuera! ¡Fuera! *Schnell!* Más rápido. —Algunos soldados vestidos de gris y cargando bastones entraron al tren y empezaron a jalar a la gente para que bajaran de los vagones—. ¡Muévanse! ¡Ya! Acomódense en el andén con sus cosas.

Con el miedo recorriendo sus venas, Alfred, Marte y Lucy bajaron del abarrotado vagón, a la vez que cerraban sus chaquetas para protegerse del penetrante frío y se cubrían los ojos para escudarse del fuerte resplandor. Durante el eterno viaje, al menos cuatro personas murieron en el vagón. Una anciana que estaba enferma; otra de ellas, una mujer embarazada, simplemente se cayó y se dio por vencida. También dos niños pequeños. Por breves instantes, Alfred dudaba si Marte se salvaría; en este hacinamiento, el ruido en su pecho parecía empeorar cada vez más. Había muy poco que comer, salvo lo que la gente había traído consigo y lo que estaban dispuestos a compartir. Y la sed... Sus gargantas estaban totalmente secas. Sólo había un momento al día en el que podían tomar agua.

—¿Recuerdas nuestra luna de miel en Italia? —Alfred había tratado de animar a Marte durante el viaje—. ¿Recuerdas lo mucho que te molestaste conmigo?

—Porque nos compraste boletos de tercera clase —dijo ella mientras asentía. Su voz era casi tan débil como un murmullo.

—Fue lo único que pude pagar. Aún no tenía el puesto de profesor —le explicó a Lucy mientras los vagones se mecían de atrás hacia adelante—. En retrospectiva, esos lugares no lucen tan mal ahora, ¿verdad? —le dijo a Marte riendo.

—Tu padre siempre ha sabido cómo convertir un experimento fallido en una lección de vida —le comentó Marte a Lucy, bromeando.

Luego recargó la cabeza en su cuerpo y tosió. Esto hacía que el tiempo pasara un poco más rápido.

Ahora en la plataforma se oían gritos por todas partes, así como ladridos. Varias luces destellaban. En el fondo, Alfred alcanzaba a distinguir guardias con metralletas. Otros guardias vestidos de negro soplaban estridentes silbatos y les gritaban a todos alrededor.

—¡Por allá! Aquí. ¡Dejen sus cosas donde están! Alguien se ocupará de ellas.

Durante los últimos meses, Alfred había llegado a detestar a los guardias franceses de Vittel. Sin embargo, los franceses ya no estaban aquí, y prevalecía en ellos la sensación de que el trato que habían conocido antes se convertiría en un preciado recuerdo en comparación con lo que les esperaba ahora.

—No se separen —dijo él mientras ayudaba a Marte en medio de la creciente multitud—. Al menos ya bajamos de ese tren dejado de la mano de Dios. Miren... —Apuntó hacia arriba, donde había unas letras en forma de arco sobre la reja.

—¿Qué dice, papá? —preguntó Lucy. Era una frase en alemán.

—«El trabajo los hará libres.» ¿Lo ves? Tienes que recuperar tus fuerzas, Marte. Si trabajamos aquí, estaremos a salvo. Ya verás.

Ella tosió, asintió y, empujada por la bulliciosa multitud, se agachó a recoger su bolsa.

—A ver... —le dijo Alfred, tomando la maleta de sus manos—. Déjame ayudarte.

Mientras los vagones empezaban a vaciarse, todos se juntaron por un momento. Había madres sosteniendo las manos de sus hijos, gente reconfortando a los ancianos, sin saber lo que vendría ahora. Todos habían escuchado los rumores acerca de estos oscuros y terribles lugares, donde la gente desaparecía para siempre. De pronto, para su sorpresa, se escuchó el sonido de música: una orquesta que tocaba. ¿Cómo podía ser? Era Schubert. Alfred estaba seguro. Había escuchado su música en Praga, en el Rudolfinum.

—El *Concierto para violín en re mayor* de Schubert—confirmó alguien.

—Miren, hasta tienen una orquesta aquí. —Alfred puso su brazo alrededor de Marte—. ¿Qué opinas, Lucy? —Trataba de sonar animado—. No puede ser tan malo.

—¡Por aquí! ¡Por aquí! —Los guardias de negro con insignias de las ss se abrieron paso a codazos entre la multitud—. Las mujeres y los niños, fórmense por aquí. Todos los hombres, incluyendo a los padres... —dijo un guardia mientras señalaba en la otra dirección—. Por acá. No se preocupen, es sólo para procesarlos. Todos se reunirán pronto.

—Deberíamos tratar de mantenernos juntos —dijo Alfred, levantando sus dos maletas y apretando la que traía bajo el brazo.

—¡Oye tú! —Un guardia grande con una gorra negra de las ss lo empujó—. Mujeres y niños a la izquierda. Y tú allá.

—*Meine Frau ist nicht gut* —le suplicó Alfred en alemán—. Está enferma. Necesita cuidados especiales.

—No te preocupes, aquí se ocuparán bien de ella. La verás pronto. Todos estarán felices. Sólo dejen todas sus pertenencias.

Se había formado una enorme pila de equipaje y bolsas en el andén, como si se tratara de un grupo de turistas aguardando su transporte.

—Pero ¿cómo las encontraremos? —preguntó una mujer que llevaba un chal de piel—. ¿Cómo sabremos qué pertenece a quién?

—No se preocupen, todo se resolverá —dijo el oficial alemán sonriendo amablemente—. Ahora sólo avancen, rápido, hacia allá, a paso veloz… Ustedes dos también…

Entre la gente entrecruzándose, los perros ladrando y los oficiales gritándoles a todos, Alfred se percató de la presencia de un grupo de hombres con uniformes a rayas azules y grises y pequeñas gorras. Se abrían paso entre la multitud y recogían las maletas y bolsas abandonadas por las personas, lanzándolas a un montículo que aumentaba rápidamente de tamaño. Estaban encorvados, como trabajadores esclavizados, y esqueléticos; evitaban a toda costa hacer contacto visual con los recién llegados mientras llevaban a cabo su labor, aunque la mirada de uno de ellos pareció posarse sobre Alfred. Sus facciones demacradas y oscuras, la cabeza afeitada y sus ojos hundidos, que parecían reflejar un interior carente de alma, mostraban una historia diferente sobre la calidad de vida en este lugar.

—¡Las mujeres y niños deben ir aquí! *Schnell!* ¡Rápido! —gritó un alemán, a la vez que tomaba a Marte y Lucy del brazo y las arrastraba. En cuestión de un segundo, se separaron de Alfred, empujadas por la muchedumbre.

—¡Marte! —Alfred se abalanzó sobre ellas—. ¡Lucy!

—¡Alfred! —gritó su esposa, mientras el sonido de su nombre se ahogaba en medio del escándalo provocado por los gritos y lamentos, en tanto que ella trataba desesperadamente de alcanzarlo.

—¡Papá! —exclamó Lucy—. ¡Aquí estoy!

Alfred soltó sus maletas y trató de abrirse paso hasta ellas, con un miedo que se apoderaba de él mientras los empujaban cada vez más lejos.

—Por favor, necesito alcanzar a mi esposa e hija. Ellas…

—No se preocupe, estarán bien. Las verá pronto —intervino un oficial de las SS. Apuntó en la otra dirección—. Tú allá.

—Estoy seguro de que las veré pronto —les gritó Alfred—. Sean fuertes. Encontraré la manera de contactarlas.

—¡Te amo, Alfred! —gritó Marte. En medio del oscuro mar formado por la multitud, Alfred logró distinguir una última mirada por parte de su esposa, una mirada llena de súplica, y pudo percibir en sus ojos rendidos una cierta determinación que nunca había visto.

Se despidió de ellas con la mano y esbozó una sonrisa esperanzadora, aunque la tristeza y el terror se habían apoderado repentinamente de su corazón, así como el presentimiento de que, tal vez, no volvería a verlas.

—Yo también las amo a las dos.

Y entonces, se fueron.

Muchas de las personas que estaban en el andén se despedían por última vez, entre lágrimas, y suplicaban inútilmente. «¡Cuídense mucho!», «Nos veremos pronto», «Cuida a nuestro hijo», se decían entre ellos. «No te preocupes, lo haré.» Los guardias les ordenaron a los hombres que dejaran sus valijas y todas sus pertenencias. Alfred agarró su maletín con fuerza. Uno de los prisioneros con uniforme de rayas se acercó a él y trató de quitárselo.

—No —dijo Alfred y lo agarró con más fuerza—. Estos son mis libros. Mis fórmulas.

—No te resistas —dijo el prisionero en voz baja—. Te dispararán.

—No, no lo soltaré —dijo Alfred, apretando el portafolio fuertemente con los brazos.

—No te preocupes, viejo, no necesitarás tus fórmulas aquí —dijo el prisionero. Un oficial alemán se acercó, esbozando una sonrisa de diversión—. Sólo hay una fórmula aquí y la aprenderás muy pronto, te lo prometo.

—Soy físico. Esto contiene toda mi investigación. El trabajo de toda mi vida, *Herr Obersturmführer* —dijo Alfred al percatarse de su rango.

—Este es tu trabajo ahora —dijo el oficial, señalando con un gesto de la mano a los prisioneros que arrojaban sus pertenencias al montón. Trató de quitarle el maletín de las manos—. Hazlo bien y tal vez dures aquí. Tu alemán es bastante bueno. —Señaló una fila—. Ve hacia allá.

—Por favor… —Alfred siguió resistiéndose—. No.

En un instante, la amabilidad del alemán se transformó en algo totalmente distinto.

—¿Acaso no me escuchaste? ¡Dije que lo sueltes, judío! —Llevó la mano hasta su pistolera y sacó una Luger—. ¿O prefieres que tu estancia aquí sea muy corta?

—Dáselo. Por favor —suplicó el prisionero con lo que parecía ser una advertencia directa en su mirada.

Alfred podía percibir la rabia y la ira en la rigidez de los ojos y el cuello del oficial alemán. Sabía que era cuestión de segundos antes de que se hartara de su resistencia; sería abatido aquí mismo en las vías, así como le había ocurrido al viejo rabino y su esposa en Vittel. Tenía que permanecer con vida, así fuera sólo por el bienestar de Marte y Lucy. Tenía que volver a verlas.

A regañadientes, soltó el maletín.

—Ahora, ve hacia allá. —El alemán lo empujó hacia la fila donde se formaban los hombres más jóvenes—. Tu conocimiento del alemán será de utilidad. —Hizo sonar su silbato y se dirigió a otra persona.

Alfred observó que el prisionero tomaba su maletín de cuero y lo lanzaba a la montaña de maletas y pertenencias que crecía más a cada minuto. Horrorizado, vio cómo se abría el broche, y páginas y páginas de su trabajo (ecuaciones, fórmulas, la investigación detrás de los ensayos que había escrito para *Academic Scientifica* y

Zeitschrift für Physik, el trabajo de veinte años) lentamente se deslizaban fuera del maletín y se esparcían como escombros sobre la creciente pila de bolsas, mochilas, juguetes y muñecas, hasta que desaparecieron, todas y cada una de ellas, como cuerpos lanzados con indiferencia a una fosa común y cubiertos por los recién llegados.

«Si tan sólo supieran lo que era eso…»

Le entregaron un uniforme y le dijeron que marchara hasta un edificio de procesamiento y se cambiara. Por encima de los lamentos de todos los presentes en el andén y las despedidas y gritos desesperados de «¡Te amo!» y «¡Sé fuerte!», Alfred creyó escuchar su nombre. Se dio vuelta, con un brote de esperanza en el corazón.

—¡Marte!

Pero seguramente se trataba de otra persona gritándole a alguien más. Dio un último vistazo entre la multitud, pero sus mujeres se habían ido. Después fue empujado por la muchedumbre. «Veintiocho años…», se dijo. En todo ese tiempo, rara vez habían pasado un solo día separados. Ella había escrito a máquina todos sus trabajos de investigación y había escuchado cientos de sus conferencias con anticipación, para corregir su sintaxis y su cadencia. Ella le preparaba pasteles dulces y de carne, y cada jueves, él llegaba con flores que había comprado en el mercado de la calle Rey Stanislaw, de camino a casa desde la universidad. Una sensación de pánico lo invadió: la sensación de que no volvería a verla. A ninguna de las dos. Todos morirían en este lugar. Oró para que estuviesen bien. Más adelante, vio que la fila en la que estaba formado se separaba en dos hileras más. Tuvo el presentimiento de que en una viviría y en otra no. Pero era demasiado tarde para el miedo o para oraciones.

Al voltear y ver sus papeles esparcidos como hojas muertas en la pila de maletas y pertenencias de la gente, la pequeña parte dentro de él que aún era capaz de experimentar miedo o esperanza dejó de sentir.

Esa parte de él había muerto.

7

Finales de abril, tres meses después
Lisboa

Un Opel negro se estacionó frente al aeropuerto de Lisboa y Peter Strauss se subió al asiento trasero, cubriéndose de la lluvia.

No llevaba su gorra de oficial ni su uniforme de capitán debajo del impermeable; sólo una chamarra deportiva y pantalones de franela arrugados, debido al vuelo de dos horas que había tomado desde Londres. Con su maleta y su portafolio de cuero podría haber pasado por cualquier hombre de negocios que trataba de sacar provecho de la guerra, vendiendo acero y comida o comprando tungsteno portugués, dado que Lisboa era uno de los últimos y más exitosos centros de comercio que aún operaban en Europa.

—Capitán Strauss. —Lo saludó el conductor de origen suizo que trabajaba en la Junta para los Refugiados de Guerra mientras tomaba sus maletas—. Sé que ha tenido un largo viaje. ¿Le gustaría pasar al hotel a refrescarse?

—Gracias —respondió Strauss. Había tomado un vuelo diplomático nocturno a Londres. Además, había pasado dos días absorto en llamadas secretas y telegramas para concretar una reunión, la cual era el motivo de su viaje—. Pero si no le importa, preferiría proseguir con lo que vine a hacer.

—Muy bien. —El conductor colocó la maleta de Strauss en la parte delantera y se subió detrás del volante—. Todos lo esperan. ¿Ya ha estado antes en Estoril?

En cuestión de unos cuarenta minutos llegaron a la costa y a un lujoso centro turístico, hogar de un glamoroso casino donde la realeza desplazada de Europa apostaba visas de salida en trajes de gala, mezclándose con espías británicos y alemanes. El auto se detuvo frente a una casa de dos pisos con techo de tejas, detrás de una puerta de hierro alta y una pared exterior de estuco: 114 Rua do Mare. La villa podría haber pertenecido a cualquier familia portuguesa adinerada en búsqueda de aislamiento y una agradable vista al mar; sin embargo, era el retiro de verano del arzobispo católico. Las altas paredes y la ubicación remota, lejos de los centros de espionaje en Lisboa y de las multitudes que invadían la región en verano, hacían de ella la ubicación ideal para que los hombres por los que Strauss había viajado se reunieran.

La puerta principal se abrió y el Opel se detuvo en el patio. En el centro había una gran fuente de estilo florentino. Alguien salió a recibirlo: un hombre de baja estatura, bien vestido y con barba de candado que se presentó como Ricardo Oliva, del Comité Internacional de Rescate, y escoltó a Strauss por una galería abovedada hasta la casa principal. En una amplia habitación, donde predominaba una gran chimenea de piedra y un candelabro de techo con velas, un pequeño grupo lo esperaba. El primero en saludarlo fue el auxiliar del arzobispo, un hombre medio calvo de unos cincuenta años que portaba un hábito negro y un crucifijo, quien se presentó como monseñor Correa.

—Gracias por organizar esta reunión —dijo Strauss mientras le daba la mano al clérigo—. Y por favor agradezca a Su Eminencia por ofrecernos la privacidad de su hogar.

—La privacidad es la única arma que tenemos hoy en día —dijo el monseñor, asintiendo—. Pero tenemos la esperanza de que, pronto, estos asuntos tan viles lleguen a ojos del mundo entero y vean la luz del día. De hecho, hay asuntos más urgentes que la neutralidad política o religiosa. Incluso en medio de una guerra.

—Nosotros también tenemos esa esperanza —le dijo Strauss.

Recorrió la habitación y le presentaron a varios de los delegados de los grupos de refugiados en Berna y Estocolmo: dos rabinos ortodoxos de barba que no hablaban nada de inglés, a los cuales

Strauss saludó en hebreo con el tradicional «*Shalom, rebi*», y finalmente a Alexander Katzner, del Congreso Judío Mundial, cuyos esfuerzos para tratar de sacar judíos de contrabando del territorio ocupado eran bien conocidos en casa. Todos parecían recibir a Strauss con gran expectación.

—Nos alegra que esté aquí —lo saludó amablemente Katzner—. Ha llegado la hora de que el mundo vea lo que sabemos que ocurre desde hace tiempo.

—Ahora su presidente debe ver —dijo uno de los representantes del comité de refugiados— a lo que nos hemos estado enfrentando. Y tomar medidas.

—Por favor, por favor... Dejen que nuestro huésped respire y se oriente un poco. ¿Le gustaría algo de comer, capitán? —Monseñor Correa tomó a Strauss del codo—. Sé que ha tenido un viaje largo.

Strauss le agradeció, pero rechazó educadamente la invitación.

—Si no le importa, quisiera empezar lo antes posible.

—Desde luego. Entiendo. En ese caso, pase por aquí... —El monseñor abrió una puerta doble adyacente y condujo a Strauss hasta un espacioso y elegante comedor—. Lo están esperando.

Frente a la larga mesa de madera, que tenía dos candelabros dorados en el centro, se encontraban sentados Rudolf Vrba y Alfred Wetzler.

Ambos hombres eran morenos y delgados; vestían trajes que parecían demasiado grandes para ellos y se quedaron sentados mientras todos entraban a la habitación. Habían salido del campo tan sólo unas cuantas semanas atrás y su cabello apenas comenzaba a crecer. Wetzler, a quien Strauss reconocía por fotografías, tenía un pequeño bigote. Su compatriota checo, Vrba, fumaba, aparentemente nervioso, y permanecía sentado. Un miembro checo de la Junta para los Refugiados de Guerra fungió como intérprete.

Primero Strauss estrechó sus manos y los felicitó por su valiente escape.

—Ambos mostraron un valor extraordinario. El mundo entero está en deuda con ustedes. —Colocaron una taza de café negro frente a él con un terrón de azúcar.

El checo tradujo y ambos hombres asintieron, ligeramente entusiasmados.

—Este es su informe —dijo Katzner, miembro del Congreso Judío Mundial, empujando un grueso manojo de hojas frente a Strauss—. Pero creo que ya está al tanto de los detalles importantes. La situación actual ya no es un secreto desde hace mucho tiempo. Lo que todos aquí quieren saber es ¿por qué se ha demorado tanto la respuesta? Lo que los nazis están llevando a cabo en nuestra contra no es una guerra, es un asesinato.

—Yo soy militar, no diplomático —dijo Strauss—. Pero quiero asegurarles que incluso el presidente está al tanto de la situación.

—Usted también es judío, ¿no es así? —le preguntó un sueco de la junta para refugiados.

Strauss asintió.

—Sí.

—Entonces, usted más que nadie debe tener esto muy claro. Miles y miles mueren cada día. ¿Cómo es que su gobierno no ha tomado cartas en el asunto?

—Al gobierno de Estados Unidos le interesan todas las vidas que se ven amenazadas bajo el régimen nazi —dijo Strauss, aunque las palabras se atoraban en su interior como un pedazo de carne sin masticar y le sonaban totalmente huecas. Sin duda, para estas personas la visita de Strauss era una señal de que la clase de respuesta militar por la que tanto habían implorado pronto llegaría. Que Estados Unidos, hogar de la mayor parte de la población judía en el mundo fuera de Europa, enviaría un ataque aéreo a los campos o bombardearía las vías de tren que llevaban a ellos. Que su llegada al fin traía consigo la tan anhelada esperanza de los Aliados.

Pero ese no era el motivo de su visita.

Asintiendo, casi como si se disculpase, Strauss dirigió su atención a Vrba y Wetzler. Abrió su portafolio y sacó un fólder.

—Tengo una fotografía que quisiera mostrarles a ambos. —El checo tradujo sus palabras. Strauss sacó una fotografía de ocho por diez y la deslizó sobre la mesa. Primero hacia Rudolf Vrba, quien la miró de reojo—. ¿Reconocen a este hombre?

Mientras el checo traducía, el fugitivo miró a Strauss sin la más mínima señal de que estuviera comprendiendo.

—En el campo —siguió explicando Strauss—. ¿Lo han visto? ¿Está ahí?

Lentamente, Vrba tomó la fotografía de Alfred Mendl.

Vrba tenía cabello corto y oscuro, nariz chata y afilada y cejas bajas. Su boca tenía una curvatura ascendente en un lado, lo que le daba un aire casi pícaro. Mientras Strauss aguardaba, Vrba miró la foto con detenimiento. Finalmente, miró de nuevo a Strauss.

—Lo siento —dijo mientras sacudía la cabeza y con un inglés entrecortado.

Strauss sintió una puñalada de decepción. Esta era su última esperanza. La última esperanza de mucha gente. Un año de trabajo que pendía de un hilo. Le pasó la foto a Wetzler. Este tenía un semblante más de estudioso, con una frente alta y cejas pobladas. Analizó la foto por un largo tiempo, pero finalmente la deslizó por la mesa de vuelta a Strauss, encogiéndose de hombros.

—Por favor —insistió Strauss—, véanla otra vez. Es muy importante.

Wetzler miró de nuevo, casi con indiferencia, y luego estiró el brazo para tomar un cigarrillo portugués. Al hacerlo, su manga se levantó y los ojos de Strauss se dirigieron a los números azulados que tenía el fugitivo en la parte inferior de su muñeca. Wetzler encendió el cigarrillo y le dio una chupada. Luego habló durante un largo tiempo en checo, sin quitar la mirada de Strauss ni por un segundo.

—El señor Wetzler quiere saber... —empezó a traducir finalmente el checo—, ¿qué ha hecho este hombre para merecer su atención por encima de todos los demás? Cientos de personas inocentes mueren día tras día. Mujeres, niños. Tan pronto como bajan de los trenes, se les priva de todas sus posesiones y los gasean. Todas son buenas personas... —Wetzler hablaba rápidamente, y el intérprete hacía su mejor esfuerzo para seguirle el ritmo—. Todos llevan, o llevaban, vidas que valían la pena. ¿Quién es este hombre por quien ha viajado desde tan lejos, sólo para averiguar si se encuentra ahí?

El fugitivo deslizó la foto por la mesa nuevamente, como si esperase una respuesta.

—No hay respuesta —dijo Strauss, viéndolo a los ojos—. Sólo hay urgencia. Aunque entiendo su petición. Y la llevaré conmigo a mi regreso para comunicarla y asegurarme de que llegue a los niveles más altos del gobierno. Tiene mi promesa.

El fugitivo resopló y sacudió un poco de ceniza sobre el cenicero. Sus ojos se dirigieron a su amigo, Vrba, como si existiese una especie de acuerdo silencioso entre ellos. Después de aguardar por un momento, Strauss se dispuso a colocar la foto de Mendl de vuelta en su portafolio.

De pronto Rudolf Vrba habló, con un inglés de acento fuerte, y asintió de mala gana:

—Él está ahí. El hombre que busca. Claro, eso fue hace dos meses. Cientos mueren día tras día. Así que quién sabe a ciencia cierta si...

Strauss sintió un brote de optimismo que le recorría el cuerpo. «Él está ahí.» Estas eran justamente las palabras que quería escuchar, por las cuales había atravesado el océano.

—¿Cómo puede estar seguro? —le preguntó al checo—. Probablemente había miles de rostros ahí. Y es posible que luzca diferente ahora. Todo ha cambiado.

Un recuerdo era una cosa, pero Strauss necesitaba confirmación. Algo firme.

Vrba se encogió de hombros.

—Él era una especie de profesor, ¿no es así? Al menos así lo llamaba la gente.

—Sí. —Strauss asintió. Su pulso estaba acelerado—. Lo era.

—Además, está la cuestión del inferior derecho siete...

—¿Inferior derecho siete...? —Strauss lo observó confundido. Escribió el código en una libreta—. ¿Qué es eso?

—Molar inferior derecho. Yo estudié odontología en mi país. Una vez me lo trajeron, por un absceso. —Su boca pícara se curvó hasta formar una sonrisa—. En el campo nunca prestaba mucha atención a los rostros. Pero nunca olvido un diente.

8

Esa noche, Strauss estaba sentado en el bar del hotel Sao Mamede, en una calle lateral oscura, a un mundo de distancia del ruido y la vida festiva del casino. Más lejos aún del hotel Palácio Estoril y su bullicioso bar con paneles de madera, donde los espías alemanes y británicos socializaban mientras bebían coñac; un lugar en el cual todo el que entraba seguro terminaría en la lista negra de alguien.

Además de él, sólo había una pareja en el bar, bebiendo Aperol y besuqueándose en un rincón tranquilo.

Aquí nadie notaría su presencia. Ningún recepcionista revisaría sus mensajes. Strauss releyó el telegrama que acababa de enviar de vuelta a Washington, D. C.

Iba dirigido a un número de télex que se había establecido de manera que su mensaje llegaría a manos del coronel Donovan sin que nadie más lo revisara. El mensaje describía, principalmente, los detalles mundanos de su viaje: los clientes que había visto, órdenes pendientes, una solicitud para el Departamento de Minerales. Todo era falso, desde luego. Inventado.

La única línea del mensaje que tenía alguna importancia era la última.

«No va a ayudarnos, ¿cierto?», Alexander Katzner recurrió a él después de la confesión de Vrba y Wetzler, una vez que el verdadero propósito de la visita de Strauss había quedado claro.

«No. No puedo.»

Strauss estudió la Torá hasta su adolescencia. La familia de su padre aún tenía parientes en Europa. Pensaba en los números que había visto tatuados en la muñeca de Wetzler. Si fuese posible enviar aviones para bombardear esos sitios de mierda, él personalmente pilotearía el primero.

El cantinero se le acercó.

—Whisky escocés —ordenó él—. El mejor que tenga. —Normalmente no bebía, pero esta noche, mientras imaginaba cuál sería la reacción de Donovan, una bebida parecía ser lo más indicado.

«Cientos de personas inocentes mueren día tras día. ¿Qué ha hecho este hombre para merecer su atención por encima de todos los demás?», le preguntó Wetzler.

«¿Cómo es que usted no lo siente —le recriminó uno de los funcionarios de la junta para refugiados, mirándolo a los ojos— siendo judío?»

Sí, claro que lo sentía. Cómo le dolía no poder responder.

Simplemente no era el motivo por el cual estaba aquí.

El cantinero le trajo su whisky. Strauss lo bebió de un trago. Sintió que su corazón se iluminaba. Sonrió al imaginar la respuesta de su jefe al recibir las noticias, a más de cuatro mil kilómetros de distancia.

Pidió otro whisky.

«Un absceso...» Strauss no pudo evitar reír y sacudir la cabeza. Al menos ya sabían dónde estaba. En un lugar que se asemejaba más al infierno que a la vida. Ahora lo único que tenían que hacer era sacarlo.

«La pesca luce prometedora aquí», había escrito al final del telegrama. «Prepare su caña. El *catfish* está en el estanque.»

9

Principios de mayo, dos semanas después
Washington, D. C.
La misma reunión en la Casa Blanca
con Roosevelt, Stimson, Morgenthau y Donovan

Roosevelt se quedó mirando a Strauss, quien dejó sus papeles sobre la mesa.

—Hablamos de este hombre que se encuentra en Auschwitz, capitán… Dijo que podría existir otra opción, ¿cierto?

—Sí —dijo Strauss, a la vez que volteaba a ver a su jefe, Donovan. El jefe de la oss hizo un gesto para indicarle que continuara—. Si no podemos negociar su salida de ahí, ni intercambiarlo —el capitán se aclaró la garganta—, entonces sugiero que simplemente nos lo llevemos.

Al principio, nadie dijo nada.

—¿Nos lo llevemos…? —El secretario del Tesoro, Morgenthau, se le quedó viendo como si hubiese escuchado mal—. ¿Quiere decir entrar así, como si nada? ¿A un campo de exterminio vigilado por miles de alemanes? ¿En medio del territorio ocupado de Polonia?

Strauss sintió la vacilación de los presentes. Sin duda, este era el escenario más importante en el que jamás se había presentado. «Y tal vez sea el último», pensó por un momento. Miró al secretario del Tesoro, uno de los confidentes más allegados al presidente, un hombre a quien sabía que tenía que convencer, y asintió firmemente.

—Sí, eso es lo que sugiero, señor.

Strauss miró a Henry Stimson mientras el aire en la habitación parecía ponerse denso por el escepticismo que reinaba en ella.

—Dice que necesitan a este hombre, ¿no, señor secretario?

El secretario de Guerra del presidente Roosevelt asintió de mala gana.

—Era profesor. En Leópolis. Física electromagnética. Es una de las dos personas en todo el mundo que tienen esa experiencia precisa. Sin él —miró al presidente—, me temo que nuestra gente en el lejano oeste considere que nos quedaríamos más atrás.

Era la primera vez que Strauss había escuchado la frase «lejano oeste», pero evidentemente se trataba de algo importante. Dentro de la red de inteligencia militar, se rumoraba que estaban cerca de entregar un arma de magnitud trascendente.

—¿Quiere decir que es uno de los dos...? —Roosevelt tenía la mirada fija en Stimson.

—Sí. Pero de acuerdo con el general Groves —intervino el jefe de la oss—, es el único que no trabaja actualmente con los alemanes en sus propios experimentos con uranio —aclaró Donovan.

—Ya veo. —Se llevaban a cabo experimentos científicos secretos de fisión nuclear para producir una reacción en cadena capaz de crear un arma mil veces más poderosa que cualquiera que el mundo hubiese visto antes. Los avances en dichos experimentos estaban en constante competencia para tener el mayor progreso en ambos lados del Atlántico; en Estados Unidos, en Los Álamos, Nuevo México (el lejano oeste), corrían a cargo del físico Robert Oppenheimer y su supervisor militar, el general Leslie Groves. En esta habitación, solamente Roosevelt y su secretario de Guerra sabían a ciencia cierta todo lo que estaba en juego en esta carrera, y sabían también que el resultado de la guerra probablemente favorecería al ganador.

—En ese caso —dijo el capitán Strauss mientras miraba a todos los que estaban sentados alrededor de la mesa—, eso es lo que propongo que hagamos.

—¿Quiere decir una incursión? —Ahora era el turno del presidente de cuestionarlo—. ¿En territorio nazi? ¿Enviar a un pelotón, abatir a los guardias, encontrarlo y sacarlo?

—No, señor presidente —explicó el capitán de la oss. Abrió un fólder y sacó un mapa, una representación del campo que Vrba y Wetzler habían dibujado ellos mismos—. Una incursión resultaría imposible dada la alta seguridad del campo. Además, hay destacamentos de tropas adicionales en los alrededores. No puede hacerse por la fuerza, al menos no tan rápidamente. Hay miles de prisioneros ahí. Me dicen que los tienen identificados por números, ni siquiera por nombres. Yo vi esto en Lisboa. —Tendió el brazo—. Números tatuados en las muñecas de los prisioneros.

Roosevelt se estremeció; luego se dirigió a Donovan.

—Entonces ¿cuál es su plan?

—Un hombre. —El jefe de la oss tomó el mapa de Vrba—. Lo dejamos de noche cerca de ahí. Lo conectamos con partisanos locales, después de habernos puesto en contacto con ellos. Así podremos meterlo a escondidas al campo. Después tendrá setenta y dos horas para encontrar su objetivo y salir ambos de ahí.

—*¿Un solo hombre?* ¿En ese lugar? Sería como encontrar una aguja en un pajar —dijo Henry Stimson—. Si es que sigue vivo, para empezar.

—Sí, estoy de acuerdo —coincidió Donovan seriamente—. Es un gran riesgo, con pocas probabilidades. Pero, según entiendo, el riesgo de no tener a este hombre de nuestra parte también es considerable.

—Un solo hombre… —dijo Morgenthau, expresando en voz alta lo que todos estaban pensando—. Y ¿quién podría siquiera pensar en emprender esta misión? Ya leyó las atrocidades que ocurren en ese lugar. Si lo atrapan o no logra salir, sería un suicidio. Y es un hecho que lo atraparán, coronel Donovan, puede estar seguro de ello. ¿Y entonces qué? —Miró a Roosevelt—. Pondría en riesgo todas las importantes negociaciones que estamos llevando a cabo en este momento. El propio Eichmann está preparado para intercambiar miles de vidas judías. Y no podríamos enviar a un agente entrenado, destacaría entre la gente en cuestión de minutos. Tendría que ser alguien que hablara el idioma, de aspecto convincente...

—Creo que tenemos un candidato —interrumpió Peter Strauss mientras abría otro archivo. Les pasó una fotografía a los demás.

Era el retrato de un hombre de facciones semíticas y tez oscura, de unos veintitantos años, rostro estrecho y demacrado y ojos negros.

—No es un agente. Es un teniente de logística aquí en Washington —dijo Strauss—. Actualmente se dedica a decodificar telegramas alemanes y polacos. Su nombre es Nathan Blum.

—¿Es judío? —preguntó Morgenthau, tomando la fotografía y observándola con atención.

—Sí.

Stimson miró al capitán de la OSS con incredulidad.

—¿Quiere infiltrar a un traductor que nunca se ha separado de su escritorio a un campo de trabajo en territorio enemigo en una de las misiones encubiertas más críticas de la guerra? ¿Está loco? —El secretario de Guerra no ocultaba el desdén que sentía por lo que él consideraba imprudencia por parte de la OSS en muchas de sus empresas; toda la comunidad de inteligencia lo sabía.

—No es sólo un traductor. Llegó aquí desde Varsovia en 1941 —explicó Strauss—. Se escapó del gueto de Cracovia y arriesgó su vida para llevar consigo un documento religioso muy preciado hasta Suecia. Pasó un año en Northwestern, donde fue el campeón de boxeo de la escuela en la categoría de peso ligero. Después de eso, se enlistó en el ejército. Habla cuatro idiomas con fluidez, incluyendo polaco y alemán.

—¿Y cree que estará dispuesto a hacer esto? —Roosevelt observó la fotografía y luego se la devolvió a Strauss—. ¿Regresar al mismo lugar donde arriesgó su vida para escapar? ¿En una búsqueda casi imposible para encontrar a un hombre?

—Creemos que hay bastantes posibilidades de que acepte —intervino el coronel Donovan—. Ya había solicitado la oportunidad de hacer algo más.

—Oh, sin duda esto clasifica como hacer algo más —dijo burlonamente Stimson.

—Además, hay algo aún…

—¿Y eso es…? —Los ojos duros de Roosevelt se posaron sobre él.

—Toda su familia fue asesinada por los alemanes seis meses después de que llegó aquí. —Donovan miró al presidente a los ojos—. Según dicen aquellos que lo conocen, él siente que los dejó morir ahí.

10

Al día siguiente
Sede de la OSS, *Washington, D. C.*

Nathan Blum estaba sentado en su escritorio, uno entre la fila de doce, en el sótano del edificio C de la oficina central de la OSS en Washington. Acababa de llegar una pila de telegramas, algunos en polaco, otros en ruso y ucraniano, por lo general codificados, provenientes de los partisanos en los territorios ocupados de Polonia y Ucrania. Ya que Blum era un analista grado C, era su trabajo traducirlos desde la lengua origen y después enviarlos, de acuerdo con su nivel de prioridad, al personal correspondiente en su departamento, el cual era conocido como UE-5 en el edificio, o Actividades Subterráneas en Europa. El 5 correspondía a Polonia, y este departamento se encargaba de contactar y coordinar todas las actividades insurgentes que se llevaban a cabo ahí.

Esa mañana habían recibido una serie de fotografías que venían dentro de una bolsa sellada desde Londres. Las fotos mostraban varios pedazos de escombros grandes que habían sido recogidos por la resistencia polaca del río Bug, cerca del pueblo de Siemiatycze, al este de Polonia. Dos semanas antes de eso, habían interceptado telegramas en los que se detallaba cómo dos importantes científicos alemanes del laboratorio secreto de misiles en Peenemünde se dirigían a esa área de Polonia, donde los nazis aparentemente habían dispuesto una especie de instalación secreta de pruebas. Ahora Blum entendía mejor por qué, dos días atrás, los partisanos que se encontraban cerca de Siemiatycze habían informado de un destello que había aparecido en el cielo durante la madrugada, el cual había caído de vuelta a la tierra en espiral. Claramente se trataba de la prueba fallida de alguna especie de misil secreto. Al combinar ambos informes en su mente, Blum estaba seguro de que estas fotografías no eran de unos restos cualquiera. Esto era importante, estaba casi convencido de ello. Es probable que se tratara del vuelo de prueba del V-2, el supuesto misil teledirigido que los nazis podrían lanzar desde su país hasta la indefensa Inglaterra. Los restos en sí estaban en manos de la resistencia polaca, esperando ser transportados a otra ubicación desde la cual los llevarían a Inglaterra para que fuesen revisados por un grupo de expertos. A esta maniobra se le conocía como Operación Most, que quiere decir «puente» en polaco.

Las imágenes que Blum tenía en sus manos bien podrían resultar ser uno de los avances más grandes del sistema estratégico de guerra.

Aunque tenía apenas veintitrés años, y a pesar de que era el enlace cotidiano con el AK (Armia Krajowa) —el grupo principal de la resistencia polaca que estaba activamente involucrado en una guerra de sabotajes y asesinatos detrás de las líneas enemigas, y que hacía que la vida en el debilitado frente nazi en Rusia fuese un verdadero infierno—, Blum había pasado todo el último año en este mohoso sótano, anhelando poder hacer más por la causa. Tan sólo tres años atrás había sido estudiante de Economía en la universidad de su ciudad natal, Cracovia, a la vez que seguía practicando a Liszt y Chopin en el piano con el único afán de complacer a su madre, aun cuando él prefería la música más contemporánea de Fats Waller y los artistas de jazz estadounidenses que habían invadido a todo el continente con su música. Lo hacía bastante bien, aunque no le llegaba ni a los talones a su hermana menor, Leisa, quien tocaba el clarinete; todos decían que algún día llegaría a la orquesta nacional. Su padre era el dueño de la mejor tienda de Cracovia, ubicada en la calle Floriańska, con una pequeña fábrica en el piso de arriba. Vendían sombreros de fieltro, borsalinos, fedoras, incluso los pequeños sombreros alpinos de *tweed* que eran tan populares entre los austriacos y los alemanes en esos días, hasta sombreros rabínicos. Los sombreros no tenían país ni nacionalidad, como solía decir su padre. Antes de que llegaran los nazis, vivían en un espacioso departamento en la calle Grodzka, cerca de la basílica de Santa María, y no en el barrio judío. Los clientes de su padre eran empresarios, funcionarios de gobierno, profesores, rabinos y hasta miembros de familias reales exiliados. Había música en sus vidas, arte y amigos de todos los sectores de la sociedad polaca. Hablaban polaco, no yidis. Ni siquiera seguían una dieta kosher.

Su madre siempre contaba la misma historia, la de aquella vez que había visitado a su tía Rosa, quien solía quejarse: «Sé que a ti no te importa, pero ¿no podrías por lo menos poner un cuchillo para untarle mantequilla al pan y otro para cortar la carne?».

A lo cual su madre respondía: «Pero ¿acaso no sabe, querida tía, que fríen la carne en mantequilla?».

Su pobre tía se puso pálida.

Claro, esto fue antes de 1941, cuando se obligó a los judíos a cerrar todos sus negocios y fueron enviados al gueto.

En la universidad, Blum se unió al movimiento político libre juvenil. Incluso ayudó a publicar un boletín antifascista, *HeHaluc HaLohem (El Pionero de la Lucha)*. Después, en octubre, se les informó a los judíos que ya no podían estudiar ahí. Saquearon la tienda de su padre y la marcaron con una gran estrella amarilla; también les entregaron y los obligaron a utilizar brazaletes y parches. Luego a cerrar la tienda, después de sesenta años en el negocio, después de dos generaciones que habían vendido sombreros a los caballeros más distinguidos de Polonia. En el gueto, tuvieron que mudarse a un departamento estrecho y en mal estado en la calle Józefińska con sus primos, la familia Herzlich; doce personas compartiendo cuatro pequeñas habitaciones. Blum se convirtió en lo que se conoce como un hurón en la pared; sacaba correspondencia del lugar con regularidad, enviaba mensajes de y para las familias, traía comida y las medicinas que hacían falta y hasta transportaba dinero para guardarlo y contrabandear armas. Su amigo de la universidad, Jakob Epstein, había crecido en esa área y le mostró a Blum todas las alcantarillas y túneles, las puertas entre los edificios que nadie conocía, los escondites ocultos en caso de que los persiguieran, incluso los pasadizos debajo de la sinagoga y los pasajes sobre los tejados, hasta que llegaron a conocerlos tan bien como cualquier ladrón local. Si lo hubieran capturado mientras trataba de contrabandear algo, sin duda lo habrían matado, con severas repercusiones para su familia también. Lo que Blum tenía a su favor más que nada era su rostro inocente y cierta cualidad que hacía que la gente confiara en él, ocultando sus intenciones.

Una vez, para evitar que lo capturaran, tuvo que esconderse debajo del chasis de un camión que transportaba tropas alemanas justo al mismo tiempo en que se llevaba a cabo una redada; luego rodó por el suelo para salir y se ocultó detrás de unos botes de basura mientras el camión se alejaba, con las tropas aferradas al costado. En otra ocasión lo detuvieron afuera de la puerta de entrada con paquetes de dinero y cartas, los cuales había cosido a su mochila, y mostró una credencial falsificada que decía que era un trabajador de Struhl, una fábrica de azúcar alemana que se encontraba fuera del sector. «Te ves un poco joven para ser un trabajador.» El guardia lo observó con escepticismo. «No soy el gerente», respondió Blum, sin dejar que su miedo lo traicionase, «sólo el barrendero». Lo dejaron pasar. Y en otra ocasión le dispararon mientras huía por un tejado; por fortuna, la bala apenas rozó su brazo, un recordatorio de la verdadera magnitud del peligro al que se enfrentaba, aunque su madre lo trató como si estuviese herido de muerte.

En la primavera de 1943 cerraron el gueto permanentemente y el trato que recibían los judíos y sus familias empeoró. Prevalecía entre ellos una sensación de incertidumbre, había rumores de ejecuciones en Łódź y Varsovia, de deportaciones masivas que se dirigían a lugares inciertos, donde las personas desaparecían para siempre. El rostro de su padre quedaría marcado con una tristeza perpetua. Todo lo que su propio padre y él habían construido se había perdido. Todos los clientes del gobierno que habían tenido a lo largo de los años, las relaciones que habían forjado con algunas de las familias más adineradas de Cracovia, que ahora ni siquiera se molestaban en responder a sus cartas. Cierto día sacaron a Epstein, el amigo de Blum, de su departamento y se lo llevaron a la sede de la Gestapo en Dom Slaski. Nadie volvió a saber de él. La madre de Blum le suplicó que dejara lo que hacía; era sólo cuestión de tiempo antes de que atraparan a Nathan también. Poco tiempo después, el rabino Morgenstern buscó la ayuda de su padre. La sinagoga más representativa de Cracovia resguardaba un Talmud muy importante que se remontaba al siglo XII, con un comentario escrito por un alumno del venerable Maimónides en persona. El sagrado documento tenía que sobrevivir a cualquier costo, como lo acordaron los ancianos del templo. ¿Y quién estaba mejor preparado que nadie para pasarlo de contrabando y ponerlo a salvo en las manos indicadas?

Blum.

Él no quería marcharse ni abandonar a sus padres y a su hermana, quien siempre había sido su amiga más cercana. Los rumores de las deportaciones masivas se extendían como incendios forestales en el gueto. ¿Quién cuidaría de su familia? ¿Quién estaba mejor capacitado para cuidar de ellos? Algunos de sus amigos hablaban sobre quedarse en el gueto y dar batalla.

Pero su padre insistió en que ese Talmud era un tesoro tan grande como cualquier otro en cualquier sinagoga de Europa. ¿Y qué esperanza tenía Nathan si se quedaba aquí? Sólo terminar como su amigo, Jakob, secuestrado por la Gestapo. Y muerto, sin duda. «Algún día pasará», le insistía a Blum. «¿Dónde estará tu madre entonces?» Y si no, podrían habérselo llevado en una de las deportaciones masivas. ¿De qué habría servido quedarse en ese caso? «Al menos así había esperanza.» La resistencia clandestina sabía cómo Blum podía llegar al norte. Primero, en un camión de leche; después por el Vístula en una barcaza hasta la ciudad portuaria de Gdynia; y luego atravesaría el Báltico hasta Suecia en un buque de carga. Era un gran honor que lo eligiesen para esta misión, había dicho su padre. Al final, terminó por convencerlo. Contra sus propios deseos, accedió. Le llevó un mes hacerlo, pero finalmente entregó el documento, el cual estaba atado y envuelto como una salchicha, en manos de una agencia de judíos refugiados en Estocolmo. Tenía una prima, por parte de su madre, que vivía en Chicago, y ella puso el dinero necesario para que él pudiese viajar a Estados Unidos, así que Blum, de apenas veinte años y sin hablar una sola palabra de inglés, pero tras haber pasado un año y medio evadiendo a los alemanes, emprendió el viaje a través del Atlántico.

Aprendió inglés rápidamente, viendo películas y practicando con sus primos; tenía una habilidad innata para los idiomas. Al año siguiente lo aceptaron en la Universidad Northwestern, a la cual asistió un año y donde retomó sus viejas materias. Un día llegó la noticia de que, en represalia por el asesinato de un oficial de la Gestapo, los alemanes entraron al gueto y sacaron a todos los habitantes del edificio donde vivía la familia de Blum, entre ellos su padre, su madre y su hermana, y los mataron, así como a sus primos, los Herzlich. «Cuarenta por uno», así lo llamaron. Cuarenta inservibles vidas judías por cada alemán caído. La carta que había llegado de contrabando describía el cuerpo ensangrentado de su padre colgado junto a los de otros hombres durante días, sin enterrar y pudriéndose en la plaza pública, como un recordatorio para cualquiera que tuviese ideas similares en la cabeza. Isidor Blum había sido un hombre amable cuyo único amor en la vida, además de su familia, era ayudar a los demás a elegir el sombrero perfecto para ellos, incluyendo alemanes y austriacos. Y la pobre de Leisa, quien todos aseguraban un día tocaría con la orquesta nacional polaca, ni siquiera sabía de política. Sólo de Mozart y de sus escalas. Blum se sentía desconsolado al pensar en ella; la extrañaría más que a nadie.

Lo único en lo que podía pensar era que, de haberse quedado ahí, jamás los habría dejado salir. Se habría percatado de los camiones que arribaban y habría encontrado alguna solución: el estrecho pasaje que salía de su edificio, el cual había usado después del toque de queda en cientos de ocasiones; por el sótano, hasta el callejón que llevaba a la fábrica de camisas de al lado y de ahí hasta la calle Lwowska; o por el tejado, en caso de que los alemanes estuviesen ya en el edificio, hasta llegar al número 10 de la calle Herzl, para bajar por la escalera de incendios hasta el callejón. De haber estado ahí, les habría advertido que nunca salieran a la plaza. Él había visto en persona cómo los alemanes actuaban en represalia.

Después de esta noticia, la vida universitaria ya no significaba nada para Blum. Se encontraba en un lugar extraño, estudiando materias que no tenían sentido para él, en un idioma nuevo. Todos sus seres queridos se habían ido. De cualquier modo, después de Pearl Harbor, todos los alumnos empezaron a enlistarse, así que Blum también lo hizo, con la esperanza de ser el primero en ir a Polonia para liberar orgullosamente a su país de los odiados *szkopy*, «cerdos alemanes». Pero debido a su habilidad con los idiomas, lo asignaron al área de inteligencia. Era un gran honor, le dijeron. Esta es la mejor manera de servir.

Un año después seguía ahí.

Había un grupo en particular en plena formación en ese momento: soldados jóvenes, en su mayoría judíos de ascendencia alemana, que estaban siendo entrenados en logística en Fort Ritchie, al oeste de Maryland. Estos soldados serían enviados como parte de una invasión (que todos veían venir) y ayudarían a interrogar a los prisioneros alemanes y a establecer contacto con los partisanos locales. Blum ya había hecho la solicitud a su superior para que lo transfirieran. Aquí sólo se quedaba sentado en un sótano, usando las habilidades que había perfeccionado cuando era niño, sellando y traduciendo papeles y enviándolos a sus superiores. Pero si lo enviaban allá, al menos podría arriesgar su vida por su familia. Ese sentimiento no había dejado de atormentarlo ni un solo día: que él se hubiera marchado mientras todos sus seres amados se habían quedado para morir. Anhelaba hacer algo de verdad relevante antes de que la guerra llegara a su fin. De otro modo, la imagen de su familia muerta quedaría grabada en su mente por el resto de sus días. Preguntó e insistió hasta que se convirtió en una molestia. Le dijeron que estaban revisando su expediente. Pronto le informarían.

Pero esa mañana... guardó las fotografías de los restos que habían llegado desde Londres en un sobre de manila marcado como URGENTE y lo envió por los canales. «Atención: Capitán Greer.» Por dentro, sentía orgullo de que hubiesen sido los combatientes polacos quienes habían puesto su vida en riesgo para encontrarlos. Estaba seguro de que las personas indicadas estarían revisándolas «al derecho y al revés» en cuestión de un día. Luego empezó a revisar y enviar los otros telegramas que habían llegado ese día, desde Pilawa, Łódź, sobre un desplazamiento de tropas avistado en la frontera ucraniana y un puente hecho pedazos en el río Bog que bloqueaba las rutas de retirada para los alemanes. Varsovia estaba en llamas. Había tomado un tiempo, pero los polacos al fin estaban luchando.

Pensó en el día en que sus padres lo enviaron a su nuevo viaje.

«No quiero ir», le dijo a su padre. «Me necesitan aquí con ustedes. ¿Quién más los va a cuidar?»

«Dios nos cuidará», le respondió su padre, quien no era religioso. «Dios siempre protege a los justos, ¿cierto?» Le hizo un guiño como si se tratase de un chiste entre Blum y él. «Especialmente», le dijo, «si esa persona lleva el sombrero adecuado».

Se quitó el sombrero, un preciado Homburg que su propio padre había usado, y lo colocó en la cabeza de Nathan, cepillando el fieltro e inclinando el ángulo ligeramente, sólo lo suficiente. Su padre solía decir que podías juzgar el carácter de un hombre por su elección de sombrero más que por cualquier otro aspecto.

«Aún no nos ha abandonado, Nathan.» Le dio una palmada a su hijo en el hombro. «Ahora vamos con el rabino, ¿sí? Antes del toque de queda.» Se detuvo y observó a Nathan por un largo rato.

«¿Qué?»

«La próxima vez que te vea, tal vez por fin te haya crecido la barba», le dijo su padre, y se le nubló ligeramente la mirada. «Pero nunca serás más hombre para mí de lo que eres hoy.»

Se abrazaron y Blum supo con certeza en ese momento, al sentir los brazos de su padre alrededor, que no volvería a ver a ninguno de ellos.

«*Blum…*»

Sus pensamientos volvieron de golpe al presente. El oficial en servicio, un hombre pelirrojo, grande y de hombros anchos llamado Sloan, quien solía jugar futbol cuando estaba en la Universidad de Virginia, se acercó a su escritorio.

Blum se puso de pie.

—Señor.

—En descanso. Repórtese a la sala principal.

—¿Sala principal…? —Ahí era donde todos los peces gordos trabajaban. Blum sólo había estado ahí una vez, el día en que llegó a las oficinas administrativas para recibir su nombramiento y firmar los papeles de confidencialidad. Sintió una corriente que recorría sus venas.

—¿Departamento de personal…? —preguntó, con la seguridad de que su transferencia a Fort Ritchie al fin había sido aceptada.

—No exactamente. —El oficial rio a sabiendas de lo que ocurría—. El jefe quiere verlo arriba.

—¿El jefe…? —Blum se le quedó viendo como si el oficial estuviese bromeando—. ¿A mí?

—Espabílese, teniente. —El hombre grande y pelirrojo asintió y le arrojó su gorra—. El coronel Donovan.

11

Una teniente júnior escoltó a Blum, gorra en mano, entre filas de secretarias y ruidosos télex, hasta unas oficinas alfombradas en el tercer piso.

—Espere. —La oficial tocó la puerta de la oficina que estaba en la esquina y se asomó—. El teniente Blum está aquí, señor.

—Que pase, por favor —dijo una voz.

Sin creerlo del todo, Blum entró a la gran oficina de alfombra roja, donde destacaba un sólido escritorio de roble flanqueado por una bandera estadounidense y una de las Fuerzas Aliadas, así como un retrato del presidente Roosevelt colgado en la pared.

El coronel William Donovan, a quien Blum sólo había visto en un par de ocasiones durante sus visitas a la penitenciaría y cuya mano había estrechado una vez cuando el Jefe pasó junto a su lugar, estaba de pie detrás del escritorio. Era de estatura mediana, pecho grande, con una fuerte nariz irlandesa, una barbilla sólida, como la de un boxeador profesional, y unos ojos estrechos y profundos. Todos sabían que había ganado la medalla de honor por actos de valor extraordinario en la guerra anterior, los mismos actos que le habían ganado el apodo del Salvaje Bill. Junto a la larga mesa de conferencias estaba otro oficial de pie. Era más bajo, delgado y su cabello oscuro ya empezaba a mostrar algunas entradas, a pesar de que tenía un rostro juvenil con labios delgados.

Blum no tenía idea de cómo era posible que la persona responsable de toda la red de inteligencia militar de Estados Unidos supiera de su existencia.

—El teniente Blum, ¿cierto…? —El coronel Donovan, de cabello canoso, salió de su escritorio.

—Señor. —Blum dio un paso vacilante y luchó contra el impulso de mirar hacia atrás en caso de que hubiese otro oficial con el mismo nombre parado detrás de él.

—¿El teniente Nathan Blum, asignado a la Cuarta División, UE-5…? —recitó rápidamente el jefe de la oss al ver la indecisión de Blum—. Llamé al oficial correcto, ¿verdad?

—Sí, señor, soy yo.

—En ese caso relájese, teniente. ¿Por qué no se sienta por aquí? —Donovan señaló con un gesto la larga mesa de conferencias, donde el capitán estaba de pie al otro lado—. Por favor… —insistió el coronel Donovan, apuntando a una silla cerca de la cabecera. Luego sacó su propia silla y se sentó a mitad de la mesa—. ¿Una taza de café?

Las piernas de Blum se sentían como de hule; tomó asiento.

—Por favor.

—¿Cómo lo toma, teniente? —preguntó el jefe. Una secretaria entró con una bandeja y la colocó en el otro extremo de la larga mesa.

—Negro, por favor, señor.

—Yo también. Desde que era niño. Hay muchas cosas que pueden meter a un viejo irlandés en problemas, pero, en mi experiencia, el café no es una de ellas. Tanto como uno pueda tomar…

Blum, quien había recibido disparos antes de cumplir veinte y había logrado pasar controles con alemanes que no dudarían ni un instante en ejecutarlo ahí mismo, nunca había sentido su corazón latir con tanta velocidad como ahora, hablando cara a cara con el hombre responsable de la vasta red de inteligencia militar de Estados Unidos. Sus ojos observaban la impresionante oficina a su alrededor.

—Puede relajarse, teniente. Todos los informes indican que ha hecho un trabajo de primera aquí. Le presento al capitán Strauss. —Señaló al oficial delgado de facciones oscuras—. Él ha estado a cargo de algunas operaciones que le he asignado personalmente. Veo en su expediente que solicitó una transferencia a ese nuevo grupo que están armando en Fort Ritchie los chicos de ascendencia judío-europea...

—Sí, señor —respondió Blum. Aún vacilaba un poco al dirigirse a alguien de mayor rango y educación en su nueva lengua—. Me gusta lo que hago aquí, señor. Es sólo que... siento que podría servir mejor...

—No hace falta dar explicaciones, hijo —lo interrumpió el coronel—. Están armando un muy buen grupo allá y no tengo duda de que sería de gran ayuda.

—Gracias, señor —La secretaria sirvió el café.

—Es sólo que el capitán Strauss y yo también estamos organizando una operación. He hablado con sus superiores y me han expresado su deseo de hacer algo... ¿Cómo decirlo...? Algo más.

—Sí, señor. Es correcto —respondió Blum, con el corazón acelerado por la expectación.

—Pues ya está haciendo algo, hijo. La gente a mi cargo me dice que es uno de los traductores más competentes que tenemos. Ese trabajo ya es de por sí de suma importancia —asintió—, y ayuda en nuestros esfuerzos por ganar esta guerra. De hecho, he leído algunos de los comunicados que ha enviado.

—Es muy amable de su parte, señor. —Por dentro, Blum sintió un arrebato de orgullo. El Salvaje Bill Donovan sabía de su existencia.

—Sí, justo el capitán me estaba informando... de su familia, en Polonia.

Blum miró al otro oficial, quien había guardado silencio hasta ahora. Asumió que aquello que lo había motivado a enlistarse aparecía en su expediente.

—Sí, los mataron en Cracovia, mi ciudad natal —dijo tratando de sonar tan objetivo como pudo—. Le dispararon a un oficial de la Gestapo en el gueto, así que sacaron a todos los habitantes del edificio donde se encontraba mi familia y los ejecutaron como una forma de represalia ahí mismo en la plaza. Lo llamaron «Cuarenta por uno».

—Sí —asintió sombríamente el coronel Donovan—. Me temo que estoy al tanto de todo eso. Mi más sentido pésame —añadió—. Mi padre también murió cuando era joven, aunque fue de causas naturales. Es una gran carga para cualquiera. Para un hombre de su edad… —Tomó un sorbo de café.

—También mi hermana —continuó Blum—. Ella tocaba el clarinete. Era muy talentosa. Todos decían que algún día tocaría para la orquesta nacional polaca. Pero eso fue hace mucho tiempo; era un mundo distinto. En fin, gracias, señor.

Donovan dejó la taza sobre la mesa y observó a Blum, quien casi sentía que podía ver a través de él, como si lo estudiase con esos duros y profundos ojos irlandeses. Más que eso, como si lo midiera de algún modo. El impresionante entorno, el enorme escritorio, la larga mesa, los objetos de bronce en la habitación, las banderas oficiales… todo esto hacía que Blum se sintiera casi diminuto.

—Veo que logró llegar hasta aquí, a Estados Unidos, completamente por su cuenta —dijo el coronel.

—Sí, señor —confirmó Blum. Empezaba a tener el presentimiento de que esto no tenía que ver con su transferencia—. Pero con ayuda. El Armia Krajowa me ayudó a llegar a Gdynia, por el norte…

—¿El Ar-nia Krajora…? —preguntó Donovan, mutilando el polaco como un vaquero texano de apariencia enjuta que Blum había visto tratando de hablar español en una película.

—Significa el «Ejército Nacional». La resistencia polaca. Desde ahí, un diplomático sueco hizo los arreglos necesarios para que pudiera llegar a Estocolmo. Tengo un primo en Chicago, y él…

—Estoy bien familiarizado con el AK, teniente —le informó el jefe de la OSS.

—Desde luego, señor —dijo Blum.

—Entonces ¿por qué decidió usted…? —Donovan empujó su silla hacia atrás; la chaqueta color caqui de su uniforme estaba decorada con varios listones por su rango y valor—. Seguro había millones de hombres jóvenes como usted que deseaban salir como balas de ahí.

—¿Salir como balas, señor…? —Blum lo miró—. Lo siento, no estoy seguro de…

—Es sólo una expresión, hijo. Significa salir rápidamente de un lugar. La escuché en una película de vaqueros.

—A mí también me gustan las películas de vaqueros. Tendré que ver esa. —Blum se percató de que el jefe aún aguardaba su respuesta—. Me pidieron que pusiera a salvo un paquete muy importante. Un texto histórico. El Talmud de nuestro templo. Es una recopilación de leyes e interpretaciones de la Torá… —Esta vez Donovan sólo sonrió y miró a Strauss como diciéndole que también sabía lo que era el Talmud—. Fue escrito en el siglo XII por un rabino famoso. Pero sólo quisiera que conste, señor, que yo no lo pedí.

—¿Qué fue lo que no pidió, hijo? —respondió el jefe de la OSS.

—No pedí marcharme. Yo quería quedarme y hacer lo que pudiera ahí. Y cuidar a mi familia.

—Habría sido un suicidio quedarse ahí, hijo, sobre todo teniendo la oportunidad de salir. Ahora lo sabe, ¿cierto?

—Sí, lo sé. —Blum miró a Strauss, el capitán que no había dicho nada, y se preguntó si él también era judío—. Pero, de cualquier modo, eso no me habría hecho cambiar de opinión. Se trataba de mi familia, señor. Estoy seguro de que me entiende.

—Desde luego. Lo entiendo perfectamente. Aun así, uno debe tener nervios de acero, ¿no es cierto? Su expediente dice que fue un muy buen informante el tiempo que estuvo allá. En Cracovia. Eso requiere mucho valor. ¿Tiene sangre fría, hijo?

Blum se encogió de hombros y sintió la mirada del coronel fija sobre él. Aun así, no era la clase de cosa que uno suele decir sobre sí mismo.

—Hubo muchas ocasiones en mi vida, señor, desde que los nazis llegaron, en las que he tenido que hacer lo que fuese necesario para sobrevivir.

—Sí, creo que entiendo a qué se refiere. —Donovan asintió—. Cada uno de nosotros tenemos que entregarnos de algún modo, de formas que nunca habríamos imaginado, en situaciones que nos ponen a prueba. —Todos sabían que el jefe había resistido en su posición, sin ayuda de nadie, una ametralladora alemana mientras fue herido en varias ocasiones, salvando así a toda su unidad. Hojeó el expediente de Blum un poco más; luego lo dejó en la mesa—. Así que estamos dispuestos a darle esa oportunidad, hijo, la que tanto ha pedido, si está dispuesto…

—¿La oportunidad de qué, señor? —Blum le devolvió la mirada; estaba seguro de haberse perdido en la conversación en algún momento.

—De hacer algo más. ¿No es eso lo que pidió, teniente? —El jefe de la oss bebió otro sorbo de café y dejó la taza—. Como usted dijo, de hacer lo necesario.

12

Llenaron sus tazas mientras el capitán Strauss, quien Blum ahora sabía con certeza era judío, posiblemente de ascendencia alemana, explicaba en detalle por qué lo habían llamado.

Las razones del capitán fueron un poco vagas al principio.

—Como sabe, teniente, Polonia se ha convertido en un lugar en extremo despiadado... para ser judío. Por lo tanto, pedirle a alguien, a una persona que logró salir de ahí, arriesgándose enormemente, y que luego empezó a construir una nueva vida... que considere, como un gran sacrificio personal para su nuevo país... tal vez incluso para el mundo... —Strauss se aclaró la garganta y miró a Blum—. Desde luego, no habría consecuencias negativas si acaso sintiese que lo que vamos a pedirle es demasiado para usted.

Tanto Donovan como Strauss tenían la mirada fija en Blum. Hubo un silencio prolongado en la habitación.

—¿Quieren que... regrese? —preguntó Blum cuando al fin comprendió con exactitud qué era lo que le estaban pidiendo.

—No sólo regresar... —dijo el capitán. Se puso de pie con su archivo en la mano y le dio vuelta a la mesa para finalmente sentarse junto a Blum—. Queremos que nos ayude a localizar a alguien ahí. En Polonia. Y que lo traiga aquí.

—¿Sacarlo de Polonia? —Blum seguía viéndolos fijamente, sin poder creer del todo lo que escuchaba—. Saben lo difícil que sería eso.

El capitán asintió.

—Me temo que lo que le proponemos es incluso un poco más complicado que eso, teniente... —Respiró hondo y abrió su expediente—. Sin duda habrá escuchado sobre los campos de trabajo que hay ahí, ¿cierto?

—Desde luego, pero le ruego me disculpe, capitán, pues esos lugares no tienen nada de campos de trabajo más que el nombre. Según lo que dicen, la gente que es enviada ahí desaparece para siempre. Familias, pueblos enteros. De hecho, estos son más bien campos de muerte —continuó Blum—. Creo que ambos lo sabemos.

El capitán no respondió, pero al observar el gesto de complicidad que hizo con la cabeza y la mirada fija de Donovan, a Blum le quedó claro lo que querían precisamente.

—Quieren enviarme de vuelta a Polonia. ¿A uno de esos... campos? —preguntó.

—A un lugar llamado Auschwitz. —El coronel Donovan tomó la iniciativa—. Me parece que el verdadero nombre del pueblo es Oświęcim. ¿Lo conoce?

Tal vez no específicamente por ese nombre, pero Blum asintió como uno hace cuando es mejor no expresar en voz alta algo muy grave e indescriptible. Sin embargo, por toda Europa había rumores provenientes de los judíos sobre lo que ocurría en esos lugares; lugares tan oscuros, tan llenos de maldad y muerte, que era muy difícil creer que pudieran ser reales.

—Sí, he escuchado de ese lugar.

—Necesitamos a alguien que esté familiarizado con el área y hable el idioma. Y que... —Strauss lo observó— encaje.

—¿Encaje...? —repitió Blum, sin estar muy seguro aún de lo que le pedían.

—Lo que estamos proponiendo, teniente —dijo el hombre conocido como el Salvaje Bill Donovan, inclinándose hacia adelante y fijando sus profundos ojos sobre Blum—, es infiltrarlo ahí, en el campo, y que usted traiga a alguien de vuelta consigo.

—¿Del campo? —Blum le devolvió una mirada de consternación—. ¿A quién…?

—Buena pregunta. —El capitán Strauss intervino en nombre de su jefe—. Pero me temo que aún no podemos compartir esa información con usted. —Sacó un mapa de su archivo: una representación ampliada del área que rodeaba el campo—. Podemos dejarlo ahí en avión. De noche. Aquí. —Señaló un punto—. Está a unos veinte kilómetros del campo. ¿Alguna vez ha saltado, Blum? No lo vi en su expediente.

—¿De un avión? No. —Sacudió la cabeza—. Sólo en entrenamiento.

—No importa. Nosotros lo guiaremos. Sólo tendrá que hacerlo una ocasión. Una vez en tierra, podemos reunirnos con la resistencia local. Sabemos cómo organizar esto. Podemos lograr que entre. Como parte de un equipo de trabajo cotidiano. Esa es la parte fácil. Al parecer, los trabajadores locales entran y salen del terreno rutinariamente.

—¿Está seguro de esto? —insistió Blum. Lo pintaban como si fuese lo mismo que dar un paseo en la línea de ferrocarril de Chicago: «Primero tomas la línea L hasta la calle Lake, luego cambias a la línea del sur, hasta Garfield, y luego…».

—Como podrá imaginar… —Donovan se inclinó hacia adelante, insinuando una sonrisa irónica en su rostro—, meter a alguien a un lugar como Auschwitz no suele ser el problema.

—Sí, desde luego —dijo Blum, esbozando esa misma sonrisa inconscientemente—. ¿Y pueden sacarme con esta persona y traernos de regreso? —Su mente no dejaba de darle vueltas al asunto y a los riesgos que este implicaba. El solo hecho de entrar en Polonia sería bastante difícil. Detrás de las profundas líneas enemigas. El simple salto lo aterraba. ¿Y qué tal si no lograba reunirse con la resistencia local? Quedaría varado ahí. Solo. O si no conseguía encontrar a ese hombre, suponiendo que pudiera infiltrarse en el campo para empezar. O qué pasaría si los alemanes lo descubren. Sería una muerte segura.

—Sí —asintió Strauss con convicción—. Estoy bastante seguro de que sí.

—Pero una vez adentro, debe saber que estará totalmente por su cuenta —intervino el coronel Donovan—. Diseñaremos su ropa de obrero de tal manera que pueda transformarse en un uniforme del campo. No sabemos con exactitud dónde se encuentra esta persona. Para ser sincero, ni siquiera estamos seguros de que siga con vida. Tiene cincuenta y siete años y no goza de muy buena salud. En ese aspecto, debe verse como de unos setenta y siete. Y por lo que hemos escuchado... —El jefe apoyó su grueso dedo índice sobre la mesa y frunció el ceño—, estar en ese lugar no son precisamente unas vacaciones.

—Sí, he escuchado los rumores —asintió Blum—. ¿Puedo fumar?

—Adelante —dijo el coronel Donovan, quien tomó un cenicero y se lo acercó. Blum sacó un paquete de cigarrillos Lucky, le dio un golpecito a la punta de uno y lo encendió.

Strauss tomó de su archivo un mapa rudimentario, hecho a mano, y lo deslizó por la mesa.

—Este es el campo. —Había un perímetro doble de alambre, con varias torres de vigilancia; también docenas de los que parecían ser cuarteles para los prisioneros, llamados bloques, todos numerados. Cerca de este campo, había otro para las mujeres. Los ojos de Blum se dirigieron a un pequeño edificio rectangular con el siniestro nombre de «Crematorio».

—Sabemos que estuvo aquí hace un mes. Sabemos cómo lograr que entre y salga. Lo que necesitamos es que usted lo encuentre una vez adentro. Tenemos una ruta de escape que funcionará, estamos convencidos. También los nombres de varias de las personas que se encuentran dentro del campo, como otros prisioneros e incluso guardias con los que podría contar. Pero debe saber que sólo tendrá setenta y dos horas y no habrá manera de comunicarnos con usted. El avión de rescate aterrizará precisamente en el lugar en el que lo dejó, y sólo una vez. Solamente puede quedarse ahí por unos minutos y luego se marchará. Tendrá que estar ahí cuando llegue.

—¿Y si no estoy…? —preguntó Blum, mirándolos.

—Si no, entonces me temo que estará totalmente por su cuenta. —El coronel Donovan cruzó los dedos—. En un lugar muy hostil. Si pierde ese avión, no hay boleto de regreso, hijo.

—Setenta y dos horas… —Blum analizó las posibilidades en su mente. Ninguna de ellas tenía un resultado particularmente agradable—. Y si lo encuentro, ¿están seguros de que querrá venir conmigo?

—La verdad, teniente —Strauss se recostó en su silla—, una vez ahí no estamos completamente seguros de nada. Desconocemos cuál es su estado de salud actual. Ni siquiera sabemos a ciencia cierta que siga con vida.

—¿Y aun así están dispuestos a arriesgar tanto para enviarme ahí?

Strauss miró a Donovan.

—Sí. Así es.

—¿Y tampoco puedo saber quién es este hombre? ¿O por qué es tan importante?

—Me temo que no —dijo el coronel Donovan—. No en este momento. Por ahora, sólo podemos mostrarle una fotografía. Y obviamente tendrá su nombre.

Blum dejó caer un poco de ceniza en el cenicero.

—Estaría arriesgando mi vida por este único hombre —dijo, observando los rostros de ambos—, ¿y ni siquiera pueden decirme lo que hace?

El capitán asintió.

—Sí, me temo que esa es la cuestión, teniente.

Blum miró el mapa, asimilando toda la situación. Era verdad que hablaba el idioma y tenía la apariencia indicada. Así que, como Strauss había dicho, «encajaría». También era cierto que ya había escapado antes. Pero ¿y si no lograba encontrar al hombre?

¿O salir? Estaría varado. Su familia ya estaba muerta. Posiblemente muchos de sus amigos también. No le quedaba nada ahí.

—¿Cómo saben todo esto? —preguntó Blum mientras devolvía su mirada hacia ellos—: la disposición del lugar, cómo entrar, estas reuniones que pueden organizar con la resistencia local.

Strauss sacó otras dos fotos del archivo.

—Estuve en Portugal hace una semana, donde me reuní con estos dos hombres que lograron escapar de Auschwitz hace un mes. Son los primeros en hacerlo.

»Rudolf Vrba… —continuó el capitán, colocando la foto sobre la mesa— y Alfred Wetzler. Son checos. Ellos me contaron todo: la disposición del campo, la rutina, el área que lo rodea, los prisioneros que podrían ser de utilidad, los guardias que podríamos comprar. Este mapa es suyo. Es exacto hasta hace un mes. Funcionará, Blum. Incluso han accedido a ayudarnos con esta misión.

Los ojos de Blum regresaron al mapa: el doble perímetro de alambrado, las torres de vigilancia marcadas; luego se detuvieron en el edificio rectangular.

—¿Y qué les dijeron los fugitivos sobre lo que sucede aquí?

Señaló el lugar que tenía la palabra «Crematorio» escrita sobre él.

Strauss no respondió inmediatamente. Miró a su jefe. Después asintió con una especie de circunspección.

—¿Está seguro de que quiere saber?

—Me están pidiendo que arriesgue mi vida para regresar a un lugar, del que tuve la dicha de escapar, y encontrar a una sola persona, cuya ocupación ni siquiera puedo conocer. ¿Cuál es esa expresión…? —Miró a Donovan—. ¿Una aguja en un pajar? Así que, sí, ¿qué sucede ahí? —Blum señaló de nuevo el edificio con su dedo—. Creo que es justo que sepa a qué me podría enfrentar, si voy y todas sus detalladas preparaciones no funcionan del todo.

—No quise decir como parte de esta misión, teniente —Strauss le lanzó una mirada a Donovan y añadió—: sino —se aclaró la garganta— como judío. Gasean a la gente ahí. —Se humedeció los labios—. En grandes cantidades. Miles. Decenas de miles. Más. Luego queman sus cuerpos. Son hornos. —El capitán señaló el edificio del mapa sobre el cual Nathan había preguntado—. Aunque lo que acabo de decirle es estrictamente confidencial y no puede repetirlo, ya sea a alguien de uniforme —observó a Blum con una mirada llena de seriedad— o a un civil.

Un gran vacío invadió el interior de Blum. «Hornos.» Se recostó en la silla, su rostro palideció, sintió náuseas y un nudo en el estómago. «Gaseadas.» Inhaló una gran cantidad de aire por las fosas nasales y dejó salir lo que acababa de escuchar: «Miles. Decenas de miles. Más». Todos habían escuchado de estos horrores. Matanzas de una escala sin precedente. Aun así, todos rezaban para que fuese sólo un rumor. Ahora se daba cuenta de que todo era verdad. Y podía ver algo más detrás de la mandíbula apretada y el aspecto decidido del rostro del capitán de la OSS: pesar y dolor, grabados en la determinación fija de sus ojos.

—*Bist a Yid?*—preguntó Blum, hablando en yidis. «¿Es judío?»

Strauss se detuvo un momento antes de responder. Luego asintió.

—Sí.

—Y este hombre... —Blum colocó su dedo índice sobre el mapa del campo—. ¿Esto no ayudará a ninguno de ellos? ¿A las personas que ya están aquí...?

—A ninguna, tristemente. —El capitán sacudió la cabeza y Nathan pudo percatarse de que él mismo ya había hecho esa pregunta.

Blum asintió, de la misma manera en que lo haría un pariente cercano que acaba de recibir graves noticias de algún familiar, y se recargó en el respaldo de su silla.

—Gente gaseada... Este hombre, del cual no puedo saber nada... Solamente setenta y dos horas para encontrarlo... De otro modo, no habrá forma de volver... —Miró a Donovan—. Si no le importa que lo diga, coronel, sí que sabe negociar al máximo.

—Sí —respondió el jefe de la OSS, riendo entre dientes—. Y eso no es todo, me temo. Necesitamos que nos dé una respuesta pronto.

—¿Qué tan pronto? —preguntó Blum mientras apagaba su cigarrillo.

—Mañana —respondió Donovan a la vez que se ponía de pie.

—¿Mañana...? —Los ojos de Blum se abrieron de sorpresa.

El jefe se levantó, puso su mano en el hombro de Blum y sonrió de nuevo.

—Si no me equivoco, teniente, fue usted quien expresó su interés por hacer algo más.

—Sí. —Blum se puso de pie también.

—Está haciendo un gran trabajo, hijo —dijo el coronel—, por su nuevo país. Estoy seguro de que la reasignación que solicitó con los chicos de Ritchie se aprobará en cualquier momento, si es que así lo desea. —Extendió su mano—. Puede imaginarse lo importante que es esta misión y lo mucho que depende de ella.

—Gracias, señor —respondió Blum. El apretón de mano del jefe era firme y fuerte—. Pero sí tengo una pregunta, si me permite.

—Claro, adelante. —Su mano seguía sujetando la de Donovan.

—Este hombre... Si es que logro rescatarlo, ¿esto salvará o costará más vidas, al final?

—Al final... —El jefe inclinó la cabeza; el lado oscuro y las sombras de la guerra estaban grabados en su profunda mirada—. La respuesta es ambas cosas, me temo.

Blum asintió, tomó su gorra de la mesa y dio un paso hacia la puerta.

—Gracias, señor. —Entonces se detuvo y dudó por un momento. Sentía que algo crecía dentro de él, tal vez valor o estupidez, lo decidiría después; se dio vuelta—. Sólo una cosa más...

Donovan ya se encontraba detrás de su escritorio con un informe entre las manos. Strauss, quien estaba reorganizando su archivo, alzó la mirada.

—¿Sí? Adelante.

—No me han dicho cuál es su plan para sacarme de ahí.

13

Aquella noche, después de que casi todos en la base se habían acostado ya, Blum estaba fumando un cigarrillo en la escalera trasera de los cuarteles oficiales, cerca de K Street. Los truenos retumbaban en el cielo lejano.

Si la junta que había tenido temprano ese día en el edificio A hubiese sido para confirmar su transferencia a Fort Ritchie, tal vez habría celebrado yendo a ver una película, una nueva, como *Tener y no tener*, con Bogart y Bacall, basada en el libro de Hemingway, la cual estaban proyectando en la base. También había una chica con la que había salido en un par de ocasiones, la prima de un vecino de Chicago. Ella trabajaba en el departamento de cosméticos en Woodward & Lothrop, la gran cadena de almacenes. Era bonita y se reía con facilidad, lo cual siempre le recordaba a su hermana. Y, a diferencia de muchas de las oficiales en su unidad, a ella parecía no importarle su acento europeo.

En vez de eso, decidió quedarse en su cuartel. El sentimiento que lo invadía era similar a aquel que había tenido la noche que salió de Cracovia, cuando sintió en su corazón que se estaba despidiendo de su familia por última vez. Se le había presentado una elección en la cual no intervenía la lógica y que no podía evaluar adecuadamente; aun así, sabía que era una decisión que tenía que tomar.

«¿Esto salvará o costará más vidas, al final?»

«Ambas», había dicho el coronel Donovan.

La noche era cálida; le recordaba a varias que había pasado en casa. La humedad solía ser tan densa que uno casi podía untarla en un pan con mermelada cuando no había mantequilla, solía decir su madre.

¿Cómo podría elegir? «¿Esto salvará o costará más vidas?» ¿Qué más podría tomar en cuenta para decidir?, eso es lo que su padre le habría preguntado al coronel. Casi podía escuchar su voz pausada, con la pipa en la mano, mientras hacía la pregunta.

¿O qué habría dicho el rabino Leitner, su instructor? Blum recordaba algo de la *Mishná*, uno de los tantos dogmas de la ley judía que le metieron en la cabeza cuando era niño durante sus lecciones en los salones mal iluminados; entonces sus pensamientos salían volando por la ventana hacia cosas que le resultaban mucho más divertidas: jugar futbol con sus amigos en el parque Krasinski o el ganso que su madre le habría preparado para más tarde durante el *sabbat*, con sopa de cebada y *kreplach*, además de una *kompot* de manzanas y ciruelas guisadas.

Pidyon shvuyim, así es como se expresaba en hebreo.

«Redención de un cautivo.»

Mientras le daba una calada a su cigarrillo, Blum recordó cómo el viejo rabino le preguntó una vez, con el eco de su voz resonando en las esquinas de la sinagoga vacía, si pagar un rescate por la libertad de un rehén al final costaría o salvaría vidas. O tal vez, le explicó, sólo traería más penuria y sufrimiento. «Lo que es bueno no se puede comprender del todo a corto plazo. ¿Lo entiendes, Nathan?» El rabino salió detrás de su escritorio. Es cierto que se salvaría una vida, admitió. Sí. «Pero, entonces, ¿habría otros a quienes se llevarían y retendrían del mismo modo? ¿Deberían utilizarse los fondos destinados a mejorar el templo para este rescate, dejando así que este se deteriorara? Claro, si se tratase de tu hijo o tu hermano», continuó el rabino, encogiéndose de hombros, «la respuesta no es tan clara».

Para Blum, si hacía lo que Strauss y Donovan le habían pedido no sería tanto salvar una vida sino dar la suya en su lugar, como si la ofreciese como rescate. En efecto, Blum sería el rescate. Sentado ahí, sonrió al ver en su mente al viejo rabino acariciando su barba gris, pensativo y murmurando de qué otro modo podría uno determinar si pagar o no por el prisionero cuando no se conoce la respuesta a esa pregunta: «¿Esto salvará o costará más vidas, al final?». Claro, quitando de la ecuación la variable de a quién pertenecía de hecho la vida que se buscaba salvar, un hermano o un completo desconocido. Esa era la única respuesta.

Blum se puso a pensar que desde que los nazis llegaron a Cracovia por primera vez, cuando él tenía diecisiete, ya ninguna respuesta era sencilla.

Recordó que sus padres y su hermana habían renunciado a sus vidas para que él pudiera estar ahí en ese momento. Había muchos otros que podrían haber sido elegidos en su lugar. Por ejemplo, Perlman o Pincas Schreive, recordó Blum. Eran tan hábiles como él para evadir alemanes. «¿Por qué no los eligieron a ellos?» El destello de esperanza en los ojos de su padre, en medio de la tristeza de su última despedida, vino a su memoria. La esperanza disminuía, ya que ambos presentían los destinos que los aguardaban como ramas distintas del mismo árbol.

Y regresar ahora, reflexionó Blum, en una misión más suicida que esperanzadora, por un hombre cualquiera, del cual no conocía más que su rostro y su nombre, cuyo verdadero valor tal vez nunca llegaría a conocer. Entonces su decisión de irse de Cracovia —«Era un gran honor», como le insistió su padre— no habría servido de nada si terminaba entregando su vida en el mismo lugar en el que ellos habían renunciado a las suyas para que él se marchara.

Así que ¿de qué otro modo podría decidirse? Había visto los ojos sombríos del coronel esperando encontrar una respuesta. «Puede imaginarse lo importante que es esta misión y lo mucho que depende de ella...» Su mirada era igual a la de su padre la última vez. Pero luego dijo: «Ni siquiera sabemos a ciencia cierta que siga con vida».

Las probabilidades en contra del éxito de la misión eran considerables. Se había percatado claramente de ello al ver la seriedad reflejada en los rostros de Strauss y Donovan. Más allá de la necesidad y la importancia estratégica que representaba este hombre, ambos sabían muy bien a qué estaban enviando a Blum.

Buscó su billetera y sacó una pequeña fotografía de él y Leisa. Ella tenía catorce años y estaba sentada en el alféizar de la ventana abierta, en la casa de campo que su familia tenía en Masuria. Él apenas tenía edad para empezar a rasurarse.

«Tengo un regalo para ti», le dijo su hermana.

Estaban sentados en el balcón que daba a la escalera de incendios de su pequeño departamento en la calle Józefińska; sus piernas colgaban de la orilla.

—No quiero que te vayas —dijo ella.

Él balanceó los pies.

—Yo tampoco quiero.

—Entonces ¿por qué...? —le suplicó ella—. Dile a papá que cambiaste de opinión.

Cuando él tenía seis y ella tres, su padre le hizo prometer que siempre cuidaría a su hermana, en la escuela, en el parque. Incluso una vez, cuando ella era pequeña, la levantó y, a manera de juego, amenazó con dejarla caer desde la ventana del cuarto piso: «La arrojaré, a menos que prometas que siempre la cuidarás».

«Lo prometo, lo prometo», gritó Blum, sin darse cuenta de que había una repisa debajo de Leisa y que ella nunca estuvo en peligro.

—Tengo que ir —respondió él—. El templo depende de ello. Estarás bien. Le dije a mi amigo Chaim que te cuide en caso de que algo suceda.

—¿Weissman? Es un tarado —respondió Leisa arrugando la nariz.

Era cierto, Chaim era pretencioso y fanfarrón; pero conocía los caminos y callejones para escapar del peligro tan bien como cualquier otra persona en el gueto, y siempre parecía encontrar un pretexto para preguntarle a Blum sobre Leisa.

—No obstante, si algo sale mal y viene a buscarte, debes ir con él. —Blum la miró directamente—. Incluso si mamá y papá no lo hacen. Esto es importante, Leisa. Debes prometérmelo.

Ella sólo se quedó mirando la calle debajo de sus pies, observando a un vendedor que empujaba un carrito cargado de vegetales cuatro pisos debajo de ellos.

—Necesito que me lo prometas —insistió otra vez.

—Está bien, lo prometo —accedió al fin.

La observó más detenidamente.

—Tienes mi palabra. Lo haré.

Blum sonrió.

—Bien.

Pasó un poco de tiempo antes de que ella lo mirara.

—¿Crees que volveremos a vernos?

—Por supuesto —respondió él—. Apuesto mi vida a que así será.

—Ya veremos. No estoy tan preocupada por nosotros, Nathan, como lo estoy por ti. Papá siempre se las arregla. Estados Unidos es un lugar tan distinto. Y tú no hablas ni dos palabras de inglés.

—Eso no es cierto. Sé cómo decir «Put' em up» —lo dijo con esa pronunciación lenta, como arrastrando las palabras, que había escuchado en películas del Viejo Oeste, e imitó la forma de una pistola con los dedos.

—No bromees, Nathan. En fin, tengo algo para ti. Espera aquí. —Entró al departamento y volvió un minuto o dos después con una partitura. Era el *Concierto para clarinete en la mayor* de Mozart, uno de sus favoritos; lo había tocado en los recitales del conservatorio el año pasado. Tomó la primera página y la arrancó.

—¡No, Leisa!

Luego plegó la hoja y la partió justo a la mitad.

—¿Ves? —Dobló uno de los lados en un pequeño cuadrado—. Tú te quedarás con esta mitad y yo con la otra. Cuando nos veamos otra vez, volveremos a unirlas. Así. —Desdobló la suya y las juntó de nuevo; los compases y pasajes volvieron a encajar perfectamente—. Ese será nuestro pacto, ¿de acuerdo? Es como un boleto. No lo perderás, ¿verdad?

—Tendrán que matarme para quitármelo —dijo él, sonriendo.

—Bueno, prefiero que no dejes que eso pase. —Su hermana lo miró con sus grandes ojos oscuros y su mirada ensombrecida por un presentimiento desconocido—. Pero lo mismo digo. —Rodeó el cuello de su hermano con sus brazos—. Te extrañaré, Nathan.

—Yo también, *Doleczki*.

Ella no lo soltaba.

—Hagas lo que hagas, Leisa, no dejes de tocar. Es parte de ti, de lo que eres. Nunca dejes que alguien te lo quite.

—No lo haré —dijo ella; su cuerpo temblaba de miedo.

—Y recuerda, cuando las cosas empeoren…

—Sí, Chaim. —Ella asintió, con la cabeza enterrada en el pecho de Blum—. Si tú lo dices.

Afuera del cuartel, Blum desdobló la partitura que había conservado durante tres años.

«*Wolfgang Ama…*», decía su mitad hasta arriba. «*Concerto ein…*»

Después, los compases iniciales.

Cerró los ojos e imaginó que Leisa sostenía su mitad cuando llegaron las balas. Al menos sabía que la sostenía en su corazón.

Un par de hombres alistados pasaron corriendo a su lado y él se puso de pie. Ambos saludaron.

—Señor.

Blum les devolvió el saludo.

«Estoy seguro de que la reasignación que solicitó con los chicos de Ritchie se aprobará en cualquier momento», le dijo Donovan, «si es que así lo desea».

Recordó que en su *bar mitzvá* en Cracovia habló de la *Aliyá*. Como todos los judíos, él hizo la promesa de ir a Tierra Santa algún día. Una promesa que la mayoría no podría cumplir. Así que, tal vez y de algún modo, esta sería su *Aliyá*. Honrar a sus padres y sus muertes. Su herencia. No en Jerusalén, la Tierra Santa, sino en un campo en medio de los bosques del sur de Polonia, donde ocurrían cosas terribles.

Su tierra prometida.

Para encontrar a un solo hombre.

Sin boleto de vuelta.

Dobló la partitura de Leisa en un cuadrado y la metió en su billetera, junto a la pequeña foto de su hermana que también guardaba ahí. Aplastó su cigarrillo para apagarlo, tomó su gorra y entró. Se detuvo por un segundo. Pensar en ella, cosa que trataba de evitar esos días, le hizo derramar una lágrima.

Meses después de que se enteró del destino de Leisa, también le informaron lo siguiente: Chaim Weissman murió al caer de un tejado en la calle Limanowa mientras huía de los alemanes, la misma mañana en que asesinaron a la familia de Blum.

Cuando el camión que transportaba a las tropas se detuvo frente a su edificio y los alemanes les ordenaron a todos que salieran, «*Schnell!*», ella probablemente esperó, justo como Blum le hizo prometer. Escondida en el hueco de la escalera, esperando. Tal vez estuvo así hasta el momento en que entraron de golpe y la arrastraron gritando por las escaleras.

«Él vendrá, él vendrá», quizá se dijo a sí misma. «Nathan lo prometió.»

Incluso cuando estaban formados contra la pared y llegaron las balas.

14

A la mañana siguiente, antes de su turno, Blum volvió a la sala principal y preguntó dónde quedaba la oficina del capitán Strauss, la cual resultó ser un pequeño y mal iluminado cubículo en el tercer piso, al final de un largo pasillo. Se quedó de pie frente a esta por unos segundos, se quitó la gorra y tocó la puerta.

El capitán alzó la mirada de los mapas e informes que leía; parecía complacido de verlo.

—Teniente.

La oficina de Strauss estaba a un mundo de distancia de la de su jefe. La única fuente de luz era una lámpara brillante sobre el escritorio de metal, sin tomar en cuenta la poca que entraba por una ventana cerrada.

Una de las paredes de estantes estaba repleta de libros y carpetas pesadas. En otra había un mapa de Polonia y uno de Europa. Blum vio dos fotografías enmarcadas sobre el escritorio. Una hermosa mujer de cabello oscuro, posiblemente la esposa del capitán, con dos niños, y otra de una pareja mayor, el hombre en la foto vestía un traje oscuro y tenía una barba corta, mientras que su esposa traía un vestido blanco y un sombrero.

Strauss se echó hacia atrás en la silla de su escritorio y esperó.

—Entonces ¿cuándo me tengo que marchar? —fue todo lo que dijo Blum.

El capitán esbozó una sonrisa. Se puso de pie y extendió la mano.

—Pasado mañana. Hacia Gran Bretaña, por lo menos. La fecha de la misión en sí está programada para finales de mayo. Eso nos da dos semanas allá para prepararnos, familiarizarse con el terreno local y el campo. Lo que puede esperar encontrar adentro. Tendrá que perder algunos kilos, no debería ser muy difícil considerando lo que nos dan de comer estos días.

Blum sonrió.

—El jefe estará contento. ¡Vaya que estará muy contento! —Strauss se sentó en el borde de su escritorio—. Querrá felicitarlo en persona, desde luego. Hoy está en The Hill. Si no le importa, ¿puedo ver sus muñecas?

—¿Mis muñecas…? —preguntó Blum mientras las extendía. Strauss asintió, mientras daba vuelta a su muñeca izquierda.

—No tendrá problema con las agujas, ¿verdad?

—Agujas… —Nathan sacudió la cabeza—. No. ¿Por qué?

—No se preocupe, le explicaremos después. Sé que todo esto está ocurriendo muy rápido. ¿Hay alguien aquí que deba saberlo?

—¿Aquí…? ¿Quiere decir en Estados Unidos? Sólo un amigo, quizá. Nadie especial. Tal vez mi primo y su esposa, que viven en Chicago. Ellos me trajeron.

—Sólo hay que asegurarnos de mantener el verdadero motivo de su viaje en secreto. ¿Qué tal si simplemente les decimos que lo están desplegando? De cualquier modo, están enviando a muchísima gente estos días. No hace falta mencionar nada más.

—Entiendo.

—Oh, y también está esto… —Strauss estiró la mano para tomar algo de su escritorio y abrió un expediente. Sacó una fotografía—. Supongo que no hay motivo para no mostrarle esto ahora.

Era un hombre de mediana edad, de unos cincuenta y tantos tal vez. Tenía un rostro duro pero agradable, mejillas caídas, anteojos de armazón de alambre y cabello canoso peinado de lado.

—Este es su hombre —dijo el capitán—. Aunque es posible que no luzca exactamente así ahora.

Blum recorrió la fotografía de arriba abajo con la mirada.

—No se preocupe, para cuando hayamos terminado tendrá cada arruga de su rostro memorizada.

—¿Cuál es su nombre? —preguntó Blum. El hombre tenía una apariencia gentil, aunque al mismo tiempo su mirada era seria, llena de sabiduría. Tenía un lunar en un lado de la nariz. Blum se preguntó quién era y qué es lo que sabía. ¿Por qué su vida, por encima de la de todos los demás, valía tanto para que Blum arriesgase la suya?

—Su nombre es Mendl. Con una «e». Alfred. Es profesor. De Leópolis. Me temo que eso es básicamente todo lo que puedo decirle por ahora.

—Mendl... —murmuró Blum en voz alta—. ¿Cuál es su especialidad?

—Física electromagnética. Algo complicado. ¿Usted sabe algo de eso?

—Sé que una manzana cae al suelo si uno la suelta.

Strauss sonrió.

—Ese es más o menos mi límite también. Pero mucha gente inteligente, que sí sabe del tema, opina que el conocimiento de Mendl es indispensable. Y eso hace que cualquier riesgo que corramos por traerlo aquí valga la pena. Espero que sepa, Nathan, si no le molesta que le llame así, ya que básicamente pasaremos las siguientes dos semanas pegados el uno al otro, que esta misión, tan difícil como parece, llega hasta los niveles más altos. Y no sólo en este edificio, si sabe a lo que me refiero. Lo único que puedo decir es que al aceptar esta misión está haciendo un gran servicio para su país.

Blum asintió y súbitamente se sintió lleno de orgullo.

—Gracias, señor.

—Lo que me preguntó ayer... —Strauss se sentó de nuevo y lo miró—. Si era judío. De hecho, mi padre es cantor de una sinagoga. —Le dio vuelta a la foto que tenía en su escritorio, la del hombre de traje oscuro con su esposa—. Su congregación está en Brooklyn. El templo Beth Shalom. Todos siempre le preguntan por qué… ¿Por qué no estamos haciendo más para ayudar? Se escuchan tantas cosas horribles sobre lo que está pasando en Europa. Siempre le digo que estamos haciendo todo lo que podemos, pero sé, en mi corazón, que esa no es una buena respuesta. Acortar la maldita guerra lo más que se pueda, sacar a los nazis del poder, esa es la única solución. Y esto… lo que nos está ayudando a hacer, si es que tenemos éxito, y aunque no puedo explicar del todo los detalles de lo que está en juego, será de más ayuda que cualquier cosa que nosotros podamos hacer. ¿Le importa…? —Strauss estiró la mano y tomó la foto de Mendl con una sonrisa que parecía llena de arrepentimiento—. Es la única que tengo por el momento. No se preocupe, para cuando llegue el tiempo de irse estará familiarizado con cada poro de este rostro. Entonces, le informaré a su oficial superior. Supongo que hay alguien que puede tomar su lugar, ¿cierto?

—Mojowitsky —dijo Blum—. Está en la EU-4. Es bastante competente.

—Bien, entonces… —El capitán de la OSS asintió y se puso de pie.

Blum se levantó también.

—Si no le importa —el capitán se quitó los lentes—, tengo curiosidad respecto de algo…

—¿Qué?

—Supongo que ambos hemos pensado en los riesgos de lo que está haciendo. No puedo imaginarme… es decir, el coronel Donovan y yo no somos tan buenos para vender ideas…

—¿Quiere saber por qué acepté ir?

—Sí. Claro, teniendo en cuenta que yo me apuntaría sin pensarlo si cumpliese con el perfil que buscan.

Blum esbozó una pequeña sonrisa. Dirigió su mirada a las repisas metálicas en la pared. Entre los archivos y gruesas carpetas, vio un par de libros de cuero en hebreo. El padre de Strauss era cantor.

—Veo un Talmud. ¿Por casualidad tiene una *Mishná* ahí también?

El Sanedrín de la *Mishná* era el credo escrito más antiguo de la ley judía de la Torá, algo que al hijo de un cantor le habrían leído desde sus primeras lecciones.

—En alguna parte —respondió el capitán, encogiéndose de hombros—. Tal vez.

—Capítulo cuatro, versículo cinco. —Blum se puso de pie—. No tengo un mejor modo de explicarlo.

—Capítulo cuatro, versículo cinco... Veré si puedo encontrar una entonces. ¿Algo más?

—No, señor. —Strauss lo saludó; Blum le respondió—. De hecho, una última cosa... —dijo Blum, dándose vuelta al llegar a la puerta—. Sí hay algo a lo que le temo.

—Espero que no sea a los espacios reducidos —dijo el capitán—. Las cosas podrían llegar a ponerse apretadas ahí una vez que lo dejemos.

—No. —Blum sacudió la cabeza y sonrió—. A las alturas.

Después de que el teniente se fue, Strauss se quedó sentado frente a su escritorio por un largo rato. Se sentía optimista. ¡La operación Catfish estaba de nuevo en acción! Tomó el teléfono para informarle a Donovan —el jefe estaría muy contento también—, pero luego lo pensó mejor y dejó el auricular. Se puso de pie y revisó los estantes que Blum había mencionado. El libro estaba hasta abajo de una pila. Ni siquiera sabía por qué lo tenía. Definitivamente no era por ningún sentimiento religioso que tuviese esos días. En los últimos tres años, sólo había ido al templo en Yom Kipur. Tal vez para complacer a su padre, quien le había dado los libros sagrados antes de que se marchase para cumplir con su deber; estaba decepcionado de que su hijo, después de asistir a la escuela de leyes y al servicio, se hubiese alejado de la fe.

«Un día volverás», le dijo. «Lo harás.»

El Sanedrín de la *Mishná*.

Strauss tomó el libro y se sentó, hojeando el ejemplar de cuero azul hasta que lo encontró: capítulo cuatro, versículo cinco.

Era la historia de Adán. Algún académico sin nombre, Strauss no tenía idea de quién se trataba, había escrito su comentario del texto, resaltado en rojo.

Después, mientras empezaba a leer el pasaje que Blum había mencionado, se permitió sonreír.

Sabía exactamente lo que seguía; era una de las primeras cosas que le hicieron aprender en sus clases de religión. Pensó en Blum y en la familia que este había dejado atrás. Todos estaban muertos ahora. Y él se sentía responsable por ellos. Lo que hacía era algo valiente. Pero no tanto cuando has perdido todo. Todo excepto una cosa. Lo único que le quedaba. Y lo único que importaba.

«Prosperidad», murmuró Strauss para sí. «Para todos nosotros.»

Luego leyó la siguiente página, aunque se la sabía de memoria: «Por esta razón el hombre fue creado al comienzo como una sola persona, para enseñarles que quienquiera que destruya una vida es considerado por las Escrituras como alguien que ha destruido un mundo entero; y quienquiera que salve una es como si hubiera salvado un mundo entero».

SEGUNDA PARTE

15

Abril

En el bloque treinta y seis, la barraca que compartía con otras 250 personas (dos en cada cama), las marcas que Alfred había hecho indicaban que llevaba ya tres meses en el campo. El crudo invierno polaco finalmente había dado lugar a un deshielo tardío y lodoso.

Desde el día en que llegó se llevaron sus libros, sus papeles, todo. Probablemente terminaron hechos cenizas como basura ordinaria o desperdicios de cocina. «Si tan sólo tuviesen la más mínima idea...» A pesar de todo sentía un poco de alivio, ya que este era un destino mucho mejor para su investigación a que estos monstruos hubiesen logrado usar su trabajo para sus propios fines.

Según lo que había escuchado, incluso estando en Vittel, los alemanes habían hecho progresos en su búsqueda por crear un isótopo fisionable. Sabía que estaban trabajando en esto en un laboratorio en Haigerloch, en el río Eyach, usando agua pesada de Noruega. Pero enriquecer el uranio era sólo el primer paso de un largo proceso. Después tenían que extraer el plutonio del uranio y luego separar el isótopo fisionable, conocido como U-235, de su pariente más pesado, U-238, el cual Fermi, hasta donde sabía, había conseguido aislar con éxito en su ciclotrón en Chicago. Y para lograr esto existían diversos métodos que aún no habían sido probados. Se podía bombardear a los isótopos con ondas electromagnéticas. Lawrence demostró que un átomo eléctricamente cargado que viaja a través de un campo magnético se mueve en un círculo cuyo radio es determinado por su masa. Los átomos U-235, que eran más ligeros, seguirían un arco más estrecho que los U-238, más pesados. Pero separar las cantidades necesarias podría tomar años.

Luego estaba el asunto de la difusión térmica, la circulación de hexafluoruro de uranio entre camisas de agua fría y vapor a alta presión.

Pero el mejor camino a seguir, según la investigación de Alfred, era la difusión gaseosa, lo cual quería decir que podían separar los isótopos necesarios bombeando gas de uranio contra una barrera porosa; las moléculas más ligeras pasaban más rápido que las pesadas. La tasa de derrame de un gas es inversamente proporcional a la raíz cuadrada de su masa nuclear. Tarde o temprano, tendrían este problema: los alemanes, los estadounidenses y los británicos. Aunque había escuchado, después de su escape a Londres desde la parte ocupada de Dinamarca, que Bohr estaba en Estados Unidos, así que tal vez los Aliados habían combinado esfuerzos. Y sólo había dos hombres en el mundo que habían estado trabajando en este tipo de investigación. El otro, Bergstrom, estaba con los nazis ahora, hasta donde sabía. Para Bergstrom todo siempre se había tratado de su trabajo, sin importar quien lo patrocinara, y de permanecer con vida. Alfred también había escuchado que los estadounidenses estaban haciendo avances.

En ese momento sabía, mientras anotaba algunas fórmulas en lo que quedaba de la poca luz, que debió haberse marchado mucho tiempo atrás. Todos lo presionaron para hacerlo. «Ve hasta Copenhague», le insistió Bohr. «Puedes trabajar conmigo. Será más seguro para Marte y Lucy.» Pero Leópolis era su hogar; Marte tenía familia ahí. Habían construido una vida. Había sido seguro por dos años, protegido por los rusos bajo el pacto de no agresión. Pero después de que los rusos huyeron, viajar por Europa se volvió imposible. Y cierto día, unos hombres con camisas cafés y suásticas, unos chicos en realidad, entraron de golpe en su oficina y le dijeron que ya no era profesor, sólo un judío bolchevique. Tomaron sus libros de las repisas, destruyeron sus papeles (gracias a Dios, siempre guardaba su trabajo de verdad importante en casa) y lo arrojaron por las escaleras. Todo esto enfrente de la señora Zelworwicz, quien había trabajado con él en el laboratorio durante once años. Alfred podía considerarse afortunado. A muchos de sus colegas los arrastraron hasta la plaza principal y los mataron a disparos. En poco tiempo, obligaron a todos los judíos a mudarse al gueto. Había rumores por todos lados acerca de deportaciones masivas a los campos.

Dos meses después, un emisario de la embajada paraguaya en Varsovia logró encontrarlo y se reunió con él en un café en la calle Varianska para explicarle que «había un modo de salir».

Consideró empezar de nuevo en Estados Unidos con Marte y Lucy. Quizá buscar un puesto como profesor: en la Universidad de Chicago con Fermi o en California con Bethe y Lawrence. Tal vez hasta con Bohr. Todos ganadores del Premio Nobel. Desde luego que, como científico, nunca estuvo a su altura, en lo que respecta a la parte teórica. Pero, como investigador, su trabajo también tenía mucho valor. «Y mírenme ahora...», pensó Alfred mientras contemplaba con melancolía la barraca. Había gente arrastrándose de vuelta a sus literas, como fantasmas exhaustos y sin alma. Los pocos que poseían algo habían logrado intercambiarlo por cigarrillos, que fumaban con avidez. Tan sólo en su servicio de trabajo habían muerto dos personas ese día. Uno recibió un garrotazo en la cabeza y cayó muerto ahí mismo; el otro, debido al cansancio, simplemente se dio por vencido y le dispararon.

Sí, en definitiva, esperó demasiado.

Marte estaba muerta; estaba seguro de esto en su corazón, tanto como que aún podía evocar su hermosa imagen en su mente. Se enfermó en Vittel y sólo empeoró en el tren. Estos animales ni siquiera desperdiciaban sopa en los enfermos como ella. La única razón por la cual se formó en la fila de la izquierda y le permitieron vivir es porque habla alemán tan bien como cualquier *Volksherren*, lo cual es algo muy valioso aquí.

Y Lucy... su hermosa y gentil Lucy. Probablemente había fallecido también. Alfred tardó en casarse y el nacimiento de su hija fue como encontrar un tesoro inesperado, como descifrar la teoría atómica y el principio del origen al mismo tiempo. Poco después de su captura, se enteró por medio de la esposa de un compañero de barraca que Lucy había contraído tifoidea, lo cual era casi el equivalente a una sentencia de muerte en este lugar. El propio Alfred empezaba a sentir cómo sus fuerzas se iban desvaneciendo. «¿Y por qué no?» ¿Qué caso tenía mantenerse fuerte y con vida? Cada día, cientos desaparecían. Barracas enteras. Los guardias decían que sólo habían sido transferidos a otro campo de trabajo, Monowitz, el que quedaba cerca de ahí. «Están felices», solían decirles. Pero todos sabían la verdad. El hedor que emanaba del edificio de techo plano que se encontraba cerca de la entrada era innegable, mientras que la oscura columna de humo que provenía del cercano Birkenau, ubicado justo al oeste, y que quedaba suspendida sobre el campo, era un recordatorio diario para ellos. *Himmelstrasse*. «El camino al cielo», así lo llamaban. Y todos ellos lo recorrerían tarde o temprano.

«El camino a la muerte» era un mejor nombre para él.

Uno o dos meses atrás, Alfred comenzó a reunir partes de su trabajo anotándolas en cualquier pedazo de papel que encontrase. Recorría y repetía cientos de progresiones en su mente, diez años de investigación, empezando con las suposiciones básicas: la velocidad a la que los gases se difunden es inversamente proporcional a la raíz cuadrada de sus densidades, la ley de Graham; los varios métodos para separar el isótopo U-235 necesario de su pariente mucho más abundante, el U-238. Todo esto anotado en el reverso de etiquetas de alimento que había robado de la cocina o en listas de nombres arrugadas y abandonadas en la nieve. Reescribía las progresiones interminables de fórmulas y ecuaciones. Garabateó bocetos del isótopo mientras este pasaba por sus múltiples fases radioactivas; su visión respecto al tipo de membranas por las cuales tendrían que pasar; incluso sus propias ideas acerca de las posibilidades de activación del «artefacto» en sí, que es como lo habían llamado, en su estado más teórico: un dispositivo que en teoría aprovecharía la enorme energía explosiva producida por las reacciones en cadena que se daban al separar el isótopo. Discutió esta posibilidad por primera vez con Szilárd en una conferencia en Manchester, en 1935. Reescribió gran parte de su propia investigación temprana en su cabeza, los discursos que dictó para la *Academic Scientifica*, las clases que impartió, su trabajo con Otto Hahn y Lise Meitner en el Instituto Kaiser Wilhelm en Berlín. Diez años de investigación, todo lo que pudiese recordar, almacenados en los rincones de su cerebro. Al menos esto lo mantenía cuerdo. Lo escribía todo y metía los papeles en una lata vacía de café que ocultaba en el suelo debajo de su litera siempre que entraban los guardias de las ss o su malevolente *kapo* ucraniano, Vacek.

Probablemente todos los que se encontraban ahí con él consideraban el espectáculo patético: el viejo profesor murmurando solo dentro del mundo lejano de su cabeza, anotando sus interminables ecuaciones y pruebas. «¿Y para qué?», se preguntaban entre risas. No eran más que tonterías que pronto morirían junto con él en ese lugar.

Mas no eran tonterías. Ni un solo número. Todo tenía sentido. Y había que salvarlo. La vida aquí estaba en manos de un régimen inútil y absurdo: sólo resiste cada día, duerme y luego empieza otra vez. Evita hacer contacto visual con los guardias y trata de sobrevivir. *Schnell!* Más rápido, más rápido.

Pero el pensamiento tenía que continuar, ¿no es así? Ese era el principio de la existencia. Incluso si era solamente para declarar que su vida no carecía de importancia. O que aún había esperanza en medio de este infierno, u orden en medio del caos. Así que cada tarde se recostaba en su litera, con los pies adoloridos e hinchados a causa de los zuecos de madera mal ajustados, le daba la espalda a su compañero y escribía todo lo que pudiese recordar. Porque sabía que, en las manos indicadas, estas «tonterías» lo eran todo. Hasta pagarían un rescate por ellas. Sin embargo, cada día sentía cómo su propia voluntad se iba debilitando. Debido a su edad y su facilidad para los idiomas, le asignaban trabajos más sencillos. Pero no sabía cuánto tiempo podría sobrevivir. Estaba seguro de que, un día, se convertiría en uno más de los tantos a los que no les quedaba más que ver un arma apuntando hacia él y rendirse.

—Profesor... —susurró Ostrow, un excontador de Eslovaquia y el recolector más hábil del lugar, hincado frente a su litera e interrumpiendo su trabajo—. ¿Le gustaría un pequeño bocadillo para su comida de mañana? Nuestro chef se ha arriesgado sobremanera para conseguir esta rara delicadeza.

El eslovaco le mostró un trozo de queso crujiente envuelto en una servilleta mugrienta; probablemente lo había sustraído de un basurero alemán, y aquí era tan preciado como una lata de caviar.

—Dáselo a François o a Walter —dijo Alfred. Por la apariencia de ambos, su último día bien podría llegar en cualquier momento—. Además, no tengo nada que intercambiar.

—¿Nada que intercambiar? Sin duda bromea —dijo fuerte el recolector para que todos a su alrededor escucharan—. Dos de sus fórmulas y es todo suyo. Si me da una ecuación completa, le consigo un filete.

Algunos de sus vecinos rieron entre dientes.

—*E* es igual a *mc* al cuadrado —le dijo Alfred al recolector—. ¿Qué te parece esa? Y, por favor, que el mío sea término medio.

Hubo unas cuantas risas más. Era bueno reír en ese lugar por cualquier razón, incluso si él era el objeto del chiste.

De pronto, se vieron interrumpidos por el estridente sonido de los silbatos. Un grupo de guardias entró de repente, golpeando las paredes con fuerza con sus bastones.

—¡Todos afuera! ¡Afuera, basuras! *Schnell*.

Cada corazón en la habitación se detuvo. Cada vez que escuchaban un silbido o cualquier otra cosa que fuese inesperada por parte de los alemanes, sentían el temor de que su hora había llegado y todo había terminado para ellos.

El *Hauptscharführer* Scharf entró en el bloque acompañado por otros dos guardias y Vacek, el kapo desalmado, detrás de ellos. Scharf era uno de los guardias más brutales de las ss. Por su manera de actuar, daba la impresión de que la única recompensa de pasar la guerra en este miserable campo era infligir tanto dolor y sufrimiento en los prisioneros como fuese posible. Alfred lo había visto ejecutar personalmente al menos a veinte o treinta con sus propias manos, por algo tan simple como tirar la pala después de diez horas de trabajos forzados con apenas una gota de agua, o por tropezar o caer cuando les gritaba «*Schnell! Schnell!*». Vacek no era más que un delincuente de poca monta de Smolensk que, aquí, se había convertido en una temida amenaza. Tenía un método eficiente y rápido para matar a los prisioneros a garrotazos: un golpe en la parte trasera de las piernas para que cayeran de rodillas y luego uno en la parte posterior de la cabeza para acabar con ellos. Alfred no podía creer que un judío, sin importar su calaña, fuese capaz de hacer eso a otro como él. Todos iban a morir aquí tarde o temprano, incluso los kapos. ¿Qué tanto podrían pagarles que fuese suficiente para prolongar el sufrimiento ocasionando más miseria en los demás?

—*Aussen! Aussen!* —exclamaron los alemanes, «fuera, fuera», golpeando sus bastones contra las paredes y las literas de madera—. *Schnell!*

Alfred guardó sus papeles rápidamente en el escondite debajo de su cama y colocó encima una tabla. Después salió para formarse.

—¡Más rápido, más rápido, gusanos infestados de piojos! —Los oficiales les pegaban con sus bastones en las costillas—. ¡Corran! Te hablo a ti, anciano. ¡Muévete!

A pesar de ser abril, el aire seguía siendo frío durante las noches; todos voltearon a verse mutuamente con preocupación y se apiñaron para conservar el calor. Cualquier cambio en la rutina siempre era motivo de alarma. Esperaron las temidas órdenes de marchar. Todos sabían hacia dónde. De cualquier modo, sólo era cuestión de tiempo, y todos ahí sabían que el suyo se agotaría en cualquier momento.

—¡Fórmense! —gritaron los guardias, golpeándolos con sus bastones. Todos se agruparon en una sola fila.

—Entonces ¿cómo está ese filete? —Alfred se acercó para murmurar en el oído de Ostrow, quien había quedado formado junto a él. El muy ladino había despedazado el queso robado y lo había ocultado dentro de sus pantalones; los pedazos habían caído por el espacio entre sus piernas y sus pantalones hasta el suelo, y él los había machacado en la tierra con sus zuecos.

—Un poco duro, profesor, para ser honesto —respondió con una sonrisa cómplice.

Después de unos cuantos minutos se dieron cuenta de que este no era el fin, solamente una inspección. Aun así, si los guardias encontraban algo, también sería motivo de alarma. Desde afuera podían escucharlos destrozando sus catres, volteando sus endebles colchones infestados de pulgas y golpeando el suelo con sus bastones, tratando de localizar posibles escondites.

—Tal vez el chef abrió la boca —murmuró Ostrow inclinándose hacia adelante.

—No creo —respondió Alfred—. Dudo mucho que estén buscando comida.

Vacek les dio con su bastón en la espalda.

—¡Silencio!

Minutos después se escucharon unos gritos que provenían del interior del bloque, acompañados de la voz agitada de Scharf. Todos sintieron un nudo en el estómago. El sargento salió con una hoja de metal en la mano, la cual los prisioneros habían hecho con la tapa de una lata de comida sólo para cortar las sobras de pan y queso robado que lograban obtener.

—¿Se puede saber de quién es esto? —preguntó el sargento mayor, alzando la hoja. Su mirada acusadora recorrió la fila. Con esa mirada ardiente, nariz chata y labios gruesos, el bastardo hasta parecía un carnicero. Todos se quedaron helados. Nadie hizo el menor ruido. No era raro que castigaran a todo un bloque por la falta de un solo prisionero. Si había algo que nadie quería hacer era exasperar a Scharf cuando estaba ya de por sí enfurecido.

—¡Hablen! —les ordenó el kapo Vacek, zigzagueando entre las filas. Se llevó una mano a la oreja—. ¿Les comió la lengua el ratón? ¿Alguien? —Jugaba con ellos como si fueran niños, con lo cual sólo conseguía que lo odiaran aún más. Se detuvo detrás de Ullie, un panadero de Varsovia y uno de los amigos de Alfred—. ¿Tienes algo que decir, panadero? —dijo Vacek cerca de su oreja.

El panadero cerró los ojos. La hoja era suya. Sabía que había llegado su fin.

—¿Nada? —Vacek tomó su bastón y lo encajó en la parte trasera de sus piernas, haciendo que cayera de rodillas.

—Era sólo para la comida, *Herr Hauptscharführer* —suplicó Ullie, aceptando su culpabilidad. Sus ojos temblaban de terror—. Sólo para eso. Lo juro.

Alguien lo había delatado.

—¿Sólo para la comida, dice…? —Scharf asintió como si estuviese de acuerdo, pero todos sabían que esto sólo era una actuación—. Bueno, en ese caso está bien. ¿Cierto, Vacek? Digo, si era sólo para la comida… Aunque creo que un cuchillo funciona mejor. —Su tono era claramente de burla. Caminó alrededor de Ullie—. ¿No crees que un cuchillo funciona mejor, panadero?

—Sí, señor. Desde luego. —Era un chiste. Un chiste amargo. Lo único que les permitían tener eran cucharas para comer la escasa sopa que les servían, preparada con papas podridas, y si tenían suerte, una fina tajada de carne asquerosa al fondo del tazón.

—¿No está de acuerdo conmigo, Herr Vacek?

—Sí, señor —asintió el ucraniano; sus ojos se iluminaron con el deseo servil que sentía por complacer a sus despiadados jefes.

—Por favor, señor… —suplicó Ullie agachando la cabeza, pero ya sabía lo que le esperaba. Sus ojos buscaron inútilmente a sus pocos amigos, como si se despidiese por última vez.

—¡*Herr Hauptscharführer!* —exclamó otro guardia mientras salía corriendo de la barraca con una gran lata en la mano, la cual, como sabía Alfred, contenía todos sus papeles. Sintió un hueco en el estómago. Scharf sacudió la cabeza y esbozó una sonrisa; sin siquiera molestarse en preguntar a quién pertenecían, se acercó a Alfred.

—¿Y qué tenemos aquí, profesor? —El asesino de las ss lo fulminó con la mirada—. ¿Sigue con sus tontas fantasías? ¿Acaso no le dijimos que debía abandonarlas? —Sacó un puñado de papeles, los arrugó y los hizo bola—. Para ser profesor, parece que no entiende muy bien. Herr Vacek, ¿tiene un cerillo?

—Claro —respondió el ucraniano, y se lo entregó.

—Sólo son escritos, *Herr Hauptscharführer* —suplicó Alfred—. No significan nada para nadie aquí, excepto para mí.

—¡Quien fuiste no significa nada aquí! —gritó el sargento. Encendió el cerillo y le lanzó a Alfred una mirada y una fría sonrisa mientras los papeles se quemaban. Los soltó y estos cayeron al suelo; los bordes se arrugaban y crujían—. ¿No lo entiendes? Olvida quién fuiste. Ahora no eres más que un trabajador. Un maldito número. Tu vida depende de mi voluntad. ¿Lo entiendes?

—Sí, *Herr Hauptscharführer*.

—No estoy muy seguro de que lo entiendas. Pero con gusto me encargaré de que nunca lo olvides. ¡Mira!

Sacó su Luger y la dirigió hacia la parte posterior de la cabeza de Ullie.

—¿Creíste que ya se nos olvidó para qué vinimos, panadero? —Ullie agachó la cabeza; sabía lo que venía—. La próxima vez que alguien piense en esconder armas, ¡recuerden esto! —Scharf jaló del gatillo. Ullie cerró los ojos y dejó escapar un gemido.

El arma no disparó.

Scharf maldijo y jaló el gatillo de nuevo. Nada otra vez.

—¡Mierda! —La oprimió contra la cabeza de Ullie y siguió intentando. Clic, clic, clic. El arma hacía el mismo sonido cada vez que trataba de disparar. Sus ojos estaban encendidos por la ira—. Cabo —le dijo a uno de los guardias—, deme su arma.

El *Rottenführer* se acercó a él, desabrochando su pistolera. Entonces, alguien gritó el nombre de Scharf desde la caseta de vigilancia principal.

El sargento mayor se dio vuelta.

—Es el capitán Niehooltz —respondió el guardia—. Solicita su presencia en la caseta. De inmediato.

Los músculos del cuello de Scharf, como un cable a punto de romperse, quedaron expuestos. Lleno de frustración, pateó en el costado al panadero, quien seguía hincado.

—¿Para qué desperdiciar una puta bala contigo? Vuelve a la fila, saco de podredumbre. De todos modos pronto te llegará la hora.

Se alejó echando chispas. Vacek lo siguió, balanceando su porra y riendo burlonamente.

—¡La próxima vez, panadero! Te acabaría yo mismo, pero si existe un hombre que merece el aplazamiento, eres tú. —Se alejó también.

Temblando, Ullie se dio vuelta en el suelo; su tez era tan blanca como la luna. Se había cagado encima.

—De vuelta entre los vivos, camarada. —Uno por uno, la gente lo ayudó a ponerse de pie.

Alfred observó cómo se quemaba lo que quedó de su trabajo, que ahora no era más que ceniza en la tierra. Se agachó, tal vez había uno o dos papeles que pudiera rescatar. Entonces se detuvo.

¿Qué caso tenía ahora? Scharf debió haberle puesto fin a todo para ambos con un disparo a la cabeza en ese mismo momento. Todos los días construían hornos nuevos. La gente ya ni siquiera llegaba al campo; los enviaban en los trenes directamente a Birkenau y desaparecían. Cien mil húngaros, según le habían dicho, tan sólo en la última semana. Todos ellos morirían aquí.

Pobre Ullie. ¿Acaso habría sido el peor modo de irse? Un disparo a la cabeza. Se quedó mirando los papeles que ardían lentamente, con los bordes crujiendo.

Diez años.

¿Qué caso tenía seguir aplazándolo? Cómo deseaba que alguien se lo explicase.

16

En el campo, el trabajo nunca terminaba. Estaban extendiendo las vías del tren hasta la entrada de Birkenau, el campo vecino donde se llevaban a cabo las verdaderas matanzas. Doble turno, día y noche. A tan sólo tres kilómetros de ahí se encontraba en construcción una planta química de IG Farben. El colmo del asunto era que les ahorraba a los nazis el costo de transportación de traer todos los gases letales.

Cada día, los equipos de trabajo se formaban después de la primera comida: constructores, electricistas, pintores y excavadores con azadas y palas. Filas interminables que se alineaban y contaban incesantemente; se tomaba lista una y otra vez. Todos marchaban como procesión hacia una jornada laboral de doce horas al ritmo de la música entusiasta que tocaba una orquesta. Y de nuevo, al caer la noche, exhaustos y maltrechos, llevaban a los muertos en carretas, escuchando las mismas animadas melodías.

Aun así, también había periodos de inactividad: antes de terminar de formarse para empezar con el trabajo, en los breves minutos tras pasar lista o después de una comida. O durante el día, si acaso te ponían en uno de los turnos nocturnos. Y si tenías la suerte de que te llevaran a la enfermería uno o dos días, era como tener vacaciones.

El trabajo más reciente de Alfred, debido a su edad, era limpiar el lodo de las bicicletas de los oficiales cada día. Pulía y pulía sin parar y raspaba el lodo de las llantas. En la semana posterior a la inspección de Scharf, mientras reemplazaba una llanta ponchada, recibió instrucciones del *Obersturmführer* Meitner de escoltar a un prisionero a la enfermería. En su camino allá, se topó con una pequeña multitud que observaba a dos prisioneros jugando ajedrez.

Uno de ellos era un hombre de mediana edad con ojos sombríos y una expresión seria, conocido por ser el campeón del campo. El otro era un chico, no podía tener más de dieciséis años, o al menos así parecía. Jugaban con piedras talladas para imitar más o menos la forma de las piezas, sobre un tablero improvisado con un pedazo de cartón. Los alemanes les dejaban hacer esto, así como permitían, incluso exigían, que la orquesta tocara mientras llegaban los trenes con nuevos reclusos y cuando los trabajadores marchaban para cumplir con su trabajo. La música proporcionaba una pequeña sensación de normalidad y hasta algo de cultura al campo, en contraste con la muerte y la locura que reinaban en el lugar. Se decía que el nivel de los jugadores de ajedrez era alto, y de vez en cuando los guardias de las ss dejaban sus bastones y armas para observar las partidas por un rato. Se decía que hasta el propio doctor Mengele se interesaba en ellos a ratos. Eran casi como los gladiadores de la antigua Roma; entre más partidas ganaras, más probabilidades tenías de seguir con vida.

Después de dejar a su paciente, Alfred se mezcló entre la multitud que observaba la partida. No había jugado mucho desde la universidad, pero le intrigaba de todos modos. Había un silencio absoluto. Los oficiales de las ss y los pobres prisioneros, quienes vivían con miedo constante de ellos, estaban de pie juntos y comentando el juego, totalmente absortos. Para cuando Alfred llegó, la partida de aquel día iba a la mitad. Después de cada movimiento, el jugador viejo se quitaba los lentes de armazón de alambre y se acariciaba el rostro, claramente nervioso. Por el contrario, su joven oponente tenía un aire relajado. Hasta un principiante habría podido darse cuenta de que el chico tenía la ventaja. Incluso los alemanes murmuraban y asentían entre ellos, admirando la facilidad con la que el joven estaba venciendo al otro.

—¿Seguro que quieres continuar con esta partida? —preguntó el chico mientras se recostaba y colocaba ambas manos detrás de la cabeza.

—Esa clase de presunción ha sido la perdición de jugadores mucho mejores que tú —respondió su oponente con el ceño fruncido, rechazando la invitación a retirarse.

—Porque si muevo el alfil hacia donde está el caballo que protege a tu rey, eso pone a tu torre en un verdadero predicamento —le indicó el joven.

—No soy tonto —respondió el campeón.

—Sin duda. Entonces, si muevo a mi peón hacia el alfil que protege a tu reina, en caso de que decidieras salvar a la torre... sin duda también te darás cuenta de que... —Hasta Alfred sabía que el siguiente movimiento del chico le daría el control total del tablero. El resultado era inevitable.

El jugador viejo continuó acariciándose la mejilla unos momentos, tratando de aplazar su destino, y después asintió silenciosamente con un suspiro de derrota, abandonando así la partida.

—¡Tenemos un nuevo campeón! —aclamó la multitud—. ¡El joven rey Wolciek! —dijo otro coronándolo. Hasta los alemanes hablaban entre ellos, impresionados. Dos de ellos intercambiaban unos cuantos billetes que sin duda habían apostado. Después el guardia que había perdido la apuesta se dirigió a la multitud.

—Se acabó la diversión, pedazos de mierda. Es todo, muevan el trasero y regresen a trabajar. ¿Me escucharon? —Alzó su bastón frente a algunos holgazanes; ya no estaba de buen humor—. ¡Ahora!

Ahora los alemanes podían volver al verdadero asunto que los ocupaba: matarlos a todos ellos.

Mientras la multitud se dispersaba, una atractiva mujer rubia, que lucía un vestido con estampado y un cárdigan, llamó la atención de Alfred. Parecía haber aplaudido con entusiasmo al concluir la partida. También notó que los oficiales de las ss la saludaban y se dirigían a ella con educación. Al dispersarse la multitud por completo, volvió a entrar a la enfermería.

—Muy bonita, ¿verdad? —le dijo el prisionero de junto a Alfred, dándole un codazo amistoso. Era un francés que portaba un triángulo rojo en el uniforme, lo cual quería decir que era un prisionero político.

Alfred le preguntó en francés.

—¿Quién es ella? ¿Una enfermera tal vez? No la había visto antes.

—No lo sé —respondió el francés encogiéndose de hombros—. Pero se nota que es fanática del ajedrez. Ya la había visto observar las partidas con anterioridad. Inteligencia y belleza, qué buena combinación, ¿verdad?

—Sí, muy buena combinación —dijo Alfred. Sus pensamientos lo transportaron de inmediato al recuerdo de su hija, Lucy, y esto lo entristeció.

—Ese chico también es algo especial, ¿no? —siguió diciendo el prisionero mientras volvían a la barraca—. Ha vencido a todos sus oponentes. Aparentemente, tiene memoria fotográfica. Asegura que puede recordar cada partida que ha jugado.

—Ah, ¿sí?

—Una vez estuve con él en la barraca. No conocía a nadie ahí con excepción de una persona, un primo de Łódź o algo así. Alguien le hizo una prueba de memoria. Dijo que lo haría por cincuenta eslotis cada uno. Le preguntamos que de dónde iba a sacar dos mil eslotis si perdía, y el mocoso respondió con arrogancia que eso no importaba, ya que no iba a perder. Así que todos accedimos. Le dijimos nuestros nombres y el de nuestras ciudades de nacimiento también, sólo para hacerlo más difícil. Estimo que éramos unas treinta personas ahí. —El francés se detuvo frente a una barraca—. Este es mi bloque. Veintidós.

—¿Y…? —le preguntó Alfred incitándolo a terminar la historia.

El francés se encogió de hombros.

—El chico recitó de memoria todos los nombres correctamente. Todos y cada uno. Alguien se molestó y los acusó a él y a su primo de haber armado todo ese circo, así que después, uno por uno, nos dijo el nombre de nuestra ciudad de nacimiento. Increíble, ¿verdad?

—Sí, pero he conocido a muchos hombres y mujeres jóvenes con mentes así. El secreto es darle a una habilidad así algún uso práctico.

—¿Y qué es lo que haces tú, si no te importa que pregunte? —inquirió el prisionero—. ¿Enseñar, supongo?

—Tristemente, por el momento me encuentro en el negocio de la transportación. —Alfred le mostró el neumático de bicicleta.

—Sí, todos hemos encontrado nuevas ocupaciones aquí, ¿cierto? —dijo el francés entre risas—. Yo era el alcalde de mi pueblo.

—¿Y cuál es su nombre? —preguntó Alfred mientras se quitaba los lentes y se limpiaba el sudor del sol de la tarde de la frente.

—Wolciek, me parece —respondió antes de entrar a su barraca—. Leo. Deberías verlo otra vez si todo resulta bien.

Ambos sabían perfectamente lo que quería decir con «si todo resulta bien».

—Sólo ten cuidado con tu dinero, podría costar cincuenta eslotis.

17

Una semana después, Alfred se topó al chico jugando de nuevo, esta vez contra un oponente de nombre Markov, un estonio que, según decían, había sido el campeón local en su país. Leo utilizó la defensa india de rey y, para deleite de la multitud, derrotó al hombre con mucha más experiencia en sólo veinte jugadas.

Incluso Markov aplaudió sus habilidades.

Alfred también se percató de la presencia de la atractiva mujer rubia otra vez, recargada en el barandal de la escalera de la enfermería, muy interesada en el juego. Pero tan pronto como terminó, regresó a la enfermería, acompañada por las educadas reverencias de los guardias alemanes. Debía ser una enfermera. O quizá una nueva doctora.

Al dispersarse la multitud, Alfred se acercó al vencedor, cuyos bolsillos estaban repletos de bocadillos y cigarrillos bien ganados.

—¿Puedo hablar un momento con usted, *pan*[1] Wolciek?

—¿Conmigo? ¿Lo conozco, señor? —le preguntó el chico. Era normal sospechar de los demás en ese lugar. Todos, incluso aquellos con uniformes de rayas, podrían querer obtener algo de alguien que, pensaban, podría protegerlos, o incluso podrían resultar ser espías.

—Bueno, cuando enseñaba en las universidades de Gotinga y Leópolis me llamaban *Herr Doktor* Mendl —se presentó Alfred—. Pero aquí supongo que Alfred a secas está bien.

---

[1] *Pan/Pani* es el equivalente en polaco de «señor/señora».

—Y yo era simplemente Leo en Łódź —dijo el chico sonriendo—. Pero aquí me he convertido en el rey Leo.

—Bueno, es un placer conocerlo por cualquier nombre, joven amigo. —Tenía un rostro fresco, cabello rubio claro y brillantes ojos azules—. Dicen por ahí que tiene una memoria excepcional. Sin duda sabe mucho sobre ajedrez, por lo que he visto.

—Si con eso logro sobrevivir aquí un día más, me doy por bien servido... Cuando vivía en Łódź era el campeón juvenil, antes de que nos forzaran a mudarnos al gueto; después la mayor parte de la competencia desapareció. El ajedrez ya no parecía tan importante. ¿Y qué hay de usted, profesor? ¿Usted juega?

—No desde que estaba en la universidad —admitió Alfred—. Y como puede ver, ha pasado mucho tiempo desde entonces.

—Bueno, aquí todos tenemos básicamente la misma edad —dijo Leo, sonriendo con tranquilidad—, ya que nadie sabe si un día cualquiera podría ser el último. En fin, ha sido un placer conocerlo, *Herr Doktor,* pero si no le importa, me temo que tengo que...

—¿Es tan bueno para matemáticas y ciencia como lo es para este juego? —Lo confrontó Alfred—. Nosotros solíamos decir que el cerebro sin aplicación es como la belleza sin bondad. Es un desperdicio.

El chico se encogió de hombros.

—Me temo que la mayor parte de mi educación formal se hizo a un lado cuando nos obligaron a mudarnos al gueto. Aunque —sonrió con astucia— supongo que podría darle una rápida demostración, si le da curiosidad.

—Sería un honor.

El chico tenía rasgos suaves, cabello rubio donde aún no se lo habían cortado, un rostro estrecho con ojos despiertos y claramente un ingenio tan agudo como su habilidad para jugar ajedrez, con cierta arrogancia para equipararlo.

—¿Podría proporcionarme su fecha de nacimiento, *Herr Professor?*

—Como ya dije, soy un hombre viejo. Tal vez demasiado viejo para seguirle el juego. Pero es el 7 de octubre, si quiere saber. Catorce años antes del cambio de siglo.

—Es decir, 1886, ¿cierto? —respondió Leo rápidamente. Hizo un gesto con el brazo y se inclinó—. ¿Lo ve?

—Vaya, eso sí es sorprendente —dijo Alfred con un elogio burlón.

—Oh, ¿así que esperaba más? Muy bien… Así que 7 de octubre de 1886. Eso fue lo que dijo, ¿correcto…?

—Por desgracia —respondió Alfred.

—Entonces, déjeme ver… —El chico cerró los ojos, se llevó dos dedos a la frente y movió los labios silenciosamente como si estuviese calculando. Luego abrió los ojos y dijo—: Felicitaciones, profesor, debe ser usted un hombre muy especial para haber nacido en el *sabbat*.

Los ojos de Alfred se ensancharon.

—También puedo calcular que sólo uno de cada siete puede afirmar lo mismo —dijo Leo, sonriendo de manera burlona.

—El primer truco fue bastante bueno —reconoció Alfred, sin duda impresionado.

«¡El chico estaba en lo cierto!» La madre de Alfred siempre bromeaba que era extraño que hubiese decidido ser científico y no rabino, ya que había nacido prácticamente en la sinagoga. El hecho de que el chico hubiese recorrido en su mente tantos años e iteraciones, a lo largo de cinco décadas, sin mencionar los años bisiestos…

—Es muy impresionante. Si no le importa que pregunte, ¿cómo lo hizo? ¿Y sin papel o lápiz? Además, tan rápido.

—Ideé una fórmula, una que comprende propiedades numéricas para cada día de la semana, así como para cada siglo. Cada determinado año, las fechas 4/4, 6/6, 8/8, 10/10 y 12/12 tienden a caer en el mismo día. Después hay que considerar los años bisiestos, desde luego. En su caso, catorce de ellos. Así que puedo calcular cualquier día en mi cabeza. ¿Qué le parece esa «aplicación», profesor? —preguntó el chico, regodeándose un poco.

—Diría que es bastante buena —asintió Alfred a regañadientes—, si aspira a ser un calendario.

—¿Y a qué aspira usted, viejo? En el tiempo que le queda aquí.

—¿Qué le parece si intenta esto...? —Había un ejercicio que Alfred le asignaba sólo a sus mejores estudiantes, una especie de test de primalidad—. Le diré un número. Memorícelo.

Leo se le quedó viendo y se encogió de hombros, aparentemente listo para el desafío.

—No creo que sea un problema.

—Es largo: 9, 007, 199, 254, 740, 991. Ahora repítamelo.

—¿Eso es todo? —Leo se encogió de hombros de nuevo y le repitió los números a Alfred en orden y rápido—. ¿Qué chiste tiene eso?

—Ahora dime el mismo número como una potencia de dos —le indicó Alfred.

—Hmmm... como potencia de dos... —Leo arrugó los labios mientras pensaba—. Eso no es fácil. —Inhaló profundamente, dando a entender que aceptaba el desafío; frunció el ceño y entrecerró los ojos. Se llevó una mano a la barbilla—. ¿Cuánto tiempo tengo...?

—Un chico como usted... —dijo Alfred sonriendo—. No lo sé, dos o tres minutos... ¿Cuánto tiempo necesita?

—Dos o tres minutos estará bien... —El chico empezó, parecía que hacía muchos cálculos abstractos, murmuraba números para sí, movía su dedo índice de atrás hacia adelante, como un metrónomo. Pasó el tiempo—. ¿De dos, dijo? —preguntó de nuevo; se veía un poco frustrado. Finalmente, observó a Alfred, sacudió la cabeza y se encogió de hombros—. Le dije que mi educación formal se vio interrumpida por la guerra. No es que no pueda descifrar lo que pregunta, es sólo que... tal vez necesitaría algo de papel y un poco más de tiempo. Aunque estoy bastante seguro de que puedo.

—Yo también estoy bastante seguro —dijo Alfred, dándole una palmada en el hombro—. No importa, no es tan fácil. —Los guardias ya habían empezado a ordenarles a todos que volvieran a trabajar—. ¿Podríamos hablar otra vez? Hay algunas cosas que me gustaría discutir con usted.

—¿Necesita que le enseñe algo de ajedrez, profesor? Dice que no ha jugado en años. Quizá tome algo de tiempo.

—Tal vez sea yo el que quiera enseñarle algo a usted —respondió Alfred.

—¿Y eso sería...?

—Física electromagnética.

—Física electromagnética... —Leo puso los ojos en blanco—. Oh, vaya, eso sí que es útil, profesor. Con eso y una nota personal del *Reichsführer* Himmler podría ayudarnos a permanecer otro día con vida.

—No sea tan petulante. Sus aplicaciones son vitales. Entonces ¿podemos hablar otra vez? ¿Qué le parece mañana? —insistió Alfred. Se dio cuenta de que los guardias habían perdido ya su buen humor; habían sacado los bastones y empezaban a empujar a todos para que avanzaran.

—Me temo que el ajedrez consume la mayor parte del tiempo libre aquí —dijo Leo mientras se encogía de hombros, como disculpándose. Empezó a retroceder—. Pero me gustó hablar con usted, profesor. Oh, y sólo para aclarar... respecto a ese asunto... —Alzó el dedo índice como si acabara de tener una idea—. Me parece que la respuesta que busca es dos a la quincuagésima tercera potencia. ¿Correcto?

—¿Disculpe? —murmuró Alfred. Lo había tomado por sorpresa.

—Su número, profesor. Es dos a la quincuagésima tercera potencia, ¿no es así? —dijo Leo, sonriendo con falsa modestia—. Eso era lo que usted quería saber, ¿no?

A Alfred casi se le cae la mandíbula hasta el suelo, como si tuviera una pesa atada a ella. Sólo le había dado un par de minutos al chico... Incluso sus estudiantes más avanzados habrían necesitado al menos una hora y un cuaderno completo para calcularlo.

—Sí, es correcto. —Su boca estaba tan seca como algodón—. Bueno, casi. Es...

—¡Claro, tiene razón! —exclamó Leo—. Qué tonto soy. En realidad, es dos a la quincuagésima tercera potencia menos uno —se corrigió con el brillo de la victoria en su mirada.

Alfred parpadeó.

—Sí, menos uno. —Se aclaró la garganta y asintió; podía sentir como su rostro había palidecido.

—En respuesta a su otra pregunta, sí, hablemos de nuevo, profesor, con gusto. —Leo retrocedió y se despidió con un gesto y una gran sonrisa en el rostro.

Alfred se quedó ahí parado, impactado y asombrado. Después esbozó una pequeña sonrisa.

—¿Y cuál es su fecha de nacimiento? —le gritó al chico—. Si no le importa.

—¿La mía? —preguntó Leo—. Pues es el 22 de enero, *Herr Professor*. Y para ser claros, veintiocho años después del cambio de siglo.

—Sí, después, claro... —Alfred lo siguió mientras el chico se mezclaba con la multitud. A través de los años, se topó con muchos jóvenes que poseían mentes extraordinarias. Algunos llegaron a tener carreras brillantes. Otros simplemente se desvanecieron al entrar a una profesión de leyes, negocios o servicio civil. Pero este... Sí, el francés tenía razón. Increíble. No había otra palabra.

Y tenía tan sólo dieciséis años.

18

Unos pocos días después, un cabo de nombre Langer entró al bloque de Leo mientras él descansaba de su turno de doce horas de trabajo. A pesar de su edad, Leo había sido asignado al equipo de transporte de motor porque, en su primera noche, después de bajar del tren, dijo que su primo era mecánico en Łódź, lo cual era cierto. Así que le dieron esa tarea y él tuvo que aprender tan rápido como pudo.

—Prisionero Wolciek —dijo Langer deteniéndose frente a su catre.

—*Rottenführer!* —Leo saltó de la cama y su corazón casi salió de su pecho también.

—Ponte tu gorra, tienes que acompañarme.

—¿Acompañarlo a dónde, *Rottenführer*, señor...? —preguntó Leo, tratando de ahogar el sentimiento de preocupación que subía por su garganta. Nunca era buena señal que te llamaran por tu nombre, y nunca parecía tener un resultado positivo.

—Sólo saca el trasero de la cama, pedazo de mierda, y no preguntes. —El cabo golpeó las tablas de la litera con su bastón—. Ven conmigo. *Schnell!*

A pesar del temblor de nervios que recorrió a Leo, se puso los zuecos y tomó su gorra sin tardar, haciendo su mayor esfuerzo por no mostrarlo. ¿Había hecho algo? ¿Habría llegado su fin? Tal vez no les agradaba la manera en que había presumido su habilidad para el ajedrez, o los juegos de memoria que hacía, lo cual podía interpretarse como que quería sobresalir por encima de los otros prisioneros, algo que iba totalmente en contra de lo que los nazis trataban de meterte en la cabeza en el campo: que no eras nada. Sus compañeros de barraca lo observaron con la cabeza agachada, aunque con expresiones de compasión, mientras Leo llegaba a la puerta. Al mismo tiempo, todos suspiraron de alivio porque el *Rottenführer* no había venido por ellos.

—Entonces ¿a dónde vamos, señor? —preguntó Leo una vez afuera, con mayor preocupación. Langer era un cerdo brutal que nunca parecía dudar ni un instante antes de aporrear a un inocente prisionero hasta hacerlo perder el conocimiento. Justo el día anterior, Leo presenció cómo tomó una pala y tiró a un temeroso prisionero a una zanja. Luego se orinó sobre el cuerpo mientras se reía y les contaba a los otros guardias una historia que acababa de escuchar sobre uno de los cocineros, como si el hombre muerto no hubiera estado respirando tan sólo tres segundos atrás.

—Sólo camina —dijo el guardia de las SS, empujando a Leo con su bastón en dirección a la reja de entrada.

El corazón de Leo empezó a golpetear con fuerza contra su pecho. ¿A dónde lo conducía Langer? Siguieron avanzando hasta dejar atrás la fila de bloques. Y más adelante no había nada bueno. Sólo la pared negra contra la que eran lanzados los prisioneros para luego dispararles. O el crematorio de techo plano de donde emanaba siempre el olor a muerte y la columna de humo gris. Tal vez le darían un trabajo ahí, le pasó por la mente, como tirar los cuerpos sin vida y desfigurados a los hornos o limpiar las cenizas que quedaban entre cráneos y huesos. Había escuchado que esa era la clase de horrores que sucedían ahí. Y en esos trabajos, los prisioneros incluso tenían que vivir ahí.

O tal vez en verdad había llegado su hora. Su propio y privado *Himmelstrasse*. Si era el caso, lo enfrentaría con valor, se dijo mientras se espabilaba. Era de esperarse que sucediera pronto. Sólo deseaba no haber estudiado tanto para su próxima partida.

Mientras avanzaba, las vueltas sinuosas del largo viaje que lo había traído hasta aquí volvieron a su mente. Su padre tuvo alguna vez un despacho de abogados pequeño pero exitoso en Łódź, y se llenaba de orgullo al acompañar a su joven prodigio a torneos de ajedrez. En una ocasión, Leo incluso participó en una competencia en Varsovia. Pero su padre murió cuando él tenía apenas once años, atropellado por un tranvía. Él, su hermana menor y su madre se quedaron con el hermano de ella. Cuando llegaron los nazis y la situación se puso fea, los obligaron a mudarse al gueto. La prometedora carrera de Leo en el ajedrez llegó a su fin. Un amigo de su tío ofreció llevarse a Leo, junto con otros dos niños, al sur, por Eslovaquia y Hungría, donde los gobiernos pronazis aún no habían entregado a los judíos. Todos estuvieron de acuerdo en que estaría más seguro ahí. Se fueron en un gran camión de carga, lleno de partes industriales y válvulas, y todo parecía estar saliendo conforme al plan hasta que se detuvieron en un puesto de frutas a sólo treinta kilómetros de la frontera eslovaca. En apariencia, no había moros en la costa, así que Leo salió del camión y corrió, unos treinta metros aproximadamente, para comprar dátiles y ciruelas con el poco dinero que tenía. En ese mismo momento, un camión de tropas alemanas pasaba de casualidad por ahí. Al darse cuenta de lo que ocurría, el dueño del puesto tomó al chico del brazo. «Rápido, hijo, por aquí», dijo mientras ocultaba a Leo detrás del puesto. Los alemanes inspeccionaron el camión y encontraron a los dos jóvenes pasajeros ocultos en la parte trasera, quienes claramente eran judíos. A pesar de las súplicas del amigo de su tío, los llevaron hasta el campo (Leo pudo ver lo que ocurría asomado detrás de una pila de cajas) y los ametrallaron a todos, incluyendo a los niños. Luego los alemanes se acercaron al puesto y mientras le decían al dueño lo deliciosos que estaban los higos y duraznos, Leo seguía escondido y con el corazón latiendo a mil por hora a unos pocos metros de distancia.

Después de que los alemanes se fueron, el dueño le dio a Leo algo de fruta y una chaqueta y, por las siguientes dos semanas, vi-

vió en los campos mientras continuaba avanzando hacia el sur. Cierta mañana, al despertar, se encontró con dos policías locales vestidos de negro de pie junto a él. Lo llevaron a una habitación en un control fronterizo y luego lo enviaron por camión a un campo cercado llamado Majdanek, cerca de Lublin. Hacía mucho frío ahí, y las condiciones eran duras y desalentadoras. Los guardias lo trataban con una brutalidad que Leo jamás habría imaginado posible entre seres humanos. Por un capricho del destino, resultó que un primo lejano estaba en la misma litera que él, y le enseñó a Leo cómo sobrevivir: trabajar duro, no llamar la atención y no hacer contacto visual. Hacer todo a paso veloz. Leo se debilitó y adelgazó tanto que optaron por meterle pedazos de periódico en las mejillas para inflarlas y que luciera más saludable y capaz de trabajar, y así evitar que los guardias lo seleccionaran. Empezó a jugar ajedrez de nuevo. Ocho meses atrás, él y sus compañeros de barraca fueron uno de los tantos llevados a la fuerza en un tren cerrado y transferidos a Auschwitz. Arrearon como ganado a los prisioneros para bajarlos del tren y los formaron en una larga fila. Les informaron que necesitaban cien trabajadores capaces. El primo de Leo lo empujó hacia adelante y le murmuró que debían ofrecerse como voluntarios, a pesar de que éste lucía muy escuálido y tenía apenas quince años. «Quédate conmigo», le susurró su primo. «Hagas lo que hagas, debes formarte en esa fila.» Entre los empujones de la gente tratando de formarse, los separaron. Un oficial de las SS estaba contando a los voluntarios, uno por uno. Leo fue el número noventa y ocho. Su primo estaba tres lugares atrás de él. Aquellos que no entraban en el conteo eran separados; les decían que los despiojarían y se ducharían. Todos murieron, según escuchó Leo, apenas una hora después, incluyendo a su primo. De los miles que había en su transporte, los cien que conformaban el grupo de trabajo de Leo fueron los únicos que sobrevivieron.

Y ahora, mientras se aproximaban a la pared negra, Leo pensó que tal vez su buena suerte había llegado a su fin. Recordó la mirada de su primo, calmada pero consciente de que esa era la despedida, en tanto Leo avanzaba con la fila de voluntarios y él se quedaba atrás. Lo había entrenado bien.

—Aquí.

Para su sorpresa, Langer lo llevó hasta las duchas de desinfección donde lo bañaron al llegar al campo. Estaban vacías. Por un momento, el corazón de Leo dio un brinco por el temor. El guardia lo empujó debajo de una regadera y abrió la llave.

—*Wasch dich*—le gritó, señalando una barra de jabón—. *Mach dich sauber.* —«Tállate y límpiate bien.»

Leo se colocó debajo de la regadera, sin entender lo que ocurría. Pero el agua helada se sentía bien mientras se quitaba la mugre. Mientras él se bañaba, Langer se quedó parado a menos de unos tres metros y encendió un cigarrillo. Cuando Leo terminó y se vistió de nuevo, el alemán lo empujó de vuelta hacia afuera con su porra.

—Vamos.

Para mayor sorpresa de Leo, siguieron avanzando más allá de la entrada principal. Langer intercambió algunos chistes burlones con un par de soldados que estaban montando guardia, como si esta fuese una gran e importante responsabilidad para el *Rottenführer:* escoltar a este prisionero flacucho. Leo se percató de que al guardia le molestaba.

—¿A dónde vamos, *Rottenführer?* —preguntó Leo de nuevo. Nunca había estado aquí afuera, del otro lado del campo, desde su llegada un año atrás.

—No preguntes —exclamó el cabo de las SS, perdiendo toda la paciencia que le quedaba—. Gira a la izquierda aquí. Sólo avanza.

Leo estaba seguro de que ese bastardo despiadado sólo lo había obligado a limpiarse para llevarlo a un campo afuera de los terrenos, dispararle, tirarlo en una zanja y luego orinarse encima de él, como había visto antes.

«Así que de esta manera termina todo.»

Pero siguieron avanzando, más allá de la zanja, y llegaron a un camino que Leo nunca había visto. Había una fila de tres casas de ladrillo. Se detuvieron frente a la segunda, la cual tenía hastiales, un techo rojo, escalones de piedra y una canasta de flores que colgaba en el porche delantero.

—Espera aquí —le dijo el *Rottenführer*.

—¿Dónde estamos? —preguntó Leo.

—Sólo espabílate, judío. —El nazi lo golpeó con su bastón en la ingle, lo cual lo hizo contraerse de dolor—. Ningún prisionero ha puesto un pie aquí jamás. Es la casa del *Lagerkommandant* Ackermann.

«Ackermann.» Un escalofrío recorrió la columna de Leo. El comandante a cargo de todo el campo. ¿Qué podría haber hecho para que lo trajeran aquí? Tal vez querían convertirlo en un informante, conjeturó Leo. Si esa era su intención, él se negaría. Incluso si esto le costaba la vida. No había prisionero más despreciado por los demás que aquellos que les informaban de todo a los nazis. O tal vez lo querían para alguno de sus viles experimentos. Leo observó la fila de casas; había setos y árboles frutales trasplantados, como una bucólica postal de normalidad en medio de este infierno, más allá de la cerca de alambre. Al final de la fila había una casa que era incluso más grande. Esa debía ser la residencia del *Kommandant* Höss. O quizá del temido Mengele en persona, cuya sola aparición engendraba miedo en los corazones de todos los presentes. Aquí era donde estos cabrones escuchaban a su amado Mozart en las noches y cantaban sus queridas canciones mientras bebían y pretendían que los horrores cometidos durante el día no habían sido más que un sueño.

Sí, eso es lo que iban a hacer con él, experimentos…

Langer subió las escaleras y tocó la puerta. Unos segundos después esta se abrió, y él habló brevemente con alguien que estaba adentro.

—¡Ven aquí! ¡Ahora! —le dijo a Leo.

Leo subió.

—Vamos. —El cabo lo empujó hacia la puerta—. Adentro.

Leo entró con cautela. Su corazón latía a toda velocidad, como si se hubiese acelerado cinco veces más que su ritmo normal a causa de alguna droga que ya le habían inyectado. En el interior de la casa había una puerta abierta que revelaba un pequeño vestíbulo, decorado con flores y retratos, que a su vez llevaba a una sala de muy buen gusto: con un sofá estampado, mesitas de madera con fotografías en cada una, un armario de madera pulida, candeleros con velas estriadas en las paredes, incluso había un piano.

Para Leo, todo en este lugar daba la impresión de normalidad. Le recordaba a la casa de su tío en Moravia, no a la de un hombre que había supervisado la muerte de miles de inocentes.

En el campo Leo había visto a Ackermann varias veces, con un aire oscuro, apuesto e inexpresivo, observando cómo pasaban lista o recorriendo el campo con invitados, con los que conversaba con toda naturalidad mientras gesticulaba y pasaban frente a prisioneros a los que golpeaban como alimañas, como si fuese la cosa más normal del mundo.

Otro guardia se le acercó. Este era más joven, sin gorra, cabello oscuro, ojos color gris acero.

—Adentro. ¡Ahí! —Empujó a Leo hacia la sala—. Quítate la gorra, judío. No toques nada. —Señaló una mesa cerca de las ventanas, cuyas cortinas estampadas no dejaban entrar el sol.

En la mesa había un tablero de ajedrez con las piezas en su lugar, listo para jugar.

Frente a él, había dos sillas.

19

Se escucharon unos pasos desde el interior de la casa, bajando las escaleras. El corazón de Leo se aceleró. «Ackermann.» Oyó voces. El guardia joven que se encontraba en el pasillo se puso en posición de firmes y anunció que el prisionero estaba aquí.

—Gracias, cabo —dijo una voz.

Pero no era la voz del *Lagerkommandant* la que escuchó, ni tampoco fue él quien entró a la habitación.

Era la mujer rubia y bonita que había visto en el campo observando algunas de sus partidas. Traía un vestido de estampado azul, con un suéter blanco sobre él, y su cabello estaba recogido con recato, tal como su madre solía usarlo.

Él había pensado que se trataba simplemente de una asistente de la enfermería. En vez de eso, resultó ser la esposa del *Lagerkommandant*.

—Entonces ¿usted es el famoso Leo? —lo saludó ella en alemán. Le esbozó una sonrisa; había un dejo de gentileza en ella, pero conservando cierta distancia, no precisamente cálida.

Leo se quedó de pie con su gorra entre las manos, con la boca tan seca como papel de lija.

—Así es, señora. Aunque no tan famoso, creo.

—Soy Frau Ackermann —dijo ella. Dio dos pasos hacia él, pero, desde luego, sin intención alguna de estirar la mano. El guardia joven los observaba desde la puerta—. Mi esposo es…

—Sé quién es su esposo, señora —dijo Leo respetuosamente.

—Sí, claro. Esperaba... Puede relajarse. De hecho, acérquese aquí, por favor. —Hizo un gesto en dirección al tablero de ajedrez.

Leo se acercó. Era difícil ignorar las finas piezas talladas a mano que tenía frente a él.

—¿Puedo...? —Leo preguntó si podía examinarlas.

—Desde luego —asintió ella—. Adelante.

Estaban hechas de alabastro, y tan bien pulidas y lisas como cualquiera que Leo hubiera visto. Los detalles eran exquisitos. El rey sostenía un cetro imperial con una cimera, y la reina estaba envuelta en una túnica larga y fluida. Las torres tenían la clase de torrecillas finamente talladas que sólo había visto en los libros de historia. Tomó una, luego lo pensó mejor y la dejó en su lugar.

—Son muy bonitas.

—Era de mi padre —dijo ella—. Le gustaba jugar después de la cena. Con sus puros. De hecho, era muy bueno. Podía derrotar a casi cualquier oponente. Por favor, quiero que se siente.

—¿Sentarme...? —Leo la miró, sin entender del todo. Se notaba que ella se sentía tan incómoda e insegura como él. Un prisionero. Un judío, ni más ni menos, en la casa del *Lagerkommandant*. «Ningún prisionero ha puesto un pie aquí jamás», le había dicho Langer—. ¿Yo, señora?

—Es el campeón del campo, ¿no es así?

Él se encogió de hombros, indiferente.

—Sí, supongo que sí.

—Entonces sí, siéntese. Durante muchos años, después de que mis hermanos se fueron de casa, mi padre sólo podía jugar conmigo. —Ella señaló la silla—. Lo hice venir aquí para jugar.

—¿Jugar...? —Leo la miró; no estaba seguro de cómo debía responder—. Señora.

—Sí. ¿Acaso no tenemos aquí este tablero para eso, Herr Wolciek? Para que juegue conmigo como su oponente.

Leo se sentó. Esto fue probablemente lo mejor que pudo hacer, ya que de pronto sus piernas se sentían adormecidas y sin vida, a punto de darse por vencidas. Su corazón martillaba en su pecho. Jugar... con ella. La esposa del *Lagerkommandant*. En su casa. ¿Cómo podría contarle esto a alguien?

¿Quién se habría imaginado?

—¿Podría...? —preguntó ella si podía jugar con las piezas blancas. Le esbozó una diminuta sonrisa—. Después de todo, usted es el campeón del campo. Lo he observado.

—Sí, señora. La he visto ahí, pero... Y desde luego, blanco. —Leo estiró la mano y se acercó a la mesa.

Ella se acomodó el vestido y tomó su lugar en la silla frente a él.

—Entonces... —dijo ella, viéndolo a los ojos.

A Leo le daba vueltas la cabeza.

—Entonces...

Ella hizo la primera movida: peón a reina cuatro, caballo a alfil del rey tres. Leo reconoció la jugada de inmediato; era la defensa india de rey. Un inicio emocionante. No había muchos jugadores en aquellos días que empezaran así. A Leo le vino a la mente una famosa partida entre el gran Capablanca y un inglés de nombre Yates, y trató de recordar, en medio de su aturdimiento, cómo se había desarrollado. Estaba nervioso, petrificado de hacer un movimiento equivocado. Ella jugaba rápido y con confianza. El corazón de Leo latía fuerte. Tenía que estar muy concentrado sólo para seguirle el ritmo.

El guardia joven estaba de pie en la puerta y los observaba sin moverse.

—Muy bien —dijo ella, complacida de ver cómo Leo contrarrestaba su avance—. Mi padre solía decir que cuando una persona sabe cómo contrarrestar la defensa india de rey, no tendrá dificultad para aventajar a la mayoría de las personas en la vida. ¿Está de acuerdo, Herr Wolciek?

—No lo sé, señora.

—Sí, imagino que está demasiado nervioso para estar de acuerdo con cualquier cosa. Por favor, relájase. Sólo es ajedrez. Sólo nosotros dos. Bueno, nosotros tres. —Dirigió una mirada al joven guardia y esbozó una diminuta sonrisa.

—Sí, señora. —Leo sentía demasiado miedo para decir algo más.

Una sirvienta entró a la habitación.

—¿Café? —preguntó Frau Ackermann—. ¿Tal vez pastel? ¿O algo de fruta?

«¿Café? ¿Fruta? ¿Un pastel?» Leo estaba seguro de que ella podía ver cómo pasaba la saliva por su garganta. En este lugar, esos eran considerados manjares, sólo disponibles en la imaginación de algún masoquista. O tal vez podían conseguirse pagando el más grande soborno imaginable. Y, en todo caso, serían sobras robadas del basurero de la cocina, lo que los alemanes hubiesen dejado.

Leo se lamió los labios, pero sacudió la cabeza. Estaba demasiado inquieto para hablar siquiera. Se limitó a mover su pieza. Alfil a reina cuatro.

—Tal vez más tarde, Hedda —le dijo Frau Ackermann a la sirvienta—. Puedes dejar la canasta.

—Sí, Frau Ackermann —respondió la sirvienta, y se fue. Se veía tan nerviosa como Leo.

Siguieron con la partida. Leo pudo observar cómo la mujer pensaba cada movimiento, llevándose un dedo a los labios, y luego respondía con rapidez. Sin duda, su padre le había enseñado bien. Se había percatado de varias de las estrategias de Leo, diseñadas para atraerla hacia un resultado desfavorable. Y siempre que descubría sus intenciones, lo veía a los ojos con una leve sonrisa de satisfacción.

—Me alegra haber llegado tan lejos con un jugador de su calibre.

Reina a alfil del rey cinco. Leo se aclaró la garganta y apenas pudo sacar la palabra del fondo de su garganta.

—Jaque.

—Ya veo.

Era hermosa, aunque estaba vestida con modestia. No más de unos treinta y tantos años, pensó él. Sus ojos eran almendrados y de un suave color azul. Al pensar una jugada, a veces se mordía el labio inferior, el cual tenía una ligera capa de labial rojo. Cuando Leo la observaba, lo hacía sólo por un segundo, y cuando ella lo hacía él desviaba rápidamente la mirada.

De hecho, nunca había estado a solas con una mujer.

—Veamos… —Movió su peón, protegiendo así a su rey del peligro.

Siguieron con el juego, con mucha concentración. Empezó a surgir un dilema para Leo. ¿Qué se suponía que debía hacer? Esta era la esposa del *Lagerkommandant*, el que ostentaba el poder de la vida o la muerte sobre él. Como cualquiera de los guardias, bastaba con que chasqueara los dedos para que se lo llevaran y lo mataran. ¿Debía dejarla ganar? Sin duda ella sabía lo que hacía, así que sólo era necesario un movimiento descuidado, no sería tan difícil. Si se tratara de su esposo, o de cualquiera de los guardias, los imaginaba perfectamente deshaciéndose de cualquier judío que tuviera la osadía de insultarlos, incluso si se trataba de un insulto apenas percibido por ellos. Y esta era la esposa del jefe del campo. La cabeza le daba vueltas, y todo lo que sabía del juego parecía quedar atrapado en este remolino de ideas que se formaba en su mente. Decidió ponerla a prueba. Movió su alfil para atacar a su reina, pero lo dejó indefenso ante su torre.

—Herr Wolciek —dijo ella, deteniéndose después de su movimiento—. ¿Su alfil…?

Sus miradas se encontraron. Por primera vez, en realidad. El corazón de Leo latía tres veces más rápido de lo normal. Temía que ella pudiese escucharlo por encima del silencio, golpeando fuerte contra su pecho. Le asustaba que ella pudiera detectar lo que ocurría en su mente.

—Pero sin duda ya se había dado cuenta —dijo ella, librándolo del asunto. Entrecerró los ojos un poco, tanto a manera de disculpa como, a su modo, reprobando aquello, como diciendo: «No lo haga otra vez, por favor».

—Gracias, señora.

Durante el resto del juego no conversaron; el tiempo que ella se tomaba entre cada jugada se hizo más largo. En un par de ocasiones, Leo le permitió a sus ojos detenerse en la tentadora forma de su vestido. No podía evitar imaginarse cómo luciría debajo de él. Dejó que su mente vagara hacia su ropa interior. Nunca había visto la ropa interior de una mujer, salvo la de su madre. Se fijó en la curva de sus pechos debajo de su suéter mientras se inclinaba para mover las piezas. Sus senos...

—Herr Wolciek... me parece que es su turno.

—Disculpe, señora. —Se aclaró la garganta. Torre a reina cinco. Estaba sonrojado.

El juego los llevó a un intercambio de múltiples piezas; Leo se dio cuenta de que esto no le convendría. Aun así, decidió arriesgarse: sacrificaría una torre. Llevaron a cabo cinco movimientos en rápida sucesión. Esto dejó a su rey y su torre desprotegidos. Cuando ella se percató de su posición al final del intercambio, lo miró otra vez; sus ojos reflejaban cierta sospecha, destellaban un poco, no estaba muy segura.

—Nunca debí morder ese anzuelo —admitió Leo encogiéndose de hombros—. Me temo que no tiene mucho caso dejar que la partida continúe.

Leo se percató de que ella no sabía si sentirse complacida o enojada con él.

—Juega muy bien, Frau Ackermann. —Leo entregó su rey—. Su padre le ha enseñado muy bien.

—Gracias. Tal vez podamos jugar otra vez. —Ella lo miró a los ojos—. Si tiene suerte.

«Suerte.» La palabra recorrió su cerebro. Leo sabía exactamente a qué se refería, y no tenía nada que ver con el ajedrez.

—Espero que ese sea el caso —dijo él.

—Y tal vez la próxima vez le gane de verdad —dijo ella con un tono de reprimenda. Su mirada aguda contenía el indicio de una sabia sonrisa.

—Por favor, llame al *Rottenführer* —le dijo al joven guardia—. Nuestro invitado está listo para marcharse. Pero se llevará esto, desde luego. —Envolvió dos pasteles de azúcar y una manzana en una servilleta—. Con mi agradecimiento. De cualquier modo, aquí sólo terminarán en la cintura de mi esposo.

—Gracias, Frau Ackermann. —Leo se puso de pie y aceptó el obsequio. El vello de su brazo se erizó cuando sus manos se tocaron ligeramente.

—¿Podría? —preguntó Leo. Señaló con cautela una ciruela grande. Esta tenía un significado íntimo para él; no había vuelto a ver una desde aquel fatídico día en el puesto de fruta.

—Por supuesto, asegúrese de que regrese a salvo, cabo —le dijo a Langer, quien acababa de entrar—. Y con mis regalos, por favor.

—Desde luego, Frau Ackermann. —Leo se percató de que Langer apretaba los dientes con ira contenida por tener que escoltar a Leo de vuelta al campo con su provisión de tesoros.

Ella se levantó.

—Y la próxima vez —miró a Leo nuevamente, con el destello de una pequeña sonrisa en su mirada—, tendrá que ganarse sus premios, Herr Wolciek. No sólo recibirlos. ¿Entendido?

—Sí. —Leo agachó la cabeza y le devolvió la sonrisa—. Entiendo.

«La próxima vez…», se dijo Leo mientras caminaba de vuelta al campo. Esas eran las palabras más dichosas que había escuchado desde que llegó a este lugar dejado de la mano de Dios.

Cuando regresó, el lugar ya no le pareció tan malo como antes, incluso con Langer empujándolo.

Ahora tenía a alguien que lo cuidaba.

20

Envió a buscarlo de nuevo a la semana siguiente, y luego otra vez, unos días después. La semana siguiente también.

En cada ocasión, el *Rottenführer* Langer llegaba por la tarde al bloque para escoltar a Leo a la casa de Frau Ackermman, mientras su esposo seguía en el trabajo. Siempre se detenían en las regaderas y Leo tenía que bañarse concienzudamente. Con cada nueva visita, el guardia parecía estar más y más disgustado con la tarea que le había sido asignada.

Y cada vez llevaba a Leo más allá de la pared negra, por la entrada principal, junto a la plataforma adonde llegó en tren aquella primera noche, hasta la fila de casas de ladrillo cuyas flores empezaban a florecer. Para la tercera visita, los guardias en la entrada principal ya sólo se limitaban a sacudir la cabeza de manera burlona y a poner los ojos en blanco mientras Langer y Leo pasaban. Y siempre el mismo guardia joven de las ss observaba desde la puerta de la sala mientras Leo y la esposa del *Lagerkommandant* jugaban. Y ahora, Leo ya no la dejaba ganar sin un verdadero desafío.

Cada vez que volvía al campo cargaba consigo una servilleta que envolvía sus premios: pasteles, fruta, incluso chocolates, que valían al menos cien cigarrillos ahí; premios que él compartía de buena gana con sus compañeros de bloque, algunos de los cuales se burlaban de él por su poderosa protectora. «La Reina de la Misericordia», la llamaban. Mientras Leo siguiese bajo su protección, tal vez su buena fortuna se les pegaría a ellos. Leo era su Scheherezada. «Sólo mantenla entretenida», le suplicaban todos. «Entre más juegues, más seguro estaremos.»

Otros decían, con el ceño fruncido, que lo que Leo hacía no estaba por encima de la forma más baja de colaboracionismo. ¿Cómo podía pasar tiempo adulando a esas basuras? Ella era tan culpable como cualquiera de ellos. «¡Comparte la cama con el mismísimo bastardo que se asegura de cubrir la cuota diaria de muertes!»

«Estoy absolutamente feliz de hacer lo que tenga que hacer», se defendía Leo, «si con eso logro sobrevivir un día más aquí. Y si tuvieras algo de cerebro en la cabeza, Drabik, tú también lo estarías».

Durante su segunda partida, Leo jugó mucho más relajado. Frau Ackermann optó por una apertura mucho más convencional, la cual no representó problema alguno para Leo. De hecho, podría haberla derrotado en sólo veinte movimientos, pero disfrutaba el tiempo que pasaba ahí, hechizado por una hermosa mujer y gozando de un privilegio que ningún otro judío había tenido antes. No quería que terminara tan pronto, así que lo prolongaba cambiando algunas piezas que terminaban por convertir el juego en una lucha territorial, la cual ganaba sin problema.

Frau Ackermann también parecía estar más relajado con cada nueva partida. Incluso se olvidaba del formal «Herr» y lo llamaba por su nombre de vez en cuando y, entre jugadas, hasta le preguntaba de dónde era y cómo había aprendido a jugar. Por su parte, ella le había contado que era de Bremen, una ciudad al norte de Alemania famosa por sus grandes cervecerías.

—¿Le gusta la cerveza, Leo? —le preguntó. Él casi podía asegurar que ella estaba jugando un poco con él—. Probablemente no tenga edad suficiente. Tal vez nunca haya tomado una buena cerveza.

—Sí he tomado cerveza —dijo Leo, tratando de aparentar más edad de la que tenía. De hecho, sólo la había probado una vez, y unos cuantos sorbos, durante el último cumpleaños de su padre antes de que lo asesinaran, cuando tenía once.

Los ojos de Frau Ackermann eran grandes y hermosos y, cuando se sentía complacida, por ejemplo, cuando Leo la felicitaba por una jugada o cuando lograba anticipar lo que él haría y respondía con astucia, se iluminaban rápidamente acompañados de una sabia sonrisa. Sin embargo, Leo detectaba cierto aire de tristeza en ella. Como un pájaro enjaulado que se ha acostumbrado a su vida en cautiverio, pero sueña con algo más, o como si estuviera atrapada en una vida distinta a la que ella había previsto. Imaginaba que, en un ambiente distinto, podría ser encantadora, ingeniosa e inteligente y, en su mente, la veía en una fiesta, con una copa de champán en la mano y un ligero vestido rojo. Sin embargo, estando aquí, empezó a tener el presentimiento de que estos momentos eran los que más ansiaba en el día; los que la liberaban de los horrores que presenciaba. Para su quinto juego, era un cálido día de verano y ella dejó de usar su suéter. El cuello de su vestido tenía otro botón desabrochado y caía seductoramente sobre su pecho, tanto que, entre jugadas, la mente de Leo divagaba e imaginaba lo que había debajo de él a la más mínima señal del escote visible. Tal vez hasta lo descubrió inclinándose un poco hacia adelante en una ocasión para verlo.

—Su turno, Herr Wolciek —dijo ella con una sonrisa ligeramente reprobatoria.

—Sí. Claro. —Leo se aclaró la garganta—. Lo siento.

Se sentía avergonzado por la repentina rigidez que sentía en sus pantalones, tanto bajo la mesa de ajedrez como en su litera en el campo durante la noche. Era la esposa del *Lagerkommandant*. Para ella, él no podía ser nada más que un judío inferior que no viviría mucho más. El único valor que él podía tener para ella era el hecho de que la mantenía entretenida. Por lo que él sabía, era posible que hasta le pidiese a la sirvienta que limpiara con un trapo las piezas que él había tocado después de que se marchaba.

Aun así, en su quinta partida, Leo se percató de que ella se alegraba de verlo. Debió haber estado estudiando, ya que jugó con las piezas blancas e intentó una nueva apertura: una variante de la defensa siciliana; era la clase de jugada pasiva que fácilmente podía llevarlos a la mitad de un juego largo y que iba en contra de su apertura Ruy López estándar. Leo se resistió a un intercambio de peones y caballos que habría resuelto la situación más rápido.

En algún punto de la partida, ella le preguntó de dónde era.

—De Łódź —respondió él, alzando la mirada—. Está en el centro de Polonia. También tenemos cerveza ahí. —Sonrió y volvió a bajar la mirada.

—¿Cerveza polaca, quiere decir? Nunca he escuchado de ella. ¿Cómo puede existir cosa semejante? —Hicieron un par de jugadas más—. Y su padre... ¿a qué se dedica? —Leo la miró—. Si no le importa que pregunte.

—Era abogado, Frau Ackermann. Representaba a varias personas en transacciones de pequeñas empresas.

—¿Y él está...? —Ella dudó, por lo que Leo asumió que quería decir muerto o, peor aún, aquí.

—No, señora, murió antes de la guerra. —Leo movió su torre para presionar a su caballo. Luego añadió—: Por suerte, creo.

Sus miradas se encontraron en ese momento. Era la primera vez que su posición y destino se interponían en su juego, y estaba molesto consigo mismo porque sentía que esto los había separado de repente. Ella hizo retroceder a su caballo y la jugada terminó. Leo miró al joven guardia, no tenía más de veintidós o veintitrés años. No era más que un soldado raso, pero sin duda esta era una tarea bastante fácil: cuidar a la esposa del comandante del campo. Sin embargo, era a la vez una tarea que lo mantenía alejado de toda la «diversión» que había al lado. Algo en la forma en que miraba a Leo, con los ojos entrecerrados, con una mirada impasible, como si pudiese ver a través de él, lo hacía preguntarse a cuántos de sus compañeros del otro lado de la cerca habría matado este joven soldado, cómo habría vaciado su Luger por detrás de la cabeza de un inocente hincado y esperando su hora, o cómo los habría dejado inconscientes con un garrotazo en la cabeza, o cómo habría cerrado la puerta de las «duchas» con fuerza y se habría reído con sus amigos desde afuera mientras escuchaban cómo vomitaban y los gritos de súplica que provenían del interior. Tal vez habían apostado algunos marcos alemanes respecto a cuánto tiempo durarían ahí dentro. ¿Tres minutos? ¿Cinco? ¿Ocho?

Quizá ella pudo ver esto en los ojos de Leo.

—Soldado, ¿podría llamar a Hedda, por favor? —le pidió ella. Hedda era la sirvienta.

—Desde luego, Frau Ackermann. —El joven soldado golpeó sus talones y salió de la habitación.

Ella tomó su reina y siguió jugando; al caballo del rey seis, asumió Leo. No tenía sentido atacar a su reina. Antes de colocar la pieza, la sostuvo y esperó a que sus miradas se encontraran.

—Imagino lo que piensas de mí... Lo que cualquier persona pensaría, naturalmente. Pero no soy el monstruo que uno podría imaginar, Leo. Estudié economía en la Universidad de Leipzig. Cuando conocí a Kurt, él estaba estudiando para ser abogado. Era muy apuesto —dijo ella—. Resuleto. Para una chica joven, era algo...

¿Era algo qué? Leo se preguntó lo que estaba a punto de decir. ¿Impresionante? ¿Irresistible? Él alzó el rostro y le pareció que la mirada de ella se fijaba con más fuerza en la suya, con más determinación, y esta vez Leo no la apartó.

—El hecho de que esté aquí, de que esté con... —Hizo otra pausa, sin atreverse a decir su nombre. Él—. No quiere decir que apoye...

¿Apoye qué...? ¿Aquel infierno que no cesaba ni de día ni de noche, el cual su esposo supervisaba más allá de la reja? De nuevo, Leo percibió una especie de tristeza en su mirada. Algo vulnerable en su interior, en lo profundo de su corazón, que luchaba por salir. Era una mirada que parecía decir: «No sé por cuánto tiempo podré salvarte, Leo. Entenderás que no para siempre...».

Pero él se limitó a decir:

—Sí, Frau Ackermann. —Aunque no dejó de verla a los ojos, tratando de decirle que entendía. Después su mirada volvió a la pieza que ella sostenía en su mano—. Su reina, señora...

—Sí... Mi reina, claro. —La colocó justo en el lugar que Leo esperaba—. Jaque.

En ese mismo instante, Hedda entró.

—Por favor, ¿podrías prepararnos algo de fruta y pasteles, Hedda?

—De inmediato, Frau Ackermann.

—Y por favor asegúrate de que...

Apenas las palabras habían salido de su boca, cuando se escuchó el sonido de unas botas que subían los escalones de la entrada.

—¿Quién es? —Ella se dio vuelta y el nerviosismo se extendió por su rostro.

La puerta principal se abrió. A Leo se le detuvo el corazón.

Era el *Lagerkommandant* en persona que volvía a casa.

Se dio vuelta, los vio en la sala y se quitó el sombrero; tenía cabello oscuro peinado hacia atrás, unos ojos que hacían juego y una mandíbula tan rígida como piedra.

—Kurt... —Frau Ackermann se puso de pie y alisó su vestido nerviosamente.

—Greta. —Él le sonrió; su tono no era ni cálido ni tampoco de desagrado.

Después su mirada se posó en Leo como una gran pesa que se hunde hasta el fondo del mar. Mantuvo la misma sonrisa, pero esta vez había algo frío en ella, rígida, helada como el viento que azota una puerta abierta en invierno. Leo sintió que esa mirada se detuvo en él durante lo que le pareció una eternidad, casi al grado de consumir toda la luz de la habitación.

—Veo que tienes visita.

Leo bajó la mirada.

—Estábamos a punto de acabar... —dijo Greta—. Estamos en medio de un juego muy reñido.

—Por supuesto, entonces... —dijo él, sin quitarle la mirada de encima a Leo, como si le indicase «sigan jugando».

Leo estaba paralizado como para siquiera levantar una pieza. No sabía si debía ponerse de pie en la presencia del comandante del campo, en su propia sala, ni más ni menos, y con su esposa, o si ponerse de rodillas. Pero su corazón no reaccionaba, así que se quedó donde estaba. Su garganta se sentía como papel de lija.

—Desde luego, querida, tómate tu tiempo... —dijo el comandante, desabrochando el primer botón de su uniforme. Luego se adentró más en la casa; sus botas emitían un fuerte sonido al pisar el suelo de madera—. ¡Hedda...!

—Lo siento —dijo Frau Ackermann, aún de pie, totalmente pálida—. No esperaba que llegara hasta más tarde. Me temo que tendremos que seguir en otra ocasión. —Su rostro enrojeció y, cuando miró a Leo, este detectó una mezcla de disculpa y nerviosismo en su mirada.

—Desde luego, Frau Ackermann. —Leo también se puso de pie. Se dispuso a poner las piezas en su lugar original. Estaba seguro de que este era el fin de todo esto, que nunca más lo invitarían a jugar.

—No, por favor. —Frau Ackermann estiró la mano para detenerlo y tocó su brazo—. La próxima semana seguiremos desde donde nos quedamos.

21

Cinco meses antes
Los Álamos, Nuevo México

El hombre larguirucho y de facciones angulosas, que llevaba una chaqueta a cuadros y un sombrero de fieltro marrón, caminó hasta el Ford sedán que acababa de realizar el viaje de noventa minutos desde Santa Fe.

Un hombre con cabello canoso y escaso, hombros redondos, frente alta y ojos profundos, casi tristes, salió del asiento trasero.

—Bohr. —Robert Oppenheimer se acercó al famoso físico danés y lo abrazó, dándole la bienvenida a la instalación científica mejor resguardada del mundo, donde docenas de físicos, químicos y matemáticos, líderes en sus respectivos campos, se encontraban trabajando, en secreto, en un proyecto de investigación conjunto, conocido para unos pocos cuantos como el Proyecto Manhattan.

—Robert. —El danés estrechó su mano calurosamente. Incluso a sus cincuenta y ocho años, Niels Bohr seguía siendo uno de los físicos teóricos más respetados del mundo, además de ser una de las mentes detrás de la teoría cuántica. Antes de la guerra, sus conferencias en Copenhague habían atraído a casi todos los físicos más reconocidos del mundo hasta su puerta en la universidad.

—Confío en que el viaje haya sido un poco más fácil que la excursión a Londres —dijo sonriendo Oppenheimer y dándole una palmada en el hombro.

Durante la guerra, Bohr y su familia decidieron quedarse en Dinamarca, su patria, confiados en que los nazis no se atreverían a amenazar a uno de los científicos más venerados, ganador del Premio Nobel en 1922. Aun así, se resistió a todos los intentos de colaborar con sus captores. Después, en septiembre, tan sólo tres meses atrás, alguien le advirtió que, debido al origen judío de su madre, estaban a punto de arrestarlo al día siguiente y deportarlo a uno de los campos, un arresto que probablemente habría sido el equivalente a una sentencia de muerte para un hombre de su edad. Esa misma noche, él y su esposa cruzaron el estrecho de Øresund en un pequeño bote a la luz de la luna, con nada más que una maleta, hacia el territorio neutral de Suecia, esquivando minas y botes patrulleros alemanes a su paso. Dos meses después, con un paracaídas atado a la espalda y literalmente desmayado debido a la falta de oxígeno, el físico más reconocido del mundo fue trasladado en secreto al Reino Unido dentro del compartimento vacío de un bombardero británico, cargando la bolsa de correo entre Londres y Estocolmo. Después de tal escape, el sinuoso viaje a bordo de un Ford sedán hasta el enclave ultrasecreto en la sierra de la Sangre de Cristo debió haber sido como un paseo por la costa.

—Debo decir que mucho más —respondió con amabilidad el danés.

—Bueno, nos alegra que haya venido —dijo Oppenheimer—. Me parece que aquí se encuentran algunos viejos amigos que lo esperan.

Una hora después, mientras almorzaban en su cabaña, Oppenheimer, Richard Feynman, Hans Bethe y el gran Enrico Fermi se sentaron frente al fuego y pusieron al danés al día con sus progresos. Bohr siempre estuvo preocupado respecto a las consecuencias potenciales para la humanidad si creaban un instrumento de destrucción de tal magnitud, y en tanto comía su filete y escuchaba a sus colegas, se vio forzado a reprimir tanto la emoción del teórico debido a los avances que habían logrado como los sentimientos de preocupación latente sobre asuntos que, unos cuantos años atrás, no eran más que cavilaciones hechas por un grupo de físicos en conferencias científicas mientras bebían una copa de coñac.

El mayor obstáculo al cual se enfrentaban en ese momento era la separación del U-235 de su pariente más pesado y mucho más prevalente, U-238, y esto en cantidades suficientes para producir una serie de reacciones en cadena adecuadas.

Y este asunto cobraba aún más importancia considerando el poco tiempo que tenían, el cual seguía avanzando.

Todos ansiaban preguntarle a Bohr en qué etapa del proceso creía que se encontraba Heisenberg, quien estaba trabajando con los nazis.

Lo habían reducido todo a tres métodos posibles de separación, los cuales le habían explicado a Bohr sirviéndose de dibujos en servilletas y manteles: bombardeo electromagnético, difusión térmica y difusión gaseosa. Todos esos métodos eran complicados y lentos, y requerían enormes cantidades de fondos. En esos momentos se llevaba a cabo la construcción de enormes ciclotrones, grandes tanques de difusión, en Oak Ridge, Tennessee, una serie de cincuenta y ocho edificios conectados a lo largo de diecisiete hectáreas, todos capaces de separar y volver a separar el isótopo 238, más ligero y gasificado, en miles de etapas. Bohr estaba sorprendido. Era el aparato científico más grande que hubiese sido concebido y construido por el hombre. Y el más costoso.

Sin embargo, todo era cuestión de prueba y error, lamentó Oppenheimer, ya que nunca se había hecho así antes, en muchas ocasiones se sentía como un ciego guiando a otros ciegos. Los materiales utilizados para la construcción de estas cámaras de separación debían ser muy resistentes y sin fisuras. Cualquier filtración o erosión podría causar que los clausuraran permanentemente. Estaban construyendo nuevos compuestos, y todo esto en una carrera contra el tiempo, pues temían que los alemanes les llevaran la delantera.

El premio para el ganador: la guerra.

—Este proceso de difusión gaseosa... —continuó Oppenheimer, encendiendo su pipa después de haber comido tarta de ruibarbo—. Empezamos a creer que es la mejor opción.

Para Bohr todo esto representaba un mundo de consecuencias inimaginables e impredecibles. Y ahora, Teller estaba hablando de la posibilidad de activar plutonio y crear bombas aún más letales. ¿Y qué decir de los rusos? Ellos también estaban haciendo lo propio. ¿Debían compartir lo que sabían con ellos, sus supuestos aliados? Y si no, ¿qué pasaría con el mundo entonces, cuando finalmente tuviesen en las manos el mismo poder, como sucedería sin duda alguna?

—¿Difusión gaseosa? —preguntó Bohr, asintiendo con la cabeza.

Oppenheimer mordisqueó su pipa.

—Sí, pero es un disparo en la oscuridad. Las cantidades son escasas. Y como recordará, Bergstrom, quien conoce este proceso, está ahora aliado con Heisenberg.

—Sí, Bergstrom... —repitió Bohr mientras asentía después de una larga pausa. Elogió la tarta; de un tiempo para acá, le había sido casi imposible conseguir exquisiteces como esta en Europa—. En ese caso, puede que conozca a alguien —dijo entre mordidas—. A alguien que sabe de este proceso de difusión gaseosa. Un polaco. Un judío, de hecho. Alguna vez trabajó en Berlín con Meitner y Hahn. En este mismo tema —le dijo a Bethe—, como tal vez recuerde. Siempre me pareció una especialidad que abarcaba muy poco para una mente tan brillante, si me preguntan a mí.

Todos esperaron. Las probabilidades de cometer algún error eran altas. Necesitaban a alguien que les proporcionara un atajo para este proceso.

—El único problema... —continuó Bohr, dándole otra mordida a la tarta y encogiéndose de hombros con decepción mientras observaba a Oppenheimer— es que no estoy seguro de que haya logrado salir de Europa.

22

—Leo... —Alfred volvió a ver al chico en el patio después de que terminaron de pasar lista esa tarde.

—Profesor, me da gusto ver que está bien —respondió el chico—. ¿Ha pensado en otros acertijos para mí?

—Aún no, pero ¿pensó en lo que le propuse?

—¿Se refiere a su proyecto de física? Me temo que he estado un poco ocupado.

—Jugando ajedrez con su nueva admiradora, me imagino. Todos lo sabemos. Tal vez el rigor de algo de verdad importante es simplemente demasiado serio para ti en este momento, a diferencia de un mero juego.

—No hay tanta diferencia entre ese «juego» y lo que usted hace, profesor. Y esa admiradora de la que habla bien podría prolongar mi vida y la de mis compañeros de bloque en este agujero un poco más. Pero digamos que estuviera interesado, ¿qué es lo que tiene en mente? Enseñarme física electromagnética, me parece que dijo. ¿Con qué fin?

—Enseñarle no. Vayamos a algún lado para hablar un momento. Sólo escúcheme y le explicaré.

—De acuerdo. Supongo que unos minutos no harán daño. Lo sigo, profesor.

Volvieron al bloque de Alfred. Todos estaban en sus catres, agotados después de un largo día de trabajo y esperando la comida de la tarde. Avanzaron hasta donde se encontraba un pequeño espacio para los enfermos, en la parte trasera, donde había seis camas, para que aquellos que tuviesen fiebre o disentería no infectasen al resto, y una letrina.

—Por favor, siéntese, Leo.

—¿Su oficina, profesor? —Leo se recargó contra un catre vacío—. Impresionante.

—Por favor, lo que tengo que comentarle no es ningún chiste, hijo. Y aunque aún no puedo decirle el motivo, le prometo que es más importante que cualquier cosa que pueda imaginar. Lo que le estoy proponiendo es que revisemos mi trabajo, juntos. Ecuaciones, fórmulas, pruebas. No quiero que lo asimile, solamente que me escuche y se lo aprenda de memoria.

—¿De memoria…?

—Sí, para mantenerlo todo a salvo en esa excelente cabeza que tiene. ¿Lo hará? Estoy viejo y empiezo a quedarme sin fuerzas. Puede ver que se me empiezan a marcar los huesos. Quién sabe cuánto tiempo me queda.

—Quién sabe cuánto tiempo le queda a cualquiera de nosotros.

—Pero usted, hijo… usted es joven. Tiene posibilidades de salir de aquí. Y si lo hace, lo que le enseñe resultará más valioso que todos los juegos de ajedrez que se hayan jugado en la historia de la humanidad. Tiene que confiar en mí. Pero no será fácil. Tomará mucho tiempo y esfuerzo repasarlo todo. Lo juro, incluso para usted. Se trata de pruebas y progresiones muy elaboradas. Cosas de las cuales jamás ha escuchado… Es posible que no entienda cómo se relacionan entre ellas. Pero es vital. ¿Está dispuesto a hacerlo?

—¿Física…? —Leo arrugó la nariz como si hubiera preguntado qué había para cenar y le hubieran respondido que nabos.

Alfred asintió.

—Y matemáticas. En gran parte, muy difíciles.

—¿Para que haga qué exactamente, si llego a sobrevivir…? ¿Enseñar todo esto?

—La física involucra mucho más que sólo fórmulas y ecuaciones, hijo. Tiene aplicaciones prácticas. Respuestas que la gente quiere averiguar a toda costa, para ahora y también para el futuro.

—No sé qué me depara el futuro —dijo Leo, encogiéndose de hombros—. Pero en este momento el ajedrez me parece una mejor garantía que esto.

—Lo necesito, joven amigo. De algún modo, el mundo lo necesita. ¿Acepta?

—¿El mundo? Por la forma en que lo dice, pareciera que lo que sabe puede ayudar a ganar la guerra. De acuerdo. —Leo se quitó la gorra—. Digamos que muerdo el anzuelo. Adelante. Póngame a prueba, profesor. Lección uno. Digo, ya que estamos aquí.

Una sonrisa se deslizó por los labios de Alfred. Se sentó en el catre frente a Leo.

—Escuchará muchas palabras que tienen que ver con átomos, chico. Y varios gases. Cosas llamadas isótopos.

—¿Isótopos?

—¿Está familiarizado con el concepto de estructura molecular de la masa?

Leo se encogió de hombros.

—Estudié la tabla periódica cuando cursé química en la escuela.

—Es un comienzo. Bien, los átomos del mismo elemento pueden tener diferentes números de neutrones. Todas las variaciones posibles de cada elemento se conocen como isótopos. Por ejemplo, el isótopo más común del hidrógeno no tiene ningún neutrón. También hay un isótopo de hidrógeno con un neutrón, conocido como deuterio, y otro, tritio, que tiene dos…

—¿Deuterio…? ¿Tritio…? —Leo parpadea confundido—. ¿Debo saber todo esto para salvar a la humanidad?

—No se preocupe por eso ahora. Y, por favor, no se burle de mí, hijo. Entonces, empecemos con algo básico. La ley de Graham. Fue formulada por un químico escocés del siglo pasado. Establece que la tasa de efusión de un gas es inversamente proporcional a la raíz cuadrada de su masa o su densidad.

—¿Efusión? ¿Y qué significa eso, viejo? —Leo puso los ojos en blanco.

—Nada de «viejo». Si vamos a hacer esto, puede empezar por dirigirse a mí como profesor. O incluso Alfred, si así lo prefiere. Le enseñaré cosas que van mucho más allá de lo que sabe o imagina. Así que esto será como cualquier clase en la escuela. Hay un profesor y un estudiante. Y todo empieza con respeto. Respeto por aquellos que saben más que usted. ¿Entiende?

Por un momento, Alfred tuvo la certeza de que el chico ya se había aburrido de él y que simplemente tomaría su gorra y se marcharía para volver al juego aquel que sin duda era más divertido, y gracias al cual había conseguido pasteles, chocolates y mucha adulación.

Pero, para la sorpresa de Alfred, su mirada cambió de aburrida a de reproche, arrepentida y, finalmente, hasta interesada y llena a la vez de una especie de remordimiento.

—Lo siento, profesor. No quise ser grosero. Por favor, continúe.

Alfred sonrió por dentro. Despojado de su arrogancia (un rasgo que podía ser excusable en un chico tan precoz) y dentro de aquel cerebro perfecto, había una cuenca inagotable y una curiosidad ansiosa e insaciable lista para llenarla con todo el conocimiento posible.

—Bien. Ahora, volviendo a su pregunta, chico, la efusión es la tasa de transferencia de un gas a través de una sonda o, mejor aún, de una membrana. La ley de Graham dice que si el peso molecular de un gas es dos veces el valor de otro, este se dispersará por una capa porosa, o incluso por un agujero diminuto, a la velocidad del otro por el cuadrado de dos. Es el postulado clave respecto a la separación de isótopos, los cuales tienen la misma estructura molecular, pero diferentes pesos atómicos.

—Separar isótopos… capas porosas… ¿Por qué necesita enseñarme todo esto? —Leo se encogió de hombros. Empezaba a aburrirse un poco.

—Por ahora, sólo dejemos que su cabeza absorba todo, chico. Mire... —Alfred sacó algo de tiza. Llevaba con él un trozo de hojalata, un pedazo de metal sobrante—. Lo único que importa ahora es cómo se expresa esto mediante una fórmula.

Alfred escribió sobre el metal:

$$\text{Velocidad de difusión} \propto \frac{1}{\sqrt{\text{densidad}}}$$

—¿La tiene? —preguntó.

Leo lo observó y la repitió en voz alta para sí.

—Creo que sí.

—Por lo tanto, la inversa de esta ecuación sería... —Alfred borró con su manga y escribió una nueva fórmula—: La densidad de un gas es directamente proporcional a su masa molecular.

$$\text{Velocidad de efusión} \propto \frac{1}{\sqrt{\text{densidad}}} \propto \frac{1}{\sqrt{\text{MM}}}$$

—¿Me sigue, hijo? —Alfred vio cómo se vidriaban los ojos del chico.

Leo asintió, un poco aturdido.

—Supongo.

—De acuerdo, entonces dígame la fórmula, por favor. Justo como la escribí.

Leo se encogió de hombros.

—La velocidad a la que un gas se dispersa es inversamente proporcional a la raíz cuadrada de sus densidades.

—Bien. Ahora, tome. Escriba la fórmula. —Alfred le entregó la tiza y el pedazo de metal, y cubrió lo que él había hecho—. Exactamente del mismo modo en que la escribí yo.

Leo dudó por un momento, resopló y la escribió:

$$\text{Velocidad de difusión} \propto \frac{1}{\sqrt{\text{densidad}}}$$

Justo como Alfred la había explicado.

—Excelente. Ahora, ¿qué tal la inversa de esa fórmula? ¿Para la densidad?

Leo lo pensó por un segundo.

—La densidad del gas es inversamente proporcional a su masa molecular.

—No. No inversamente, sino lo opuesto. Es directamente proporcional —lo corrigió Alfred.

—Disculpe, profesor... —Leo arrugó los ojos.

—La densidad de un gas es directamente proporcional a su masa. Es exactamente la inversa de la primera ecuación que le di. Verá...

—Está bien, lo siento. Creo que ya la tengo.

Leo escribió la fórmula:

$$\text{Velocidad de efusión} \propto \frac{1}{\sqrt{\text{densidad}}} \propto \frac{1}{\sqrt{\text{MM}}}$$

Correcto esta vez.

—Directamente proporcional. Entonces, este sería el símbolo... —Lo dibujó con un gesto triunfal:

$$\propto$$

—Muy bien. Ahora, en cuanto a la difusión gaseosa, tenemos el mismo principio, excepto que trabajamos con dos isótopos radioactivos: uranio-235, que tiene propiedades fisibles, es decir, que puede dividirse y es capaz de crear lo que conocemos como una «reacción en cadena» si se separa de su pariente más abundante, pero no fisible, el U-238.

—¿Dos treinta y cinco? ¿Dos treinta y ocho? Lo siento, pero mi cabeza empieza a sentirse fisible, profesor.

—No trate de entenderlo todo ahora. Sabe lo que es el uranio, ¿cierto?

—Sí. Su símbolo es U. Y creo que tiene el mayor peso molecular de cualquier elemento.

—El segundo mayor. Pero no importa, el plutonio apenas fue identificado y es probable que ni siquiera estuviera en la tabla periódica cuando estudió esto. El uranio-235 se da en un radio de 0.139 a uno en un mineral de uranio natural, lo cual significa que sólo siete por ciento de todo el uranio es U-235. El resto es 238. Es bastante raro. Entonces, el truco es separar este raro isótopo de carga alta, el cual tiene las mismas propiedades, pero un peso molecular distinto que su pariente más común, U-238. Para hacer eso, o al menos para hacerlo en las cantidades que uno potencialmente buscaría, no sólo se necesita una membrana difusora, sino también el único compuesto de uranio que es lo suficientemente volátil para generar esto: el hexafluoruro de uranio, UF-6, el cual es completamente sólido a temperatura ambiente, pero sublima una vez que se acerca…

—«¿Sublima?» —Los ojos de Leo empezaron a ponerse vidriosos de nuevo—. Me temo que empieza a confundirme, profesor.

—Mire… —Alfred sacó el pedazo de hojalata otra vez y escribió una ecuación mucho más compleja—. Sólo memorice esto:

$$\frac{\text{Velocidad}_1}{\text{Velocidad}_2} = \sqrt{\frac{M_2}{M_1}} = \sqrt{\frac{352.041206}{349.034348}}$$

—Que es igual a, me parece… —Alfred cerró los ojos e hizo una serie de cálculos en su cabeza—. Uno-punto-cero-cero-cuatro-dos-nueve-ocho o algo… Donde, y esto es importante, VELOCIDAD 1 es la velocidad de efusión de U-235 y la VELOCIDAD 2, es la efusión de… —Miró a Leo para que terminara.

—U-238 —respondió Leo después de pensarlo un momento.

—¡Correcto! Y M1 es la masa molecular de U-235 y M2 la masa molecular de U-238. La pequeña diferencia entre ambos pesos explica el 0.4 por ciento de diferencia en las velocidades promedio de sus neutrones. —Miró a su alumno—. Entonces ¿cómo lo está asimilando?

—Para ser sincero, me parece un poco confuso, profesor.

—Siga repasando. Sé que en estos momentos parece como si le estuviera hablando en griego…

—No, el griego de hecho sí lo cursé en la escuela… —respondió Leo, poniendo los ojos en blanco.

—Mire, no tiene que entenderlo todo ahora. Pero lo que sí es importante es que tenga un entendimiento básico y que memorice las ecuaciones… —Dibujó una línea doble debajo de la ecuación—. En esa memoria prodigiosa que tiene. Así que, mírela otra vez y asimílela.

Leo recorrió la ecuación con la mirada; después, cerró los ojos.

—¿La tiene?

—Velocidad 1 menor sobre velocidad 2 menor es igual a la raíz cuadrada de M1 menor sobre M2 menor… ¿Tengo que repetirle todos los números, profesor? Estoy bastante seguro de que puedo… Uno punto cero, cero, cuatro…

—No es necesario. Cualquiera con un diploma de matemáticas de tercer grado puede calcular eso.

—Entonces, donde V1 menor es la velocidad de efusión de… UF6-235, y V2 menor es la efusión de UF6-238, y M1… —Leo se llevó un dedo a la frente— es la masa molecular de U-235, y M2 menor, la masa de 238. Etcétera, etcétera, etcétera…

—¡Bravo! —exclamó Alfred, inclinándose hacia adelante y dándole un apretón en la rodilla al chico. Tosió un poco de flemas.

—Una pregunta, profesor, si no le importa…

—Claro, adelante.

—Sigo sin entender por qué necesita separar este U-235 del 238. Y, como dijo antes, en «cantidades suficientes»… ¿Suficientes para qué?

—Mejor no nos adelantemos. —Alfred esbozó una paciente sonrisa—. Todo eso se sabrá pronto, hijo. Muy pronto.

—Entonces ¿eso es todo? ¿Eso es lo que necesitaba que memorizara? ¿La física que salvará a la humanidad?

—Esa es la lección uno —respondió Alfred—. Es suficiente por hoy.

—Lección uno... —Leo inclinó la cabeza con cierto aire de cautela—. ¿Lección uno de...?

—Cientos, chico. —Alfred le dio una palmada en el hombro—. Cientos. Sin embargo, debo advertirle, mañana esto empieza a complicarse un poco.

23

Las semanas pasaron. Se reunían siempre que podían, por unos cuantos minutos, en algún momento del día, ya fuera después de que pasaban lista en la mañana o antes de las comidas, prácticamente diario. Excepto los martes, cuando a Leo lo llamaban por lo general para jugar ajedrez con la esposa del *Lagerkommandant* Ackermann, lo cual molestaba a Alfred.

—¿Por qué prefiere un juego cuando tenemos un trabajo muy importante que hacer?

—Porque ese juego, como usted lo llama, podría hacer la diferencia algún día entre salvarme la vida o no. Y también la suya, me permito recordarle. Siempre le digo que comparto la comida que me da con mi tío, el profesor. Y ella promete que nos cuidará a ambos.

—Cuidarnos... Creo que sólo le gusta ir porque tiene dieciséis y la oportunidad de verle las tetas a una mujer. Puede que sea viejo, pero no tanto como para haber olvidado el placer que eso produce.

—Sí, también es por eso, supongo. —Leo se sonrojó, con sólo un poco de vergüenza—. Pero, de todos modos, es amable conmigo. Y creo que no comparte la opinión de su esposo respecto a lo que ocurre aquí. Creo que se siente genuinamente agraviada por lo que lo ve hacer. Por eso ayuda en la enfermería.

—Ah, ¿conque eso cree? ¿Y ella comparte todo esto con usted?

—Así es. Mientras jugamos.

—Creo que jugar con usted es su manera de calmar los sentimientos de culpa que atormentan su conciencia —dijo Alfred—. De algún modo, usted es su absolución.

—Ah, ya veo, ahora es el doctor Freud también, así como el doctor Mendl. —Leo resopló y puso los ojos en blanco.

—En este caso, chico, estudiar un átomo es prácticamente como estudiar la mente. Al final, sigue siendo la esposa del *Lagerkommandant*, y usted no es más que un judío. —Le dio vuelta al brazo de Leo—. Con un número en la muñeca. Ella lo cuidará hasta que le llegue la hora. Después ni siquiera se acordará de usted.

—Ya veremos —respondió Leo, encogiéndose de hombros—. Mientras tanto, puedo disfrutar de los pasteles y chocolates que me da.

—Sí, bueno, tiene razón, ya veremos... —Alfred tosió y sacó un poco de flemas. Luego se limpió la boca con la mano—. En fin, volvamos a trabajar. —Su tos había empeorado y se volvía un poco más seca cada día. Además, sus huesos y costillas empezaban a marcarse todavía más—. Lamento que lo único que pueda ver aquí sea yo.

—Sí, es verdad que la vista es mucho menos atractiva. A ver, deje que le ponga una frazada, viejo. Lo siento, disculpe —dijo con una sonrisa—. Quise decir profesor, desde luego. —La «frazada» en cuestión era uno de esos delgados y sucios pedazos de yute que no protegían del frío en absoluto.

En las últimas semanas, Alfred había empezado a encariñarse con el chico, y creía que Leo sentía lo mismo respecto a él. Una de las primeras cosas que uno aprendía en este lugar era a no involucrarse emocionalmente con otros prisioneros, ni siquiera poner mucha atención a la historia de otras personas. Uno nunca sabía lo que podía ocurrir al día siguiente.

—No es nada —dijo Alfred; sin embargo, se envolvió con el pedazo de tela y por un momento tuvo menos frío—. Gracias, chico.

Como Alfred le había advertido, el trabajo se volvió más duro y complicado día con día. Ahora le estaba explicando a Leo algo llamado «funciones de Bessel», ecuaciones complejas y extenuantes que eran casi como repasar un juego de ajedrez completo en la cabeza, una docena de veces, o al menos así lo sentía Leo. Cada una de las ecuaciones requería la misma concentración que la necesaria para jugar contra un maestro, aunque Alfred recitaba sin problema las cifras y los valores con detalle sin un solo instante de duda; eran tan familiares para él como lo era su propia fecha de nacimiento o su dirección.

—Recuerde, estamos trabajando con materiales altamente cargados —le explicó—, que están en flujo de estado a estado y, en cuanto a la difusión, a través de un espacio estrecho, en este caso, cilindros. Así que debemos introducir la ecuación general de difusión de neutrones para tal estado. —Escribió en el reverso de un aviso de salud roto:

$$\frac{\partial N}{\partial t} = \frac{V_{ment}}{\Lambda_f}(V-1)N + \frac{\Lambda_f V_{ment}}{3}(\nabla^2 N)$$

—De acuerdo... —Leo la miró fijamente, un poco adormecido—. Ya veo.

—Tiene que aprenderla, Leo, aprenderla de memoria. Es fundamental.

—Estoy tratando, Alfred.

—Trate con más empeño, tiene que concentrarse más. El propósito de esto... —Alfred tosió en su trapo— es aplicar la población de neutrones dentro de un cilindro. La parte espacial de la densidad del neutrón, abreviada como N, será una función de las coordenadas cilíndricas (p, o, z), y se puede asumir que es separable y se expresa como... —Hojeó los pedazos de papel que había guardado de la sesión del día anterior:

$$N_{p\Phi z}(p, \Phi, z) = N_p(p)N_\Phi(\Phi)N_z(Z)$$

Leo lo miró sin comprender.

—¿Me sigue, hijo?

El chico desinfló las mejillas y dejó salir el aire lentamente.

—Va demasiado rápido, Alfred. No estoy seguro.

—¿No está seguro? Creí que esto había quedado claro ayer.

—Lo sé, pero no es como el ajedrez. No entiendo del todo por qué es importante.

—Por ahora, es importante porque yo digo que lo es. Así que una vez más. Por favor, dígame ¿a qué se refiere la coordenada o en la ecuación? —le preguntó Alfred.

—¿O...?

—Sí, o minúscula. ¿Dónde tiene la cabeza, chico? Ya hemos repasado esto varias veces. Es el ángulo entre el ancho y el radio del cilindro. ¿Y p?

—¿P...? P debe ser la altura entonces, ¿cierto? —respondió Leo tentativamente.

—Sí. Altura. Dimensión. Pensé que era inteligente, Leo. Pensé que podría comprender esto. Debe concentrarse, esta es la parte fácil. De lo contrario, hay demasiado que aprender.

—¿Podemos tomar un descanso, profesor? Siento que la cabeza me va a estallar. De cualquier modo, ¿cuál es el propósito de todo esto? ¿Usted lo inventó o algo así? ¿Este precioso y gaseoso proceso de difusión? ¡No dejamos de repasar las mismas cosas aburridas una y otra y otra vez!

—Porque tiene que memorizarlo, chico. ¡Tan bien como su propio nombre! ¿Entiende?

—¡Sí, entiendo! —Leo se levantó del catre de golpe—. Entiendo, entiendo... —Su cabeza estaba a reventar con todos esos números. Un sentimiento de frustración e inutilidad absoluta se apoderó de él—. Tal vez deberíamos parar por hoy.

Alfred lo miró y se dio cuenta de que lo había presionado demasiado. Dejó que el chico se calmara un momento. Luego le dijo:

—No, yo no lo inventé. —Dejó la hoja—. De hecho, los británicos lo están desarrollando en estos momentos. Y he oído que los investigadores de la Universidad de Columbia, en Nueva York, van por el mismo camino.

—Entonces que ellos lo aprendan —dijo Leo malhumorado.

—Eso sería fácil, ¿verdad? —Alfred asintió y se recostó—. Lo único que yo he hecho es llevar los datos a otro estado. Mire… —En el reverso de un cartel sobre el contagio de la tifoidea que habían pegado en el bloque, hizo un dibujo sencillo a mano. Era una especie de sistema de tubos interconectados con cilindros largos que se enlazaban a tubos más pequeños por medio de una red de bobinas y bombas—. Si el gas de uranio, hexacloruro 6, el cual es extremadamente corrosivo, se bombea contra una barrera porosa de algún tipo, las moléculas más ligeras del gas, que contienen el U-235 enriquecido, pasarían a través de los cilindros con mayor rapidez que el U-238, que es más pesado. ¿Correcto?

Leo asintió. Al menos esto sí lo había aprendido.

—Esto es exactamente lo que esta fórmula representa. Debe memorizar esto a la perfección, Leo, sin importar lo aburrido o complicado que parezca. Esta es la base de lo que necesita saber.

—¿«Necesito saber»? ¿Por qué? ¿A quién le importa un bledo este tonto proceso de difusión? ¿O es de efusión? —Leo tomó el dibujo, lo hizo bola y lo lanzó a un rincón—. ¿Sabe lo que vi hoy…? Vi cómo les ordenaban a seis hombres en mi grupo de trabajo que se echaran al suelo. Luego les dijeron: «¡Levántense!». Y después: «¡Al suelo!», otra vez. «Rápido, rápido, paso veloz.» Luego: «¡Levántense otra vez! ¡Abajo! ¡Rápido! ¡Rápido!». Y entonces les ordenaron que corrieran en su lugar y después que hicieran sentadillas. «¡Diez sentadillas!» Y enseguida: «¡Levántense otra vez! ¡Rápido! Al suelo. ¡Más rápido! *Schnell! Schnell!* Más rápido». Hasta que, uno por uno, cayeron completamente exhaustos y sin aire. Luego usaron sus porras para terminar con todos, mientras que ellos simplemente intentaban llenar de oxígeno sus pulmones. El último de ellos tenía el rostro enrojecido y apenas podía levantar las piernas; los guardias se reían de él como si fuese una marioneta en un escenario vodevilesco, hasta que terminaron por matarlo también. Así que dígame, ¿de qué les sirvió a ellos la ley de Graham?

Alfred no dijo nada, sólo lo observaba.

—¿Y no escuchó? Hace dos noches se llevaron a todos los del bloque 46 y nunca volvieron. ¿Acaso todos estos cilindros y ecuaciones de difusión los salvaron a ellos? Pronto seremos nosotros. Es un tonto, Alfred, por pensar que los alemanes permitirán que alguno de nosotros salga de aquí con vida. ¡Ninguno! Lo sabe tan bien como yo. Todos vamos a morir aquí. Usted y yo también. ¿Así que, a fin de cuentas, qué importa si es p minúscula o P mayúscula...? ¿U-235 o 238? Mi cabeza está a punto de estallar, Alfred. Hacemos esto todos los días. Una y otra vez. ¿Y para qué...? ¿Me obliga a almacenar todo esto en mi cerebro y ni siquiera me dice para qué?

Alfred asintió. Se recargó en la pared y soltó un suspiro comprensivo.

—Importa y mucho, hijo. Tiene razón, es probable que muera aquí. Pero usted... La guerra ha dado un giro, Leo, lo dicen los recién llegados. El ejército alemán está en ruinas en el este. Los Aliados están preparándose para invadir. Se ve en los ojos de los guardias, se están empezando a preocupar. Es posible que un buen día logre salir de aquí, y yo le daré los nombres de las personas por quienes debe preguntar, gente respetada. Porque lo que le estoy enseñando en estos pedazos rotos de papel y en el reverso de estas envolturas sucias de comida vale más que todo el oro que los alemanes nos sacan de los dientes. Mil veces más.

—Lo sé. Siempre dice lo mismo, Alfred. Pero ¿por qué...?

El profesor se agachó y levantó el diagrama arrugado que Leo había lanzado contra la pared. Luego lo alisó sobre el catre.

—En estos momentos, en laboratorios en Gran Bretaña y Estados Unidos, incluso en Alemania, los científicos más destacados, tanto que me hacen ver como si fuera nadie, están estudiando exactamente las mismas cosas...

—Entonces ¿para qué lo necesitan? —insistió Leo—. ¿Y todas las ecuaciones que está taladrando en mi cabeza?

—A fin de cuentas, no me necesitan —dijo Alfred encogiéndose de hombros—. Excepto porque yo sé muy bien una cosa que ellos no: como juntar una masa de uranio lo suficientemente grande para capturar y usar los neutrones secundarios antes de que estos se escapen por la superficie del material. Y aunque esto no le parezca gran cosa, Leo, porque no involucra un tablero que analizar o piezas que mover, puede estar seguro de que aquellos que puedan entender este proceso, que lo entiendan antes... ganarán la guerra. Y ni todas las armas ni tanques ni aviones en el cielo podrán detenerlos.

—¿El proceso de efusión...? —Leo lo vio con ojos entrecerrados—. ¿O de difusión, o lo que sea?

—Difusión —asintió Alfred con una sonrisa.

—Se la ha pasado usando la expresión «cantidades suficientes», Alfred. ¿Suficientes para qué?

Esta vez Alfred sólo se le quedó viendo, con esa seriedad que tienen los mayores cuando llega el momento de explicar cosas difíciles a un chico que se convertirá en hombre.

—Una vez me preguntó cuál era el propósito de separar el U-235 del U-238, ¿recuerda...?

—Ahora me doy cuenta de que se trata de alguna forma para recolectar energía —dijo Leo—. ¿Tal vez alguna especie de dispositivo de alimentación? Un motor. ¿Para un tanque tal vez? ¿Un barco?

—Sí, pero mucho, mucho más grande que eso, me temo. Y con un efecto devastador de mucha mayor potencia.

—¿Está hablando de una bomba? —Los ojos de Leo se ensancharon.

Alfred se recargó en la pared y sonrió con una especie de resignación en el rostro.

—Una pequeña parte de una, sí. Pero se trata de la bomba más grande y destructiva que el mundo haya visto jamás. Algo así como mil bombas en una.

—Mil bombas... —Leo volvió a observar el dibujo arrugado—. ¿Y todo a partir de esto? ¿Este proceso de difusión?

Alfred se encogió de hombros con un aire de culpa.

—Mi amigo Bohr sugiere que el bombardeo de una pequeña cantidad del isótopo U-235 en su estado más puro, con las pequeñas partículas de neutrones del átomo, es suficiente para empezar una reacción en cadena lo bastante grande para hacer estallar su laboratorio, el edificio y todo a su alrededor por kilómetros a la redonda. Siempre y cuando se logre separar el isótopo, Leo... y en cantidades suficientes. —Asintió—. Ahí tiene su respuesta, chico.

Leo se recostó. Vio la palidez en el rostro del anciano y su mirada se tornó solemne.

—Lo lamento. Lamento haber arrugado su dibujo, profesor...

—Está bien, pasa de vez en cuando entre colegas. Escuche, sé que esto es difícil. Sé que su cabeza está repleta de cosas que no he explicado del todo. Sé que preferiría estar jugando ajedrez en el poco tiempo libre que tiene aquí. E, indiscutiblemente, sé que su nueva oponente es mucho más atractiva a la vista que yo.

Leo sonrió y se sonrojó levemente con culpa.

—Entonces ¿a quién quiere que le entregue esta información? Todo lo que ha amontonado en mi cabeza. Si es que logro salir de aquí con vida.

—Científicos. —Alfred se encogió de hombros—. Científicos famosos. Ellos querrán ver esto. Tal vez en Gran Bretaña. O incluso en Estados Unidos.

—¿Estados Unidos? —A Leo se le ensancharon los ojos de nuevo—. Eso es un sueño, profesor.

—Sí, es un sueño. Pero créame, lo que no es un sueño es que querrán hablar con usted una vez que escuchen lo que sabe. Lo necesitarán, ya verá.

Ambos se sentaron por un momento sin apartar la mirada del diagrama. Leo parecía estar asimilándolo todo. Una bomba. Del tamaño de mil bombas. En una. La más grande y devastadora que el mundo haya visto jamás. La clase de conocimiento que convierte en hombre a un chico.

Luego Leo miró a Alfred nuevamente y dijo, sin siquiera parpadear:

—Densidad del neutrón para coordenadas, *p* minúscula, *o* minúscula, *z* minúscula, es igual a la *p* minúscula del neutrón por *p* minúscula, por la *o* minúscula del neutrón por *o* minúscula, por la *z* minúscula del neutrón por *z*… donde *p* es igual al radio del cilindro, *o* es igual al ángulo entre el diámetro y el radio, y *z* es igual a la altura del cilindro.

—Perfecto. —La mirada de Alfred se iluminó y aplaudió ligeramente.

—Lo ve, soy inteligente —dijo Leo.

—Sí, lo es. —Alfred tosió de nuevo y su cuerpo entero tembló.

—Está enfermo. Debería llevarlo a la enfermería.

—Es sólo un resfriado. Y si no te mejoras ahí en dos o tres días, ya sabe a dónde te envían… Por la chimenea.

—Y si no se mejora aquí, ¿quién dará a conocer sus teorías y ecuaciones? —preguntó Leo.

—Tiene un buen punto —coincidió Alfred.

Se quedaron sentados por un momento; la cabeza del chico daba vueltas con la información que Alfred le había dado. Luego dijo:

—Ambos saldremos. —Sus miradas se encontraron—. Ya verá. Usted mismo llevará sus fórmulas y dibujos a Estados Unidos.

—Ese sí que es un sueño. —Alfred le devolvió la sonrisa con cariño.

—Alguien me dijo que hay una sola cosa que no pueden quitarte aquí… Tus sueños.

—Sí, yo también lo creo —asintió Alfred.

Leo lo miró con certeza.

—Lo haremos, ya verá. —Después le devolvió a Alfred el dibujo—. Aún tenemos tiempo. Enséñeme más.

24

Se despertó a mitad de la noche, temblando y bañado en sudor. No podía recordar exactamente dónde estaba o por qué traía puesta esa pijama rasposa. Sólo que la cabeza le daba vueltas, estaba mareado y le dolía el estómago. Gritó en medio de la oscuridad:

—¡Marte! —Era una noche cálida, pero él temblaba como si fuera enero en lugar de mayo—. Marte, ¿dónde estás?

—¡Cállese, anciano! —protestó la persona en el catre junto al suyo.

—¿Quién es? —Alfred tenía la sensación de que alguien lo observaba.

—Mierda, tiene fiebre —dijo su compañero de litera.

—Tengo tanto frío —dijo Alfred con los dientes castañeando—. Ayúdenme —llamó a cualquiera que pudiese escucharlo—. Oh, Dios —exclamó—. Mi estómago…

Le trajeron una cubeta de agua de la letrina y se la vaciaron toda encima, mientras él vomitaba a un lado de la litera.

—El profesor está enfermo. Tenemos que sacarlo de aquí —escuchó que alguien decía.

«No, por favor. No pueden. Aún no.»

A pesar de su estado, su instinto le decía que llevarlo a la enfermería sólo resultaría en su muerte. Escuchó mucho alboroto: voces, maldiciones, gente reunida a su alrededor.

—Lo siento —murmuró—. ¿Dónde está Marte?

—Su esposa está muerta, viejo —escuchó que alguien le decía.

«Sí, es verdad. Está muerta. Lucy también. Ambas están muertas.»

—Envuélvanlo en una manta y ocúltenlo en la parte de atrás —dijo una voz. Era Ostrow, el recolector—. En la mañana lo llevaremos a la enfermería.

—Si es que llega a mañana —escuchó que alguien apostaba.

—Aguante, viejo —le dijo Ullie, el panadero.

Sintió cómo lo levantaban en el aire, casi como si pudiera ver lo que ocurría abajo. Tres personas lo cargaron y lo llevaron, envuelto en una manta, a la parte trasera del bloque, donde dejaban a los enfermos.

Tal vez era lo mejor. Quizá había llegado la hora de simplemente rendirse. Marte lo estaría esperando con té, galletas de almendra y el periódico vespertino.

—Estará bien, profesor. Sólo aguante un poco más— lo exhortó alguien.

—¡Por Dios, está ardiendo!

—Está muy mal —escuchó que decía otra voz.

—Denle un poco de agua. —Un minuto después, sintió como un chorro de líquido caliente humedecía sus labios resecos.

—Gracias.

En un momento de lucidez, se dio cuenta de lo que tenía. Como un hombre de ciencia, sabía lo que esto significaba. Era como una sentencia de muerte aquí. La enfermedad no había alcanzado sus intestinos aún. Eso era bueno. Aun así, había un cincuenta por ciento de probabilidad. A lo mucho. Pero estando en este lugar, donde a nadie le importaba un carajo si vivías o morías, ¿cómo saber?

No podía morir. Aún no.

Aún quedaba trabajo por hacer.

Las voces comenzaron a apagarse. Él se quedó ahí, arropado y castañeando, como cuando de niño se fue a patinar con su padre a un lago congelado en las montañas y cayó por una capa de hielo delgada, y su padre tuvo que sacarlo. Todo le parecía tan real: el estanque, su padre. Nunca en toda su vida había sentido tanto frío.

Entonces, el rostro de otra persona apareció en su mente.

El chico.

«Necesitamos más tiempo», se dijo Alfred, aunque es probable que lo haya dicho en voz alta, y cualquiera que haya escuchado simplemente ha de haber creído que estaba delirando.

«Es muy pronto aún.»

«Antes que nada, no debes ceder ante la fiebre», se dijo. «No debes perder el conocimiento.»

«Debes proteger tu cerebro.»

Luchando contra el impulso de quedarse dormido, le vino a la mente la cosa más extraña: el principio de las reacciones en cadena de su amigo Polanyi. Un químico, ni más ni menos. ¿Cómo era? «El centro de una reacción química produce miles de moléculas como resultado, las cuales en ocasiones tienen un encuentro favorable con un reactivo y, en vez de formar un solo centro nuevo, forman dos o incluso más, cada uno capaz de generar una nueva reacción en cadena…»

Una forma de expresarlo sería 1, 2, 4, 8, 16, 32, 64, 128, 256, 512…

Se quedó temblando en el suelo, pero sin dejar de calcularlo: 1 024, 2 048, 4 096, 8 192, 16 384, 32 768, 65 536, 131 072…

«¿Qué tanto puedes extenderlo?» 262 144, 524 288, 1 048 576, 2 097 152, 4 194 304… 8 388 608, 1 677 216.

Por dentro sonreía.

«No puedes morirte aún, Alfred. Todavía le queda mucho por aprender. Aún no han hablado del principio de desplazamiento. O tus ideas respecto a la composición de la membrana difusora.»

Para su asombro, un universo de números, ecuaciones, esferas y pruebas matemáticas danzaba frente a él en la oscuridad, girando y acercándose más y más.

«Aún no, por favor. Es demasiado pronto», se dijo. «No puedes. Le queda mucho por aprender.»

«¡Pero deberías ver esto, Marte!», dijo con asombro. El cielo estaba iluminado con números y ecuaciones. «Estaré ahí muy pronto.» Dejó de luchar. Una pesadez forzaba a sus ojos a cerrarse. «Es demasiado pronto», se repitió. «¡Pero todo es tan hermoso!»

25

20 de mayo
Hipódromo de Newmarket, Suffolk, Inglaterra

El fuerte zumbido de las hélices y el sonido de las aeronaves despegando para dejar sus cargas sobre el continente era lo más común aquí. Durante los últimos dos días habían estado bombardeando la costa de Francia y atacando fábricas en la patria alemana día y noche.

—Ablandando las defensas —dijo Strauss—. Para la grande.
—La invasión que se aproximaba. Todos sabían que ese día llegaría.
—¿Cuándo? —preguntó Blum.
El capitán de la OSS se encogió de hombros.
—¿Quién sabe? Pronto.

Nathan llevaba diez días en Inglaterra. Él y Strauss se estaban alojando en el histórico hipódromo, que alguna vez fue sede de dos de las carreras más importantes del país, a más de cien kilómetros de Londres. Actualmente, era una ajetreada base de la Real Fuerza Aérea británica, hogar del Escuadrón 75 de los bombarderos de Wellington y Stirling. Les habían asignado dos agentes del MI6,[2] los comandantes Kendry y Riggs, y al coronel Radjekowski, del Armia Krajowa, el ejército polaco instalado en Londres, quien estaría a cargo de contactar a la resistencia local.

Siguiendo una estricta dieta, Blum ya había perdido casi cuatro kilos. Su rostro, que ya era de por sí angosto, ahora tenía mejillas

---

[2] Agencia de inteligencia exterior del Reino Unido. *(N. del t.)*

ahuecadas y una quijada afilada y demacrada, como la cara de alguien que come una sola vez al día, sólo para mantenerlo con vida. Cada noche se revisaba frente al espejo en su campamento, lejos del cuartel principal, y veía cómo sus ojos se iban oscureciendo y hundiendo cada vez más.

Le enseñaron a saltar desde rampas de práctica. Un sargento mayor de la RAF[3] fue el encargado de hacerlo. El gran salto estaba en el horizonte.

También trabajaron en su habilidad con las armas: disparar a objetivos desde casi veinte metros de distancia con una M1911. También practicó su polaco, principalmente la jerga y los modismos, que no había utilizado durante los últimos tres años. Repasaron su identidad. Su nuevo nombre era Mirek, un carpintero del pueblo de Giżycko, ubicado en la región de Masuria junto a un lago. Desde niño Blum había demostrado facilidad para la carpintería. Este tipo de habilidades siempre tenían lugar y valor en el campo, según había dicho Strauss. Revisaron varios mapas, una y otra vez, sin parar, del área que rodeaba al campo, en particular, el punto donde lo dejarían, en un sembradío cerca del Vístula, a unos veinte kilómetros del campo. «Aunque no debes preocuparte mucho por eso, nuestros contactos te llevarán hasta ahí.» Asimismo, había estado memorizando los caminos locales, en caso de que fuese necesario. La pequeña y cercana aldea de Rajsko era el refugio al que podía recurrir en caso de que la situación se complicara.

—Sólo di las palabras *ciasto wisniowe* —le dijo Radjekowski, el oficial y estratega polaco.

—¿Tarta de cereza?

—Corto plazo... —el oficial se encogió de hombros en tono de disculpa.

—No importa. —Kendry, el comandante británico con delgado bigote, golpeó su pipa—. No te preocupes. Si algo sale mal en tierra, bien puedes darte por muerto de cualquier modo.

---

[3] Real Fuerza Aérea británica, por sus siglas en inglés.

Blum sonrió inexpresivamente. Kendry no era un hombre que le simpatizara en particular.

—Trataré de hacerlo mejor que eso, señor.

Más mapas: mapas del campo, dibujados a mano por Vrba y Wetzler. Nathan los revisó hasta que le dolieron los ojos. Memorizó cada estructura: las vías del tren, la puerta de entrada, las barracas de los prisioneros —llamadas bloques—, la enfermería, el doble perímetro de alambre electrificado y el edificio rectangular de techo plano sobre el cual había hablado con Strauss y el coronel Donovan.

El crematorio.

Mapas del área alrededor del campo.

—Esto es particularmente importante. —Strauss no dejaba de enfatizar este punto—. Debes tener esta área totalmente memorizada.

La fábrica de IG Farben que estaba en construcción, las nuevas vías de tren que casi llegaban hasta Birkenau, el bosque y el río que rodeaban el campo. Estudiaron esto una y otra vez hasta que a Nathan se le grabó todo en la cabeza y se aprendió el área tan bien como conocía el vecindario donde creció en Cracovia.

Le dieron el archivo de Alfred Mendl, su objetivo. Fotos y fotos. En conferencias científicas, en la universidad donde enseñaba. Su rostro amable, cabello canoso peinado de lado, su frente alta y mandíbula suave, el lunar que tenía en la nariz, del lado izquierdo.

—Puede que no luzca igual ahora, así que este lunar será la única manera de identificarlo, Nathan. Búscalo. Memoriza cada poro.

Y así lo hizo, incluyendo cada detalle que habían podido recopilar respecto a Mendl. El lugar donde nació: Varsovia. Dónde estudió: las universidades de Varsovia, Gotinga y el Instituto Kaiser Wilhelm en Berlín. Sus mentores: el famoso Bohr, Otto Hahn y Lise Meitner. Su área particular de especialización: física electromagnética, los procesos de difusión gaseosos. Lo que sea que fuera eso. La esposa y la hija de Mendl, Marte y Lucy, quienes fueron enviadas a Auschwitz junto con él y probablemente estaban muertas. Aún no podían revelar el verdadero motivo por el cual lo necesitaban con tanta urgencia, el motivo por el cual enviaban a Nathan a rescatarlo.

—En caso de que te capturen —era como Strauss lo explicaba, sin expresión alguna más que encoger los hombros. Blum podía ver el verdadero significado detrás.

Capturado y torturado, quería decir.

De vuelta en su cuartel, de noche, Blum fumaba y seguía leyendo el expediente de Mendl. ¿Por qué por encima de todos los demás? Había gatos callejeros por toda la base, buscando comida, y uno de ellos rondaba cerca del cuartel de Blum, un gato calicó con grandes ojos grises. Le recordaba al gato que tenían cuando vivían en la calle Grodzka, el gato de Leisa, el mismo que no pudieron llevarse con ellos al gueto. «¿Cuál era su nombre?», trataba de recordar Blum.

«Ah, sí... Schubert, desde luego.»

Blum le daba migajas de pan y dejaba que lamiera de sus dedos la crema de los postres que él no se comía. Le traía de vuelta a una vida que no parecía más que un recuerdo distante ahora. Prefería estar solo en las noches y revisar los mapas y documentos.

—¿Ves a este hombre? —Blum le mostró la foto de Mendl al gato, que había saltado a la base de su ventana abierta. El gato calicó maullaba y arqueaba la espalda para que le diera algo de leche—. Se supone que debo encontrarlo, en un campo con miles de personas. Tal vez cientos de miles. Qué locura, ¿verdad? Me imagino que hasta tú estarás de acuerdo conmigo. Y si no logro... localizarlo, podría acabar como tú —dijo Blum, rascando la espalda del felino. Sacó un poco de tarta—. Atrapado ahí para siempre. Excepto que no habrá nadie que me dé un poco de crema y pastelillos... —Dejó que el gato lamiera sus dedos.

»Ya que estamos en un hipódromo, sospecho que nadie apostaría mucho a favor de mi éxito en esta misión. —El gato maulló—. Ah, veo que tú también estás de acuerdo, Schubert, mi buen amigo.

Día cinco: al fin le mostraron su uniforme, cosido por sastres específicamente designados por el MI6. Era un traje de obrero, de ajuste holgado, con pantalones delgados que se invertían para mostrar una túnica y unos pantalones rayados de yute. Se había revisado cada detalle de la prenda con los fugitivos, Vrba y Wetzler. Venía con un par de zuecos de madera que con trabajos le entraron a Blum.

—Un poco apretados, por lo que veo —dijo Kendry mordiendo su pipa.

—Servirán.

—Probablemente te ajusten mejor que a la mayoría de los que están ahí, me imagino. Desde luego tendrás botas adecuadas para el salto, pero tendrás que dejarlas antes de entrar al campo.

Unos días después de eso, se reunieron en la pequeña sala de juntas de la base, donde generalmente los comandantes a cargo de las misiones daban instrucciones a los pilotos. Strauss se acercó al pizarrón, donde había un mapa aproximado del campo y el área que lo rodeaba.

—Sé que has estado esperando escuchar con más detalle cómo pensamos traerlos de regreso —dijo con una sonrisa.

—Tengo cierto interés, sí. —Blum sonrió también.

Incluso Kendry rio un poco entre dientes detrás de él.

—Nos hemos enterado de que la fuerza de trabajo del campo está siendo utilizada para ayudar a terminar las nuevas vías de tren que llevan hasta Birkenau. —Strauss señaló el pizarrón—. Ese lugar no es más que una fábrica de muerte casi al lado del campo. Sabemos que están llevando a los judíos húngaros ahí para liquidarlos desde su llegada. Miles de ellos. Gaseados.

—Miles... —El número golpeó a Blum como un mazazo en la cabeza, y murmuró para sí—: *Pieprzy*. Mierda.

—A diario, de acuerdo con nuestras fuentes, el trabajo para terminar estas vías no para, día y noche. Parece que tienen mucha prisa —Strauss resopló— en aumentar los asesinatos. Lo que tienes que hacer es lograr que te asignen ese trabajo en particular, durante tu tercera noche ahí. Vrba y Wetzler insisten en que no es una labor difícil. El guardia que, por lo general, vigila este trabajo, un *Oberführer Rauch*, es conocido por aceptar sobornos. De hecho, aseguran que es algo común en el campo, para toda clase de cosas. En el caso de los turnos nocturnos, aparentemente algunos los prefieren, ya que obtienes una segunda comida.

—¿Sobornarlo? ¿Sobornarlo con qué? —preguntó Blum.

—Después hablaremos más de eso… Por el momento, lo que importa es que, en esa noche en particular, a las cero treinta horas, los partisanos locales, que están muy bien preparados y son muy capaces, según me ha asegurado el coronel, organizarán un ataque desde el bosque cercano. Aquí. —Strauss tocó la pizarra con su puntero—. Por eso es tan importante que memorices el terreno alrededor del campo. Tú y Mendl, desde luego, esperamos, huirán después del ataque, pero no en dirección al bosque, sino hacia el río. Aquí… —señaló Strauss—. Es fundamental que, aprovechando la conmoción, tú y Mendl logren llegar ahí, Nathan. Ahí te recibirán y los llevarán a ambos al sitio de aterrizaje. El avión estará listo para descender precisamente a las cero treinta horas. Los guardias estarán ocupados al menos por unos cuantos minutos, hasta que lleguen los refuerzos, y lo más lógico para aquellos que deseen escapar sería correr hacia el bosque, desde donde estarán disparando los partisanos, y no hacia el río. De cualquier modo, la emboscada cubrirá su escape. ¿Entendiste todo?

Blum asintió.

—Sí. Creo que sí.

—Claro, si por algún motivo no logras encontrar a Mendl, o en caso de que estuviera muerto o no estuviera en condiciones de escapar —dijo Strauss, encogiéndose de hombros—, entonces serás sólo tú.

—Entiendo.

—Así que ese es el plan. Lo repasaremos varias veces más. —Strauss se sentó en la orilla de la mesa—. Estoy seguro de que tendrás preguntas…

—Sólo una para empezar. Estoy apostando mi vida con la convicción de que el Armia Krajowa atacará —dijo Blum.

—Lo harán —dijo Radjekowski, el coronel polaco—. Puedes estar seguro de ello.

—Y... —Blum se volvió hacia Strauss con una sonrisa— con la convicción de que este guardia en particular puede ser sobornado.

—Sí. —Strauss tocó el mapa dos veces con el puntero—. Así es. Entonces...

Un silencio rígido se apoderó de la habitación.

Blum sentía que había llegado el momento de hacer la pregunta.

—Entonces ¿cuándo parto?

Strauss miró a los británicos hasta que finalmente recibió una señal de confirmación por parte del oficial de la resistencia polaca.

—El veintitrés. Habrá luna llena. La más alta visibilidad posible. La necesitaremos para ubicar el lugar de aterrizaje. Harás el viaje en uno de los nuevos Havilland DH.98 Mosquito de la RAF. Ligeros y veloces. Capaces de volar sin ser detectados por los radares alemanes. Oświęcim se encuentra a unos mil seiscientos kilómetros en vuelo directo, pero volarás hasta Gotemburgo, Suecia, y luego al sur, sobre el Báltico. Los Mosquitos vuelan a casi quinientos kilómetros por hora, más o menos. Considerando el desvío, debería tomar unas cuatro horas aproximadamente. Haremos todo lo que esté en nuestras manos para mantener ocupada a la Luftwaffe[4] con algunos bombardeos de distracción. —Miró a Blum, del mismo modo en que un abogado voltearía a ver a los presentes en un juicio cuando ha terminado de dar su argumento final y no queda más que decir—. ¿Todo claro?

—Entonces, el veintitrés... —asintió Blum. Sintió una punzada de nervios.

—Sí. —Strauss dejó el puntero sobre la mesa—. Dos días.

---

[4] Fuerza aérea alemana durante la época nazi.

26

El día siguiente fue domingo y, a pesar de que a Blum le habían dado la mañana libre, se despertó al amanecer, con los nervios de punta. Hojeó los documentos una vez más —el mapa del campo, el expediente de Mendl—, aunque todo estaba firmemente asentado en su mente.

Al mediodía Schubert llegó a su barraca; las opciones de comida para gato claramente eran escasas en los otros lugares. Blum estaba dejando unas cuantas migajas en la cornisa de la ventana cuando escuchó que alguien tocaba a la puerta.

Era Strauss.

—Lamento molestarte, Nathan —dijo. Había una expresión en su rostro que Blum no podía interpretar del todo, seria, inquieta. Venía con Kendry, el británico silencioso. Blum no confiaba en él—. ¿Te importa si nos sentamos?

—Por favor… —dijo Blum, quitando su ropa y documentos de la otra cama. Kendry prefirió recargarse contra la ventana y sacó su pipa.

—Así que… —Strauss esbozó una cálida sonrisa—. Mañana es la noche… —Observó los documentos y las fotografías que se encontraban en la otra cama—. ¿Estás listo?

—Creo que sí, señor.

—¿Sabes todo acerca del lugar?

—Como si hubiese nacido ahí. —Blum sonrió.

—Sí. —Strauss sonrió también—. Claro, hay algunos otros detalles que tenemos que aclarar. Te dará gusto saber que ya tenemos la confirmación definitiva de la gente de ahí. Te están esperando. Y el clima parece ser perfecto. —Se quitó la gorra—. Aunque hay una sola cosa más…

—¿Qué cosa, señor?

El británico dio un paso hacia adelante y le dio una fumada a su pipa.

—Estamos preocupados por una cosa que no fue parte de tu entrenamiento, teniente.

—¿Qué cosa? —Nathan se quedó ahí sentado, viéndolos a ambos.

—La pregunta es, teniente… ¿puedes matar?

—¿Puedo matar? —Blum los miró nuevamente, inseguro. Ya se había enfrentado a gente disparándole, en varias ocasiones. Pero, incluso en el gueto, nunca había tenido que matar a nadie—. Soy un soldado. Desde luego que puedo matar. Si tengo que hacerlo.

—Me temo que eso no será suficiente, Nathan. —Strauss se puso de pie—. Con todo lo que está en juego, todo lo que estamos arriesgando, bien podría haber algún punto en la misión en el que tendrás que hacerlo. Un punto en el que tu vida, y todo lo que esta involucra, dependerá de ello. Y en ese momento no habrá oportunidad de decidir si puedes o no hacerlo.

—Entonces lo haré. Pueden contar con ello —dijo Blum con firmeza, sin apartar la mirada de ninguno de los dos.

—En ese caso, nos gustaría que lo probaras —dijo Kendry. Desabrochó su pistolera lateral y sacó su pistola Browning.

Blum los observó con algo de confusión.

—¿Cómo?

—Veo que has hecho un amigo —dijo el británico sonriéndole a Schubert, que se encontraba en la cornisa de la ventana. Estiró un dedo y el animal avanzó furtivamente, arqueando la espalda y rozando su cuerpo contra él.

—Sí, creo que les conté de él —dijo Blum—. Él...

El británico lo miró.

De pronto, Blum entendió claramente lo que le estaban pidiendo.

—No puedes hablar en serio —dijo, sacudiendo la cabeza. El británico no apartó la mirada—. No es más que un gato inocente. Es mi amigo.

—De aquí en adelante, ya no tienes amigos —respondió el comandante—. Y ya no existe el concepto de culpables o inocentes, solamente personas interponiéndose entre tú y tu objetivo. Así que sí, hablo muy en serio... —Amartilló la pistola y se la ofreció a Blum—. Ambos hablamos en serio. Muéstranos.

La mandíbula de Blum se abrió, luego miró a Strauss. El capitán de la oss no le ofreció alivio alguno. Se limitó a encogerse de hombros.

—Desafortunadamente, Nathan, no podemos seguir adelante con esta incertidumbre. Estamos arriesgando demasiado en esta misión.

Blum se quedó viendo el arma, sin poder creer lo que estaba pasando. No podía aceptar lo que le pedían.

—Hay una diferencia —dijo. Los nazis eran asesinos, mataban gente inocente, como a sus padres y a su hermana, muchos de sus amigos también. Había logrado burlar guardias alemanes y puntos de control para llevar en sus bolsillos los medicamentos que la gente necesitaba. Había atravesado Polonia con un pasaje sagrado del Talmud en su equipaje; lo habían metido a escondidas en un carguero sueco, donde, de haber sido descubierto, hubiera significado una muerte inmediata. Pero esto... Esto cruzaba sus límites. El gato saltó al suelo y rozó la cama.

Esto lo convertía en alguien igual a ellos.

—¿Crees que esto es peor que lo que posiblemente enfrentarás cuando aterrices? —preguntó Strauss.

Kendry seguía sosteniendo el arma frente a él.

Blum sintió como si le abrieran las entrañas con un cuchillo. Era como si cualquier valor que aún estimaba, cualquier recuerdo de su vida anterior, sus padres, su hermana, todo lo que lo separaba de los matones desalmados que los habían asesinado, quedara permanentemente destruido.

«Fuiste tú el que dijo que querías hacer algo más...»

—Es inocente, lo sé, Nathan. Pero habrá muchos otros inocentes que también podrían representar una amenaza para el éxito de esta misión. Si no puedes hacerlo —Strauss se quedó de pie, esperando—, me temo que no podemos encomendártela.

Schubert siguió caminando por el suelo. «Corre, ahora, por favor...», suplicó Blum para sus adentros. El gato se detuvo en la puerta, miró a Blum, como si esperara una caricia afectuosa o algo de comida tal vez, y maulló.

Blum tomó la pistola.

—Perdóname —dijo, y se acercó al gato.

Bajó el arma y oprimió el gatillo. La respuesta a esta acción fue un fuerte sonido. La pistola retrocedió en su mano por la fuerza del disparo. El gato cayó sobre su costado. Blum se quedó de pie observándolo; sintió algo vacío y vergonzoso en su interior, como un nudo en sus entrañas, algo dentro de él que le decía que había cambiado y que se había pasado al otro lado.

—Toma. —Le devolvió la Browning a Kendry.

Strauss se acercó y colocó una mano sobre el hombro de Blum.

—Lo siento, Nathan. Sé que fue algo muy difícil. Pero teníamos que estar seguros.

Blum asintió.

—Entiendo.

—Y créeme... —Kendry volvió a guardar el arma en su pistolera—. Esto no será lo peor que te verás obligado a hacer durante esta misión.

27

El día programado para su partida le pidieron a Blum que tomara una llamada en la oficina central de comunicaciones.

Strauss lo llevó a una habitación privada, con un receptor de radio y un auricular de teléfono.

Supuso que se trataba de una llamada de Donovan para desearle buena suerte, o tal vez de algún miembro de su nueva familia, en Chicago, pero cuando la persona al otro lado de la línea empezó a hablar, a través de la aguda estática y los siseos, reconoció la famosa voz; la había escuchado dar discursos antes, así como en sus *fireside chats*.[5]

Era el presidente de Estados Unidos.

—¿Hablo con el teniente Blum? —preguntó Roosevelt.

—Sí, señor. —Casi por reflejo Blum se puso de pie, aunque el gran hombre se encontraba a un océano de distancia—. Señor presidente... —Su garganta se secó.

—Quería que supiera que estoy al tanto de su misión. Y llamé para desearle la mejor de las suertes.

—Gracias, señor —dijo Blum, tragando saliva—. El simple hecho de que le hayan hablado de ella es un honor.

—«Hablado de ella» —rio el presidente—. Fui yo el que dio la orden, teniente, en persona.

---

[5] Serie de discursos ofrecidos por el presidente Franklin D. Roosevelt en la radio. (N. del t.)

Una ola de orgullo recorrió el cuerpo de Blum. Miró a Strauss y su rostro enrojeció.

—Conozco los riesgos que esto implica —continuó el presidente—, y lo que está sacrificando para hacerlo. Estamos en deuda con usted, hijo. Pero no nos falle. No tiene idea de lo mucho que depende del éxito de su misión.

—No les fallaré, señor —dijo Blum, inflando el pecho.

—Bien. Entonces no me queda más que desearle buena suerte y decirle que los ojos vigilantes del Señor estarán sobre usted. Me han asegurado, en varios niveles, que elegimos al hombre indicado.

—Me siento honrado, señor —dijo Blum otra vez.

—En ese caso, quedo en espera de la noticia de su regreso, a salvo y exitoso. —El presidente cerró la transmisión—. Buena suerte, hijo.

Blum escuchó un bip y el receptor indicó que la línea había sido desconectada. Aun así, Blum llenó su pecho de aire y dijo:

—Gracias, señor.

Antes de irse le entregaron tres cosas más.

La primera fue dinero en efectivo: quinientas libras esterlinas.

—Necesitarás algo para sobornar al guardia. Lo coseremos en el forro de tu chamarra —le mostró Strauss—. Junto con algo más.

Tenía una pequeña bolsa azul en la mano, la cual le arrojó a Blum. Este la abrió y sus ojos se ensancharon.

La bolsa contenía un diamante.

Y uno bastante grande. Más grande que cualquiera que hubiera visto en su vida, incluso más que los que portaban las mujeres elegantes que acompañaban a sus esposos ricos a la tienda de su padre. «Ocho quilates», estimó Blum.

—Diez, si te lo preguntabas —dijo Strauss—. Casi de perfecta calidad. Vale una suma considerable de dinero. En caso de que te metas en problemas —el capitán le hizo un guiño— y tengas que pagar para salir de ellos. Es mejor que el efectivo o el oro en el campo, y mucho más fácil de transportar. Sabes dónde esconderlo, ¿cierto? ¿En un apuro…? —Strauss esbozó una especie de sonrisa torcida.

—Oh, sí. Ya veo —dijo Blum, sonrojándose ligeramente.

—Úsalo con sabiduría. Y, por supuesto, trata de no olvidar que está ahí.

—No, no lo haré. Claro que no. —Blum se aclaró la garganta.

—Mientras tanto me lo quedaré, si no te importa… —Strauss estiró la mano—. Para mantenerlo a salvo hasta que te vayas. Ah, y algo más… —Revisó sus bolsillos—. No sé exactamente cómo abordar este tema contigo. Te diriges a un lugar de pesadilla. Ni siquiera yo estoy seguro de qué podrías encontrar ahí. Especialmente si algo llegara a salir mal… —Abrió la mano y le mostró dos cápsulas rojizas en un contenedor de plástico.

Blum las observó con detenimiento y, después de haber comprendido su significado con claridad, miró de nuevo a Strauss.

—Instantáneas y prácticamente indoloras, según me han dicho. Aunque debo admitir —sonrió con comprensión— que no las he probado personalmente. Las coserán en la parte superior de tu guerrera. Supongo que la idea es que, incluso si tus manos estuvieran atadas, simplemente puedas, tú sabes… —Strauss acercó su boca al hombro—. Morder. Lo dejo a tu consideración. La línea oficial es que no recurriremos a esto, y entre menos se sepa, mejor, desde luego…

—Claro. —Blum asintió y tragó saliva.

—Y aquí entre nosotros —Strauss cerró el contenedor y volvió a guardarlo en el bolsillo de su uniforme—, bien podría ser la mejor alternativa en caso de que te capturen, si sabes a lo que me refiero.

—Sí, entiendo —dijo Blum.

Strauss se encogió de hombros.

—Supongo que no queda mucho que agregar…

Blum sonrió y lo vio a los ojos.

—Solamente... —Strauss puso la mano sobre el hombro de Blum—. *Mazel tov*, teniente Blum. El coronel Donovan y yo sentimos el más grande respeto por lo que te dispones a hacer...

—*A sheynem dank* —respondió Blum con una sonrisa. «Muchas gracias.»

—Sí, *a sheynem dank*. —El capitán sonrió—. Vaya que hace mucho que no escuchaba esas palabras.

Los dos hombres se dieron un apretón de manos.

Alguien tocó a la puerta.

—Ah, casi lo olvido... —dijo Strauss—. Una última cosa. —Un hombre británico de baja estatura, rechoncho y con un uniforme de defensa civil entró cargando un pequeño kit de metal.

—Capitán. —Luego miró a Blum—. Teniente...

El hombre dejó su kit y sacó una máquina esquiladora.

—Despídete de tu cabello por un tiempo —dijo Strauss.

Blum se sentó y el hombre le colocó una sábana alrededor de los hombros.

—¿Era barbero antes de la guerra? —preguntó Blum.

—No exactamente, señor —respondió el británico y encendió la máquina.

Rasuró la cabeza de Blum. El cabello oscuro caía a sus pies. Después Blum se vio en el espejo. Los ojos hundidos y pómulos protuberantes se notaban aún más. Ahora en verdad lucía como lo que sería en cuestión de un día: un prisionero. Su corazón se llenó con la gravedad de la responsabilidad que le habían encomendado. Un polaco. Alguien sin posición. Alguien que había escapado del mundo de la oscuridad tan sólo tres años atrás.

Strauss se encogió de hombros.

—Eso nos deja sólo una cosa más...

Strauss asintió y el hombre británico volvió a abrir su kit para sacar una aguja para tatuar. La conectó y la sumergió en una tinta azulada.

—Esto es lo que hacía antes de la guerra, señor —le dijo a Blum. Strauss le entregó al hombre un número de seis dígitos. El instrumento empezó a vibrar.

—Señor —le dijo el hombre a Blum—, ¿podría estirar su brazo izquierdo, por favor?

28

Varsovia

El coronel Martin Franke estaba sentado frente a su escritorio en la sede de la inteligencia alemana en la calle Szucha, en Varsovia. Su auxiliar de campo, el teniente Verstoeder, dejó su *kaffee* matutino sobre el escritorio. No eran los horrendos brebajes rebajados con agua que los polacos bebían con azúcar y crema para ocultar el sabor. Era café alemán, fuerte, oscuro, traído desde la sede de Dallmayr en Múnich. Hojeó los comunicados y telegramas que habían llegado durante la noche. Algunos eran transmisiones codificadas que habían sido interceptadas; otros habían sido transmitidos directamente por la radio, de la BBC. Aquellos que eran de su interés los guardaba en lo que él llamaba la caja *A*, junto a su escritorio. Los otros simplemente terminaban en la caja *B* para ser archivados. La verdadera inteligencia no era sólo una ronda de bebidas en el bar de Estoril o apostar en el casino. Esa era la regla número uno, requería minuciosidad. Y perseverancia. Perseverancia, pero también instinto. Tener un buen olfato para esas cosas.

Un buen olfato valía todas las bebidas de Lisboa.

Sin embargo, la regla número dos era que debía ser archivado.

Los últimos cuatro meses, desde lo ocurrido en Vittel, sólo habían hecho que Franke desease recuperar su antigua posición con más fervor. La guerra no marchaba bien. Cualquier tonto podía darse cuenta. El Ejército Rojo avanzaba; ya casi estaba en Polonia. La lucha estaba muy cerca, en Leópolis incluso. Hasta los polacos habían empezado a levantarse y a convertirse en una molestia. Y todos sabían que la invasión de los Aliados era inminente. ¿Normandía o Calais? Sólo era cuestión de elegir el lugar.

En Varsovia, el gueto había sido quemado y demolido. Los últimos judíos, salvo aquellos que se habían refugiado en el sector ario, estaban muertos o habían sido enviados a lugares de donde no regresarían. Su trabajo actual consistía en sacar de su escondite a los que quedaban o desenmascarar a aquellos que tenían papeles falsificados, y también en capturar a los polacos que estuvieran bajo sospecha de ser colaboradores y lanzarlos al sótano de la prisión de Pawiak y básicamente dejar que un miembro de la Gestapo los intimidara y golpeara sus caras hasta que hablaran. O hasta que no lo hicieran más, en los casos extremos. De cualquier modo después eran enviados al bosque de Katyn, donde se formaban viendo hacia un árbol y les disparaban.

Los bosques estaban tan bañados de sangre que circulaba la broma de que esta primavera el pasto crecería rojo.

Aun así, como Franke sabía, todo esto era básicamente trabajo de policía, para la *Ordnungspolizei* tal vez. No era trabajo de inteligencia militar.

No había recibido más que una mísera carta de Berlín, del *Brigadeführer* de las SS, Schellenberg, a quien le respondía ahora; en la carta lo felicitaba por el «útil papel» que había desempeñado al descubrir a aquellos que ostentaban pasaportes falsos en Vittel.

¿«Útil papel»? Les había entregado a doscientos cuarenta judíos.

Mientras un montón de tontos perdían la guerra, a él lo habían hecho a un lado.

Mientras bebía su *kaffee*, Franke hojeaba la pila de telegramas y mensajes del día. La mayoría eran frases que sólo tenían significado para quienquiera que fuera su destinatario: «Los zapatos de Lila ya llegaron. Recógelos cuando quieras». «Oskar quiere que sepas que la lección de cello será la próxima semana a la misma hora.» «Jani ansía verte de nuevo. Pero en esta ocasión te pide que traigas el sombrero rojo en vez del azul.» Desde luego que todo significaba algo. Parte del trabajo de Franke ahora consistía en encontrar cualquier cosa que pudiera tener una conexión con la red de los partisanos, cuyos miembros se habían convertido en una peste en el frente y en Varsovia, y después rastrearlos.

«Como este, tal vez...» Franke releyó un mensaje de la noche anterior que había llamado su atención.

Era la clase de mensaje que pasaría desapercibido para la mayoría. Había llegado justo antes del anuncio de la BBC de *Una velada con la filarmónica*. Mencionaba a un cazador de trufas que iba camino a Polonia. El mensaje decía: «Están creciendo muy bien esta temporada en medio de los abedules».

«¿Abedules?»

—¿Qué son trufas? —preguntó su ayudante, Verstoeder, mientras se disponía a ordenar las pilas *A* y *B*.

—Son como setas, pero mucho más costosas —dijo Franke—. Y crecen en la raíz de los árboles, pero en Italia —añadió con extrañeza—. No en Polonia. Eso es lo que me llama la atención. Y en el otoño utilizan cerdos para encontrarlas.

—¿Cerdos?

Franke asintió.

—Cerdos y perros. —La clase de mensaje que pasaría desapercibido para la mayoría.

—Entonces ¿quién es el cazador de trufas? —preguntó Verstoeder—. ¿Y por qué viene a Polonia?

—En primavera... —aclaró Franke.

—Sí, en primavera.

—Buena pregunta. —Franke bebió el último sorbo de su café—. Y otra sería ¿quién es el cerdo?

Al pensar en trufas, el estómago de Franke rugió con anhelo, ya que, desde hace tiempo, no había recibido nada más que papas, col y salchichas. Pero este era un juego de olores, como sabía el coronel, y podía olfatear este tan claramente como si tuviera a uno de los pequeños hijos de puta entre sus manos.

—¿Conservar o archivar? —preguntó el teniente antes de decidir en qué caja poner el telegrama.

—Conservar, me parece. Al menos por el momento. —Sospechaba que llegarían más mensajes así relacionados con cazador de trufas.

Tenía buen olfato para este tipo de cosas. Y este mensaje en particular hacía que le picara la nariz.

Franke guardó el telegrama en la caja *A*.

29

En el interior del Havilland Mosquito, volando a quince mil pies de altura sobre Polonia, Blum trataba de contener su nerviosismo.

Miró su antebrazo. Aún le escocía por el número que le habían tatuado con tinta azul: A22327. El número de Rudolf Vrba. Así, en caso de ser necesario, coincidiría con un número real. Aunque Blum sabía que eso prácticamente no importaba. Si lo descubrían, sería interrogado y fusilado de inmediato como un espía. Ni todos los números del mundo serían suficientes para salvarlo.

O cualquier diamante.

El avión se sacudía de arriba abajo. Ocasionalmente, se podía escuchar el fuego antiaéreo atravesar el cielo. Los Aliados habían planeado un bombardeo en Dresde para desviar la atención de las aeronaves y la artillería enemiga. Aun así, los bruscos movimientos del avión resultaban aterradores, más sabiendo lo que había adelante. Se agarró de la correa de salto para tratar de calmarse.

Pensó en la conversación que había tenido con el presidente Roosevelt antes, ese mismo día. Lo mucho que dependía de esto; la fe que tenían en él. Su pulso seguía sintiéndose acelerado de orgullo, que un polaco, un judío del gueto de Cracovia, hablara desde el otro lado del océano con el hombre más poderoso del mundo. Si tan sólo su padre y su madre hubieran podido verlo. Jamás lo habrían creído. Y Leisa. Ella habría puesto la mirada en blanco y le habría dicho: «No dejes que esto se te suba a la cabeza. Podrían dispararte en cuestión de un minuto. O podrías aterrizar en la parte trasera de un camión de tropas nazis. ¿Y entonces de qué te serviría tu conversación?».

Blum sonrió, en tanto intentaba recordar por qué estaba aquí y trataba de calmar sus nervios. El avión se sacudió mientras atravesaba una turbulencia, tan fuerte que por un segundo Blum sintió que los tornillos que unían el fuselaje se caerían. Miró su reloj. Sólo unos minutos más. Y luego…

Después sería hora del salto. Sintió que el estómago se le revolvía al pensar en ello.

—¡Prepárate! —gritó el copiloto desde la cabina de mando—. Vamos a descender a seis mil pies.

Blum levantó ambos pulgares, pero por dentro sus nervios estaban hechos un desastre. Si acaso había algo de luz en este lugar dejado de la mano de Dios, sabía que su rostro resaltaría como una sábana blanca.

—¡Saltaremos a mil doscientos pies! Seis minutos.

—Estoy listo —dijo Blum, a pesar de que cada célula de su cuerpo estaba congelada de sólo pensarlo. Repasó el plan de contingencia en su mente. ¿Qué tal si la resistencia no estaba ahí para recibirlo al aterrizar? Tendría que llegar por su cuenta al pueblo de Rajsko, ocho kilómetros al este, hasta el refugio. Pensó en la contraseña una vez más: *ciasto wisniowe*. «Tarta de cereza.»

Tenía mapas, una brújula, dinero, una Colt M1911 enfundada en su cinturón. El paracaídas había sido revisado una y otra vez. «Cinco segundos», se recordó. El tiempo que tenía que contar antes de tirar del cordón. Trató de bloquear todo pensamiento negativo. ¿Qué tal si se equivocaba y caía? ¿Qué haría entonces? «No nos falle, teniente.»

—¡Dos minutos! —El copiloto corrió hacia la parte trasera del fuselaje—. Vayamos a la escotilla.

El estómago de Blum se endureció.

Revisó su mochila y avanzó hacia la escotilla. Se abrochó a la línea de salto y apretó la correa de su casco.

—Volveremos por ti en setenta y dos horas —dijo el piloto—. A las ciento treinta horas. Hay un campo despejado justo al lado de la carretera principal. Tres kilómetros al este del lugar de descenso.

Blum asintió. Lo había repasado incontables veces. Lo tenía grabado en el mapa de su mente. Pero no importaba; los partisanos lo llevarían hasta ahí.

—Recuerda, sólo estaremos en tierra por dos minutos. Es todo. Luego despegamos y salimos de ahí lo más rápido que podamos. Más vale que estés ahí.

—Entiendo.

—Y no sé qué diablos estarás haciendo allá abajo, pero sea lo que sea —dijo mientras le daba a Blum una palmada en el hombro—, ¡buena suerte!

—Gracias.

—Ahora, sujétate fuerte... —El piloto abrió la escotilla exterior y entró el aire frío.

—¡Mira hacia abajo! —El piloto señaló un punto en la oscuridad.

Directamente frente a ellos había una formación de luces en el suelo en forma de x.

—Esa es tu marca. El viento es bueno. Ya estamos por debajo de los mil doscientos pies. No debería ser muy difícil. Ya has hecho esto antes, me imagino.

Blum sacudió la cabeza.

—Sólo en entrenamiento. No en acción.

—¿No en acción? —El piloto puso los ojos en blanco—. Bueno, es igual. —Le dio un jalón a la correa del casco de Blum—. Sólo respira profundamente y salta a mi señal. Estarás abajo antes de que te des cuenta. —El avión se sacudía como un caballo que trataba de derribarlo. Blum tenía que sostenerse del barandal para no caer.

«Cuenta hasta cinco», se recordó Blum. «Luego jala». El corazón le martillaba el pecho.

—Prepárate. Casi estamos ahí. —El viento frío lo golpeaba en el rostro.

—Recuerda… —El piloto puso la mano en la espalda de Blum—. Setenta y dos horas. —Miró hacia atrás para orientarse, sosteniendo la correa de Blum—. ¡Ahora!

El corazón de Blum saltó por los aires, pero sus pies, como congelados en su lugar, no se movían del avión. Vio cómo se acercaban a la *x* iluminada debajo de ellos. Ya estaban casi justo encima de ella.

—¡Dije ahora! ¡Ahora! ¡*Hazlo!* —gritó el piloto.

Tomó a Blum de las correas de los hombros y básicamente lo arrojó hacia el cielo nocturno. Blum cerró los ojos y dejó escapar un grito. Estaba helando y en completa oscuridad; sintió cómo caía con más velocidad de la que jamás creyó posible. «Uno, dos…» Escuchó el rugido del avión que se elevaba y se alejaba. El viento lo golpeaba en el rostro y lo empujaba en todas direcciones. «Tres… ¡Cuatro!»

«¡Cinco!»

Contuvo la respiración y tiró de la cuerda. Para su alivio, fue como si el elevador en el que descendía se hubiera detenido abruptamente. Por un segundo, sintió como si se hubiese resbalado de su paracaídas y estuviera cayendo en picada por su cuenta. Una oleada de miedo recorrió su cuerpo.

Luego abrió los ojos.

Estaba bien. En el aire. Todo era oscuridad. Su corazón retomó un ritmo normal. Se había pasado un poco de su marca. No aterrizaría cerca de la *x*, pero tampoco demasiado lejos.

Un golpe de preocupación lo invadió de repente: ¿qué tal si la resistencia lo había entregado? ¿Qué tal si, en vez de amigos, había un camión repleto de tropas alemanas esperándolo en el suelo? Vio las copas oscuras de los árboles; se acercaba a ellas a gran velocidad. Había llegado el momento.

«Espera…»

Descendió hasta el suelo, más rápido de lo que había anticipado, cayó de golpe en el campo con una exaltación de aire y nervios y rodó. El paquete atado a su espalda casi lo deja sin aliento.

No se veía ni una luz alrededor.

Lo primero que hizo fue sacar su Colt. Los matorrales ahí eran espesos, y todo estaba totalmente callado y oscuro. Recogió su paracaídas. Esperaba encontrarse con un grupo de gente corriendo hacia él, pero hasta ese momento no había señal de vida, ni siquiera voces. Vio un bosque a la izquierda, era el sur, de acuerdo con la brújula en su muñeca. Enrolló el paracaídas y se dirigió allá para ponerse a cubierto. Se agachó y cavó un hoyo en el matorral. Por suerte, las lluvias habían sido generosas y el suelo de primavera estaba húmedo. Escondió el paracaídas en el hoyo y lo cubrió con una manta de hojas y maleza.

El corazón le latía fuerte.

Por primera vez, caía en cuenta de que estaba de vuelta en Polonia. Todo estaba silencioso. Blum no tenía idea de quién lo esperaba. ¿La resistencia o soldados alemanes? Se asomó hacia el bosque. Nadie. Esto no era lo que esperaba. ¿En qué se había metido?, se preguntó. ¿Qué tal si nadie venía? Estaría solo ahí. En territorio ocupado. Estaría...

Escuchó el crujir de una pequeña rama detrás de él y su pulso se aceleró. Alguien estaba cerca... Se quedó tan quieto como pudo; el sudor escurría por sus sienes. Alzó su arma y colocó su dedo en el gatillo. Muy pronto descubriría, pensó, exactamente de qué era capaz. Luego escuchó un clic. Esta vez el sonido provenía de uno o dos árboles de distancia. Sabía que había amigos cerca, pero también podría haber enemigos.

Escuchó el clic otra vez, pero ahora sabía exactamente de qué se trataba.

El sonido de un arma siendo amartillada. «Pero ¿el arma de quién?»

Blum puso el dedo en el gatillo.

Escuchó el susurro de un hombre. En polaco, gracias a Dios.

—*Lubisz trufle…?* —preguntó la voz—. «¿Te gustan las trufas…?»

—*Tak* —murmuró Blum en respuesta. «Sí»—. Pero no tanto como el betabel.

—Bueno, has venido desde muy lejos entonces… —Las dos personas salieron de la oscuridad—. Por betabeles.

Un hombre y una mujer joven. El hombre llevaba una chamarra de cazador y un sombrero. También cargaba un rifle. La mujer joven vestía un suéter de punto y una gorra, con el cabello rubio atado en dos coletas. Ella traía una ametralladora Błyskawica.

—*Witaj w domu, przjacielu* —dijo el partisano con una gran sonrisa y le dio una calurosa palmada a Blum en el hombro. «Bienvenido a casa, amigo.»

30

Se subieron al camión agrícola y avanzaron por las carreteras secundarias, algunas ni siquiera estaban pavimentadas; viajaron con las luces apagadas.

—¿Y ahora qué sigue? —preguntó Blum.

—¿Ahora? Ahora pasarás la noche con nosotros —dijo el conductor con la chaqueta de cazador—. Bueno, al menos lo que queda de ella. En Brzezinka. Quince kilómetros al norte. En la mañana te llevaremos con un grupo de trabajo en el campo.

—¿Cómo te llamas?

—Josef —respondió el conductor—. Y ella es mi sobrina, Anja.

La chica, de no más de veinte años, bonita y con un atuendo de hombre, parecía estarle sonriendo ligeramente.

—¿Qué es tan gracioso? —le preguntó Blum a Josef.

—Mi sobrina piensa que no luces mucho como un comando. Esperábamos a alguien, cómo decirlo, un poco más... —Se encogió de hombros—. Más como un comando.

—Puedes decirle a tu sobrina que ella tampoco luce mucho como un soldado —dijo Blum, aunque su polaco no necesitaba traducción alguna.

En la parte trasera Anja rio con nerviosismo.

—Sólo debes saber que, si nos topamos con problemas, te alegrará tenerla con nosotros —dijo Josef—. Ha matado más alemanes que varios hombres que le doblan la edad. Bonita por fuera, pero hay hielo en su sangre.

—En fin, la verdad es que no soy un comando —explicó Blum—. Y si luciera como uno, no podría mezclarme muy bien con los prisioneros del campo.

—Buen punto —reconoció Josef.

Dando un salto, el camión entró a un campo abierto y luego hacia un oscuro camino de tierra. En cierto punto, Josef se detuvo y Anja salió del vehículo para abrir una reja y cerrarla detrás de ellos una vez que pasaron. En ese momento encendieron los faros del camión.

—¿Estás seguro de que sabes qué es lo que te espera cuando estés ahí? —Josef lo miró—. En ese lugar al que te diriges.

—No lo sé. —Blum se encogió de hombros—. Ya veremos.

—Mañana comeremos *pierogi* y *chucrut*. Puedes quedarte si quieres. Te traeremos de vuelta aquí en tres días. —Miró a Blum y sonrió—. ¿Quién podría enterarse...?

—Sería un enorme desperdicio de gasolina —dijo Blum—. Y requeriría mucha planeación. —Le mostró al hombre cómo se revertía la guerrera que traía bajo la chamarra y se convertía en el uniforme a rayas de los prisioneros.

—Planear es barato. —Josef se encogió de hombros—. Pero la gasolina... —Cortó camino por un arbusto más grande y salió a un camino pavimentado—. Tienes razón, no podemos desperdiciarla. En fin, tienes suerte, mi esposa no puede cocinar nada —dijo, guiñándole un ojo.

Anja rio desde la parte de atrás.

—Tiene razón. Sus *dumplings* son duros como rocas. Si dejas caer uno, puedes abollar el suelo.

—Sí, admito que eso es verdad. —Josef se rio—. Pero... ¡mierda! —Miró hacia adelante—. Esperen. —En medio de la nada aparecieron dos guardias alemanes en las vías del tren, con un camión militar bloqueando el camino—. ¿Qué carajos están haciendo aquí?

Blum vio el águila sobre una suástica en sus uniformes.

—*Einsatzgruppen*... —Josef miró a Anja—. Gente mala. Vienen por los judíos. —Bajó la velocidad y tomó una botella de vodka. —Sólo finge que estás ebrio. Y cubre las armas. Venimos de regreso de la fiesta de cumpleaños de un primo en Wilczkowice. Si nos piden que salgamos... —miró a Blum y señaló su arma con un gesto—, ya sabes qué hacer.

Blum asintió. El ritmo de su corazón empezó a acelerarse. Se cubrió los ojos con la gorra.

Atrás, Anja cubrió las armas bajo una manta, pero Blum escuchó como amartillaba su pistola oculta.

—Si hacen cualquier movimiento en falso —dijo ella en voz baja—, será lo último que hagan.

—No seas tan impulsiva, sobrina —le advirtió Josef—. Tenemos que proteger a nuestro invitado. Los alemanes muertos causan problemas.

Josef detuvo el camión. Uno de los guardias saltó de su vehículo y se acercó a ellos. Un sargento, se percató Blum. Pero también vio los dos rayos de las SS en su cuello.

—Buenas noches, *Unterscharführer* —dijo Josef. Le tendió una botella medio vacía de vodka de papá—. Sé que es un poco temprano, tal vez, pero saludos de parte de la familia Luschki por la celebración del cumpleaños de mi primo...

—Guarda tu alcohol. ¿A dónde se dirigen a estas horas de la noche? —le preguntó el guardia en alemán—. ¿Nunca han escuchado del toque de queda?

—Vamos a Brzezinka. Sé que es tarde, sargento. Estábamos en casa de mi primo, en Wilczkowice, y le aseguro que el alcohol no escaseaba. Nos hubiéramos quedado a dormir ahí, pero es mi obligación hacer el pan en la mañana. A primera hora. Así que...

—¿Eres panadero? —El alemán miró alrededor de la cabina, observándolos con un indicio de sospecha.

—Si no estoy frente al horno a las cinco, nadie en el pueblo puede desayunar. —Se encogió de hombros—. Y no me busco amigos así.

—¿Y este quién es? —El guardia alumbró a Blum con su linterna—. Déjame adivinar, ¿el carnicero?

—Mirek, señor —respondió Blum afablemente—. De hecho, soy plomero. Le dije a mi primo que era demasiado tarde para conducir hasta la casa. Pero verá, mi hermana, que viene aquí atrás, está en la escuela —le hizo un gesto a Anja— y no puede faltar otro día, o las monjas se ponen... Bueno, ya sabe cómo se ponen... Además, yo me responsabilicé por ella y...

—¿Y qué? —El alemán alumbró a Anja—. Es la mitad de la jodida noche. ¿Acaso los panaderos y plomeros están exentos del toque de queda?

—Desde luego que no —dijo Josef—. Pero, para ser sinceros, rara vez se aplica aquí en el bosque...

—¿Y qué más tienen ahí? —El alemán alumbró con su linterna el interior de la cabina. Una gota de sudor escurrió por el cuello de Blum hasta su espalda. La mano se dirigió a su arma.

—Nada, señor. Sólo harina.

—¿Harina? Aun así —miró alrededor—, tal vez le eche un vistazo.

De pronto escucharon el sonido de un tren que se aproximaba. No un silbido, sino un estruendo, y vieron una luz que venía de las vías. El alemán que seguía en el camión militar se puso de pie de golpe y saludó.

—¡Sargento!

El sargento apagó su linterna.

—Esperen aquí.

Los dos guardias fueron al puesto de control y se pararon ahí. En cuestión de un minuto o dos, el tren llegó sacudiéndose. Uno de ellos levantó una mano y saludó al guardia que venía en el vagón principal. Blum nunca había visto un tren así. Era oscuro y sellado con tablas, con lo que parecía ser alambre de púas sobre las ventanas cubiertas. Tenía alrededor de diez vagones para ganado y se dirigía al este. Sabía muy bien a dónde. No era precisamente el transporte de primera clase a Varsovia.

—Oświęcim —se quejó Josef sacudiendo la cabeza y escupiendo por la ventana. Se persignó.

A Blum le hervía la sangre de ira sólo de imaginarse los horrores que se vivían en el interior. Camino a Dios sabe qué destino. «Gasean a la gente ahí... miles», había dicho Strauss. Mientras observaba la escena ahí sentado, la mano que tenía libre se cerró. Se preguntó cuántos de los que venían en el interior seguirían con vida cuando él se escabullera al campo al día siguiente.

—Por cierto, el tren es mucho más directo —le dijo Josef con un codazo—, si quieres que lo detenga para ti y te den un aventón.

—Gracias —dijo Blum, devolviéndole la sonrisa—. Estoy bien aquí.

El tren pasó en un minuto. Uno de los guardias se subió de nuevo al camión militar vacío y el sargento volvió a donde ellos estaban.

La mano de Blum volvió a su bolsillo y tomó su Colt.

—Tienes suerte, panadero —dijo el alemán—. Es tarde y estamos de buen humor. Pero ten presente que, si te vuelvo a ver rondando por ahí, no estarás sonriendo la próxima vez.

—Entiendo, *Herr Unterscharführer*. Gracias —dijo Josef—. Y tenga... —Le ofreció el pan y el queso.

—Quédate con tu pan —el guardia lo rechazó—. Aunque la botella, por otro lado... —Le hizo señas con los dedos—. Dámela...

Josef le entregó el vodka.

El alemán tomó la botella y regresó a su camión.

Blum finalmente sacó la mano del bolsillo y dejó escapar un largo suspiro.

—Espero que los mate mientras duermen, los muy cabrones —murmuró Josef mientras encendía el camión—. Lo siento, Anja. La próxima vez que los veamos disparamos primero, y después les damos el vodka.

Vieron cómo el alemán le mostraba su botín al otro soldado en el camión.

Luego los hicieron pasar con un gesto de la mano.

31

A la mañana siguiente
Cuarteles de estrategia militar alemanes
Calle Szucha, Varsovia

Martin Franke tomó un sorbo de su *kaffee*. Habían interceptado otro mensaje codificado durante la noche. Este provenía de Gran Bretaña, por la radio de la BBC. Era uno de los doce mensajes que se habían leído antes del concierto semanal, *Famosas marchas orquestales*.

«Para el primo Josef. Te alegrará saber que el cazador de trufas está en camino.»

Franke sabía que podía ir destinado a cualquier persona en Europa, pero recién había leído un telegrama similar dos días atrás.

«Ahí está otra vez», notó Franke. «Cazador de trufas.»

Por otro lado, un informe que había pasado por su escritorio esa misma mañana comunicaba que se había escuchado el ruido de un avión durante la noche, volando bajo, sobre el bosque que queda cerca del pueblo de Wilczkowice, junto a Rajsko, a unos trescientos kilómetros de Varsovia. «Rajsko.» Nunca había escuchado de este lugar. Un granjero local había visto a alguien bajando en paracaídas, quizá haciendo contacto con la resistencia, sospechaba Franke. O más probablemente, una entrega de armamento. O tal vez un plan de sabotaje en el área. Eso ocurría con frecuencia en esos días. «Pero enviar a alguien para eso...»

A Franke le picaba la nariz.

—¡Verstoeder! —llamó.

—¿Herr coronel?

—Tráigame los mensajes del otro día. Los de nuestro amigo el cazador de trufas.

—Sí, coronel.

En un minuto, el joven teniente regresó con un archivo lleno de papeles.

—¿Qué hay en Rajsko? —le preguntó Franke.

—¿Rajsko? No mucho, me parece. —El oficial subalterno se acercó a un gran mapa de Polonia colgado en la pared—. Está en medio de la nada. Sólo hay un gran bosque de abedules. Pero me dicen que hay un campo cerca de ahí, donde tienen a los judíos. Auschwitz. El nombre polaco es Oświęcim, Herr coronel.

«Auschwitz...» Franke sabía de él, desde luego. A los judíos de Vittel los habían enviado ahí, junto con la mitad de la población judía de Varsovia. Nadie sabía mucho sobre lo que ocurría en esos lugares. Las ss mantenían un control muy estricto. Lo único que sí se sabía con certeza es que nadie volvía de ahí.

—¿Qué le ha llamado la atención, coronel? —preguntó el auxiliar.

—*Abedul...* —dijo Franke en voz alta y en inglés esta vez—. Rápido, búsqueme su última transmisión.

Verstoeder se puso a revisar el grueso archivo.

—Me parece que fue el martes, ¿no es así?

—¡Rápido, teniente, para hoy!

—Aquí tiene, Herr coronel.

Franke le arrancó el documento de la mano. Recorrió el texto con su dedo hasta que llegó al punto exacto que estaba buscando: «Están creciendo muy bien esta temporada en medio de los abedules».

Eso es lo que había llamado su atención.

«Alguien bajando en paracaídas en...» Franke se frotó la barbilla, especulando. «En medio de un jodido bosque de abedules. Cerca de Oświęcim. El cazador de trufas...» Se puso de pie y se acercó al mapa. «¿Por qué alguien querría dirigirse ahí? En medio de la jodida nada.»

No había nada alrededor más que un bosque de abedules y un campo de trabajo.

«Auschwitz», se decía una y otra vez.

—Llame al alto mando —le ordenó al teniente—. El general Graebner. Ahora.

—De inmediato. —El oficial subalterno salió corriendo.

Franke dejó que las piezas se unieran en su cabeza. Aunque fuese vagamente, una a una, todas empezaron a encajar. Además, ¿qué más daba si su corazonada estaba equivocada? De cualquier modo, estaba condenado a pasar toda la guerra en este puesto inútil.

Pero si tenía razón… podría haber muchos motivos para lo que él imaginaba: un escape, una misión de reconocimiento o incluso bombardear el campo.

Si estaba en lo correcto, esta podría ser justo la oportunidad que había estado esperando.

«El cazador de trufas… ¿Qué es lo que hace un cazador de trufas?», se preguntó mientras observaba el mapa.

Excava.

Pero ¿excava dónde?

El teléfono sonó. Franke volvió a su escritorio. Se tomó un momento para poner sus pensamientos en orden, se aclaró la garganta y levantó el auricular.

—General Graebner…

Estaba seguro de que los Aliados habían enviado a alguien para escabullirse en Auschwitz.

32

Martes

A las ocho de la mañana, Blum bebía su café en la plaza principal del pueblo de Brzezinka. Tanto él como Josef se las habían ingeniado para dormir un par de horas al menos en la cabaña de los combatientes de la resistencia, ubicada en el bosque en las afueras del pueblo. Como Anja había dicho, el pan que la esposa de Josef le había ofrecido, sentados alrededor del fuego, era tan duro que le habría roto un diente de haber tratado de masticarlo.

La plaza estaba atestada. Blum pudo contar diez soldados alemanes y un oficial de adquisiciones organizando los grupos de trabajo y gritando órdenes a las personas. «¡Tú, ahí!» Señaló a uno. «Carpintero dijiste, ¿verdad? ¡Acá!» Los trabajadores potenciales se amontonaban junto a varios camiones que se estaban formando para llevarlos a distintos sitios de trabajo. La planta de la IG Farben necesitaba albañiles y electricistas. Birkenau, carpinteros y peones para labores pesadas. La mayoría de los trabajos que Vrba y Wetzler habían descrito los llevaban a cabo mano de obra esclava del campo. Turnos de diez a doce horas sin descanso, prisioneros que eran llevados al límite de sus fuerzas y su resistencia. Cualquiera que desfalleciese, ya fuera por agotamiento absoluto o una sed insaciable, era asesinado ahí mismo.

Pero había ciertas habilidades técnicas que hacían falta para algunos proyectos: carpinteros expertos, plomeros capaces, mecánicos, mamposteros, trabajadores fuertes que pudieran hacer la misma labor que diez prisioneros malnutridos. Se llevaba a cabo un gran proceso de expansión, en todos los aspectos. «Aumentar el ritmo de los asesinatos», había dicho Strauss. Había barracas en construcción en Birkenau y las vías del tren se extendían hasta la entrada; la clínica en Auschwitz, donde se realizaban varios experimentos médicos. Los alemanes pagaban un salario exiguo, y los contratistas se llevaban la mayor parte. Pero cualquier salario era bueno si servía para comprarte una hogaza de pan o un pollo desnutrido en medio de una guerra.

—Vamos —le dijo Josef a Blum—. Hablé con uno de los contratistas locales. Fórmate por ahí. Ese grupo va al campo principal.

Había unos veinte trabajadores formados para abordar un camión agrícola destartalado.

Josef se acercó a un hombre bajo y fornido con un delgado abrigo de franela y una gorra plana de *tweed*, quien parecía estar a cargo.

—Este es el amigo del que te hablé. Estará aquí un par de días. Es muy hábil con el martillo.

—¿Qué clase de trabajo haces? ¿Techado? ¿Resanado? Necesitan gente en el campo principal.

—Sí —dijo Blum.

—Bueno... —El capataz le echó a Blum un vistazo, quien no tenía precisamente la constitución o las manos de un carpintero, con algo de escepticismo—. Si Josef responde por ti... puedo ofrecerte diez eslotis al día.

—¿Diez?

—Está bien, doce, una vez que vea lo que puedes hacer. ¿De acuerdo?

Blum asintió.

—Súbete entonces —dijo el capataz.

Blum se subió al camión. Ya estaba prácticamente lleno. Encontró un espacio vacío junto a un hombre con overol y una pipa, quien traía sus propias herramientas.

Llegó un soldado y empezó a contar a la gente en la parte trasera del camión.

—*Eins, zwei, drei...*—Blum se agachó para atar los cordones de su zapato—. ¡Tú, arriba! —Contó otra vez.

Había dieciocho hombres en el camión. Luego pasaron a contar a otro.

—¡Buena suerte, mi amigo! —Josef le dio un golpe al costado del camión—. Hasta el jueves por la noche... —Aunque posiblemente estaba murmurando—: Que Dios te proteja. Dudo que volvamos a verte.

—Hasta el jueves —se despidió Blum.

El camión empezó a avanzar. Un soldado alemán subió a la cabina delantera, al lado del conductor. El oficial, por su parte, se subió a un semioruga gris con cinco o seis soldados adentro y los fue siguiendo.

Blum alcanzó a ver a Josef fumando mientras los veía marcharse. Se bajó la gorra. Cuando miró de nuevo, el partisano se había ido.

El camión estaba lleno de hombres de todas las edades. Muchos de ellos de cuarenta o cincuenta y tantos, comerciantes de toda la vida que eran demasiado viejos para pelear en la guerra. Rápidamente, aunque moviéndose con pesadez, el camión salió del pequeño pueblo y se dirigió al sur por el camino pavimentado principal. Blum había dejado su Colt en la granja de Josef, así como su reloj y su brújula. No los necesitaba ahora. Por otro lado, cosido en el forro de su camisa, llevaba suficiente efectivo para comprar a todos en el camión. Blum mantenía la mirada al frente mientras el camión se sacudía y cambiaba a tercera velocidad. Bajó la mirada para ver sus piernas. El dobladillo de sus pantalones se había levantado y, si uno miraba con cuidado, se alcanzaba a distinguir la raya de su uniforme que se asomaba por debajo. Blum sintió una opresión en el pecho.

Sin llamar la atención, se agachó y estiró tranquilamente el dobladillo hacia abajo. Nadie vio. Nadie hablaba mucho; un par de lugareños platicaban de las últimas heladas de la temporada y cómo se habían atrasado las cosechas. Blum miró hacia abajo. El camino era disparejo y sólo había bancos en la parte trasera para sentarse, así que todos se sacudían con cada bache. El segundo camión los seguía de cerca, y el semioruga a unos veinte metros atrás.

«Oświęcim», se leía en una señalización. «Ocho kilómetros.»

El latido de Blum se aceleró de nuevo.

—¿Primera vez aquí? —preguntó el hombre de overol en lo que Blum identificó como un acento gallego. Tenía un tupido bigote y ojos profundos y caídos bajo su gorra.

—Sí.

—¿De dónde eres?

—Masuria —respondió Blum—. Giżycko. Cerca del lago Śniardwy. —Mantuvo el rostro viendo al frente. Trataba de pasar tan inadvertido como fuese posible, ya que no estaría en el camión cuando este viniera de regreso.

—Un consejo. —El trabajador se acercó. Su aliento apestaba a nicotina—. Cúbrete la nariz al entrar. La peste puede ser insoportable.

Blum asintió.

—Lo haré. Gracias.

—Y hagas lo que hagas, no preguntes lo que es. Eso no les agrada nada a los nazis.

—Entiendo —dijo Blum con una sonrisa de agradecimiento. Miró sus manos y, para su horror, se dio cuenta de que su muñeca estaba ligeramente expuesta y que se podían ver los dos primeros dígitos del número que le habían tatuado en la piel. «A2…» Si alguien lo notaba, esto lo delataría de inmediato.

Observó al hombre frente a él, quien había cerrado sus ojos un momento y parecía no haberlo notado. Blum se relajó. Jaló la manga de la guerrera que traía bajo su ligera chamarra de lana y su corazón empezó a retomar su ritmo normal.

Casi se había delatado, dos veces.

El camino continuaba por el borde del denso bosque. Y a lo largo del río Soła, al cual Mendl y él se dirigirían, si todo salía bien, dentro de unas sesenta y tantas horas. El río seguía hasta la frontera eslovaca. Después de unos diez minutos en el camino, dejaron los árboles y el río atrás. Blum vio una señalización: «Rajsko», y una flecha que apuntaba al este.

Luego, otra para Oświęcim. «Tres kilómetros.»

Al oeste.

El camión avanzó a tumbos y dio una vuelta a la izquierda. Ahora el camino seguía la misma ruta que las vías del tren. Lo primero que Blum observó a la distancia fue una nube gris justo por encima de la copa de los árboles. La nube flotaba como niebla sobre una bahía.

Luego, percibió un olor pútrido en el ambiente, lo que el hombre que tenía al lado le había dicho. Era un poco como azufre, pensó Blum. O plomo, pero más dulce. Seguido por una sensación nauseabunda en sus entrañas cuando comprendió exactamente de qué se trataba.

Al percatarse de la reacción de Blum al olor, el trabajador que estaba junto a él lo miró y le hizo un guiño con una risa sombría.

Más adelante Blum vislumbró una larga fachada de ladrillo, y sobre ella, una torre puntiaguda. Varias torres, de hecho. Y alambrada que se extendía hasta donde llegaba la vista. Filas dobles de alambre, a unos tres o cuatro metros de distancia la una de la otra. De púas y electrificado. Había letreros que decían: «*Verbotten!*», con calaveras y huesos cruzados debajo de la palabra y colocados en intervalos. Claramente, el interior era toda una ciudad. Una ciudad de muerte. Torres de vigilancia cada treinta metros, con trípodes de ametralladora. Las vías del tren llegaban directamente hasta la entrada. Todos a su alrededor eran alemanes ahora. De las ss.

El camión se detuvo frente a la entrada.

Una onda de nerviosismo recorrió los intestinos de Blum. Inconscientemente, empezó a decir para sus adentros lo que recordaba de una oración. El *Kel Maleh Rachamin*. Una oración por las almas de los difuntos. «*Ayl molay rachamin, shochayn bam'romin...*» «Oh Dios, lleno de compasión, que habita en las alturas, abriga a aquel que ha partido con la protección de las alas...»

Eso era lo único que se sabía.

De pronto se escucharon gritos y voces elevadas, en alemán. Un oficial se acercó al camión y, con un gesto enfático, les indicó que siguieran avanzando por el camino. Le dijo al conductor del camión que se moviera.

—*Nicht hier! Nich hier!* —«Aquí no.»

El corazón de Blum se detuvo. Escuchaba cómo el oficial no paraba de gritar «Birkenau» y señalaba esa dirección.

Birkenau estaba cerca, pero era un campo totalmente separado, según explicaba con claridad el mapa de Vrba. Al parecer, Mendl estaba aquí. En Auschwitz I. La misión dependía por completo de que Blum estuviese en este lugar.

Si lo desviaban hacia Birkenau, perdería todo un día. Si de por sí no tenía muy buenas probabilidades de encontrar a Mendl en los tres días marcados, mucho menos en dos, en caso de que tuviese que regresar e intentarlo otra vez al día siguiente.

Si es que lograba colocarse con un nuevo equipo de trabajo.

«Mierda.»

Blum escuchó por encima una acalorada discusión entre el nuevo oficial, el capataz polaco y el facilitador de trabajo de las SS que había visto en Brzezinka. A nadie más en el camión parecía importarle. Trabajo era trabajo, siempre y cuando les pagaran. Les importaba un bledo.

Finalmente, el capataz volvió a subirse y el alemán gesticuló con énfasis en dirección a Birkenau. El corazón de Blum se desplomó. Entonces se dio cuenta de que el oficial estaba señalando el segundo camión, el que se había detenido detrás de ellos. Este otro camión se salió de la fila, los rebasó y avanzó hacia el nuevo campo. En cuanto al camión de Blum, hicieron señas para dirigirlo a Auschwitz. Pasó por la entrada principal, la cual recordaba de los dibujos de Vrba, y luego se detuvo bruscamente. El capataz salió de nuevo, caminó alrededor del camión y bajó la trampilla trasera. Con un gesto de la mano, les indicó a todos que salieran.

—*Wychodzic.* (Vamos, vamos.) *To jest to.* (Es aquí.) ¡Vamos!

—Todos en fila —les ordenó el oficial de las SS mientras se aglomeraban en la entrada principal—. Se salen de la fila, se mueren. Sin preguntas. ¿Entendido?

Todos asintieron. El equipo de trabajo se formó.

—Escuchamos eso todo el tiempo —le susurró el compañero de camión a Blum—. Pero yo no los pondría a prueba de ser tú.

—No hace falta que me convenzas.

Pero por dentro, Blum sabía que eso era precisamente lo que estaba a punto de hacer: ponerlos a prueba más de lo que el trabajador habría podido imaginar en sus sueños más alocados. Echó un vistazo y trató de ubicar en qué dirección estaba Birkenau siguiendo las vías. El bosque estaba a unos sesenta metros de distancia. Y el río...

—¡Avancen! —gritó el oficial. Empezaron a marchar por las vías hasta la reja. Había un letrero de metal arqueado sobre ella: «*Arbeit Macht Frei*».

«Sí, libre», se dijo Blum. Murmuró su oración una vez más, por las almas de los difuntos, ya que que los muertos son libres. Los muertos.

Sin duda estaba entre ellos ahora.

Pasó por debajo de las altas y arqueadas letras hacia Auschwitz.

33

Leo subió por las escaleras de piedra de la casa del *Lagerkommandant* nuevamente, mientras el *Rottenführer* Langer fumaba un cigarrillo y lo esperaba afuera. Como esta era la sexta visita de Leo, el guardia ya ni siquiera se molestó en seguirlo hasta la puerta.

Habían pasado seis semanas desde que Leo y Frau Ackermann empezaron con sus partidas. En ese tiempo, Leo se había percatado de que sus visitas ya no se trataban sólo del ajedrez. Claramente, ella se había encariñado con él. Se notaba que esperaba con ansias el tiempo que pasaban juntos, e incluso él tenía que admitir, sin importar lo mucho que se esforzara en fingir lo contrario, que sentía lo mismo. Ella nunca había logrado vencerlo del todo en el juego. Eso había quedado establecido desde hace mucho. Y ella lo entendía también. A pesar de esto él trataba de extender los juegos, que podrían haber terminado mucho más rápido, con el fin de dilatar el tiempo que pasaban juntos.

En estas semanas ella empezó a compartir con él anécdotas sobre su vida y también sobre sus sentimientos. Sus padres, ávidos por escalar de posición, la habían presionado para casarse. Ella anhelaba tener un poco más de libertad, incluso una carrera, como maestra, la cual había puesto en espera. Leo se daba cuenta de que ella bajo ningún motivo apoyaba las cosas horribles que había presenciado ahí. En la enfermería, la gente decía que trataba de aliviar el sufrimiento lo mejor que podía. Eso sin mencionar las cosas tan retorcidas que hacía el sádico de Mengele. Sólo había mencionado su nombre una vez en presencia de Leo y su mandíbula se había puesto rígida y sus ojos torvos con el más profundo desdén. A pesar de esto, Leo entendía que su destino también era esencialmente estar atrapada ahí: una prisionera, tan confinada y aislada como cualquiera de los demás.

En un par de ocasiones, había abierto el cuello de su vestido lo suficiente para que él pudiese ver las marcas que tenía: una mancha oscura a lo largo del costado de su cuello. Una vez, al mover una pieza, un moretón en el brazo. El labio inferior un poco inflamado. Al ver esto, Leo odiaba aún más al *Lagerkommandant*, si es que eso era posible. Deseaba hablarle de estas marcas. Preguntarle por qué se quedaba en este lugar. Hablarle de su matrimonio. ¿Por qué lo permitía? Podía marcharse. De hecho, ¡era la única que podía hacerlo! El resto, tanto guardias como prisioneros, estaban obligados a quedarse.

Pero no se atrevía a sacar estos temas a colación. No podía poner en riesgo el frágil punto de apoyo sobre el que danzaban durante sus juegos. Él seguía siendo un prisionero inferior, y si la ofendía, podía hacer que lo matasen con sólo chasquear los dedos. Sin embargo, no podía imaginar lo que sería no volver a verla. Muchas veces podía ver dentro de la jaula de soledad en la que parecía vivir. Estar con semejante monstruo. Sus esperanzas y deseos descartados. Leo deseaba que fuera feliz. Que fuera libre. Y estaba consciente de que él le proporcionaba un poco de eso cada martes, a pesar de que ella era toda una mujer y él apenas un joven. Libertad. Un breve vuelo lejos de su jaula. Y él temía cerrarles esa puerta a ambos si sobreestimaba el nivel de intimidad que existía entre ellos. Decir algo equivocado y que todo terminara. También temía la ira del *Lagerkommandant* si acaso Leo llegaba a perder su «protección».

—Ah, Herr Wolciek. —Ella sonrió con satisfacción y sus ojos azules se iluminaron al entrar a la sala y verlo ahí.

—Frau Ackermann.

Era mayo y hacía más calor. Era la época de floración. Ella llevaba su vestido con estampado con el cuello abierto y un ligero suéter blanco sobre los hombros de un modo que Leo nunca había visto.

Portaba también una delgada cadena de oro alrededor del cuello. Por primera vez, en todo el tiempo que llevaba cautivo, Leo percibía el aroma del perfume.

—¿Dónde está el soldado Horschuler? —preguntó él. El guardia joven e impasible que usualmente los observaba mientras jugaban.

—Tuvo que ausentarse por un encargo, me parece. Despejar el bosque. Supongo que estos días necesitan todas las manos disponibles. —Lo miró—. ¿Por qué la pregunta?

—Por nada, madame. —Pero le complacía no tener al soldado observándolo con desdén.

—¿Empezamos?

Tomó las piezas blancas y empezó con la apertura española. Él respondió con una variante de la defensa brasileña. Cuando ella se inclinó para mover una pieza, Leo alcanzó a dar un vistazo al tirante de su sostén debajo del vestido. Y por un instante, su cadena se balanceó justo en el punto donde sus pechos se encontraban.

Su imaginación se encargó del resto.

Después de siete u ocho movimientos, ella tomó una pieza y no la colocó en el tablero; se veía distraída.

—No podremos jugar la próxima semana —le informó—. Iré a casa por unos días. A Bremen. A visitar a mi familia.

Ir a casa. Cuánto le agradaba esta idea.

—Qué bien —dijo él, asintiendo—. Si tan sólo yo... —Se detuvo a la mitad de la oración. «Si tan sólo yo pudiera hacer lo mismo. Si tan sólo pudiera saber al menos que mi familia sigue con vida.»

—Lo siento. —Lo vio directamente a los ojos—. Fue una tontería de mi parte decir eso. Sólo quería que supiera, en caso de que no recibieras noticias mías. —Movió su alfil hacia adelante, asegurándose de que estuviese protegido por su caballo—. Para que no... pensara que ya no anhelaba seguir con nuestros juegos.

—¿El *Lagerkommandant* la acompañará? —preguntó Leo. Contrarrestó su avance moviendo su peón.

—Me temo que no. —Ella movió su peón también—. El *Kommandant* Höss seguirá en Berlín, así que sus asuntos lo obligan a quedarse aquí.

—Ya veo. —Por dentro, Leo se estremeció. «Sus asuntos... Asesinar gente.» Lo que Leo rebuscaba en su mente en ese momento era lo que podría pasar con él si ella no estaba. Si no estaba ahí para cuidarlo. ¿Sería acaso su manera de avisarle? Que esto había terminado. Que no podía seguir deteniendo lo inevitable.

Entonces, de la nada, le dijo:

—Tú eres el único rayo de luz que tengo en este lugar dejado de la mano de Dios. —Lo miró—. Lo sabes, ¿verdad?

Nunca la había mirado tan de cerca. Nunca había notado el tremor en el suave tono azul de sus ojos.

—Es lo único que espero con ansia en este lugar. Este tiempo que pasamos juntos...

Él asintió; su corazón golpeaba sus costillas como un metrónomo a máxima velocidad.

—Frau, el juego. —Fue lo único que pudo responder, desviando su mirada de vuelta a la mesa. Se quedó ahí sentado, demasiado asustado como para apartar sus ojos del tablero. Por dentro, su corazón latía con una insistencia que nunca había sentido. Trató de ignorar la vergonzosa presión entre sus piernas, mientras oraba para que su delgado uniforme no lo delatara.

—Sí, desde luego, el juego. —Ella le sonrió.

Ahora la partida se había vuelto algo adicional. Estaba tan nervioso que apenas podía tomar las piezas, por temor de que sus manos se tocaran por casualidad. Todos los deseos que se había guardado para sí, que sólo había dejado salir durante las noches en su catre, rogando para que su compañero lituano no se despertara, salieron de golpe y lo llenaron de añoranza. Él mantenía la mirada agachada, esquivando la suya. No estaba seguro de qué hacer.

Cuando finalmente alzó la mirada, ella lo estaba viendo.

Él dispuso un intercambio de piezas y ella aceptó. Los movimientos se desarrollaron con rapidez. Cuatro, cinco de ellos, tomando torres, peones y un caballo por un alfil. En algún punto de los veloces intercambios, sus dedos se rozaron. En esta ocasión, en vez de retirarlos, los dejaron ahí.

Sus miradas se encontraron otra vez.

—Sabes que no puedo protegerte por siempre, Leo. —No había tono de insistencia en su voz. Era más como tristeza, que también la reflejaba su mirada.

—Lo sé, madame.

—Greta.

Él asintió y tragó saliva.

—Puedes decirlo. Dilo, Leo.

Él tomó un respiro. La tormenta en su pecho azotaba con más fuerza que nunca. Convocó todas las fuerzas que tenía en su interior para decirlo. El sonido apenas pasó por su lengua y llegó hasta sus labios como una piedra.

—Greta.

—¿Lo ves? —Ella sonrió.

Él lo hizo también. Sintió un cosquilleo en sus entrañas. ¿Qué estaba pasando…?

—¡Hedda! —gritó ella, llamando a la sirvienta desde el otro lado de la casa.

Medio minuto después, apareció en la puerta.

—¿Frau Ackermann?

—¿Podrías ir a la tienda del pueblo, por favor? Me parece recordar que mi esposo dijo que quería helado esta noche con su *strudel*.

—Creo que tenemos un poco, señora. Revisaré si…

—Helado de fruta, Hedda. De cualquier sabor. Estoy segura de que elegirás el indicado.

La sirvienta dudó un poco en la puerta y luego dijo:

—Sí, señora.

La partida había terminado. No hicieron otro movimiento. Sólo esperaron, por minutos, aparentemente, minutos interminables, hasta que escucharon el sonido de la puerta trasera cerrarse.

—Eres virgen, ¿cierto? —le preguntó Frau Ackermann.

Leo tragó saliva, deseando poder decirle lo contrario; cada célula de su cuerpo estaba agitada.

—Vamos, puedes decírmelo, Leo. Kurt es el único hombre con el que he estado. No hay problema.

Sabía que esta era la cosa más peligrosa que jamás había hecho, el simple hecho de responder a tal pregunta. Si por casualidad su esposo entraba, si ella alguna vez le revelaba esto, estaría muerto apenas un segundo después de que él sacara la pistola de su funda.

—Sí.

Ella se levantó. Caminó hacia el otro lado de la mesa y se paró frente a él. La abundancia de su pecho justo enfrente de sus ojos. Su respiración era silenciosa con cada inhalación y exhalación. La curva de sus caderas. Ella colocó las manos del chico ahí. Sus ojos eran puros y llenos de dolor.

—Desearía poder detenerlo todo, Leo, pero no puedo…

—Lo sé.

Ella se acercó más y se sentó a horcajadas sobre él en la silla. La presión entre sus piernas era imposible de ocultar ahora. Lentamente, se desabotonó el vestido. Un botón, dos…

—Mira, pon tu mano aquí… —le dijo, tomándola con la suya. La puso dentro de su vestido, sobre su sostén—. Así. Y aquí…

Se levantó ligeramente, tomó su otra mano y la colocó dentro de su falda, sobre su ropa interior, que se sentía suave y húmeda. Sus miradas se entrelazaron.

—No quieres morir siendo virgen, ¿o sí, Leo?

Él tragó saliva; estaba demasiado nervioso para siquiera hablar.

—No.

—Puedes besarme. —Ella acercó su boca a la de él. Luego rio—. Sabes, si llegara ahora, nos mataría a ambos. ¿Estás preparado para morir conmigo, Leo?

Él la miró a los ojos, sus hermosos y profundos ojos.

—Sí.

—¿Sabes por qué hago esto…?

Él no respondió.

—Porque eres bueno. Y porque quiero que sepas lo que se siente. Aunque sea una vez.

Ella se colocó encima de él y miró su regazo, hacia su pantalón de rayas. Ni en sus sueños imaginó que pudiera tener una erección como esa. Se sonrojó y trató de cubrirla.

—No —dijo ella, retirando la mano—. No tienes por qué hacerlo. —Su sonrisa hacía que todo pareciera estar bien—. Créeme, Leo… —Colocó las manos del chico en sus caderas y empezó a balancearse suavemente—. Hoy te marcharás siendo un hombre más feliz, mucho más de lo que estarías con una simple manzana.

34

Estaba dentro del campo.

Colocaron a Blum en un equipo de construcción que estaba a cargo de construir barracas adicionales dentro del campo principal. Veía prisioneros por todas partes: delgados, con ojos hundidos, portando trajes a rayas holgados, muchos devastados por lo que parecían ser llagas y la peste, todos apresurándose como ratones, tratando de ir un paso adelante del guardia de las SS asignado, que les gritaba constantemente y los picaba con pesadas porras. Muchos de ellos se veían tan enfermos y abatidos que ni siquiera sobrevivirían el día. Ninguno de ellos hacía contacto visual con los equipos de trabajo externos. En el patio principal, habían colgado a un prisionero de la horca, con el cuello torcido a la vista de todos. Una advertencia para los demás, era claro. Mientras martillaba clavos y lijaba las vigas del techo, Blum podía percibir el olor dulce y condenatorio a la vez que provenía del campo contiguo. Una fina nube gris flotaba sobre el lugar cuando llegaron y esta nunca desaparecía. «Están gaseando a cientos. Miles...», había dicho Strauss. Y en medio de toda la brutalidad enfermiza y miseria sin esperanza que esta gente estaba soportando, Blum podía escuchar el sonido de una orquesta tocando en alguna parte.

Todos los ahí presentes se limitaban a hacer el trabajo que les ordenaban y no se metían con nadie.

Al atardecer, durante un descanso, alimentaron al equipo de trabajo con una papilla insípida y horrible servida en un tazón de madera: un caldo de lechuga y papa, acompañado de una pieza de pan duro. Algunos de los prisioneros que pasaban parecían ver los tazones con codicia; claramente, en comparación con lo que ellos recibían, ¡esto debía ser una exquisitez! Blum con gusto le habría dejado su tazón a medio comer a uno de ellos, pero el oficial al mando les había advertido estrictamente al entrar que evitaran incluso el más mínimo contacto. Lo último que Blum podía hacer era arriesgarse a que lo corriesen del grupo de trabajo. Si estaba ahí era por un propósito en concreto, se recordó, así que, por mucho que le doliese, simplemente se dedicó a hacer su trabajo lo mejor posible y a esforzarse por no interactuar y pasar desapercibido. Portaba su gorra de lana baja, casi cubriéndole los ojos. En general, los guardias ni siquiera se metían con ellos. Tenía que esperar a que llegase el momento justo, al final del día, cuando los equipos de trabajo se separarían. Esto le costaría algo de tiempo dentro del campo, pero si intentaba hacerlo antes, podrían percatarse de su desaparición. Estos alemanes parecían tener una obsesión por contar y recontar, formar una fila y mantener a todos así. Pero incluso si había alguna discrepancia en las cifras, probablemente nunca podrían determinar quién era el responsable, y una vez que cambiase de uniforme, sería imposible encontrarlo en un campo de este tamaño sin voltear todo el lugar de cabeza.

Mientras martillaba las bisagras, Blum mantenía sus ojos bien abiertos y observaba a cada individuo con uniforme a rayas que pasaba. Había ensayado lo que diría, una vez que encontrara a Mendl. Sin duda el hombre se sentiría impactado e incrédulo ante la situación. «He venido por usted, profesor.» Pero ninguno de los hombres que Blum veía correspondía con su apariencia o se acercaba a su edad, ya que tenía cincuenta y siete años, y estando en un lugar así, se vería como un anciano, según lo que pensaba Blum. «Ni siquiera sabemos a ciencia cierta que siga con vida», había admitido Strauss. Ese sería el colmo del asunto, pensó Blum, mientras ayudaba a estabilizar las vigas del techo, a la vez que otros martillaban el techo plano en su lugar: venir hasta acá y arriesgar su vida, con la posibilidad de nunca regresar, todo por un cadáver. Un hombre muerto. Una persona que nunca podría ayudarlos. Y al observar a los ratones escuálidos y rasurados que corrían por el lugar, y que parecían más fantasmas que hombres, Blum sospechaba con preocupación que este bien podría ser el caso.

El sol se había desplazado hacia el oeste en el cielo. Blum estimó que debían ser como las cinco de la tarde. Sólo trabajarían un par de minutos más. Tenía que encontrar el momento oportuno para hacer su movida.

Durante los siguientes minutos, el campo cobró vida y se llenó de actividad. Donde solía haber cientos de prisioneros, el número se duplicó, triplicó de repente. Ahora parecía haber miles de ellos, volviendo al campo por la entrada principal. Jorobados y exhaustos, caminando de una manera encorvada y fatigosa; había también un guardia cada diez pasos, aproximadamente. Unos cuantos uniformes rayados más, aunque parecían más bien guardias, ya que también cargaban sus propias porras, algunos con triángulos verdes o azules en el pecho, empujando al grupo con gritos e insultos, como quien trata de arrear al ganado para meterlo a un corral. Los prisioneros que venían de regreso se formaron en el patio principal. Varios carros, guiados y arrastrados, venían llenos de cadáveres retorcidos; sus enflaquecidas extremidades y bocas abiertas sobresalían de forma grotesca. Eran todos los que no habían logrado regresar con vida aquel día.

El patio se llenó. Los kapos y guardias empezaron a contar cada bloque. El constante sonsonete de «*eins, zwei, drei...*» se escuchaba por todas partes. Incluso se contabilizaba el carro de cadáveres; los prisioneros arrojaban a los muertos como pedazos de madera. «Diez, once, doce...»

A Blum se le revolvió el estómago.

El capataz llamó al equipo de trabajo de Blum para que acabaran y se prepararan para salir. Diez minutos más.

—Tomen sus herramientas y fórmense —los alertó. Después de eso, todos volverían a subir al camión.

Había llegado el momento. Tenía que hacer su movimiento. Tenía que reunir el valor de hacer lo que todo instinto de supervivencia dentro de su cuerpo clasificaba como un suicidio. Aun así, sabía que era ahora o nunca. Esta era la cosa más valiente que había hecho en su vida o, sin duda, la más estúpida, pensó. La más desastrosa.

—*Tak, tak*. —Alzó la mano para llamar la atención del capataz.

—¿Qué pasa? —preguntó el capataz mientras se acercaba.

—Necesito ir al baño, señor —le respondió Blum. Junto a uno de los bloques, había una letrina que le permitían usar al equipo de trabajo.

—Ve —le dijo el capataz, señalando su reloj—. Pero apresúrate.

—Lo haré, señor. Gracias.

El hombre volvió al otro lado de la barraca a medio construir y Blum dejó su martillo. Horas atrás, se había quitado la chamarra bajo el calor de la tarde, la había hecho bola y lanzado al fondo de uno de los contenedores de suministros.

Caminó hasta la letrina; no había guardias cerca. Todos estaban distraídos contando y reuniendo a los grupos de trabajo de prisioneros que regresaban al patio. Blum entró. Se quedó parado por un segundo; su corazón latía con más insistencia y fuerza de lo que jamás había sentido a causa de lo que estaba a punto de hacer. Cruzar una línea de la cual podría nunca volver. En medio de la peste putrefacta del agujero, se recordó por qué estaba ahí. Por qué estaba haciendo esto por una persona que ni siquiera conocía y por un país al cual tal vez ni siquiera regresaría. Este es tu *Aliyá*, se dijo. Tu compromiso.

«Tu penitencia.»

Su penitencia por haber sido el que logró salir.

«No puedes dar marcha atrás ahora, Nathan.»

Se arrancó la camisa, volteó las mangas y toda la prenda hacia el lado hecho de yute con rayas azules y grises. Luego se la puso nuevamente y la abotonó, para ocultar lo que había debajo. Se quitó los zuecos de madera que había traído todo el día y que eran parecidos a los que todos usaban en el campo y le dio vuelta a sus pantalones holgados.

Ahora portaba un uniforme de prisionero. De un bolsillo interior, sacó una gorra que era igual a las miles que había visto durante el día y se la puso.

Le quedaban menos de sesenta horas para hacer lo que tenía que hacer. Tomando un último aliento, sus últimos momentos de aparente libertad, Blum abrió la puerta de la letrina y se asomó.

En el patio, el capataz estaba reuniendo a su equipo de trabajo. Dos guardias pasaron cerca de donde él estaba. Con el corazón contraído, Blum volvió a cerrar rápidamente la puerta de la letrina. Contuvo la respiración. Si la persona equivocada lo veía saliendo de ahí, el juego terminaría antes de haber empezado. Le dispararían de inmediato. Recuperó la compostura, se limpió una gota de sudor que se deslizaba por su sien y le indicó a su corazón y a sus nervios que se calmaran. Dentro de él, la voz de la duda le susurraba que podría simplemente revertir su uniforme de nuevo y reunirse con el equipo con el que había llegado. Podría ocultarse con Josef y, en dos noches, encontrarse con el avión y decir que no había logrado encontrar a Mendl. «¿Quién podría enterarse...?»

«No...» Abrió la puerta y se asomó otra vez. En esta ocasión, no había nadie cerca. «Vamos.» Salió y cerró la puerta rápidamente. Echó un vistazo alrededor; nadie le prestaba atención, sólo hacían el inventario de las herramientas y se formaban. Se abrazó a la pared y le dio la vuelta a la letrina por el otro lado, alejándose de ellos, frente a la cerca de alambre.

Se quedó viendo la gran conmoción que tenía lugar en el patio; prisioneros formándose frente a sus bloques. Esto era un suicidio. Miles de prisioneros con aspecto enfermizo formando filas, levantando la mano cuando los llamaban. «Nunca regresarás.» Guardias que les gritaban en el rostro como perros rabiosos. Como una pesadilla repugnante sacada de una pintura del infierno del Bosco. Suicidio. «No nos falle», le dijo Roosevelt.

«Ahora.»

—*Was machst du denn?* —gritó una voz bruscamente detrás de él. «¿Qué estás haciendo?»

Cada célula en el cuerpo de Blum se congeló.

Se dio vuelta. Un corpulento cabo de las SS lo estaba viendo directamente. A su lado, había una cuerda pesada y amenazante que se retorcía con varios nudos gruesos.

—¿A qué bloque perteneces? —le preguntó el cabo.

—*Zwansig,* señor. —Blum se aclaró la garganta y desvió la mirada. El informe que le habían dado decía que el kapo ucraniano que estaba a cargo del bloque veinte era tan humano como era posible en este lugar, lo cual quería decir que al menos no te reventaría la cabeza de un porrazo sólo por deporte. Tendría que haber un motivo. El corazón de Blum empezó a palpitar con temor. Estaba casi convencido de que el guardia podía escuchar cómo golpeaba contra su pecho.

—¡Entonces vuelve a tu fila, judío de mierda! A menos que quieras que te dé un empujón… —El alemán alzó su cuerda anudada. Irradiaba desprecio y total indiferencia por la humanidad, como un vapor helado y aterrador.

—No, *Rottenführer.* —Blum asintió, arrepentido—. Quiero decir sí, enseguida. Gracias.

—¡Saca tu sucio culo de aquí!

—Sí, señor.

Corrió rápidamente hacia las filas en las barracas, suplicando por dentro mientras lo hacía para no sentir el latigazo de la cuerda anudada en la espalda. Sabía lo arbitraria que era la línea entre la vida y la muerte en este lugar. El guardia equivocado, en el momento menos oportuno, del tipo que sólo mataba por la emoción de hacerlo o para quitar el aburrimiento, así como otros podrían apostar al lanzar una moneda… Y entonces, ¡tu tiempo se acababa! Los prisioneros seguían inundando el gran patio, con guardias que les gritaban y los golpeaban como perros agresivos.

—¡Fórmense! A pasar lista. ¡Ahora! ¡Paso veloz!

Blum se dirigió hacia la multitud, mezclándose de forma segura entre los grandes grupos. Serpenteó entre los prisioneros hasta que encontró uno que se estaba formando frente a una barraca.

—*Dwadziescia?* —le preguntó a alguien en polaco—. «¿Veinte?»

El prisionero ni siquiera lo miró, sólo asintió.

—*Ja. Dwadziescia.*

Del otro lado del patio, Blum alcanzó a ver al grupo de trabajo con el que había llegado formándose, dirigiéndose a la entrada principal y saliendo del campo. Los observó sin saber si, como cualquiera de ellos, volvería a ver el exterior.

—¡Fórmense! ¡Fórmense todos!—gritaron los guardias.

Murmuró unas palabras de la oración que había recitado antes ese día: «*Ayl molay rachamin, shochayn bam'romin*».

Esta vez, eran para él.

Ya que ahora se encontraba verdaderamente en medio de una pesadilla.

# TERCERA PARTE

35

Washington, D. C.

El coronel Bill Donovan bajó los escalones de la Casa Blanca hasta el Cadillac negro que lo esperaba en la entrada.

Otro auto, un sedán negro, se estacionó justo cuando estaba a punto de subirse. Tenía una bandera azul con una estrella en la parrilla delantera, lo cual significaba que se trataba del vehículo de un general de una estrella.

Un oficial subalterno con pantalones color caqui salió y abrió la puerta para su oficial mayor, quien venía en el asiento trasero.

—General —dijo Donovan al reconocerlo, antes de subirse a su propio auto.

El oficial del ejército se bajó y le extendió la mano.

—Bill.

El general Leslie Groves era el jefe militar encargado del programa ultrasecreto para la creación del arma, el cual tenía a todas las mejores mentes del país, que no estaban asignadas a labores de decodificación, trabajando en él. Esta operación era conocida como el Proyecto Manhattan. Donovan no entendía ni una palabra de toda la *ciencia* involucrada en este proyecto, pero lo que sí tenía claro era que, con la atención que estaba recibiendo por parte de Roosevelt y su secretario de Guerra, y los rumores de su alto presupuesto y ubicaciones altamente secretas, si tenían éxito, lo que fuese que estuviesen inventando le daría a los Aliados la ventaja necesaria para ponerle fin a la guerra.

—Aprovechando que nos encontramos, ¿tiene un momento…? —preguntó Groves.

—Por supuesto, general —respondió Donovan.

—¿Podemos caminar? —le sugirió Groves, dirigiendo al jefe de la OSS lejos de los autos estacionados y sus choferes, hacia el lado sur del terreno.

—Me imagino que esto no se trata de cómo lanzó Dutch Leonard en el juego de anoche, ¿verdad, Leslie? —preguntó el jefe de la OSS.

Groves sonrió y sacudió la cabeza.

—No. No se trata de eso.

Leslie Groves era ingeniero en formación y un pensador brillante con una personalidad alentadora. La clase de problemas a los que se enfrentaba, los cuales tenía que entender y evaluar, para decidir entre distintas alternativas y también temas de financiamiento, requerían un intelecto científico del nivel de un ganador del Premio Nobel y un entendimiento de finanzas de un economista jefe. Era un hombre grande, de hombros anchos, alto y con una mandíbula cuadrada y fuerte.

—Ese físico del que hablamos hace unas semanas… ¿Mendl…? Me dicen que están montando una operación para localizarlo —empezó a decir el general.

—Parece que ya lo hemos encontrado —respondió Bill Donovan—. De hecho, ya tenemos a alguien trabajando en ello.

—¿Y en qué etapa de la operación se encuentran, si es que es algo que puede compartir conmigo?

Donovan vio al general a los ojos y pudo ver lo importante que era el hombre que buscaban. Sin embargo, esta era una operación ultrasecreta que se estaba llevando a cabo con sólo unos cuantos involucrados.

—Lo que puedo compartir es que él se encuentra ahí ahora. *In situ*. En dos días su hombre estará en un avión de transporte camino a D. C., y si no, tendrán que arreglárselas sin él definitivamente, me temo.

Groves asintió serio y alejó a Donovan un poco más de los autos.

—Estamos en una carrera, Bill. Una carrera rumbo al infierno, dirían algunos, pero Oppy me asegura que este tal Mendl puede salvarnos en seis meses. Se dará cuenta de lo que seis meses pueden significar en la carrera por el arma suprema. Y en cuestión de vidas.

—Lo único que puedo decir, general, es que estamos haciendo todo lo posible.

—Entonces es todo lo que puedo pedir. —Groves revisó su reloj—. Será mejor que me vaya. El presidente espera que nosotros los militares lleguemos a tiempo. Los senadores y miembros del gabinete pueden deambular como y cuando gusten.

—Sí, siempre es así. —El jefe de la oss y el supervisor del Proyecto Manhattan empezaron a caminar de regreso—. Antes de que se vaya, Leslie, me imagino que tendrán otra investigación simultánea similar a esta, ¿cierto?

—¿Similar...?

Donovan se detuvo.

—Del mismo campo de investigación que lleva el tal Mendl.

—Difusión gaseosa. —Donovan se detuvo también—. Es un proceso para separar uranio-238 de su pariente más ligero, 235.

Donovan se encogió de hombros.

—Nunca fui bueno en química, Leslie.

—Y de haber sabido que tendría este trabajo, tal vez yo también habría prestado más atención —respondió Groves riendo entre dientes—. Pero para responder a su pregunta, sí, Bill, sí estamos contemplando otras posibilidades. En Berkeley... y en la Universidad de Minnesota. Estamos progresando. Pero como dije, es una carrera. Es posible que los alemanes también estén haciendo sus propias investigaciones. —Siguieron caminando hacia los autos—. ¿Por qué...?

—Es sólo que no quisiera elevar ninguna expectativa... —el jefe de la oss se detuvo y miró nuevamente al general— respecto a las posibilidades de esta misión. Como dije, tenemos un hombre en el campo, y su superior, Strauss, me parece que lo conoció alguna vez, cree que es muy bueno y que hay una buena oportunidad de que la operación resulte exitosa. Pero para ser franco, nunca pusimos muchas esperanzas en ver a cualquiera de los dos navegando por el Potomac, si sabe a qué me refiero.

—Sí, Bill. —El director del Proyecto Manhattan asintió con seriedad—. Entiendo perfectamente a qué se refiere.

—Es una lástima, si me pregunta... —Donovan abrió la puerta de su auto—. Parecía un joven muy dispuesto cuando lo conocí.

36

El bloque en el que Blum se había infiltrado estaba conformado por alrededor de trescientos prisioneros, dos o tres en cada catre.

Después del recuento que hicieron afuera los guardias, se introdujo junto a un grupo de agotados prisioneros que regresaban de su día de trabajo, emitiendo suspiros y quejidos audibles de cansancio; dejaban caer sus pálidos cuerpos sobre los delgados colchones de paja y revisaban sus ampollas y llagas. Blum pensó que pasaría al menos un tiempo antes de que pudiesen cuadrar el número de prisioneros con aquellos que acababan de morir.

El hedor del olor corporal y excremento humano lo obligaba a contener la respiración. Había todo tipo de ruidos imaginables: gemidos, toses, rascaduras, flatulencias; otros simplemente balbuceaban para sí en una especie de aturdimiento incoherente. En Inglaterra lo habían vacunado lo mejor posible contra todos los tipos de enfermedades que abundaban aquí: tifus, disentería. Pero el sólo hedor era suficiente para darle náuseas y casi vomitar. También el solo pensar en los piojos le daba asco. Finalmente, localizó un catre que sólo tenía una persona.

—¿Está libre? —le preguntó al hombre que estaba acostado en él.

—*Zugangi?* —El prisionero miró a Blum con ojos inyectados de sangre. Blum pensó que su acento se escuchaba lituano o estonio.

—¿Perdón?

—*Novy...?* —aclaró un hombre que estaba en el colchón de arriba. «¿Eres nuevo?»

—Sí —respondió Blum—. Hoy.

—Los recién llegados en la parte de atrás. —El hombre en el catre señaló dónde.— Cerca del cagadero.

Aguantando la respiración para proteger sus fosas nasales del olor, Blum siguió avanzando. Vio otro catre que sólo tenía una persona.

—Por allá —le dijo alguien mientras señalaba un catre, dirigiéndolo hacia él.

Casi al fondo del lugar, había dos prisioneros estirados sobre la litera superior. Uno de ellos era enorme y se encontraba hurgando las llagas de sus pies, que estaban abiertas y goteaban pus. El otro estaba demacrado y tenía un rostro estrecho, como el de un hurón, con ojos inquietos y llenos de sospecha. Ninguno de los dos se movió ni un centímetro para dejarlo subir.

—Lo hemos guardado sólo para ti —dijo un hombre que se encontraba en el catre de abajo; este portaba una gorra de *tweed* y parecía ser una especie de líder en el bloque—. El dueño anterior justo acaba de morir de fiebre, el otro día.

—En ese caso, qué suerte tuve —respondió Blum.

—Ahí hay un tazón. —El hombre de la gorra señaló uno que colgaba del pilar de la cama. Estaba hecho de un estaño oxidado y asqueroso, eso sin mencionar las manos llenas de infecciones que lo habían tocado recientemente—. Si fuera tú, no lo soltaría. Sin recipiente, no hay comida. Así funcionan las cosas aquí.

—Lo haré. Gracias. —Blum se subió a la litera, sosteniéndose de las tablillas de madera.

—Por allá. —El hombre grande rezongó con rudeza y señaló el lugar más cercano a la letrina abierta, que no era más que un área separada con un agujero para defecar y un taburete.

—¿De dónde eres? —le preguntó alguien.

—Giżycko. Cerca del lago Śniardwy —respondió Blum.

—Ah, conque Masuria. Bonito lugar. ¿Cómo has podido resistir tanto tiempo?

—Me había estado ocultando en una granja. —Le habían dado instrucciones de ser lo más vago posible respecto a su nueva identidad, ya que alguien podía ser originario del mismo lugar o conocer a alguien que pudiese exponerlo—. Un maldito repartidor postal nos delató.

—¿Un cartero? Ya no se puede confiar ni en el correo estos días. ¿Y qué nos cuentas del exterior?

—No mucho. —Blum no quería llamar la atención o darse a conocer. Aun así…—. Sólo que la guerra va mal al este. Los rusos ya están en Ucrania.

—¡En Ucrania! —exclamó alguien con alegría.

—Y en Inglaterra, los Aliados están listos para invadir.

—¿Invadir? ¿Dónde? —preguntó otro mientras se incorporaba.

—La costa de Francia. Calais. Normandía. Nadie sabe a ciencia cierta, desde luego. Pero será pronto, según la BBC. Dicen que se trata del ejército más grande que el mundo haya visto jamás.

—Por muy pronto que sea, no será suficiente para nosotros —suspiró alguien desde la cama de al lado—. Afrontémoslo, los alemanes nos matarán a todos y cada uno de nosotros antes de permitir que alguien vea lo que ocurre aquí. Y si no lo hacen los alemanes, los rusos sin duda lo harán. Créanme, he visto una matanza con mis propios ojos ahí.

—Nos dicen que ahora los trenes vienen llenos de húngaros —dijo otro—. Los escuchamos, llegan miles cada día y cada noche. Pero, puf, ya ni siquiera los traen al campo. Se esfuman de repente.

—De eso no sé nada. —Blum se encogió de hombros. Aunque, en realidad, sabía perfectamente que era verdad, por lo que Strauss le había dicho, así como Vrba y Wetzler—. Escuchen, tal vez alguno de ustedes pueda ayudarme. Estoy tratando de localizar a alguien. Según me dijeron, mi tío está aquí. Su nombre es Mendl. Alfred. Era profesor, en Leópolis. ¿Alguien sabe algo de él?

—¿Mendl...? No me suena —dijo el hombre de la gorra de *tweed*—. Pero nadie conoce nombres aquí, sólo caras.

—Yo conocí a un tal Petr Mendl —dijo otro—. Pero era de Praga. Era pescadero, no precisamente un profesor que digamos. En fin, de cualquier modo, se fue por la chimenea hace mucho tiempo.

—¿Por la chimenea? —preguntó Blum.

Escuchó algunas risas en voz baja.

—No creíste que la peste de allá afuera provenía de una fábrica de chocolate, ¿cierto?

Más risas.

—O de las cocinas... —dijo alguien—. Pero pronto verás que la comida sabe a lo que eso huele.

—Tengo una fotografía. —Blum sacó una pequeña foto de Mendl que tenía doblada en la pretina—. Pásenla. Tal vez alguno de ustedes lo reconozca.

La foto viajó de litera en litera. Uno que otro sacudía la cabeza y la pasaba. Otro simplemente se encogió de hombros impasible.

—Me parece familiar. Pero, de cualquier modo, no recuerdo haberlo visto recientemente —dijo uno antes de entregársela al siguiente.

—Lo siento —dijo otro mientras pasaba la foto a la litera de arriba—. No hay muchos de Leópolis aquí. De cualquier modo, yo trato de no fijarme en los rostros.

—Hay miles y miles de personas aquí. —El hombre con la gorra de *tweed* sacudió la cabeza, solemne—. Y, por desgracia, la gente cambia a diario.

—Tengo un mensaje importante para él —dijo Blum—, si es que alguien lo conoce.

—Todos tenemos mensajes importantes —dijo alguien entre risas—. Desafortunadamente, ninguno de ellos llega al destinatario.

—Filósofo —dijo el hombre de la gorra de *tweed*, poniendo los ojos en blanco.

—Si fuera tú, me olvidaría de tu tío —le aconsejó alguien—. Probablemente está muerto de cualquier modo.

—Todos tenemos tíos —intervino otro—. Se nota que eres nuevo aquí.

—Cállense, carajo —protestó otro desde otra parte del pasillo—. Estoy tratando de dormir.

—Lo siento. —La fotografía volvió a las manos de Blum.

La guardó en el bolsillo que había dentro de su camisa. El gigante que tenía a su lado ya estaba roncando. Blum se recargó en las tablillas de madera. Habría sido tonto de su parte creer que sería tan fácil. Con sólo tronar los dedos. Había miles de personas aquí, cientos de miles, y como había dicho el hombre, la gente cambiaba cada día. «Una aguja en un pajar», pensó Blum. Eso había sido esto desde un principio. No en uno, en cien pajares. Cien pajares a los que les arrojaron un cerillo encendido, y las manecillas del reloj no se detenían, tenía poco tiempo. Ya había perdido el primer día. Sólo le quedaban dos más. «No, desde luego que no sería así de fácil», se reprendió.

Blum cerró los ojos; el agotamiento finalmente lo había vencido.

—Tu tío y tú deben ser muy cercanos —dijo su otro compañero de catre, el del rostro de hurón—. Tanto para que lleves una foto de él contigo. —Su mirada parecía tener un dejo de sospecha en ella y sonrió con desconfianza.

—Sí —respondió Blum con la misma sonrisa. Pero por dentro, se dio cuenta de que ya había sido descuidado al hacer las cosas con tanta prisa—. De hecho, es más como un padre para mí.

—Un padre... Ya veo —dijo el hombre, desviando la mirada—. Así que Leópolis, ¿eh? —añadió después de una pausa—. ¿No habías dicho que eras de Masuria?

Un temblor de nervios recorrió la columna de Blum. Le habían advertido que había informantes por todos lados. Y si no era suficiente tener que esquivar a los alemanes por otros dos días, ahora tenía que preocuparse por otros que estaban aún más cerca.

«Sí, muy descuidado.»

El hombre recostó la cabeza en el colchón y cerró los ojos.

A la distancia, Blum oyó música, una orquesta que tocaba. Se incorporó.

—Escucho música.

—Recién llegados —dijo alguien, suspirando como si no fuese nada nuevo.

—Están calentando los hornos. —Otro se dio la vuelta—. Alguien diga una oración.

«Una oración…» El día uno había llegado a su fin. «Cincuenta horas…» Era todo el tiempo que le quedaba. Eso sí que requería una oración. Blum miró al hurón, que ahora parecía estar dormido. Cincuenta horas para lograr un milagro.

Si Mendl sigue con vida, pensó mientras finalmente cerraba los ojos, para empezar.

37

Cuando venía de regreso de jugar ajedrez con Frau Ackermann, después de que ella volvió esa semana, Leo dejó al *Rottenführer* Langer en la entrada y siguió caminando hasta el bloque 36.

Encontró al viejo en su litera.

—¿Cómo estás hoy? —Leo se sentó frente a él.

—Mejor. —Alfred se incorporó y forzó una sonrisa débil—. Un poco mejor cada día.

—Toma, te traje algo. Creo que te alegrará. —Sacó una servilleta de tela y una taza humeante.

—¿Té? —El rostro de Alfred se iluminó—. Esto debe ser un sueño. ¿De dónde?

—¿De dónde crees? —dijo Leo—. Desde luego, Langer me fue empujando todo el camino de regreso con la esperanza de que lo tirara. Pero no se atrevió a hacerlo. Aun así, me temo que no está tan caliente como cuando salí de allá.

—No importa. —Alfred bebió un sorbo y aspiró el aroma perfumado—. Ah, clavo de olor... Esto es el cielo.

—Te dije que nos cuidaría —dijo Leo orgulloso—. Y también a ti. —Había algo de aflicción, casi resignación, en los ojos del chico que Alfred podía detectar, pero no interpretar.

—Sí. Acertaste esta vez, hijo.

En verdad lo había cuidado.

No había muerto.

En efecto había resultado ser tifus después de todo, pero de gravedad, aunque Alfred se quedó en la enfermería toda una semana mientras recuperaba sus fuerzas. ¡Ese sí que era un milagro! Había pasado dos días en un sudoroso aturdimiento hasta que la fiebre cedió. En su delirio veía imágenes de Marte, quien lo llamaba, así como su trabajo y sus fórmulas, que desfilaban frente a sus ojos.

Y también otro sueño, muy extraño, algo que no había logrado entender del todo hasta que finalmente recobró la lucidez: una mujer joven, bonita, junto a su cama, cuidándolo, supervisando a los doctores, indicándoles que se aseguraran de que se pusiera bien. «A cualquier costo», había insistido ella.

A cualquier costo.

«¿Por qué?»

Después se enteró de que lo habían inyectado con la vacuna que normalmente estaba reservada para los alemanes. Le dieron antibióticos y le practicaron transfusiones.

Leo sonrió.

—¿Lo ves? También fue un ángel para ti.

—En verdad lo fue. —Alfred asintió—. Te ofrezco mi más sincero agradecimiento. Si es que agradecimiento es lo que debo sentir por estar de regreso aquí.

Tenía una semana de haber vuelto. Le habían permitido recobrar sus fuerzas, en vez de gasearlo o forzarlo a volver al trabajo de inmediato, como a los demás. Aun así, seguía un poco débil. En una ocasión, incluso vino una enfermera para revisarlo. Era algo sin precedentes. En todo el campo, los más sorprendidos cuando regresó fueron sus compañeros de bloque. «Ya casi habíamos cedido tu catre.» Lázaro, lo llamaban ahora. De vuelta después de un breve encuentro con la muerte. Nadie había hecho algo así antes.

Leo lo visitaba todos los días para ver cómo seguía.

Y cada día encontraban un poco de tiempo para trabajar. Alfred se dio cuenta de que aún quedaba mucho por enseñarle. Y ahora había tan poco tiempo.

Tomó un pedazo de tiza y anotó sus fórmulas en la bandeja que le servía de pizarra como lo hacía todos los días. Dejó su té.

—Eso fue maravilloso. Ahora, sigamos.

—Alfred, ya no tiene caso, lo hemos visto todo.

—No. No hemos visto el patrón de dispersión. Sabes que se estima que todos los átomos en el proceso de difusión se mueven a una velocidad (v), pero el problema fundamental es...

—El problema fundamental es calcular el número de átomos que escapan a través de un agujero, o incluso millones de agujeros, durante un tiempo transcurrido. —Leo completó la idea de Alfred—. Expresado como delta (Δ). ¿Correcto?

—Pues sí, en efecto —admitió Alfred.

—Entonces, dado que el número de átomos contenidos sería el producto del volumen del cilindro de difusión por la densidad de los átomos p (η) minúscula, más N mayúscula sobre V mayúscula, donde N es el número de átomos en el cilindro y V, desde luego es... Dame un segundo... El volumen del cilindro.

—Sí, de acuerdo, continúa...

—Con gusto. El número de átomos es igual a la densidad de dichos átomos por la superficie del área del cilindro... multiplicado luego por la velocidad a la que viajan los átomos por la longitud del ángulo de inclinación. —Leo se detuvo un momento para respirar. Luego tomó un pedazo de tiza y la bandeja—. Y la ecuación queda expresada así...

$$N_{cyl} = p_N S(V)(\Delta t)\cos\theta$$

—¿Qué tal? —Sus ojos brillaban con un destello de orgullo.

—Muy bien, hijo. De acuerdo, debo admitir que estuvo excelente. Pero ¿ya te expliqué... —Alfred empezó a escribir— que no todos estos átomos se moverán en la dirección indicada para lograr el máximo escape posible? Y eso creará la dispersión. Así que para explicarla...

—Para explicarla tenemos que multiplicar esta fórmula por la probabilidad de que un átomo tenga su velocidad dirigida. Sí, ya lo repasamos, Alfred, lo prometo. —Leo le dio un golpecito a su propia frente —. Todo está aquí.

—Oh. —Alfred asintió; su memoria estaba un poco afectada—. Ya lo recuerdo. Pero ¿te expliqué…?

—¿Que si me explicaste que al extender esta lógica podemos tomar nuestros dos gases a enriquecer, U-235 y U-238, a pesar de la diferencia que existe entre sus pesos atómicos, y cuantificando la extensión del enriquecimiento, que se calcula como… Déjame pensar… $\%(235) = 100 \{x/x+1\}$, donde x equivale al número de átomos de 235 sobre el número de átomos de 238? Sí, eso también me lo explicaste. —Leo puso la mano sobre el brazo de Alfred—. Te prometo que todo está a salvo. Lo tengo todo.

—Entonces, bravo —dijo Alfred, y sonrió con satisfacción—. Lo hicimos.

Leo asintió.

—Con qué fin aún no lo sé, pero sí, me parece que lo hicimos.

—Pues ahora eres el mayor experto en el mundo en lo que se refiere al proceso de difusión gaseosa… ¡Te felicito!

—El segundo mayor experto.

—Bueno, me temo que pronto la distinción será toda tuya. Y como ya te he dicho, hay gente que, una vez que lo sepa…

—Sí, Alfred, ya me lo has dicho. Hay gente que necesitará este conocimiento. Los esperaré a todos. —La sonrisa de Leo se desvaneció y su rostro volvió a adoptar esa misma expresión que tenía al entrar y que Alfred no podía interpretar.

—¿Tienes alguna preocupación, hijo?

—No es nada. Si todo está bien contigo, entonces yo estoy bien. Bebe…

—De acuerdo. —Alfred tomó otro sorbo del té y cerró los ojos como en un sueño—. Nunca pensé que volvería a experimentar este placer. Gracias, hijo. No te olvides de la teoría de desplazamiento.

—¿Cómo podría? Está grabada en mi mente, tanto como el peón a rey cuatro.

—Entonces, mi trabajo está hecho. Probablemente ahora querrás librarte de mí, ya que no tienes nada más que aprender.

—¿Me estás diciendo que no queda nada que valga la pena compartir en esa gran mente que tienes, Alfred…?

—Tienes razón, debe haber algo —dijo Alfred—. Queda la difusión térmica… Un proceso mucho más difícil, en el que es muy complicado lograr los niveles de enriquecimiento requeridos. —Miró a Leo, quien sacudió la cabeza con enojo—. En fin…

Leo guardó la tiza y la bandeja.

—Nos dedicaremos a eso entonces, ¿de acuerdo?

—Sí, pero algo no está bien. Me doy cuenta. No finjas, chico. Somos amigos.

Leo finalmente asintió.

—Me dio otro regalo hoy, además del té. —Leo metió la mano en los pantalones, sacó algo y abrió la mano.

Era una pieza de ajedrez. De excelente calidad, se percató Alfred. Una torre. De hermoso alabastro blanco. Tallada con gran detalle.

Leo la dejó en la mano de Alfred.

—Creo que esto significa que nuestros juegos han llegado a su fin.

—Sí. —Alfred asintió y colocó la mano en la rodilla de Leo—. Así parece.

—Lo cual significa, sin duda, que… —Leo sonrió, pero era más bien una sonrisa de resignación, con un dejo de tristeza.

—Lo cual significa que tienes suerte de saber todo lo que te he estado enseñando… —lo animó Alfred mientras le hacía un guiño—. Al menos no te irás con la mente vacía.

Leo rio entre dientes.

—No creo que Lubinsky o Markov o cualquiera de los otros que he aplastado en ajedrez dirían que mi mente estaba precisamente vacía.

—¿Y qué han hecho Lubinsky o Markov por expandir el conocimiento, si se puede saber…?

—También tomé esto —dijo Leo. Sacó una foto arrugada. Era una foto de Frau Ackermann en un bote de remos. Ella portaba una gorra náutica blanca, con el borde delantero levantado, mostrando su brillante sonrisa y mirada dichosa—. La vi en medio de una pila de fotos. Cuando ella se marchó por un momento, la guardé en mi ropa. Se ve tan feliz.

Alfred se dio cuenta de que era la misma mujer que se había encargado de supervisar sus cuidados en el hospital.

—Sí, así es.

—No me dejará ir. —Leo lo miró—. Ni a ti tampoco. No tan fácilmente. Ya verás.

—Sugiero que no nos adelantemos, Leo. Tal vez lo único que pasó fue que su esposo se puso más estricto. Sabías que no era fanático de sus juegos. Debemos seguir teniendo esperanza. Donde hay esperanza, hay vida. Y donde hay vida… hay más que aprender, ¿no es así? —Alfred sonrió.

—Bien, pues brindemos por la esperanza —dijo Leo. Alzó la taza y se la entregó a Alfred.

—Y brindemos por el aprendizaje. —Alfred alzó su taza y bebió el último sorbo de té—. Donde yace nuestra verdadera esperanza. ¿Estamos de acuerdo?

—Por qué no lo dejamos en esperanza y ya, ¿te parece? —respondió Leo.

38

Miércoles

Al amanecer, un coche oficial Daimler, con la suástica debajo del águila imperial en una de sus puertas, avanzaba a toda velocidad por la campiña polaca, con los focos delanteros destellando en la niebla.

El coronel Martin Franke venía sentado en el asiento trasero.

Su chofer inexperto portaba la insignia de la *Abwehr* en el cuello de su uniforme, pero sin duda tenía algunos meses de retraso en comparación con lo que los nuevos reclutas estaban aprendiendo esos días en su entrenamiento, y claramente su experiencia detrás del volante no era la mejor. Varsovia estaba a poco más de trescientos kilómetros de Oświęcim, cuatro horas con buen clima por la vía rápida S8, la cual estaba llena de baches. Claro que el camino resultaba más largo con esta niebla.

—Por favor, más rápido, cabo —dijo Franke impaciente—. Rebase a ese camión. —Un camión de suministros había bajado la velocidad frente a ellos.

—Sí, coronel —respondió el cabo, pisando el acelerador.

Franke había convencido a su superior, el general Graebner, de autorizarle ir al campo. La llamada había llegado a Berlín, en donde el comandante del campo, el coronel Höss, de las ss, se encontraba en una conferencia con el *Reichsführer* Himmler y Reinhard Heydrich, según le habían dicho. Un comandante de nombre Ackermann había quedado a cargo. Así que Franke sabía que más le valía estar en lo correcto; el enfrentamiento entre Canaris y

Himmler por el favor del *Führer* no era ningún secreto. Avergonzar a cualquiera de los dos lo enviaría directamente al frente oriental.

Pero Franke se sentía seguro, y esta seguridad había aumentado cada vez que había comprobado que su intuición era correcta, que el campo de ahí tenía que ser el objetivo de lo que fuese que estuviesen planeando: el telegrama «del cazador de trufas que está en camino», el informe local del avistamiento de un avión, el paracaidista que alguien había visto, el bosque de abedules. La región estaba escasamente poblada y no había ninguna actividad militar conocida en el área ni elementos de interés estratégico que indicaran otra cosa.

A Franke le hervía la sangre de sólo pensarlo, sangre que llevaba largo tiempo dormida. Durante el último año, lo habían subestimado y hecho a un lado. «Definitivamente había alguien ahí. ¿De dónde? Inglaterra, tal vez. ¿Y para qué? ¿Un ataque? ¿Un escape? ¿Sabotaje?»

Ahora sólo tenía que averiguar quién y por qué.

Si tenía éxito, Franke casi podía saborear la sensación de toda su vergüenza anterior quedando en el pasado. El propio Himmler estaría observando esta vez. Su esposa lo aceptaría de vuelta y, con esto, recobraría su posición, el cómodo *schloss*[6] en Rottach-Egern.

Todo dependía de que encontrara a este hombre.

Tres horas más. Miró su reloj.

—Sería bueno llegar hoy —le dijo al conductor, quien acababa de bajar la velocidad para permitir que un rebaño de cabras cruzara el camino. Todas las vías polacas eran caminos de ganado. El conductor tocó el claxon escandalosamente.

Una sensación de hambre invadía las entrañas de Franke. Claramente, había alguien ahí. Sólo tenía que encontrarlo. A este hombre. De dondequiera que este viniese.

El cazador de trufas.

---

[6] Edificio similar a un castillo, palacio o casa señorial. (*N. del t.*)

«Era un duelo de ingenios», se dijo Franke. Una partida de ajedrez.

«Crees que estás solo. Crees que estás oculto bajo una red. Pero te equivocas.»

«Esta es mi red. Mi nariz te detectará en el momento en que te vea.»

«Somos sólo tú y yo ahora.»

39

Blum abrió los ojos antes del primer rayo de luz. Zinchenko, su kapo lituano, entró en las barracas, golpeando fuerte las paredes y literas con su bastón.

—*Raus. Raus!* A levantarse, mis pequeños animales. Otro día de maravillas y aventuras los espera. ¡Muévanse, haraganes!

La gente empezó a moverse lentamente en sus literas.

—¿Ya amaneció?

—Sólo dos minutos más, Zinchenko, ¡por favor!

—¡Arriba! ¡Levántense, cerdos inmundos! ¡Ahora! —les gritó el kapo sin piedad—. Trato de ser bueno con ustedes, los dejo dormir cinco minutos más, y miren lo que recibo.

Blum se había despertado al menos una docena de veces durante la noche. Entre la posición incómoda en la que se veía obligado a dormir, tener que tirar del pedazo de cobija delgado y sucio que tres de ellos compartían y que no habría sido suficiente ni para mantener calientes a los piojos, los ronquidos constantes y el intermitente temor de lo que le esperaba durante el día, apenas había logrado dormir una hora.

—¡En sus grupos de trabajo en treinta minutos! ¡Se pasa lista en cinco! —les ordenó el kapo. Era un hombre musculoso con una espesa barba en el rostro y un sombrero aplastado en la cabeza, lo cual lo separaba del prisionero promedio, así como el triángulo rojo que tenía cosido a la altura del pecho, que lo identificaba como un delincuente común—. ¡Cinco minutos! ¡Todos afuera!

El bloque cobró vida lentamente. Nadie se lavó. Varios se formaron frente a la letrina y orinaron o cagaron en el repugnante balde.

Blum bajó de la litera y se topó con el hombre de la gorra de *tweed* con el que había hablado la noche anterior; estaba doblando su cobija.

—Necesito un trabajo —le dijo—. ¿Puedes conseguirme algo? Algo en el campo, si es posible. Al menos por uno o dos días. Quiero encontrar a mi tío.

—Habla con él. —Señaló a un hombre de baja estatura con cejas tupidas—. Solía ser abogado en Praga. Aquí es el *Blockschreiber*. —«El administrador del bloque.» Wetzler y Vrba lo habían mencionado. Su labor era asignar los trabajos.

—Gracias.

Blum se acercó y encontró al hombre entre la apresurada multitud.

—Soy nuevo. —Le explicó al administrador del bloque que necesitaba un día para encontrar a su tío.

—¿Cómo te llamas?

—Mirek.

—¿Número…?

Blum le mostró el brazo. El *Blockschreiber* anotó el número en una pequeña libreta negra.

—Sólo tengo un puesto. —El hombre rio sombríamente entre dientes—. ¡Felicidades, Rosten! —gritó—. Acabas de ser promovido.

—¡Aleluya! —gritó alguien entre la multitud de gente.

—Brigada sanitaria —le dijo a Blum.

—¿Qué es eso?

El hombre anotó en su libreta.

—Rosten te mostrará cómo se hace.

El trabajo, como le mostraron a Blum, consistía en cargar cubetas de mierda y orina desde la letrina hasta la fosa séptica del campo, localizada afuera de la entrada principal. No sólo las de su barraca, también la de los bloques 18 al 32. La ventaja principal, como se percató rápidamente Blum, era que podría entrar a varios de los otros bloques, donde habría más gente.

—Sólo ten cuidado —le advirtió el *Blockschreiber*—. Si se te derrama algo del contenido del balde, por poco que sea, en los terrenos públicos, posiblemente recibirás un balazo en la cabeza. Rosten estará muy molesto. Tendría que volver a hacerlo él mismo.

—En ese caso, seré particularmente cuidadoso —coincidió Blum.

—Y mantente alerta. A veces los guardias te pican con su bastón sólo por diversión. Si se te derrama la cubeta, puedes empezar a rezar. Me imagino que piensan que cualquier persona a la que le demos este trabajo no vale la pena, sólo es una boca más que alimentar.

—Gracias. Entonces ¿cómo es que Rosten ha sobrevivido?

—¿Rosten? —El *Blockschreiber* se encogió de hombros—. Supongo que realmente no come mucho.

Afuera se escuchaban los silbatos; la gente salía de sus bloques y se formaban para el pase de lista. La mañana se sentía húmeda, con demasiado frío en el aire para ser mayo, tanto que todos estaban de pie abrazándose en sus delgados uniformes de yute. Blum estaba nervioso. El pase de lista era uno de los momentos del día en el que podía quedar fácilmente expuesto. El *Blockführer* de las SS se acercó. El teniente Fischer. Traía un montón de papeles doblados sobre una tabla sujetapapeles.

—Ya conocen la rutina —les gritó—. Fórmense. De la A a la Z. Den un paso al frente cuando escuchen su nombre.

Todos se acomodaron en cuatro largas filas. El teniente empezó...

—Abramowitz...

—¡Aquí! —gritó un hombre en la fila de atrás.

El guardia lamió su lápiz y lo marcó en la lista.

—¿Adamczyk?

—Sí. Aquí.

—¿Alyneski...?

Blum se apiñó entre los prisioneros de la cuarta fila. Iban por apellido. Podía perderse en la multitud para no tener que gritar la respuesta. Si hubiesen recorrido las filas, hombre por hombre, ordenándole a cada uno que dijera su nombre, el suyo, Mirek, no habría coincidido. Eso habría sido mucho más complicado.

—¿Bach?

—¡Aquí!

—Balcic...

Les tomó casi veinte minutos pasar lista a todo el bloque. El área del patio principal estaba tan abarrotada de prisioneros, cada uno frente a su propio barraca, que cada fila se entremezclaba con la del bloque de al lado, formando una gran multitud. Las voces de los *Blockführers* competían entre ellas mientras seguían gritando nombres. El hombre que estaba junto a Blum se inclinó sobre su hombro.

—¿Eres nuevo...?

—Sí —asintió Blum.

—¿Alguien ya te explicó lo de las rondas?

—¿Las rondas? Aún no.

—Entonces escucha. Esto te mantendrá con vida. Fischer —con un movimiento de cabeza, señaló al *Blockführer* que gritaba— sigue las reglas al pie de la letra. No busca problemas, pero tampoco te ayudará en nada. Aquel... —Señaló a un cabo de las SS, de cabello rojizo y nariz chata—. Ese es Fuerst. Tiene una hermana enferma en casa. Cumple con su trabajo, pero a veces está dispuesto a negociar, si sabes a qué me refiero.

—¿Hablas de un soborno?

El hombre se encogió de hombros.

—Si tienes algo con qué negociar. Pero hagas lo que hagas, no te metas con ese cabrón… —Señaló a un guardia con rostro de sabueso, labios gruesos y ojos con párpados gruesos—. Dormutter. Él sí que es un lunático. Esto es el paraíso para él. Puede matar a todo el que quiera. Mantente alejado de él. No puedo ni describir las cosas que le he visto hacer.

—Así lo haré. Gracias —dijo Blum.

Le explicó a Blum lo esencial sobre otros guardias y kapos: los verdaderos monstruos, aquellos que te matarían por mero deporte, los que solamente hacían su trabajo, con los que Blum podía contar y los que debía evitar a toda costa.

—Todos recibimos el recorrido la primera vez —le explicó el hombre—. De ahora en adelante, estás por tu cuenta.

Antes de distribuirse en sus grupos de trabajo, las filas de los bloques se mezclaron por un momento. La gente intercambió palabras rápidas con sus vecinos, sobre las novedades y acerca de quiénes habían perdido la vida en los últimos días; también intercambiaban por cigarrillos y sobras de comida.

Blum sacó la fotografía.

—Estoy buscando a mi tío —le dijo a alguien de un bloque vecino—. Su nombre es Mendl. ¿Lo conoces? Es de Leópolis.

—Lo siento —respondió la persona mientras sacudía la cabeza—. No está aquí.

Blum recorrió la multitud y le preguntó a alguien del otro lado del patio.

—Estoy buscando a este hombre. Es mi tío. Su nombre es Mendl.

De nuevo, la persona sacudió la cabeza.

—No lo conozco. Lo siento.

Fue de grupo en grupo, revisando e inspeccionando los rostros a su paso en medio de la enorme multitud, sin perder de vista a los guardias y acercándose a cualquiera que hiciese contacto visual con él.

—¿Conoces a este hombre? ¿Lo has visto? Mendl.

—No —escuchaba una y otra vez—. Lo siento.

—Esta es su foto. Mírala, por favor.

—Me parece familiar —dijo uno de ellos—. Pero no puedo ayudarte. ¿De casualidad no tienes cigarrillos extras? Me estoy muriendo.

—Probablemente esté muerto —dijo otro, encogiéndose de hombros—. De cualquier modo, ¿qué más te da? Todos tenemos tíos aquí en alguna parte.

—Lo siento.

Tal vez era demasiado tarde, temió Blum, mientras veía cómo todos trataban de sobrevivir al día; parecían más muertos que vivos. Vrba y Wetzler le habían confirmado que se encontraba ahí, pero eso había sido en enero. Hace cuatro meses. El frío podría haberlo vencido. O el tifus. O un mazazo en la cabeza. O el gas. Se dio cuenta de que todo esto podría ser en vano. «No nos falles», lo había instado el presidente Roosevelt. Pero ni siquiera él podía controlar el capricho entre la vida y la muerte que reinaba en este lugar.

Existía la posibilidad de haber venido hasta acá sólo por un cadáver.

Llegó la hora del desayuno. Blum volvió a su bloque y se formó con el tazón de metal en sus manos. No había probado bocado desde la nauseabunda sopa que había comido en el almuerzo del día anterior. Esto era mucho peor. No podía distinguir lo que era: col, papas, un cucharón lleno de un caldo aguado y sin sabor hecho a base de cáscaras y cortezas, con un pedazo de pan rancio. Observó a su alrededor y vio cómo sus compañeros de barraca se aglomeraban afuera del bloque y lo devoraban todo.

«¿Y si no logro encontrarlo?», se preguntó Blum. «¿Qué haré entonces?»

«¿Y si nunca logro salir de aquí?» Así sería su vida, mientras esta durase.

Le dio un sorbo al tazón, haciendo una mueca en el momento en que el rancio sabor llegó a sus papilas. Luego le dio otro sorbo y se lo tragó con dificultad. Como lo hacían todos los demás, él también tendría que cumplir con la jornada laboral.

Los silbatos empezaron a sonar de nuevo.

—Fórmense. Fórmense. Se acabó el almuerzo.

Había llegado la hora de empezar a trabajar.

40

—*Guten morgen, Herr Lagerkommandant!* —El personal que se encontraba en la oficina del comandante Ackermann se puso de pie en cuanto él entró.

—Buenos días. Prosigan. —Después de saludar con la mano, el comandante se dirigió a su escritorio.

Había una taza de café para él en el escritorio. Se sentó y revisó los informes de esa mañana. El número de prisioneros «procesados» el día de ayer: más de veintiún mil. «Muy bien.» Doce por ciento por arriba de la norma. La mayoría había llegado ese mismo día y habían pasado directo a la cámara de gas. Revisó la cifra que se esperaba para hoy. Muy buena también. Dos trenes. Uno de Theresienstadt, cerca de Praga, y otro de Hungría. Sería otro día y otra noche ocupada.

Tenía sus cuotas diarias, pero quería sobrepasarlas en ausencia del *Kommandant* Höss. Quería que todos se dieran cuenta de que podía dirigir el lugar de manera eficiente y con disciplina. Y quién sabe, había empezado a pensar, tal vez su jefe sería promovido durante su viaje extendido a Berlín. Quizá por eso se había quedado ahí unos días más. Era importante para todos ver que, en su ausencia, el lugar seguía estando en buenas y firmes manos, que se mantenía el trabajo y se cumplían las cuotas. Todo lo que ocurría aquí era estrictamente vigilado por el *Reichsführer* Himmler y su círculo de colaboradores más cercanos. Si había promociones en el horizonte, él quería que su nombre también estuviese hasta arriba de la lista.

Lo cual le dejaba un problema en particular que resolver aquella mañana, reflexionó Ackermann; Greta.

Había empezado a preocuparle el hecho de que a su esposa le hubiese llegado a agradar demasiado el judío jugador de ajedrez que había invitado a su casa. Uno o dos juegos, tal vez; eso podía entenderlo. Pero después de eso, debía quedar claro que ella no lo favorecería de ningún modo. En su lugar, llenaba al chico de regalos y abogaba en su favor. Tendría que aclarar esto de una vez por todas, lo había decidido durante su corta caminata esa mañana. Aparentemente, el asunto ya se había convertido en motivo de chisme entre las tropas, lo cual siempre era malo para la moral. Höss incluso lo había mencionado antes de irse, claro, no de manera directa, sino tomando *schnapps*, casi como una anécdota. «A estas alturas, Greta ya debe ser toda una experta en ajedrez…», dijo riendo. Pero Ackermann sabía precisamente a qué se refería Höss. Había decidido encargarse del asunto antes de que su jefe volviera. El «trato especial» debía convertirse en lo que siempre había sido: una purificación organizada del Reich, no una especie de favoritismo tonto y equivocado. Greta debía darse cuenta de ello. Claro, podría haberlo hecho de golpe: deshacerse de todo el bloque. Nadie habría sospechado nada. Pero, desde luego, las mujeres podían ser difíciles. Es por eso que el problema era tan complicado. Él sabía que Greta no era feliz aquí. Había pasado un mes desde que ella mostró algo de interés en él.

«Sí», refunfuñó en sus adentros, esto estaba resultando malo para la moral.

Su asistente, el teniente Fromm, entró y se acercó a su escritorio.

—Lamento molestarlo, señor, pero tengo un mensaje para usted. De Varsovia.

—¿Varsovia…? —Ackermann alzó la mirada.

—Sí, de un tal general Graebner que se encuentra ahí. De la *Abwehr*.

—¿*Abwehr*...? —Ackermann abrió los ojos. «Unidad de Inteligencia.» El campo recibía órdenes directamente de Berlín, de Reinhard Heydrich y el *Reichsführer* Himmler.

»¿Qué carajos podría querer la *Abwehr* aquí?

—Aparentemente —respondió su asistente—, un tal coronel Martin Franke llegará hoy. —Le entregó a Ackermann el telegrama—. Parece que tiene algunas preguntas, sobre un asunto de seguridad.

—¿Seguridad? ¿Aquí...? —El *Lagerkommandant* reprimió una carcajada—. Debe estar bromeando. Ni el coño de una monja está más seguro que este lugar.

—Aun así, el general ha solicitado que, en ausencia del *Kommandant* Höss, le mostráramos toda la cortesía posible.

—Conque cortesía, ¿eh? —dijo Ackermann con el ceño fruncido—. Que venga entonces. —Justo lo que necesitaba hoy, la *Abwehr* metiendo sus arrogantes narices en sus asuntos. Cuando él tenía cuotas que cumplir—. Pero yo no pienso enseñarle el lugar. Que Kimpner lo haga. —Kimpner era un contador a cargo de la logística del campo: cocina, enfermería, aprovisionamiento—. Yo tengo otros asuntos que atender hoy.

Había dos trenes. Veinte mil más para procesar. Además del asunto de su esposa.

Pero en cuanto a esto, tenía que encontrar la manera indicada. Su ánimo se estaba poniendo tenso. Tenía que demostrarle que lo que era malo para la moral, y para él, lo era para ella también.

Sí, esto había llegado demasiado lejos, pensó el *Lagerkommandant*.

Le devolvió el telegrama a Fromm.

—Avísame en cuanto llegue.

41

Blum acarreó las cubetas de excremento a través de los terrenos del campo hasta la zanja de desechos ubicada justo afuera de la cerca de alambre. Contuvo la respiración para soportar el terrible olor. Pasó junto a los guardias, rápido pero con cuidado, agachando la mirada, consciente de que podía convertirse en el objetivo de cualquiera de ellos al menor capricho. Luego vació el contenido de las cubetas en la zanja, las enjuagó y las llevó de vuelta al campo.

Incluso si la mayoría de los prisioneros estaban trabajando, siempre había unos cuantos en cada bloque, aquellos que estaban enfermos o simplemente descansando después de su turno de trabajo nocturno.

Y en cada bloque Blum sacó su fotografía de Mendl.

—Estoy buscando a mi tío —preguntaba—. ¿Lo han visto?

Y siempre recibía la misma respuesta desmoralizante.

—No. Lo siento.

—No está aquí.

Varios se encogían de hombros, indiferentes.

—Lo siento, es que hay tantos.

Comenzó a pensar que todo era en vano hasta que, finalmente, en el bloque 31 un hombre acostado en su catre tomó la fotografía y, después de unos cuantos segundos, asintió:

—Sí, lo conozco. Mendl. Es profesor, ¿cierto?

—Sí —respondió Blum, esperanzado.

—De Leópolis, me parece.

—Así es —confirmó Blum, extático.

Pero después el hombre sacudió la cabeza, resignado.

—Hace como un mes que no lo veo. Escuché que tuvo mucha fiebre. —Le devolvió a Blum la fotografía—. Lo siento, creo que está muerto.

—Muerto —repitió Blum, volviendo de golpe a la Tierra—. ¿Estás seguro?

—Sé que lo llevaron a la enfermería. Muy pocos regresan de ahí. Pregúntale al chico del ajedrez. Eran amigos. Él debería saber.

—¿El chico del ajedrez...?

—El campeón del campo. Juegan aquí cada dos semanas. Los verás, cerca de la enfermería. Lo siento, no hay más que pueda hacer.

«El chico del ajedrez. Juegan cada dos semanas...», repitió Blum. Su esperanza cayó hasta el suelo. Tenía dos días. Ahora menos. «Creo que está muerto.» Había arriesgado todo, para venir hasta acá, pensó mientras sacaba y levantaba el miserable balde de mierda de debajo del urinario, ¿todo por un cadáver?

Pensó en preguntar en la enfermería. Si había estado enfermo, alguien ahí debía saber algo de él. Pero eso también podría levantar sospechas. Este «chico del ajedrez...». No podía ser tan difícil de encontrar. Pero ya se había expuesto mostrando la fotografía a todo el que estuviese dispuesto a verla. Ahora si de la nada empezaba a preguntar por otra persona... definitivamente llamaría la atención.

Pero ¿qué otra opción tenía?

Arrastró sus nuevas cubetas hasta la entrada. Había guardias por todas partes. Era particularmente cuidadoso aquí para no hacer contacto visual ni derramar una sola gota. Sin embargo, estas cubetas eran muy pesadas y estaban llenas hasta el tope. Oyó la risa de un guardia al pasar junto a él. «Sólo sigue avanzando...»

—¡Alto! —le gritó alguien desde atrás.

Blum se quedó ahí parado, erguido.

—¿Adónde vas tan rápido con mercancía tan fina para vender? —le preguntó un guardia en tono burlón.

Blum cerró los ojos por un segundo y, al abrirlos, se estremeció al ver al mismo guardia que le habían señalado esa mañana mientras pasaban lista. Dormutter. «Es un lunático. Hagas lo que hagas, no lo provoques. Es mejor evitarlo.»

El guardia tenía una gorra color caqui de las ss inclinada sobre su rostro cuadrado, ojos hundidos y profundos, labios gruesos y un aire de superioridad en la mirada.

—Se ven pesadas —dijo, blandiendo una gruesa porra. Se colocó detrás de Blum.

—Están pesadas, señor —respondió Blum—. Pero está bien. —Dio un paso hacia adelante—. Si me permite, las llevaré a...

—Yo te diré cuándo puedes marcharte, judío —le espetó el guardia con un tono gélido en su voz.

—Sí, señor. —Blum se quedó congelado.

—¿Cómo te llamas?

—Mirek —respondió Blum. Su lengua se sentía tan seca y áspera como una lija.

—Sí, ¡en definitiva están excediendo de trabajo a este pobre hombre! —dijo Dormutter lo suficientemente fuerte para que los otros guardias que estaban cerca se burlaran y fingieran preocupación. Blum sintió un pequeño golpe de la porra desde atrás, en el brazo izquierdo. La cubeta se tambaleó hacia adelante. Blum la sostuvo lo mejor que pudo para evitar que se volcara el contenido.

—*Hmmph* —rezongó Dormutter atrás de él.

Entonces Blum sintió un segundo golpe, pero ahora en su brazo derecho. Y esta vez la cubeta, que estaba llena casi hasta el borde, también se tambaleó hacia adelante. Recordó las palabras de advertencia del *Blockschreiber* y usó cada gramo de fuerza que tenía para enderezarla. Pero era claro lo que el guardia trataba de hacer.

—No nos gusta cuando son descuidados y dejan que las cubetas se llenen hasta el tope. Porque entonces existe la posibilidad de que...

Blum sintió la porra golpeando su brazo izquierdo otra vez. Ahora con más fuerza. Las dos cubetas se tambalearon. Petrificado, Blum luchó para mantenerlas firmes. Las asas se clavaron en sus dedos. Las cubetas se volvieron más pesadas.

«Si una se derrama en los terrenos públicos, recibirás una bala en la cabeza», la advertencia hacía eco en la cabeza de Blum.

—Te darás cuenta, supongo, del riesgo sanitario si llegaras a derramar algo de mierda de judío en un espacio público. No sería lo ideal, ¿verdad?

—No, sargento. —Blum asintió. Empezaba a sentir que pronto los brazos le fallarían.

Esta vez sintió cómo el extremo de la pesada porra se enterraba en su espalda. Las cubetas se tambalearon hacia adelante. Blum hizo todo lo posible por evitar que se derramaran. Literalmente, les ordenó que no lo hicieran. De algún modo, obedecieron.

—Por riesgo sanitario, sólo para aclarar… —dijo el alemán, enterrando la porra en la espalda baja de Blum—, me refiero a que lo es para ustedes, judío. —Le enterró la porra nuevamente.

Las asas de las cubetas se clavaron más en los dedos de Blum. Sabía que no podría soportar un empujón más fuerte. El sudor escurría por su frente. Esperaba, en cualquier segundo, sentir el peso de la porra golpeando su cráneo como un bate a una pelota y caer, un peso muerto; las cubetas se derramarían y los guardias acabarían con él.

Blum sintió la porra empujándolo otra vez; las cubetas se sacudieron y él dio un paso. Los residuos se agitaron dentro de la cubeta y escurrieron por un lado, llenando a Blum de pánico.

No podía sostenerlas mucho más. Si era el caso, había decidido que no moriría como su familia, sin dar pelea. Seguramente un hombre similar, con el mismo odio en la mirada, los había asesinado a todos. Se daría vuelta y vaciaría el contenido de sus cubetas sobre el guardia, y lo que tuviese que pasar, que pasara. Las sostuvo con más fuerza y esperó la última provocación. El desperdicio acumulado estaba muy cerca del borde.

Este podía ser su fin.

—Sólo quería decirte —dijo el guardia de las ss con un resoplido— que el cuartel de los oficiales también necesita limpieza.

—El cuartel de los oficiales —murmuró Blum en respuesta, con la boca seca—. Sí, sargento.

—Y considérate afortunado —dijo Dormutter— de que tengamos un visitante importante hoy en el campo y de que acabo de lustrar mis botas. De otro modo... —El alemán hizo una especie de chasquido con la lengua—. Tal vez encuentre a otro judío para lamer la letrina del cuartel. Ahora vete.

—Sí, sargento —asintió Blum, retomando el paso.

—Y recuerda, el cuartel. Necesitarás un pase. —Se acercó de nuevo y metió un formulario blanco en su mano apretada.

—Gracias, señor. —Un soplo de alivio salió de las mejillas de Blum. Se apresuró a llevar las cubetas.

—Y, Mirek... Tienes bastante equilibrio para cargar cubetas —le dijo el hombre de las ss mientras que él avanzaba—. Deberías considerar la cuerda floja en tu próxima vida.

Se rio, así como los otros guardias que estaban lo suficientemente cerca para escuchar; después se dio vuelta y dejó que Blum se marchara.

Blum se apresuró a atravesar la reja, sus piernas apenas podían sostenerlo. Dejó las cubetas junto a la zanja de desperdicios y lanzó un suspiro de agradecimiento. Estrujó sus dedos y tiró los desechos.

Lo único que quería ahora era salir de este lugar. Era evidente que ya no había una misión que cumplir. Mendl probablemente estaba muerto. Ahora lo único que quedaba por hacer era tratar de salir. En verdad hubiese querido llevar con él al hombre que necesitaban. «No nos falles. No tienes idea de lo mucho que depende del éxito de tu misión.» Pero ¿qué podía hacer? Incluso si, de algún modo, Mendl seguía con vida, era claro que había tantos lugares donde podía estar y no había manera, ni tiempo, de revisarlos todos. Tres días. Era todo lo que le habían dado. «Una aguja en un pajar.» Desde el principio... «En cien pajares», se dijo Blum. La misión era imposible.

Se apresuró a entrar otra vez y reemplazó las cubetas del bloque 31. Aún tenía que limpiar dos barracas más, pero no quería que Dormutter lo encontrara antes de que hubiese cumplido con su tarea. Sabía dónde se ubicaba el cuartel de los oficiales. Había memorizado cada edificio del campo en el mapa trazado por Vrba y Wetzler. Parte de él decía: «Que se joda el bastardo nazi». Con el favor de Dios, Blum sólo estaría aquí un día más. Y si Dormutter llegara a buscar el nombre «Mirek», no daría con nadie. Había miles y miles aquí. El hombre de las SS nunca lo encontraría, así como él no había podido encontrar a Mendl. «Que algún otro judío lama su mierda.»

Aun así, lo hizo.

Fue porque, de otro modo, algún otro judío sería hostigado o incluso asesinado para hacer su trabajo. Y fue también porque había tenido suerte en la entrada, e ignorar la gracia que Dios le había otorgado lo haría indigno de ella.

El cuartel de los oficiales se encontraba pasando una reja cerca de la torre del reloj.

—Por allá —dijo el guardia que la vigilaba, después de inspeccionar su pase; señaló en una dirección sin siquiera dirigirle la mirada.

Era un edificio grande de ladrillo, con un techo puntiagudo de tejas. De un lado de la edificación, había unos cuantos vehículos estacionados, un camión de tropas vacío con una cruz de guerra en la puerta y la versión alemana de un jeep. Un guardia salió y pasó junto a Blum.

Blum le mostró su pase.

—¿Letrina...?

—Allá atrás.

Del otro lado del edificio había un portabicicletas, y frente a él, un hombre. Se trataba de otro prisionero, encorvado y raspando el barro de los neumáticos. Blum se disponía a ir a la parte trasera del edificio cuando su mirada se posó sobre este hombre.

A Blum se le detuvo el corazón.

Sin duda, el hombre era más viejo que la mayoría de los otros prisioneros. Su cabello era blanco, ya ni siquiera gris, y escaso, pero aún peinado hacia un lado. Era más delgado, los pómulos se le marcaban, una sombra del hombre que alguna vez fue. Apenas se parecía al de la foto que Blum llevaba consigo.

Pero cuando alzó la mirada, Blum logró ver la nariz grande y plana, así como la flácida línea de la barbilla que había grabado en su memoria. «¿Podría ser?» Y entonces sintió una ola de felicidad formarse dentro de él: el lunar negro en su mejilla izquierda. «Esa será tu confirmación», había dicho Strauss.

—Confirmación —repitió Blum contento.

Dio un paso hacia adelante.

—¿Profesor Mendl?

42

El hombre alzó la mirada.

Para Blum era como ver un espejismo en medio del desierto. ¿Acaso era cierto? ¿O lo veía porque él quería que fuese real? El anciano lucía tan demacrado y enfermizo que era increíble que no hubiese sido enviado a su destino final aún. También lo era que Blum pudiese reconocerlo.

—¿Lo conozco? —preguntó.

—¿Profesor Alfred Mendl? ¿Enseñaba física en la Universidad de Leópolis? ¿Daba clases de física electromagnética?

El anciano vio a Blum con los ojos entrecerrados, como si se tratase de algún estudiante que había tenido alguna vez.

—Sí.

La euforia surgió dentro de Blum. ¡Era él! Más delgado. El color se había ido de su rostro. Su mirada, de derrota. No era más que una sombra de lo que solía ser, físicamente hablando. Algo entre un fantasma y un hombre.

¡Pero era él!

—No se alarme, señor. —Blum dio un paso más—. Y por favor, no piense que estoy loco por lo que estoy a punto de decirle. —Dio un vistazo alrededor para asegurarse de que no hubiese otros guardias cerca—. Pero gracias a Dios que lo encontré. Lo he estado buscando por todas partes.

—¿Buscándome? ¿A mí...? —El profesor entornó los ojos, sin comprender.

—Sí —asintió Blum—. A usted. —Sacó la fotografía que ocultaba dentro de su uniforme.

Mendl se puso de pie y observó su propio rostro en la fotografía; sus ojos se agrandaron. Entonces, sin entender aún, se la devolvió.

—¿Por qué a mí?

—Profesor, puede que lo que estoy a punto de decirle le parezca una locura. —Blum miró al anciano a los ojos—. Pero no lo es, lo prometo, y puedo probar cada palabra. —Habló lo suficientemente bajo para que nadie pudiese escucharlo—. Me he infiltrado aquí, en el campo. Vengo de Washington, D. C. De Estados Unidos.

—¿Washington...? —El profesor entrecerró los ojos nuevamente con una mirada de incredulidad—. ¿Y dice que se infiltró aquí? En el campo. ¿Por qué alguien querría...?

—Por usted, profesor. Para sacarlo.

—¿Sacarme de aquí...? —Mendl resopló, como si estuviese seguro de que hablaba con un lunático—. Ahora sí está diciendo tonterías, quienquiera que sea. Sólo hay dos personas que han logrado salir de aquí. Y nadie sabe lo que fue de ellos.

—Wetzler y Vrba —respondió Blum. Mendl alzó las cejas—. Mire... —Blum se arremangó el uniforme y le mostró la muñeca—. Este es el número de Rudolf Vrba: A22327. Ellos lo lograron, profesor. Están en Inglaterra en este momento. Me ayudaron para que pudiera entrar.

Mendl tomó el brazo de Blum y observó el número, desconcertado. Luego lo miró otra vez.

—Entiendo cómo debe sonar todo esto, señor. Pero puedo probar cada palabra.

—En ese caso, ¿quién rayos es usted para haber logrado entrar aquí? ¿Una especie de comando? No lo parece. Pero habla polaco a la perfección. Sin embargo, ¿dice que de Washington? Puede que sea viejo, pero no soy tonto, joven.

—Mi nombre es Blum. Soy polaco. Hasta hace tres años vivía en Cracovia. Mi familia fue asesinada por los nazis, y escapé a Estados Unidos. Me enlisté en el ejército. Hace un mes me contactaron para que volviera aquí. Específicamente, a buscarlo a usted. Para sacarlo y llevarlo a Estados Unidos.

—A Estados Unidos… —Los ojos de Mendl se agrandaron. Después sonrió y sacudió la cabeza—. Mire a su alrededor, hijo. ¿No ve las dos hileras de alambre electrificado y todos los guardias? ¿Qué piensa hacer? ¿Pedir un taxi para que nos recoja en la entrada? ¿Cómo propone exactamente que salgamos?

—Hay una manera. Todo está planeado. ¿Siguen trabajando en las vías de tren afuera del campo, no es así?

—Día y noche. Desde aquí se pueden oler los hornos en Birkenau. Veinticuatro horas al día. Entre más trenes, más combustible para alimentar el fuego.

—Mañana en la noche nos ofreceremos como voluntarios para trabajar ahí —dijo Blum en voz baja—. Habrá un ataque. Dirigido por partisanos polacos.

—¿Partisanos? ¿Aquí?

—Sí. Ya se hicieron todos los arreglos necesarios. Tenemos un avión, el mismo que me dejó aquí hace dos días. Este lo llevará a Inglaterra y de ahí a Estados Unidos. Quienquiera que sea, señor, sólo puedo decirle que lo buscan desesperadamente.

—¿Quienquiera que sea…? —La mirada del profesor se tornó escéptica—. Si esto es algún tipo de truco, le aseguro que…

—Trataron de sacarlo antes con papeles de la embajada paraguaya. Un emisario de la embajada lo contactó en Berna. —Blum empezó a recitar todo lo que sabía de un tirón—. Llegó hasta la frontera suiza y de ahí a Róterdam para abordar un buque de carga. El *Prinz Eugen,* ¿no es así? Luego fue a dar a Francia, al centro de detención de Vittel…

La mirada de Mendl cambió lentamente de la incredulidad al asombro. Poco a poco empezó a asentir. Y luego sonrió. Ahora comprendía todo.

—Le aseguro que esto no se trata de un truco, señor. —Blum lo vio directamente a los ojos—. No quisieron decirme qué fue lo que hizo o por qué lo necesitan. Sólo me dijeron que era vital sacarlo. Es por eso que estoy aquí. Y también para darle esto...

Blum rasgó una costura en el interior de su uniforme y metió la mano. Sacó un pedazo de papel doblado y se lo entregó a Mendl. El anciano lo vio, aún con algo de sospecha al principio o, al menos, de inseguridad; luego lo desdobló, sin dejar de observar a Blum con cautela. Sacó sus lentes de armazón de alambre y se los puso.

Era una carta, con una imagen de la Casa Blanca en la parte superior.

Los ojos del profesor se agrandaron aún más.

«Profesor Mendl... —leyó suavemente en voz baja y en inglés—. Lo necesitamos en nuestro esfuerzo por ganar la guerra. Me anima decirle que estamos muy cerca en lo que, debido a cuestiones de seguridad, no puedo explicar aquí. Pero sé que usted sabe a qué me refiero. Le escribo para decirle que puede depositar su confianza en este hombre, Nathan Blum, y hasta su vida. Es mi emisario personal. La libertad y el destino de la guerra dependen de que usted venga aquí y comparta su investigación. Los brazos agradecidos de Estados Unidos lo necesitan y lo esperan para recibirlo. Que Dios lo acompañe, profesor, por el bien de la humanidad.»

—Por Dios —dijo Mendl, con la mandíbula floja.

La carta la firmaba Franklin Delano Roosevelt, presidente de Estados Unidos de América.

Mendl miró a Blum; todo el color se le había ido del rostro.

—¿Cómo pudo conseguir esto?

—Me la dieron. En Inglaterra, antes de marcharme.

—¿Los experimentos con agua pesada? —Mendl empezó a atar cabos—. ¿Los estadounidenses están cerca? Deben estarlo, si lo enviaron aquí a buscarme.

—He escuchado algo de esto, pero no lo sé. Sólo me pidieron que le entregara la carta. Y que lo llevara allá.

—Estos bastardos destruyeron todo mi trabajo. —Mendl sacudió la cabeza tristemente—. No sólo una, sino dos veces. Además, como podrá ver, no estoy en excelentes condiciones. Estoy demasiado viejo para jugar al agente secreto.

—Debe venir conmigo —insistió Blum—. He puesto en riesgo mi vida para sacarlo de aquí. Y eso es lo que haré. No sé qué es lo que sabe o por qué lo quieren precisamente a usted, por encima de todos los demás, pero muchas personas han arriesgado su vida para traerme hasta acá, para que pudiera entregarle esto, profesor. Así que tiene que hacerlo. Tiene que venir.

Mendl dejó escapar un suspiro y pasó la mano de manera irregular por su rostro.

—Es mejor que guardemos esto ahora. —Dobló la carta otra vez—. Si alguien la viera… —Revisó los alrededores, su mirada reflejaba desconcierto y un mal presentimiento. Aún impactado, guardó la carta en su cintura.

—Debo preguntar, señor —dijo Blum—, ¿su familia…?

Mendl sacudió la cabeza.

—Se han ido. Ocurrió poco después de llegar.

—Lo siento. Mi familia se ha ido también. En ese caso, no hay nada que lo retenga aquí. Yo puedo dar fe de la capacidad de los partisanos, son soldados muy dedicados. Cumplirán su misión sin dudar.

—¿Y nosotros qué haremos después? —El profesor sofocó una risa con escepticismo—. ¿Tirar nuestras palas y correr? ¿Hacia el bosque? ¿Y cree que los nazis simplemente voltearán hacia otro lado mientras huimos?

—No. No hacia el bosque. Hacia el río —dijo Blum—. Hacia la dirección contraria. Ahí nos estarán esperando.

—Esperando… —El profesor rio, descreído—. Me temo que ya ha pasado un tiempo desde mis días de atletismo, si es que no lo nota. Además, he estado enfermo.

—Habrá un caos alrededor. El ataque debería mantener a los guardias lo suficientemente ocupados. Yo lo llevaré hasta el lugar.

—¿Y cuándo ocurrirá todo esto?

—Mañana en la noche. A las cero treinta horas —respondió Blum—. Yo me iré, sin importar si usted viene conmigo o no. Aunque preferiría que fuésemos los dos.

—¿Y dice que habrá un avión?

—Aterrizará a unos veinte kilómetros de aquí. Los partisanos nos llevarán hasta él.

Mendl cerró los ojos por un segundo y asintió, como si estuviera absorto en sus pensamientos.

—Aquí es donde murieron mi Marte y mi Lucy. Una parte de mí siente que lo correcto sería que yo muriera aquí también.

—Lo que me parece correcto a mí es que sus muertes no sean en vano, profesor, que las honre haciendo esto, así como yo estoy honrando la muerte de mis seres queridos. Sólo estaré aquí un día más. Es todo el tiempo que tengo. No sé qué es lo que sabe, señor, pero parece ser que los Aliados lo necesitan urgentemente.

—Es que todo esto me parece tan increíble…

—Puede que así sea, señor. No obstante, debe venir.

Dos soldados salieron del cuartel, conversaban. Bajaron los escalones de madera y hablaron por un segundo. Después notaron la presencia de Blum y Mendl.

—*Was gibts hier?* —preguntó uno. «¿Qué sucede aquí?»

—Letrina, señor. —Blum les entregó su pase—. Sólo estaba preguntando…

—Entonces apresúrate a hacerlo —le respondió cortante—. Deja que el viejo haga su trabajo. La letrina está allá atrás. Muévete.
—Se alejaron, siguieron con su conversación y subieron a la semioruga ubicada al otro lado del edificio. El motor se encendió.

Blum miró a Mendl.

—Necesito su respuesta, señor. Debería irme. Es mejor que no llame la atención…

—Mi respuesta. —El profesor aún parecía estar en conflicto.

—Sí. Aún queda trabajo por hacer.

—Entonces ¡sí! Mi respuesta es sí, iré. —Mendl colocó su huesuda mano sobre el hombro de Blum y le dio un apretón—. Tiene razón, es demasiado tarde para Marte y Lucy, pero no para lo que sé. Iré con usted.

Blum apretó la mano del profesor en respuesta.

—Le doy mi palabra, señor, lo llevaré allá. O moriré en el intento.

—Sólo que hay una cosa más...

—¿Qué?

—No me iré solo. Hay alguien que debe acompañarme.

Blum sacudió la cabeza.

—Me temo que eso es imposible.

—Hay un chico. De hecho, ya no es un chico. Tiene diecisiete.

—De ninguna manera —insistió Blum—. Bastante difícil será protegerlo a usted como para que además tenga que cuidar a un chico... Esto no es un concurso de popularidad. Se trata de la guerra. El gobierno de Estados Unidos ha tomado medidas extremas para preparar este rescate.

—Me temo que no es una petición, *panie* Blum. Es una condición para que yo vaya. Y no se trata de un chico cualquiera... —Mendl dudó por un momento—. Es mi sobrino. No lo dejaré. —Su mirada estaba llena de determinación—. Sin él, no me iré.

—Sobrino... —Blum inhaló con un aire de preocupación. Con tres personas la situación se complicaría. Alguien más de quién responsabilizarse. El escape llamaría más la atención. ¿Y si hieren al chico? ¿Qué haría entonces? En ese caso, ¿el profesor se iría o se quedaría con él? Lo veía con claridad: Mendl no lo dejaría fácilmente.

—No dejaría atrás a alguien de su propia sangre, ¿o sí, *panie* Blum?

Blum sintió que se ablandaba. ¿Qué opción tenía? Además, la petición de Mendl le había llegado en lo más profundo.

—¿Este chico puede guardar un secreto?

—Me aseguraré de ello. —Mendl asintió—. Es un chico extraordinario. En muchos aspectos.

—No me importa lo extraordinario que sea, aun así no puede decir ni una palabra. Todo depende de ello.

—No lo hará —prometió Mendl—. Le doy mi palabra.

Blum se daba cuenta de que esto era un riesgo. No sabía lo que alguien como Strauss habría hecho ante una situación como esta. Pero ¿qué más podía hacer? Podía ver la determinación reflejada en los ojos del profesor. Sin este chico, Mendl no vendría. Y ese era el motivo por el cual estaba ahí.

—De acuerdo. Pero nadie más puede saberlo. Nadie.

—Ya lo verá, no será una carga. Le doy mi palabra.

—Eso espero. Nuestras vidas dependen de ello. Antes de irnos, quiero conocerlo. ¿En qué bloque están?

—Treinta y seis.

—Yo estoy en el veinte. También tendremos que arreglárnoslas para que nos asignen ese trabajo.

Mendl asintió.

—Yo sé cómo lograrlo. Hay un guardia llamado Richter que generalmente lo supervisa. Y un kapo que conozco. Siempre están buscando trabajadores. O sobornos. Si tan sólo tuviera dinero.

—Yo puedo ocuparme de eso. Entonces lo buscaré mañana. Tal vez deba hacerse el enfermo. —Blum estiró la mano—. Estaré cerca de su bloque.

Estrecharon sus manos.

—Sabe, desde el día en que nos fuimos de Leópolis —Mendl lo vio con tristeza—, Marte y yo soñábamos con llevar a nuestra hija a Estados Unidos. Claro, desde que pusimos un pie en el tren, los tres supimos que ese sueño estaba muerto. Así que tal vez sea mejor, de algún modo, que se hayan ido. Tal vez así debía ser. Si cualquiera de las dos estuviese apenas con vida, usted sabe que no podría dejarlas.

Blum asintió.

—Lo sé.

—Me pregunto si alguien, alguna vez, algún día, notará ese hecho, si acaso logramos llegar hasta allá —reflexionó el profesor—. O si, a final de cuentas, siquiera importa.

43

Al llegar al campo, se le indicó al Daimler de la *Abwehr* que pasara por la puerta principal, y le señalaron en qué dirección se encontraban las oficinas administrativas.

Martin Franke salió del auto.

Un comandante que portaba el uniforme de las SS, apuesto y con facciones fuertes y oscuras, bajó por los escalones para recibirlo.

—Herr coronel... —El oficial le dio a Franke un rápido *Heil*—. Soy el *Lagerkommandant* Ackermann. Estoy a cargo del campo mientras el *Kommandant* Höss está de viaje.

—Comandante. —Franke levantó la palma. Se dieron la mano.

—Ha venido desde muy lejos esta mañana tan ocupada para una visita. Lamento mucho que el comandante no pueda estar aquí personalmente para recibirlo.

—Lamento haber llegado con tan poca antelación. Espero no estar interrumpiendo su trabajo. Pero tengo un asunto de importancia que me parece tiene que ver con su campo.

—Si la *Abwehr* siente que es un asunto de gran urgencia... —Ackermann sonrió, su sarcasmo se notaba—, entonces no hay ningún trabajo demasiado importante para no interrumpirlo. Adelante, ha sido un viaje largo desde Varsovia. Lo discutiremos con un *kaffee* adentro.

Entraron a las oficinas administrativas. El teniente Fromm llegó con dos tazas de café y se sentaron alrededor de una pequeña mesa de conferencias frente a un mapa del campo.

—Lamento que el comandante no esté aquí. Desafortunadamente, se vio obligado a quedarse un día más en Berlín, en reuniones con el *Obersturmbannführer* Eichmann y el *Reichsführer* Himmler.

—Sí, eso escuché —respondió Franke, percatándose del tono de superioridad en la voz del hombre de las ss. Aunque técnicamente él tenía un rango superior, la batalla política que existía entre la *Abwehr* y su cadena de mando, a través del almirante Canaris y Göring, y las ss, que le respondían al mismo Himmler, todos compitiendo a la vez por ser la mano derecha del *Führer*, no era ningún secreto. Este tal Ackermann, juzgó Franke, sin duda se ocultaría detrás de dicha protección. Él estaba decidido a probarle que se equivocaba.

—Así que, por favor, si no le importa… —dijo Ackermann mirando su reloj—. No quiero ser grosero, pero tengo muchas cosas que hacer.

—En ese caso, iré al grano. Tengo motivos para creer que alguien puede haberse infiltrado en su campo, comandante.

—¿Infiltrado en el campo?

—Alguien saltó de un avión cerca de aquí. Tal vez se trate de una especie de agente, enviado quizá para preparar la llegada de los Aliados. O posiblemente por alguna otra razón… —Franke dejó su café sobre la mesa.

—¿Alguna otra razón…? —Ackermann se recostó en el respaldo y cruzó las piernas con escepticismo.

—Tal vez para localizar a alguien, comandante. Alguien adentro.

—Nadie puede entrar tan fácil sin ser detectado. —El comandante del campo observaba a Franke con ojos entrecerrados y duda en la mirada—. ¿Y para qué…? Ha visto a los judíos acorralados en Varsovia. Debe tener una idea de lo que sucede aquí. Sólo el tonto más grande del mundo trataría de entrar a sabiendas.

—Entonces, quizá sea para sacar a alguien. —Franke se quedó viendo fijamente los ojos hundidos del comandante.

—Estoy seguro de que se percató de la seguridad al entrar. Hay una fila doble de alambre electrificado. Guardias con perros la vigilan día y noche. Todos tienen un número y se pasa lista a diario. Cada vehículo que entra y sale se revisa cuidadosamente.

—Sí, comandante. —Franke abrió su portafolio y sacó el documento que había preparado—. Sí me percaté de la seguridad que hay aquí. Pero no estoy seguro de si está al tanto de que hace dos días se escuchó un avión que volaba bajo, cerca de Wilczkowice, aproximadamente a veinte kilómetros del campo, y se vio a un paracaidista descender de él, probablemente para ser recibido por la resistencia polaca. —Colocó sobre la mesa el informe del granjero local que lo había visto. Ackermann lo leyó con detenimiento.

Aparentemente, no estaba al tanto.

—Usted está ocupado, *Herr Lagerkommandant*. Este es el tipo de trabajo monótono del cual nos encargamos en el cuerpo de inteligencia. Por cierto —Franke sacó la siguiente hoja—, ¿por casualidad hay trufas en los bosques que rodean al campo, comandante?

—¿Trufas? Las trufas provienen del norte de Italia. Y de Francia —respondió el hombre de las ss.

—Eso pensé —dijo Franke—. Pero tienen madera de abedul, ¿cierto?

—¿Abedul? Sí, la madera no escasea aquí. —El comandante del campo lo observó con curiosidad mientras Franke le pasaba los telegramas interceptados que hablaban del «cazador de trufas» y de «los bosques de abedules». Los leyó y los dejó sobre la mesa—. Pero, desde luego, esto no prueba nada. Esta persona, incluso si se trata de lo que usted dice, podría estar en cualquier lugar de la región.

—¿Hay algún otro objetivo de importancia estratégica en esta área?

—Hay un campo de prisioneros de guerra como parte de todo el complejo de edificios. Y las instalaciones de IG Farben que están construyendo.

—Para las cuales ustedes proporcionan la mano de obra, me imagino —dijo Franke.

Ackermann hojeó el informe de nuevo y lo dejó sobre la mesa.

—Bueno, si en verdad él está aquí, como usted sugiere, no hay manera de salir. Hay más de trescientos mil prisioneros en este lugar —dijo el *Lagerkommandant*—. En todos los campos.

—Sí, y quiero que todos ellos sean contados —dijo Franke—. Hoy mismo.

—¿Usted quiere, coronel? —Ackermann alzó la mirada, como si estuviese a punto de refutar.

—Sí. Por orden del general Graebner en Varsovia y el almirante Canaris en Berlín. —Franke sacó un documento oficial—. Y el *Reichsmarschall* Göring…

Ackermann tomó el papel y leyó, con creciente furia, el oficio firmado por un general de la *Abwehr*.

«*Lagerkommandant* Ackermann, le informo que debido a la sospecha que existe en relación con un asunto de seguridad, he hablado con mis superiores en Berlín y ellos han ordenado que…»

Leyó todo el memorándum sin ocultar su desdén y después lo dejó sobre la mesa. Canaris, el líder de la *Abwehr,* era un hombre debilitado pero aún fuerte, y se sabía que competía con el *Reichsführer* Himmler, de las ss, por la atención del *Führer*.

—*Herr Lagerkommandant,* no queremos que una investigación sobre algo que podría dañar potencialmente nuestros esfuerzos por ganar la guerra se vea entorpecida por, cómo decirlo, una especie de riña política, mientras usted pasa el día tratando de confirmar con sus propios superiores algo que quizá ellos ya aprobaron para empezar. Y si yo estuviese en lo correcto, estoy seguro de que no querría que un fallo así hubiese ocurrido mientras el comandante está en Berlín.

El rostro de Ackermann se endureció. Se quedó viendo la orden y la deslizó hacia el otro lado de la mesa, aunque Franke se dio cuenta de que hubiese preferido tomarla, romperla en su rostro y tirar los pedazos al suelo. Entonces, de la nada, el comandante adoptó un aire pensativo.

—¿Dijo que esto fue hace dos días…?

—Sí. En la mañana del 23.

—Ayer dejamos entrar a treinta y un trabajadores al campo para que ayudaran con la construcción. Y, al salir, sólo se contaron a treinta.

Los ojos de Franke se agrandaron.

—¿Y no le dio seguimiento a eso?

—Los guardias asumieron que se trataba de un error en la cuenta. Ocurre de vez en cuando. Y no hubo un solo prisionero que no fuese contado. Además, ¿qué clase de tonto querría quedarse voluntariamente en este pedazo de infierno, coronel?

—Tal vez un tonto muy osado y bien entrenado, comandante. Me gustaría ver a la persona que organizó el grupo de trabajo.

—Eso tomará algo de tiempo, desde luego. —Había mucho trabajo que hacer, cuotas que cumplir. Llegarían dos trenes ese día. Agobiarse por perseguir una locura como esa costaría mucha mano de obra. Estropearía todo. ¿Y con qué fin? Había trescientos mil prisioneros detrás de la cerca de alambre—. Me temo que tendré que discutir esto con el *Kommandant* Höss, Herr coronel…

—Le repito, Herr comandante, estoy seguro de que no querría que una falla en la seguridad de esta magnitud hubiese ocurrido mientras el *Kommandant* está fuera del campo y usted insiste en librar un inconveniente por encima de quien está propiamente autorizado, ¿cierto…?

Franke entendía que las ss tenían muy poco respeto por la *Abwehr* en general. Probablemente, Ackermann se consideraba un hombre de acción que se ensuciaba las manos para llevar a cabo los deseos del *Führer*, sin importar los horrores que estos implicaran, seguro relacionados con el repugnante olor que notó al llegar. Por su parte, Ackermann sin duda veía a Franke como un oficinista entusiasta que sólo se ensuciaba las manos revisando informes.

Sin embargo, Franke también sabía que el comandante subalterno se daba cuenta de que estaba entre la espada y la pared.

—¡Fromm! —El *Lagerkommandant* llamó a su asistente. Entró el mismo teniente que les había servido el café.

—Sí, comandante. ¿Está listo para el capitán Kimpner?

—No. Quiero que me traiga la chaqueta que encontraron esta mañana. En el armario de equipo.

—Sí, comandante. —El teniente se veía confundido—. Haré que la traigan de inmediato.

Franke observó al comandante subalterno.

—¿Encontraron una chaqueta?

—Justo esta mañana. Pudo pertenecer a cualquiera, coronel. Tal vez lleva ahí desde hace tres días, semanas incluso…

—¡Hay alguien aquí, comandante! —Franke golpeó su dedo contra la mesa y sus ojos se iluminaron con fervor—. Puede estar seguro de ello. Arriesgó su vida para entrar aquí. Y ahora vamos a averiguar por qué.

44

Antes de la comida de esa tarde, Alfred fue hasta el bloque cuarenta y encontró a Leo observando un tablero de ajedrez improvisado sobre su catre.

—Ve a la parte trasera. Tengo algo importante que mostrarte, hijo.

—Estoy revisando unas cosas —dijo el chico. El viejo parecía estar muy emocionado.

—Sólo ven. Rápido. Ahora.

—Hacía tiempo que no te veía con tanta energía —comentó Leo mientras se dirigían a la parte trasera del bloque, donde dejaban a los enfermos—. ¿Qué pasa?

—Tus plegarias han sido escuchadas —dijo Alfred con una gran sonrisa—. Lo que estoy a punto de decirte debe quedar sólo entre los dos. No debes decírselo a nadie, ni a un amigo ni a ninguno de tus compañeros. Y definitivamente no a tu nueva compañera de ajedrez. ¿Me das tu palabra?

—¿Mi palabra? Claro. —Leo vio el destello en los ojos de Alfred—. Cuéntame, ¿qué sucede?

Alfred apretó su brazo.

—Hay alguien aquí que viene a sacarnos.

—¿Aquí...?

—Así es. En el campo.

—Y cuando dices «sacarnos», ¿supongo que te refieres a...?

—Sacarnos del campo. Tiene un modo de escapar.

Leo esbozó una sonrisa y llevó una mano a la mejilla de Alfred, como si estuviese revisándole la temperatura.

—¿Te ha vuelto a atacar el tifus, viejo? Porque esta vez en verdad pareces estar delirando.

La mirada de Alfred se posó firmemente sobre Leo.

—¿Acaso me veo enfermo, Leo?

—Sinceramente, por primera vez en muchas semanas, no. —Leo sacudió la cabeza.

—Entonces mira, tengo algo que mostrarte. —Otro prisionero pasó a su lado y fue a la letrina—. Ven aquí, y no hables alto.

—Vaya que estás tomando muchas precauciones. Se trata de algún tipo de broma, ¿cierto?

Se dirigieron a otra esquina del área de los enfermos, donde, al menos por el momento, pudieron estar a solas.

—Escúchame, Leo, alguien se ha infiltrado en el campo desde afuera. No sólo desde afuera... Vino desde Washington, D. C. En Estados Unidos. ¡Por mí! Sé que suena como una locura, y antes de que pienses en llevarme a la enfermería otra vez... —Alfred sacó la carta doblada que guardaba en sus pantalones—. Me dio esto. Léela.

Antes de que Leo tomara la hoja de papel, Alfred la apretó entre sus manos.

—Primero, necesito que me des tu palabra una vez más. Esto debe quedar sólo entre nosotros dos.

—Ya te dije que sí, Alfred. Lo juro.

—Por tu familia.

—Sí, por mi familia —juró Leo—. Por lo que queda de ella, al menos.

—Bien, toma entonces... —Alfred abrió las manos.

Leo desdobló la carta lentamente, lanzándole una mirada recelosa a su amigo, cuya mente parecía haberse perdido definitivamente esta vez. No sabía leer en inglés, sólo conocía algunas palabras que había aprendido viendo películas en el cine de Chaplin y del Viejo Oeste antes de la guerra. Sin embargo, su atención se dirigió al nombre de Alfred en la parte superior de la carta: «Profesor Mendl». Y sobre el nombre, sus ojos, totalmente impactados, se percataron del remitente. Leyó las palabras: «Estados Unidos de América» y vio la imagen de la Casa Blanca, la de Washington, D. C. El lugar donde vivía el presidente.

Leo miró a Alfred, con la garganta seca.

—¿Cómo conseguiste esto...?

—Sigue leyendo, chico. Y mira, ¡mira quién la firma! —dijo Alfred, señalando con su dedo.

Leo le echó un vistazo a la breve carta y su mirada se detuvo en la firma en negrita con letras impresas debajo de ella.

«Franklin D. Roosevelt.»

«Presidente de Estados Unidos de América.»

La respiración se hizo más fuerte en su pecho.

—¿Esto es un engaño? Si es así, Alfred, te doy crédito, aunque no estoy seguro de por qué querrías...

—No es un engaño, chico. Han venido a sacarme. Tienen un plan. Y creo que podría funcionar. —Los ojos de Alfred reflejaban tal decisión y lucidez que Leo supo que sin duda no se trataba de una broma—. Pero hay una condición.

—¿Una condición?

—Sí —dijo Alfred mientras ponía una mano en el hombro de Leo—. Necesito que vengas conmigo.

—¿Yo?

—Sí, tú, hijo —asintió Alfred—. Tú lo sabes todo. Cada fórmula, cada progresión de todo lo que hecho en relación con el proceso de difusión. Por eso te lo he estado enseñando todo este tiempo. Dios no quiera, si algo sale mal para mí... —Tomó a Leo de los hombros; sus ojos rebosaban de vida, con un propósito renovado. Miró a Leo profundamente—. Necesito que seas mi cerebro.

45

Alentado por la esperanza, Blum terminó su trabajo del día y regresó a su barraca. ¡Lo había encontrado! La fatiga y la miseria de sus compañeros de bloque se veía a su alrededor; sin embargo, por dentro él sentía que flotaba con grandeza y orgullo.

Tenía a su hombre.

Su aguja en medio de cien pajares. Ahora lo único que tenían que hacer era llevar a cabo su escape al día siguiente, que de todos modos no sería una labor sencilla. Quedaba sumamente claro que el profesor no estaba en condiciones de esquivar balas. Había tenido suerte de que lo dejaran seguir trabajando, para empezar. Ahí es donde entraba la parte del soborno. Y ahora tenía que cargar con este chico, el sobrino de Mendl, alguien más a quien Blum tendría que cuidar. Eso también le añadía riesgo a la misión. Pero sin duda era la única forma de que el profesor lo acompañara. «No dejaría atrás a alguien de su propia sangre, ¿o sí...?» Así tenía que hacerse, sin importar cuál fuese el resultado.

«Mañana...» Blum trató de bloquear los gemidos de los otros prisioneros de la barraca. Su único trabajo era sobrevivir el día; pero, con suerte, para mañana en la noche ya se habría marchado. Repasó en su mente cómo se desenvolvería el plan. Tenían que ubicarse en el lado que quedaba más cerca del río. A las cero treinta horas los disparos estallarían en el bosque. Presuntamente, los guardias responderían al fuego. En medio del caos, se alejarían de la lucha y se dirigirían al río Sola. Un destacamento se encontraría ahí con ellos. Si todo salía bien, dentro de poco más de veinticuatro horas sabría si había logrado el milagro más grande de la guerra, o si sólo se habría convertido en otro número olvidado entre los miles y miles que había aquí, cuyos destinos nunca se conocerían.

Lo único que tenía que hacer era sobrevivir hasta el día siguiente.

—¿Entonces? ¿Lo encontraste? —le preguntó alguien a Blum desde abajo. Era el hombre de la gorra de *tweed*—. ¿A tu tío?

—No —respondió Blum. Ya había sido descuidado antes; no quería levantar más sospechas—. Todos tenían razón. Debe estar muerto.

—Bueno, al menos tuviste el recorrido de primera clase del lugar en tu nuevo trabajo —bromeó el hombre amigablemente—. No te preocupes, muchos de nosotros hemos tenido el mismo placer. ¿Qué hacías antes de la guerra?

—Éramos sombrereros —respondió Blum—. Mi padre tenía una tienda con una pequeña fábrica arriba de ella.

—Ah, ¿conque sombreros…? —El hombre se quitó su propia gorra arrugada y la inspeccionó—. Tal vez, si logramos salir de este agujero, necesitaré una nueva.

—Si logramos salir de este agujero, quizá nunca deberías volver a quitártela. —Blum le siguió la corriente—. Ya que, sin duda, debe ser de la suerte. En fin, si alguna vez vas a Giżycko, no dudes en pasar. Te prometo una nueva a buen precio.

—Quizá de fieltro esta vez —dijo el hombre con anhelo—. Con un borde resistente y bonito.

—Sí, con piel de castor —dijo Blum—. Es la mejor, por mucho. —Pensó en su padre, a quien le encantaba llevarlo a recorrer la fábrica que tenía sobre su tienda. Los trabajadores, casi todos hombres, daban forma a los sombreros y los encintaban frente a las máquinas—. Aplastada y encogida adecuadamente. Se le llama pulido. Es…

De pronto se escucharon gritos y un fuerte golpeteo por todas partes. Los guardias habían entrado en las barracas y golpeaban los muros y los pilares de las camas con sus bastones.

—¿Qué está pasando? —murmuraba la gente con preocupación—. ¿Puedes ver algo? —Cualquier intromisión inesperada llenaba a todos de terror.

—Están de suerte —anunció Müller, el *Blockführer*, mientras caminaba entre las literas—. La Cruz Roja viene mañana y queremos que luzcan lo mejor posible para ellos. Hora de bañarse y limpiarse. Dejen todas sus pertenencias, volverán pronto. ¡Vamos, levántense! Todos se sentirán cien por ciento mejor en una hora.

La incertidumbre los invadió, combinada con miedo. ¿La Cruz Roja? Nunca habían venido antes. En una ocasión, tal vez, al campo de los niños. Muchos de ellos llevaban años en el campo. ¿Les estaban mintiendo? ¿Les había llegado la hora?

—Saben lo que eso significa. Van a matarnos —gritó alguien—. Igual que a los de la treinta y cuatro la semana pasada. ¡Todos se han ido!

—No, qué tontería. —Müller trató de calmar las cosas—. ¿De dónde sacaron esa idea? Es sólo un baño. Estarán tan vivos como yo. Y sin duda olerán mucho mejor. Y sin piojos. No suena tan mal, ¿verdad? Y sus amigos de la treinta y cuatro sólo fueron transferidos a otro campo de trabajo. Así que, vamos. ¡Arriba! ¡Arriba todo el mundo! Es por la inspección de la Cruz Roja. ¡Fórmense todos! Saben que pueden confiar en mí.

Uno por uno, los prisioneros consideraron sus opciones y salieron lentamente de sus catres. La ansiedad se esparció entre los presentes. ¿Se trataba acaso de algún engaño? ¿Les estaban diciendo la verdad? ¿Era esta la temida «selección» que todos habían presenciado antes? Los guardias pasaban entre las filas golpeando los pilares de las camas, comportándose de pronto más como cuidadores preocupados que como los despiadados asesinos que todos sabían que eran.

—Vamos, vamos. No se alarmen. No hay nada de qué preocuparse. ¡Vamos!

El hombre de gorra con quien Blum había estado hablando, la volteó un poco sobre la cabeza y murmuró filosóficamente:

—Tal vez ese sombrero tendrá que esperar después de todo.

La preocupación recorría todo el cuerpo de Blum. Sabía precisamente lo que estaba pensando y a dónde los estaban llevando. Había visto los informes de Vrba y Wetzler. «Pero qué mal momento...» Justo cuando acababa de encontrar a Mendl. Un día más y se habrían marchado. Saltó de su litera. En medio de la ansiedad y la conmoción, trató de encontrar una manera de salir. Tal vez por la letrina: había ventanas ahí. Entonces vio que su kapo, Zinchenko, estaba junto a la letrina y, con el mismo tono calmado de Müller, apaciguaba a todos, diciéndoles que no había nada de qué preocuparse.

—Tonterías, esto no es una «selección». Los veré a todos allá. Probablemente estarán aquí de vuelta antes de que yo regrese —dijo mientras empujaba hacia el frente a aquellos que habían salido de sus literas, pero seguían dudando qué creer—. Dejen todas sus pertenencias. Volverán en una hora.

Su tono falsamente solícito era una clara señal de lo que les esperaba.

La mente de Blum recorría todas las opciones posibles mientras todos se formaban como les había indicado. ¿Acaso estaban tan devastados que con el paso del tiempo, al llegarles la hora, era más fácil someterse que oponer resistencia? ¿O era porque entendían que resistirse era inútil de cualquier modo y que sólo estarían retrasando lo inevitable?

—¡Fórmense! ¡Fórmense! —Los guardias los empujaron a todos hacia adelante. Un hombre se quedó en su catre y se hizo un ovillo debajo de su manta en un intento desesperado por permanecer oculto. Al verlo, uno de los guardias simplemente le dio un leve golpe en la pierna y levantó la manta con su bastón.

—Nunca había visto a alguien asustarse así por un simple baño. Vamos, nada de rezagados. Tú también.

—¡No, no! —gritó el prisionero—. No quiero un baño. Quiero quedarme aquí. —Se aferró al pilar de la cama con todas sus fuerzas.

—¡Levántate ahora, Holecek! —Zinchenko se acercó y sacó al hombre de la cama.

—Por favor... por favor —suplicó, sujetando los brazos del kapo.

—¡Vamos, camina! —El kapo lo empujó para que se formara.

El hombre de la gorra de *tweed* se limitó a doblar su manta cuidadosamente y la colocó al pie de su cama.

«Lo saben.» Blum estaba seguro de ello. Tenían que saberlo. No era ningún secreto. Y aun así, todos avanzaban hacia su destino como ovejas.

—Deberíamos pelear —dijo alguien mientras se formaba.

—¿Con qué? —preguntó otro—. ¿Con los puños? Ellos tienen porras. Y armas. Además, existe la posibilidad de que esta vez estén en lo cierto. Las probabilidades son mejores que tratar de oponer resistencia.

—Sí, mi amigo Rudi tomó una ducha el otro día y regresó intacto —confirmó otro—. Deberíamos ir y ya.

—¡Todos, mantengan la fila y salgan! —gritó el *Blockführer* Müller.

Blum se dio cuenta de que no tenía otra opción más que formarse también. En la puerta, un oficial estaba revisando sus números. Había guardias por todas partes; esta noche habían sacado a todo el equipo a jugar. No tenía caso tratar de huir. Además, ¿huir a dónde? No había a dónde ir. Los guardias observaban todos sus movimientos. Poco a poco, Blum llegó hasta el frente de la fila. Se levantó la manga.

—Mirek. A22327.

—A22327. Un veterano, ¿eh? —El oficial lo miró a los ojos y tomó nota—. Adelante. Disfruta tu baño.

Afuera se apiñaron expectantes hasta que todo el bloque se vació. Los guardias recorrieron la barraca para asegurarse. Blum miró a su alrededor. Había varios soldados con casco observándolos, con sus metralletas listas. Intentar correr significaría quedar abatido en un instante. Los soldados los observaban con miradas impasibles en sus jóvenes rostros, con los dedos en el gatillo de sus armas.

Si acaso había alguna duda antes de que este no era un simple baño para limpiarse para la visita de la Cruz Roja, ahora quedaba completamente claro.

Algunos empezaron a gimotear.

—¡Vamos, todos en fila, hacia la puerta principal! —les ordenó el oficial que había estado revisando sus números.

Se dirigían al lugar de donde provenía ese espantoso olor. Con el corazón latiendo a toda velocidad, Blum echó un vistazo a las miradas de piedra de los guardias que lo rodeaban. Sabía que su vida dependía de tomar la decisión correcta y acercarse al guardia indicado. Metió la mano en el interior de la costura en su cintura.

Empezaron a marchar.

—Finalmente vamos a *Himmelstrasse* —susurró alguien. «El camino al cielo.»

Algunos empezaron a murmurar sus oraciones, el *Shemá*, y otros incluso comenzaron a llorar. Otros más simplemente veían alrededor en busca de algún rostro familiar, repitiéndose una y otra vez que no podía ser cierto. No podía estar ocurriendo ahora.

—¿Por qué nosotros? Aún quedan muchos más.

—Nuestra hora llegó, eso es todo. Di tus oraciones, Walter. Todos sabíamos que era sólo cuestión de tiempo.

—¿Por qué debemos morir? Todavía podemos trabajar.

Mientras Blum se formaba, se hizo el juramento de no caer sin haber dado pelea, como lo hicieron sus padres, formados contra una pared. Quizá fueron llevados ahí con mentiras también: tal vez les dijeron que sólo estaban buscando a alguien en el interior. Luego los masacraron. Su padre, obediente hasta en sus últimos momentos, probablemente tranquilizando a su madre y a Leisa para que no se inquietaran, les dijo que en cuestión de minutos estarían arriba tomando té. Blum caminaba con dificultad, su mirada recorría los alrededores. Tenía que haber algún modo de escapar.

Siempre lo había. Como en Cracovia, un túnel, un tejado. Siempre había algo. Si sabías dónde buscar.

Luego lo recordó.

Al avanzar, observaba detenidamente el rostro de los guardias, uno a uno. ¿Quién? Uno de ellos tenía que ser el indicado.

El que le perdonaría la vida.

Debajo de su camisa, rompió una de las costuras en su cinturón y tocó el diamante que estaba incrustado ahí. Su corazón latía con fuerza.

Era grande, como una concha pulida en su mano. Diez quilates. Blum lo miró por un segundo, sólo para asegurarse.

Valía una condenada fortuna.

«Es mejor que el efectivo», había dicho Strauss. «En caso de que te topes con algún problema.»

Más valía que esto funcionase, porque era su única oportunidad.

Y esto, pensó Blum mientras el pánico empezaba a extenderse por su pecho, definitivamente calificaba como un problema.

46

Blum apretó la piedra con fuerza en su puño y siguió avanzando.

—¡No bajen la velocidad! ¡Sigan caminando! —Los guardias los empujaron; la gente murmuraba y lloraba.

Entendiendo que su vida dependía de la próxima decisión que tomara, Blum revisó la hilera de guardias de lado a lado. Estaban parados a unos diez pasos el uno del otro, y obligaban a los de la fila a avanzar con sus porras y ametralladoras.

—¡Vamos, avancen! Estarán más felices una vez que estén limpios.

Blum no reconocía a la mayoría de los rostros que veía; llevaba solamente un día en el campo. Alcanzó a ver del lado izquierdo de la fila a Dormutter, el que lo había atormentado ese mismo día con las cubetas de desperdicio. «Eso sería un suicidio», sabía Blum. Vio a otro que estaba en la entrada principal cuando pasó por ahí con las cubetas de desechos para llevarlas a la zanja. Y Müller, el *Blockführer*. ¿Qué le habían dicho a Blum esa mañana? «Sólo cumple con su trabajo. Nada más, nada menos.»

«No, él no.»

Se le acababa el tiempo.

«Entonces ¿quién?» Revisó los rostros impasibles. Una elección equivocada y le dispararían ahí mismo y de inmediato.

Avanzaron lentamente en dos filas, cada una de ellas de casi cincuenta metros de largo. Rostow, cuyo trabajo había tomado esa mañana, iba formado delante de Blum. Ya no celebraba. Dos lugares atrás de él se encontraba el hombre gentil que le había explicado la «situación». Incluso el *Blockschreiber*, quien había sobrevivido tanto tiempo aquí, iba con la cabeza agachada, dos lugares adelante.

Nada ni nadie podía salvarlos ahora.

Al llegar a la entrada principal, se mezclaron con una fila de mujeres que venía de su campo.

Sus cabezas estaban afeitadas y sus rostros atormentados revelaban el mismo miedo e incertidumbre.

—¿Por qué nosotras…? —les suplicaban algunas a los hombres, sollozando—. No queremos morir.

—¿No pueden ayudarnos? —imploraba otra.

—Ni siquiera podemos ayudarnos a nosotros mismos —les respondió un hombre—. ¿Qué podríamos hacer por ustedes?

—Sólo sean fuertes —les dijo el hombre de la gorra de *tweed*, que se encontraba un poco delante de Blum—. ¿Qué más podemos hacer?

Todos oraban o lloraban, pero no dejaban de avanzar, lentamente.

Blum veía los ojos de cada uno de los guardias. «¿Quién?»

Ya no estaban muy lejos del edificio de ladrillo con las chimeneas circulares. Fue entonces cuando, delante de él, Blum alcanzó a ver el cabello rojizo y los labios gruesos del *Oberscharführer* Fuerst, con una Luger en el costado.

«Fuerst.»

El mismo que le habían señalado esa mañana, el que podría estar «dispuesto a negociar».

Tenía que ser él.

De pronto, una mujer que tenía una bufanda envuelta alrededor de la cabeza rasurada salió de la fila y gritó fuerte:

—¡No iré!

Se separó de los demás y, sacudiendo la cabeza de manera desafiante y aparentemente en dirección al campo de las mujeres, empezó a avanzar a paso ligero.

—¡Vuelve a la fila! —gritó un guardia mientras corría hacia ella.

—No, voy a regresar —dijo ella, ignorando sus órdenes.

—¡Regresa! ¡Ahora! —le exigió el guardia mientras alzaba su ametralladora.

—¡Regresa! ¡Regresa! —le gritaban desde ambas filas—. Te van a…

Entonces fue como si todos tuviesen la misma epifanía. En realidad, ¿qué importancia tenía? En cuestión de minutos todos sufrirían el mismo destino. Sólo que el suyo sería más rápido. La fila se detuvo y todos guardaron silencio, sin quitarle la mirada de encima.

—¡Alto! —gritó el guardia, con el rostro enrojecido. La mujer siguió avanzando, ignorándolo, aparentemente—. ¡Ahora!

Hubo una ráfaga de disparos. La mujer cayó hacia adelante y aparecieron manchas rojas en su vestido andrajoso de trapo. Siguió luchando, arrastrándose, jadeando para respirar, hundiendo los dedos en la tierra.

—¡Sigue! —le gritaba la gente en la fila—. Sigue. —Pero el guardia se puso de pie detrás de ella y la ametralladora disparó otra vez. Hubo un momento de silencio y la mujer quedó inmóvil en el suelo.

—¡Ahora avancen! ¡Vamos! ¡Ni siquiera miren! —Müller hizo señas de que los demás siguieran avanzando.

Las filas se acercaban cada vez más rápido a la entrada del crematorio. Pronto sería demasiado tarde.

Blum se abrió paso entre la multitud hasta el lugar donde se encontraba Fuerst. El *Oberscharführer* no lucía como un hombre que estuviese dispuesto a negociar. Su gorra de las ss estaba ladeada y estaba firmemente parado con una actitud impasible, sin siquiera parpadear, incitando a todos a que avanzaran con el movimiento de su arma. En ese momento Blum sabía que, si se equivocaba en su elección, todo habría terminado para él, así como le había pasado a la mujer. Pero en cuestión de minutos todos estarían dentro del edificio de techo plano, con la puerta cerrada detrás de ellos, y estarían muertos de cualquier modo. No había otra opción.

Ahora estaba del lado de la fila donde se hallaba Fuerst, a unos cuantos metros de él. Apretó el diamante en la mano. Esta sería su única oportunidad. Rezó para que detrás de esos ojos penetrantes e imperturbables se escondiese la chispa de un mercenario. Otro paso; todos se acercaron más.

Tenía que ser ahora.

Con el corazón acelerado, Blum salió de la fila y se lanzó en dirección al sorprendido alemán.

—¡Oye tú! ¡Vuelve a la fila! —Fuerst dio un paso atrás y alzó su Luger, con los ojos llenos de ira.

—¡No dispare! ¡No dispare! Por favor… —le suplicó Blum en alemán. Luego susurró—: Tengo algo valioso si me saca de esta fila. Es un diamante. Diez quilates… —Casi lo tocó con sus dedos—. Lo tengo conmigo. Es suyo. Sólo sáqueme de esta fila. —Sus miradas se encontraron por un momento—. ¿Qué dice?

Al principio, Blum estaba seguro de que el alemán se encontraba a punto de oprimir el gatillo y ponerle fin a su vida justo ahí. Sin importar la clase de «negocio» que estuviese atravesando la mente calculadora del guardia en ese momento, simplemente había demasiada gente alrededor para arriesgarse.

Blum estaba seguro de que este era su fin.

Entonces el guardia lo tomó y gritó, con el ceño fruncido de desagrado:

—¿Cómo me llamaste, basura? Quítame tus sucias manos de encima. Ven aquí… —Sacó a Blum de la fila—. Y tú también, perra… —Tomó a una mujer—. ¿Qué fue lo que dijiste? ¡De rodillas, los dos! —Los empujó a ambos hasta la esquina de un edificio largo y plano—. ¡Las regaderas son demasiado buenas para ustedes dos!

Al dar la vuelta en la esquina y perderse de vista, Fuerst amartilló su Luger, arrojó a Blum contra la pared y puso el arma bajo su mandíbula. La mujer empezó a gimotear; estaba segura de que su fin era inminente. Blum sintió el frío acero contra su garganta y empezó a despedirse de este mundo también.

Entonces el guardia dijo entre dientes y en voz baja:

—Más vale que no estés mintiendo o te atravesaré el cerebro de un balazo. Déjame verlo, ¡rápido! ¡Si tardas un segundo más estarán trapeando lo que quede de ti en el suelo!

Blum sabía que existía la posibilidad de que Fuerst simplemente tomara la piedra y le disparara de cualquier modo. Pero todas sus otras opciones tendrían el mismo resultado, así que ¿qué otra opción tenía?

—Tome. —Abrió la mano y le mostró el diamante al alemán. Fuerst lo contempló y su mirada se iluminó. Satisfecho, le arrebató la gema a Blum y la metió en un bolsillo de su uniforme.

Luego le dio vuelta a Blum y le puso la Luger en la parte de atrás de la cabeza.

—Por favor... —Blum se quedó ahí parado, viendo la pared, con el corazón golpeando sus costillas—. Se lo di. Como lo pidió. —Cerró los ojos y esperó a que la oscuridad se apoderara de él—. Hicimos un trato.

—Te has comprado algo de tiempo, judío —espetó el alemán—. Pero eso es todo, tiempo. Ahora lárgate de aquí. —Empujó a Blum contra la pared—. Si fuera tú, me dirigiría al primer bloque que encontrara, antes de que cambie de opinión.

—Gracias. —La sangre de Blum empezó a fluir otra vez y asintió—. Lo haré. —Luego miró a la chica. No tenía más de dieciocho años, pensó. Bonita. Totalmente pálida por el miedo. Ambos sabían lo que Fuerst estaba a punto de hacer. Blum lo miró—. Ella también.

—¿Ella? Puede darse por muerta de cualquier modo —renegó el alemán—. No desperdicies tu lástima. Será más rápido para ella de cualquier modo.

Aterrada, la chica, que no hablaba alemán, pero claramente entendía lo que estaban diciendo, estiró los brazos y se aferró a la pierna de Blum.

—Por favor, no me dejes. ¡No me dejes! —exclamó en polaco.

Tenía el efectivo. Podía negociar su vida también. Toda vida es igualmente valiosa, decía el *Midrash*. Pero necesitaría el dinero para sobornar a los guardias mañana en la noche. Sin él, no habría forma de sacar a Mendl, y era por eso que estaba ahí. Incluso estaba al tanto de que sólo tenía unos segundos para escapar antes de que alguien se diera cuenta de lo que pasaba.

—Lo siento —dijo Blum, bajando la mirada para verla.

—¡No, no te vayas! Por favor… —Desesperada, se abalanzó sobre él; sus ojos grandes estaban llenos de terror.

—Más vale que te largues ahora —dijo el alemán—. O los dos se mueren.

Blum se soltó y empezó a correr, abrazado a las sombras del largo y oscuro edificio, no sin antes echar un último vistazo atrás.

Escuchó un disparo. Las súplicas y el llanto de la mujer se apagaron. Luego oyó un segundo disparo.

El que Fuerst había dado fingiendo que era para él.

—Asquerosos judíos de mierda —gritó el guardia, lo suficiente para que lo escucharan hasta el final de la fila; luego se limpió las manos en el uniforme.

Blum corrió en la oscuridad y dio vuelta al llegar al otro extremo del edificio. El bloque doce estaba justamente del otro lado del patio. «Si fuera tú», le había advertido Fuerst, «entraría al primer bloque que encontrara».

Blum corrió por el patio y abrió la puerta. Adentro, la gente estaba apiñada en la única ventana.

—¿Quién eres tú? ¿Qué está pasando?

—Necesito una cama —dijo Blum. Casi se le salía el corazón del pecho—. Estaba en la veinte. Nos estaban llevando a las cámaras de gas. Pude sobornar al guardia… —Se asomó por la ventana y vio cómo, al final de la fila, sus compañeros de bloque desaparecían al pasar por la entrada principal.

—Puedes dormir ahí —le dijo alguien, señalando un espacio vacío.

Blum asintió, dejando escapar un profundo suspiro de sus mejillas.

—Gracias.

—Veinte... —murmuró alguien—. Levy estaba en la veinte, ¿cierto? Siempre usaba una gorra de *tweed*.

—Sí —asintió Blum—. Así es.

—Qué mal. Era un buen hombre. Duró mucho tiempo.

Blum se subió a la litera, empapado en una capa de sudor frío; una parte de él resistía el impulso de vomitar, la otra el de llorar al saber lo afortunado que era de seguir con vida.

—Deja de temblar —le dijo la persona que estaba junto a él.

—Lo siento. No puedo.

La joven que acababan de asesinar frente a sus ojos pasó por su mente. La escuchó suplicar, con su último aliento, para que la salvara; vio su hermoso y joven rostro. «Será más rápido para ella.» Básicamente, había comprado su vida con la de ella, aunque, la verdad, habría estado muerta en cuestión de minutos de cualquier modo. Strauss tenía razón: le esperaban cosas mucho peores que un gato muerto.

Se recostó sobre su espalda, con los ojos bien abiertos, sin lograr que su corazón se calmara. Sentía una mezcla de alegría y vergüenza.

Vergüenza por haber comprado su vida con la de otra persona. Una persona que ahora estaba muerta.

Alegría porque, al hacerlo, se había asegurado de que la misión continuara.

47

Jueves, temprano por la mañana
Base Aérea de Newmarket, Inglaterra

Aunque era ya más de medianoche, Peter Strauss no lograba conciliar el sueño. Al igual que las dos noches anteriores, en las que sólo había dormido una o dos horas.

En su lugar, escribía cartas a su esposa e hijos y se recostaba en su litera; un sentimiento de expectación recorría todo su cuerpo. Lo reconfortaba el zumbido del escuadrón de los Wellington que volvía, temprano en la mañana, como todos los días, de sus recorridos nocturnos por Alemania. Contaba los aviones uno por uno mientras estos pasaban: treinta de ellos esta noche. Se elevaban hacia el cielo en intervalos de veinte segundos y desaparecían en la noche, golpeando la costa de Bretaña y la «inexpugnable» patria alemana hasta convertirla en escombros y polvo. Después, horas más tarde y aún despierto, los contaba a su regreso. En esos momentos imaginaba, como si se tratase de una apuesta privada consigo mismo, que el último en llegar traía a Blum y Mendl de regreso, como oraba que lo hiciese el avión Mosquito que se marcharía mañana en la noche para recogerlos. Strauss era un hombre riguroso, pero estas dos últimas noches se había entregado a esta clase de juegos.

¿Qué más le quedaba sino volverse loco él solo? Cada hora avanzaba como una eternidad. Durante ellas, imaginaba detalles que podrían haber olvidado, cosas que podrían haber salido mal. Cada noche se encontraba frente a un océano de tiempo, a través del cual tenía que navegar hasta que llegara la luz, y cada día pretendía seguir con su trabajo, aunque su mente no podía albergar otro pensamiento más que ese. Pero ¿en qué más había consistido su trabajo durante el último año sino en planear esta única misión? Sabía el horario de Blum dentro del campo. ¿Qué estaría haciendo en este momento? ¿Despertando? ¿Comiendo? ¿Abriéndose camino para integrarse a un grupo de trabajo? ¿Tendría acceso a los otros en el campo? «Era uno en un millón.» ¿Habría funcionado el número de Vrba? ¿Podría ser que Blum hubiese sido asesinado por el mero capricho de un guardia y que ellos nunca lo sabrían?

¿En realidad Mendl seguía con vida?

Su contacto, Katja, se había comunicado por radio para informar que Blum había aterrizado exitosamente y, un día después, para avisar que había entrado al campo. Hasta ese punto todo parecía marchar de acuerdo con el plan. Pero no podían planear ni contemplarlo todo. Ahora todo dependía de Blum. Strauss no podía hacer nada más, sólo esperar. Y seguir con sus juegos mentales.

Y orar.

Sí, incluso había orado. Por primera vez en años. Había leído por encima en el *Sanedrín* que Blum le había mostrado que cualquiera que salvase una vida era como si lo hiciera con el mundo entero. Su padre, el cantor de sinagoga, hubiera estado orgulloso de él. ¿Cómo habría llamado a Blum? «Un verdadero *Kiddush Hashem*», habría dicho él. Un hombre que actuaba honorablemente. Digno de su admiración.

Strauss sonrió. Era verdad. Tanto como cualquier hombre que conociera.

Pero la frase tenía otro significado, uno mucho más trágico. Se refería a aquellos que habían muerto como mártires por su fe. Ellos también eran *Kiddush Hashem*. Y eso hacía que Strauss reflexionara. ¿Qué tal si todos aquellos que habían dudado estaban en lo correcto? ¿Qué tal si Blum no lograba regresar? ¿Qué tal si lo había enviado a una misión suicida? ¿Podría Strauss vivir con algo así? ¿Repitiéndose que había enviado a un hombre a una muerte segura para cumplir con una labor tan poco probable? ¿Llegaría el día en que tuviese que ver a su hijo a los ojos y decirle: «Nunca he matado a un hombre con mis propias manos, pero envié a uno, a un buen hombre, a cumplir una misión imposible y jamás volvimos a saber de él»?

Sin embargo, desde el momento en que Blum se dio vuelta en la puerta de la oficina de Donovan, en esa primera junta, y les preguntó cómo planeaban sacarlo, Strauss supo que había elegido al hombre indicado.

Afuera, Strauss escuchó el zumbido lejano del primer bombardero que volvía esa noche. Cero dos treinta horas. Se levantó de la cama y salió. Hacia el occidente vio las primeras luces del Wellington que se acercaba, con sus alas estables, descendiendo sin contratiempos y, finalmente, tocando la pista para después despejarla mientras otro aparecía, muy cerca de él.

Y luego otro.

Al marcharse había contado treinta aviones, uno por uno; sintió cómo su ánimo se levantaba al verlos regresar sanos y salvos. Pronto fueron ocho, luego diez, quince, veinte. Seguían llegando.

Después veintiocho, veintinueve...

Observó el cielo y esperó.

Uno más.

Las ambulancias y los equipos de mantenimiento corrieron hasta los que acababan de aterrizar. Dos o tres aviadores que habían recibido impactos fueron cargados en camillas. Los pilotos salieron de sus cabinas de mando de un salto.

«Vamos», se dijo; sus ojos recorrían el cielo iluminado por la luna. «¿Dónde estás? Tienes que lograrlo.»

En su mente, este era el avión en el que viajaban Blum y Mendl.

Uno más.

Finalmente, escuchó un zumbido. Volteó hacia el occidente. Vio la luz de un ala que parecía tambalearse de arriba abajo en la oscuridad de la noche.

La última de las grandes y viejas fortalezas voladoras regresaba a duras penas a casa. Le habían dado. Descendió más y más; le salía humo negro del motor izquierdo. «Vamos, bastardo, tienes que lograrlo.» Mientras observaba, Strauss contuvo la respiración y apretó los puños.

«Tienes que lograrlo.»

Al fin, el bombardero tocó tierra. Strauss dejó escapar un respiro de alivio. Un buen presagio. Todos habían vuelto sanos y salvos. No sabía a quién se había estado dirigiendo cuando repetía «tienes que lograrlo», a Blum o al avión.

Mañana estaría corriendo hacia Blum y Mendl y abrazándolos mientras bajaban del fuselaje.

Un *Kiddush Hashem*.

Sin importar lo que ocurriera, Strauss sabía que había elegido al hombre indicado.

48

Jueves

Con la primera luz del día, el kapo entró al bloque en el que Blum había pasado la noche y empezó a golpear los tablones del suelo.

—Todos afuera. Pase de lista. ¡Sin tardar! ¡Afuera, ahora! ¡Paso veloz!

Todos saltaron de sus literas y se apresuraron a salir, corriendo para orinar o cagar rápidamente, y frotándose los ojos para acabar de despertar. Todos los *Blockführers* estaban afuera.

—Todos fórmense por bloques —les ordenaron. Les indicaron que formaran filas de cuatro en el patio principal. Miles de prisioneros daban vueltas. Todo el campo. Nadie sabía lo que sucedía.

Blum tenía un mal presentimiento. ¿Qué diablos estaba pasando?

—Algo debe estar ocurriendo —dijo el prisionero que se encontraba junto a Blum mientras se formaban—. Rara vez se les ve de este modo.

Un escalofrío de inquietud recorrió la columna de Blum. Ya había engañado a la muerte una vez. Había encontrado a Mendl. Lo único que tenía que hacer era ocultarse entre los demás números para sobrevivir hasta la noche, y entonces lograrían salir de ese lugar. Pero mientras se formaban, y al ver a la gran variedad de guardias empujando a todos, gritando «*Schnell! Schnell!*», revisando las barracas después de vaciarlas, le quedaba claro que debía haber alguna razón detrás de esta clase de atención. No estaban alimentando a nadie ni preparándolos para incorporarse a sus grupos de trabajo. En vez de eso, estaban contando los bloques. Cada hombre. Uno por uno.

Si se daban el lujo de retrasar el trabajo, sin duda algo pasaba. Era casi como si supiesen algo.

Todos los prisioneros se quedaron ahí parados, treinta, cuarenta minutos, hasta que todo el campo terminó de formarse en el área principal. Entonces, un hombre uniformado de facciones oscuras y botas se colocó frente a ellos; claramente, estaba a cargo.

El comandante del campo, sospechaba Blum.

—¿Qué diablos hace Ackermann aquí? —preguntó en voz alta el hombre que se encontraba junto a él. El hombre era de baja estatura, con cejas tupidas y orejas grandes; hablaba checo, del cual Blum tenía una noción superficial—. ¿Y quién es el que viene con él? Tenemos un visitante o algo así.

—No lo sé. —Blum estiró el cuello para ver.

Un coronel de aspecto importante, con el uniforme gris abotonado hasta el cuello, alas de águila imperial en el pecho, caminaba junto al comandante.

—Inteligencia. —La palabra se extendió por la fila como un fuego arrasador. Viajó de un bloque a otro—. De Varsovia. Uno de los peces gordos.

—¿Inteligencia…? —preguntó el vecino de Blum—. ¿Qué diablos hace un coronel de inteligencia aquí? Estará buscando algo…

El corazón de Blum empezó a acelerarse. Cualquier cambio en la rutina normal era motivo de preocupación, pero esta formación, todo el campo, algún pez gordo de la *Abwehr*… Justo hoy, de todos los días. Revisando bloque por bloque, deteniéndose frente a cada hombre, el *Rapportführer* registrando nombres: cada prisionero de cada barraca, tanto por nombre como por su número.

Esto no era un simple espectáculo. Claramente, estaban buscando a alguien.

Blum se levantó ligeramente la manga y observó el número que tenía marcado en la muñeca: A22327. El número de Vrba, pero una vez que lo comparasen con la persona a la que verdaderamente le pertenecía, se acabaría el juego. Podrían rastrearlo hasta el bloque en el que Blum se encontraba ahora. Y la identidad falsa que le habían creado, Mirek de Giżycko, no correspondía con ningún prisionero del campo. Escuchó cómo gritaban los nombres y los números, estirando el cuello; había perdido de vista a los dos oficiales que iban caminando de fila en fila.

—Berger. A33546.

—Pecsher. T11345.

—Transferido de Theresienstadt —murmuró el checo—. Como yo.

El corazón de Blum empezó a palpitar con preocupación. Strauss le había advertido que este era un riesgo tan grande como cualquiera de los otros a los que se enfrentaría adentro. No había manera de proporcionarle un número y un nombre válidos. Los números que aparecían en los documentos que Vrba y Wetzler habían sacado de contrabando pertenecían a personas que ya estaban muertas.

Se acercaba su turno de pasar lista.

Lo que Blum necesitaba era un nombre. Un nombre que correspondiese con alguien de aquí y le consiguiese algo de tiempo.

Les tomaba alrededor de quince minutos revisar cada bloque; el comandante del campo y su distinguido visitante serpenteaban entre las filas mientras iban diciendo los números. Pasó el tiempo, cuarenta minutos, una hora. Luego dos. Todos estaban alertas y balanceándose sobre los talones. Iban en el bloque nueve, sólo faltaban tres para el suyo. Blum miró alrededor con recelo.

Ocasionalmente, alguien desfallecía en su lugar debido al agotamiento.

De pronto, el hombre que estaba junto a él se inclinó y le preguntó en voz baja:

—¿Tú eres el que llegó anoche, no es así?

El corazón de Blum se detuvo en seco. Siguió viendo hacia adelante y no respondió.

—¿De la veinte? ¿Eres el que compró su vida?

Blum dudó otra vez; seguía observando nerviosamente mientras su turno se aproximaba cada vez más.

—Abramowitz. A447745.

—Aschkov. T31450.

—No te preocupes, no tienes por qué temerme —murmuró el hombre en voz baja.

Blum miró su muñeca nuevamente. Esto lo delataría. El nombre Mirek no correspondería. «Al diablo, de todos modos, lo iban a descubrir.» Blum miró al checo y asintió.

—Sí.

¿Acababa de firmar su propia sentencia de muerte?

—Bueno, les llevas ventaja a los demás —dijo el hombre—. Mira por allá, el espacio de la veinte está vacío esta mañana. —Blum estiró el cuello para ver. En efecto, toda la gente que conocía, con quienes se había quedado las dos noches anteriores, habían desaparecido. Su espacio estaba vacío—. Debes haber entregado algo muy valioso para que tacharan tu nombre de esta lista, ¿verdad?

Blum vislumbró al coronel de inteligencia mientras este caminaba con largos pasos, los brazos detrás de la espalda, la mirada enfocada y los ojos entrecerrados cada vez que se detenía frente a cada hombre de la fila. Escuchaba el nombre y el número.

—Weisz.

—Ferber.

El *Rapportführer* los iba tachando en su lista, uno por uno. Observaba impasiblemente el rostro de cada uno de los prisioneros, como si estuviese buscando a alguien, a un hombre, entre los miles que había ahí, un hombre al cual reconocería tan pronto su mirada se posara sobre él.

«Él.»

Entre más se acercaban, más se aceleraba el pulso de Blum con temor.

—Krausz. A487193 —respondió un prisionero. Ya estaban en el bloque diez. Faltaban dos más.

—Hochberg. T14657 —dijo un prisionero que había sido transferido de otro campo.

Era como si lo supieran, como si supieran que estaba ahí, ocultándose en alguna parte. Lo estaban acorralando. «Pero ¿cómo...?»

Se acercaba. El corazón de Blum palpitaba fuerte. Sólo un bloque más.

—Halberstram. A606134.

—Laska. B257991.

El *Rapportführer* y los dos oficiales avanzaron. «Doce», leyó el secretario.

El bloque de Blum.

—¡Doce! ¿Y qué hay del once? —le dijo Blum al hombre que estaba a su lado.

—No hay once. —El hombre lo miró con curiosidad.

—¿No hay once? —Blum dejó escapar un respiro de nerviosismo. «Mirek será entonces. ¿Qué otra opción hay?» Su turno estaba a unos cuantos prisioneros de distancia.

El coronel de inteligencia se detuvo frente a cada hombre. Ahora Blum alcanzaba a verlo, si se inclinaba un poco hacia adelante. Debajo de su gorra, había empezado a perder cabello. Tenía los ojos de un hombre paciente y metódico, ojos que se detenían en cada rostro. Un hombre imposible de disuadir. No se rendiría ante nada.

—Primera fila... —El *Rapportführer* se colocó frente a alguien.

—Aschensky. A432191 —dijo el hombre.

—Kurtzman. —El hombre dijo su número y mostró la muñeca.

Una gota de sudor escurrió por el cuello de Blum. Revisó su número otra vez y se preparó para mostrarlo. Se percató de que el hombre que estaba junto a él lo miraba.

¿Será un espía? Blum había respondido cada pregunta que le hizo. ¿Acaso lo expondría en el momento en que se pararan frente a él?

—Gersh. A293447 —dijo un prisionero en voz alta.

—Bodner. T141234 —dijo el siguiente de la fila.

Por un instante, Blum contempló la posibilidad de dejarse caer como les había ocurrido a algunos de los demás. Tal vez lo llevarían a la enfermería. Lo único que tenía que hacer era sobrevivir el día.

—Necesitas un nombre, ¿verdad? —le susurró el hombre que estaba junto a él mientras se inclinaba para hablarle.

Blum no respondió. ¿Cómo había leído su mente esta persona? Y su miedo. Había espías e informantes por todas partes. Exponer a un impostor como él valdría una fortuna. Alguien que había negociado para escapar de la muerte la noche anterior. Pero ahora esa noche parecía haber quedado una eternidad atrás. En este momento todo dependía de sobrevivir este pase de lista.

—Fila cuatro. —El *Rapportführer* llegó hasta el frente de la fila de Blum.

—Livshitz. A366711 —respondió el primero de la fila.

—Hirsh. 414311 —dijo otro.

Ahora Blum sentía el corazón en la garganta. Faltaban unos diez para llegar a él.

«¿Qué hacer?»

—Sí —le respondió finalmente a su vecino, asintiendo con una mirada de desesperación, o más bien de súplica.

—Fisher —susurró el hombre.

—¿Fisher...?

—Úsalo. Estarás a salvo. Todos aquí me conocen. Tienes mi palabra.

El comandante y el oficial de inteligencia estaban ya a unos cuantos prisioneros de distancia. De pronto, cada célula del cuerpo de Blum parecía estar programada para estallar como un horno sobrecalentado.

—Liebman. A401123.

—Halpern. T27891.

Ambos estiraron los brazos.

El *Rapportführer* se detuvo frente a un hombre que se encontraba a dos lugares de Blum. La mirada del comandante era firme y penetrante; luego siguieron avanzando. El coronel iba un paso detrás. Observaba a cada hombre como un cazador que puede identificar a su presa con tan sólo verla.

—Koblic —respondió la persona que estaba junto a él—. A317785.

—¿Siete, ocho, cinco…? —El *Rapportführer* se detuvo a observar la muñeca del hombre antes de anotar el número.

—Sí.

Luego se paró frente a Blum.

El corazón de Blum se detuvo, como si el más mínimo latido pudiese delatarlo.

—Fisher —dijo; su boca estaba tan seca como arena—. A22327. —Levantó su manga.

—¿Fisher…? —repitió el secretario mientras revisaba la lista.

El comandante y el coronel de inteligencia dieron un paso y se detuvieron justo delante de él. Blum estaba seguro de que el nombre era falso y que se había delatado. Claro, eso si su propio rostro, que estaba totalmente pálido, y el rastro de sudor que recorría su cuello no lo habían hecho ya. Evitó la mirada del coronel; sentía su calor sobre él, tan intenso como la luz enfocada en una sala de interrogatorios de la policía. En su lugar, miró al secretario y tragó saliva.

—Sí.

Las miradas fijas del coronel y el comandante no estuvieron sobre él más de uno o dos segundos. Sin embargo, para él fue como si hubiese sido una hora. Una hora en la que hizo todo lo humanamente posible por conservar la compostura. Era como si pudieran ver a través de él, hasta el núcleo de su ser. Parte de él esperaba que sacaran sus armas y le ordenaran que se arrodillara justo ahí.

—Siguiente —dijo el *Rapportführer*, y avanzó para colocarse frente al hombre de baja estatura que estaba junto a Blum.

—Shetman. —El hombre mostró su antebrazo—. T376145.

El comandante y el coronel de inteligencia siguieron adelante.

Cada célula en el cuerpo de Blum, tan enroscadas y apretadas como alambres hacía un instante, se relajó y dejó escapar un suspiro.

Los dos oficiales siguieron recorriendo la fila. El sonido de sus voces se fue alejando.

Blum se quedó ahí parado, rígido como estatua, hasta que estuvieron más lejos.

Luego escuchó al *Rapportführer* anunciar:

—Bloque trece.

Blum exhaló. Miró al hombre que estaba junto a él; el sudor había humedecido sus costados.

—¿Cómo supiste?

El hombre de baja estatura sonrió y, con un ademán, señaló el brazo de Blum.

—Número viejo, tinta nueva.

Blum lo miró.

—Cuando uno ha estado aquí bastante tiempo, es la clase de cosas que empiezas a notar. Yo solía ser policía en Žilina. Tienes suerte de que no se hayan dado cuenta.

Blum asintió.

—Además, cualquiera que lleve aquí más de una semana sabe acerca del bloque once. El once es donde la gente desaparece. Nadie regresa. Es un lugar que te convendría evitar.

—Gracias. «Once.» Esta era la segunda vez que se salvaba.

—Como ya escuchaste, mi nombre es Shetman —dijo el hombre—. Lo que sea que estés ocultando está a salvo conmigo. Aunque sólo Dios sabe qué diablos estás haciendo en este agujero.

Había sobrevivido el pase de lista. Al menos hasta que compararan los nombres con los números y se dieran cuenta de la discrepancia. Pero hasta entonces… lo único que tenía que hacer era sobrevivir el resto del día. Luego empezaría la parte peligrosa…

—Y ¿quién es Fisher? —Blum se acercó a Shetman para preguntarle.

El hombre se encogió de hombros.

—Murió anoche. Carajo, somos tantos que siempre les toma uno o dos días actualizar el papeleo. Pero se darán cuenta, tenlo por seguro. Lo rastrearán hasta el bloque. Así que no te dará mucho tiempo.

Blum siguió al coronel y al comandante con la mirada mientras estos avanzaban hasta el siguiente bloque. Habían descubierto su presencia de algún modo. Estaba seguro. Sólo que no sabía cómo. Tal vez uno de los partisanos locales lo había delatado. Quizá el propio Josef. Eso significaría que su plan de escape también estaba en riesgo. No habría forma de salir.

«No», se dijo. Josef no lo entregaría. Él mismo había visto la determinación del hombre.

Aun así, el coronel estaba ahí por alguna razón…

—Avísame si necesitas algo más —dijo Shetman—. A veces tengo mis contactos aquí.

—Gracias. Así lo haré. —Blum se inclinó y apretó su mano.

Diez horas más. El recuento de bloques había tomado tres. Diez horas más en las que debía seguir oculto entre los múltiples números del campo y no cruzarse en el camino del coronel de la *Abwehr*. Entonces, Mendl y él estarán fuera de ahí.

49

Una vez que terminaron de pasar lista, todos volvieron a sus respectivos bloques para la comida matutina y para integrarse a sus equipos de trabajo. Blum se abrió paso entre la multitud hasta el lugar donde veía reunido al bloque treinta y seis. Alcanzó a ver a Mendl entre la muchedumbre, dirigiéndose lentamente hacia su barraca. Iba acompañado de un joven, que parecía tener alrededor de dieciséis años; Blum supuso que se trataba del sobrino del cual le había hablado ayer.

—¿Sigue estando listo para más tarde, profesor? —preguntó Blum mientras se acercaba a él.

Mendl se dio vuelta; la expresión en su rostro revelaba su sorpresa, pero, claramente, estaba entusiasmado de ver a Blum.

—Qué alegría que esté bien —dijo mientras lo abrazaba—. Todos escuchamos lo que pasó con la veinte. Estaba seguro de haberlo perdido. ¿Cómo logró escapar?

—Tuve suerte —dijo Blum—. Encontré un guardia cuya ambición era más grande que su sentido del deber.

—¿Quién?

—El *Oberscharführer* Fuerst.

—Una buena elección. Sobornar al verdugo camino a la horca… —Mendl sonrió—. Lo felicito.

—Digamos que estas últimas tres horas mientras pasaban lista tampoco han sido un paseo por el parque para mí —respondió Blum.

—Sí, definitivamente pasa algo. Típico de los alemanes. Contar, contar, contar. En fin, los dos estamos aliviados de ver que está bien.

—¿Este es el chico del que me habló?

—Sí. Leo. —El profesor colocó la mano sobre el hombro del joven—. Leo, este es el hombre del que te estaba contando. Así que ahora ves que no estoy loco. Y ya podrás darte una idea de lo capaz que es.

—Soy Blum. —Blum estiró la mano para saludar al chico. Apenas se veía en edad de rasurarse—. ¿El profesor le explicó las condiciones para venir con nosotros?

—No tendrán que preocuparse por mí —respondió el chico.

—Creo que descubrirá que Leo también es bastante capaz en un aspecto que resulta muy útil. Aquí… —Mendl tocó la frente del joven—. Pero me temo que algo está pasando. No habían pasado lista a todo el campo en varias semanas. Y justo hoy. ¿Se percató del sofisticado oficial de inteligencia…?

—Sí, lo noté. Lo observé mientras me veía directamente a los ojos. Creía que me iba a cagar. Pero después de esa noche, ya no será nuestro problema. Seguimos adelante con el plan. Diecinueve treinta horas.

—La formación para el turno nocturno es en la entrada, cerca de la torre del reloj —dijo Mendl—. Cerca de donde nos vimos ayer. Hay un grupo de trabajo para la fábrica de IG Farben. Otro para las vías del tren en Birkenau, que prácticamente ya están terminadas. La gente casi siempre abandona el grupo por enfermedad o incluso muerte. Y siempre hay alguien dispuesto a reemplazarlos por la comida adicional. Es ahí donde un poco de dinero puede llevarnos hasta el frente de la lista.

—¿Cuánto necesitamos? —preguntó Blum.

Leo se encogió de hombros.

—Estoy bastante seguro de que veinte marcos por cabeza deberían bastar. Cuatro o cinco libras esterlinas nos ayudarían incluso más.

—Se lo dije, una mente muy ágil —comentó el profesor—. Y bastante famoso aquí. Ya es el campeón de ajedrez del campo. Le dije que no nos retrasaría.

—Ah, el chico del ajedrez —comentó Blum—. Sí, he escuchado de usted…

—Y sólo llevas dos días en el campo. Lo ves, Leo, tu reputación te precede. Y en un día más, si todo sale bien, ¡serás una leyenda aquí!

—Pase lo que pase —Blum bajó la voz y le dio la espalda a un grupo de prisioneros que pasaba junto a ellos—, debemos esperar a que los partisanos ataquen y luego debe quedarse conmigo —le indicó al chico—. Mi misión es sacar al profesor a cualquier costo. Y eso es lo que pienso hacer. Si no está conmigo, si lo hieren o si no lo logra, no podremos ayudarlo.

—Entiendo —asintió Leo.

—Y eso va para usted también —le dijo Blum al profesor—. Si lo hieren, tiene que dejarlo. —Blum lo miró a los ojos—. Lo entiende, ¿verdad, profesor? Es una condición para que sigamos adelante.

—Admito que no será fácil —reconoció Mendl.

—Bueno, esperemos que no tenga que tomar esa decisión.

—Debes hacerlo, Alfred. Sólo así aceptaré ir con ustedes —insistió Leo.

—Entonces debe aplicar a los dos —dijo Mendl mientras asentía renuente.

—De acuerdo —dijo Leo.

—Necesito su palabra. La de ambos —dijo Blum.

—La tiene. —Ambos asintieron otra vez.

De la nada, empezaron a escuchar música. La orquesta. Se había instalado del otro lado del patio, detrás de una hilera de alambre cerca de la enfermería. Cuando empezaban a tocar era la señal para preparar los grupos del turno matutino. Era la pieza *Música para los reales fuegos artificiales*, de Händel. La obertura.

—Se levanta el telón. —Mendl los miró con sarcasmo—. En fin, creo que es mejor que nos vayamos. ¿Aún tiene el trabajo de saneamiento hoy?

Blum se encogió de hombros.

—Supongo que es la mejor manera que tengo de permanecer encubierto.

—Entonces ¿nos veremos cerca de la torre del reloj? Diecinueve treinta horas. ¿Antes de que se organicen los grupos de trabajo?

Blum asintió.

—Yo tendré el dinero. Y que Dios nos ampare. Mañana a esta hora estará en Inglaterra, profesor.

—Inglaterra… —el anciano sonrió melancólico—. O en el más allá.

—En Inglaterra, de preferencia —dijo Leo.

—Esta vez estoy de acuerdo con él —dijo Blum—. Así que manténgase fuera de vista por hoy. Los veré a ambos ahí. Diecinueve treinta horas.

Blum se despidió discretamente y se mezcló con la multitud. Se habían formado filas frente a los bloques para recibir la comida; luego estas se separaron de acuerdo con los grupos de trabajo. Blum pensó que, incluso si su trabajo ya había sido reasignado, quienquiera que fuese el desafortunado que lo había heredado estaría feliz de dividir el trabajo y compartir. Sólo tenía que mantenerse oculto hasta que llegara el momento de partir.

La música de la orquesta cambió. Una pieza que reconocía: Beethoven. La famosa de Leonora, de su ópera *Fidelio*; siempre fue una de las favoritas de Leisa.

Por primera vez, Blum se dio vuelta y concentró su atención en los músicos. Había siete: un trombón, un corno francés, un violonchelo, un flautín, una flauta, un bombo y un clarinete. Conocía la historia detrás de la pieza. En el último acto, Florestán, el héroe, debió haber muerto como testigo de las fechorías de Pizarro. Sin embargo, sigue con vida, así como la música aquí alentaba secretamente a todos a seguir viviendo y a no caer en la desesperación y la desesperanza, sino a perseverar con la voluntad fortalecida.

«Salve el día, la hora de la justicia ha llegado...» Las palabras le venían a la mente a Blum. «Así que salve, salve a los pobres...»

Era Beethoven, un héroe para los alemanes, pero quienquiera que lo hubiese elegido, lo había hecho como una bofetada para aquellos al mando.

Blum se acercó. La orquesta estaba instalada en una plataforma junto a la enfermería, del otro lado de la cerca de alambre. No había guardias alrededor. Fijó su atención en la persona que tocaba el clarinete. Una mujer. Con la cabeza rasurada y complexión debilitada, tocaba de la manera en que lo haría un fantasma, con una especie de inquietante desapego, con la mirada agachada. Sin embargo, parecía sobresalir entre todos los otros músicos debido a su habilidad.

Era como si aún le quedase una efímera chispa de esperanza que se transmitía por medio de su música, incluso en este lugar lleno de oscuridad.

Las notas lo atrajeron; eran conmovedoras y familiares, y hacían que recordara con cariño cómo se sentía al escuchar a alguien tocar de manera tan hermosa. Nadie lo detuvo. Casi todos los demás estaban en plena comida. Siguió avanzando hasta estar a unos cuantos metros de distancia, viéndola tocar, cómo fluían sus dedos sobre las llaves, la precisión con la que lo hacía y el sentimiento... de una belleza tan evocadora y...

De pronto el mundo entero se detuvo para él.

La mujer alzó su pálida y rasurada cabeza, como si estuviese en un trance, y fijó su mirada en él.

Su instrumento cayó al suelo.

Lentamente se puso de pie, con la mandíbula abierta. Su rostro se llenó súbitamente de vida. Sus miradas se encontraron.

—*Doleczki* —murmuró Blum mientras observaba el rostro que había visto en su mente miles de veces.

Los ojos de ella se llenaron de lágrimas.

—Nathan —pronunció ella en respuesta.

Blum no podía moverse. Su corazón se había detenido. Dicha, una dicha indescriptible invadió cada espacio de su cuerpo, en el cual, durante estos últimos tres años, sólo había existido vacío.

Estaba viendo a su hermana.

50

Al principio, Blum estaba demasiado impactado e incrédulo como para hablar; le aterraba que este momento se destruyese y resultase no ser real. Un sueño.

Pero no era un sueño. Ella en verdad estaba parada frente a él. A menos de diez metros. Incluso había pronunciado su nombre. Todos los sentimientos que había encerrado en el fondo de su ser a lo largo de los últimos tres años, esos sentimientos que lo habían atormentado con dolor y culpa, ahora salían a flote como un agua helada desbordándose de una vasija.

Liberándolo.

—¡Leisa!

Ambos corrieron hacia la cerca de alambre y entrelazaron los dedos, agarrándolos, tocándolos, sin poder creer lo que veían, dejando que el asombro los inundara como una ola de dicha indescriptible.

—¿Nathan? —preguntó ella, con los ojos muy abiertos—. ¿Estoy soñando?

—No. No estás soñando —respondió él. Apretó sus dedos, tocó su rostro por el espacio que había entre el alambrado—. ¡Estás tan despierta como yo!

No fue sino hasta que pudo poner sus manos sobre ella y apretarla cuando en verdad fue capaz de reconocer que era real.

—¡Leisa, estás viva! —La miró con los ojos más abiertos que nunca en su vida, absorbiendo la increíble visión. Llevaba unos harapos raídos y sin forma, llenos de agujeros. Su cabeza estaba rasurada. Tenía llagas en el rostro. Aun así, nunca había visto a una mujer tan hermosa. Las lágrimas inundaron sus ojos—. Me dijeron que habías muerto. Que todos ustedes habían sido asesinados. —Sostuvo su mano y la apretó; las lágrimas se desbordaban ahora.

—Nathan, ¿qué estás haciendo aquí? Escapaste. Nos dijeron que estabas en Estados Unidos. ¡Que estabas a salvo! ¿Cómo es posible que estés aquí?

—Leisa, yo… —Quería decirle: «Regresé. Estoy en una misión. Tengo una manera de escapar. Esta noche». Pero, desde luego, no podía. No aquí. Seguía habiendo guardias a su alrededor. Volteó hacia la enfermería. La gente entraba y salía, tanto prisioneros como camilleros. Cualquiera podría escucharlos. De pronto le vino a la mente que, si su hermana estaba aquí, en contra de todas las probabilidades, entonces tal vez seguía existiendo la posibilidad de que, de algún modo, todos hubiesen sobrevivido, que lo que había escuchado era falso—. Leisa, ¿es posible que mamá y papá estén…?

—No, Nathan. —Ella sacudió la cabeza—. Están muertos. Fueron parte de las personas reunidas en represalia por el asesinato de un oficial alemán; los pusieron contra una pared y los ejecutaron. Justo en la calle afuera de nuestra casa.

—Sí, eso fue lo que me dijeron. ¡Pero escuché que tú también!

—Sólo logré escapar porque justo en el momento en que ocurrió le estaba dando una clase a la hija del señor Opensky. Cuando regresé, la gente ni siquiera me dejó entrar a la casa para ver. Algunos amigos me acogieron por un mes, hasta que, finalmente, evacuaron a todo el gueto y lo enviaron aquí.

Blum contuvo más lágrimas; sus dedos seguían entrelazados. Esta vez las lágrimas eran por ellos. Sus padres eran personas gentiles y civilizadas. Amaban la música y el ballet. No tenían ni un gramo de odio en el cuerpo, ni siquiera por sus opresores. Así que lo que había escuchado era cierto. Los habían dejado en la calle como perros callejeros. Peor que criminales.

—Lo siento, Nathan. No tenía forma de comunicarme contigo.

—Leisa, pensé que estabas muerta. —Los ojos de Blum brillaban—. Mi mundo ha sido una pesadilla desde hace dos años que recibí la noticia.

—Y yo pensé que tú estabas a salvo, Nathan. En Estados Unidos. Sin embargo, ¡aquí estás! —Lo miró de nuevo, esta vez con algo que parecía enojo en el tono de su voz, reproche—. Lograste salir. Era todo lo que papá quería para ti. ¿Cómo es posible que estés aquí, Nathan? ¿Cómo?

—Rápido, ven aquí… —Se alejaron de la orquesta, que siguió tocando—. Acércate. No puedo contártelo, Leisa —dijo en voz baja y con prisa—, pero debes creerme, sólo estaré aquí hasta esta noche. ¿Estás en el campo de mujeres? ¿Hay alguna manera de cruzar la cerca que las separan?

—No, es imposible. —Sacudió la cabeza—. Pero ¿qué quieres decir con que «sólo hasta esta noche»? Mírate, eres un prisionero. Estás atrapado aquí, como todos nosotros. ¿De qué estás hablando, Nathan?

Echó un vistazo alrededor para asegurarse de que nadie estuviese escuchando a escondidas. El patio principal ya casi se había vaciado por completo. Todos habían vuelto a sus bloques. Los guardias también estaban en sus puestos. No tendrían mucho tiempo. Una mujer pasó cerca de ellos, cargando una pila de papeles que llevaba a la enfermería.

—Escucha, ¿puedes venir aquí más tarde? ¿Poco antes de que oscurezca?

—¿Aquí?

—Al campo principal. Cerca de la torre del reloj.

—No. Después de que terminamos, ya no hay acceso entre los campos. Si me encuentran aquí, me dispararían como a cualquiera. Además, ¿venir aquí para qué? ¿Qué estás haciendo aquí, Nathan? —Sus ojos temblaban con incomprensión—. ¿Qué tratas de decirme?

—Estás en la orquesta. Debes tener ciertas libertades. Entonces ¿en la enfermería?

—Tenemos nuestra propia enfermería en el campo.

—Entonces debes venir ahora.

—¿Ahora…? —Se veía asustada y perpleja a la vez.

—Debe haber alguna manera de cruzar el alambrado. Te ocultaré. Leisa, sólo estaré aquí hasta esta noche. Es nuestra única oportunidad.

—¿Qué estás diciendo, Nathan? No entiendo.

—¡Leisa! —susurró alguien bruscamente. Otra mujer de la orquesta señalaba con preocupación a algo detrás de ellos.

Blum miró alrededor. Un guardia venía hacia los dos.

—Leisa, ¿en qué bloque estás? En el campo de mujeres —dijo rápidamente.

—En el trece. Pero ¿por qué?

Apretó sus dedos por el alambre y acercó sus labios a su rostro.

—Leisa, ¡yo puedo sacarte de aquí! Sé que suena como una locura, pero tienes que confiar en mí. Por eso estoy aquí. Hay una manera. Pero será sólo por esta noche. Es por eso que, si puedes llegar aquí de cualquier modo, sin importar lo que tengas que hacer, yo puedo…

—¡Ssshhh, Nathan! —Sus ojos se enfocaron en algo detrás de él y temblaron alarmados.

El guardia se acercó y sacudió a Blum de los hombros con la culata de su rifle. Con un grito, Blum cayó de rodillas.

—Nada de fraternizar, tórtolos. Ve a donde te corresponde —le gritó a Blum—. Y tú —le dijo a Leisa—, sigue tocando. O la próxima vez tendrás que preocuparte por el otro extremo de esta arma, ¿entendiste?

—Sí —asintió Nathan, sin soltar una de las manos de su hermana.

—Ya nos vamos, señor —dijo Leisa temblando—. Por favor, no dispare. Nathan, tenemos que irnos.

—Leisa… —Sentía como si su corazón se hubiese hundido hasta el fondo del océano, arrastrado por la tristeza. «Aún no hemos planeado…»

El guardia lo pateó en las costillas y Blum cayó al suelo.

—¿No me escuchaste? ¡Lárgate! —Amartilló el rifle y le apuntó a Blum—. ¡Lárgate ahora! ¿O quieres que les dispare a ambos de una vez? ¿Ahora?

—No. ¡No! —le suplicó Leisa al guardia—. Ya nos vamos. ¡Nathan, vete! Escúchalo. —Las lágrimas de dolor e impotencia también se acumularon en sus ojos.

Blum estiró la mano y sintió cómo sus dedos se le iban resbalando, posiblemente por última vez. No podía dejarla ir así nada más. No después de tres años, tras haberse reencontrado milagrosamente. Y encima, teniendo los medios necesarios para sacarla. Pero no había manera de hacer algo con el guardia rondando, excepto observarla mientras retrocedía y se alejaba de la cerca, sin poder hacer nada por evitarlo.

Con dolor, se puso de pie.

—¡Ahora vete! —gritó el alemán, golpeándolo con el arma—. ¡Largo!

—Nathan, por favor… —Leisa lo miró por última vez, de forma suplicante—. Tengo que regresar. Te amo. Cuídate.

—Te contactaré —dijo él mientras se alejaba tambaleándose; sabía que el guardia no podía entenderlo—. Espera noticias mías. Esta noche.

El guardia jaló el mecanismo de su arma.

—¡Dije que ya fue suficiente! ¡Es la última advertencia!

Leisa asintió en respuesta; sus ojos estaban inundados, aunque con un brillo de esperanza. Corrió y se reunió con sus colegas en la tarima. Pero Blum sabía que era una promesa que jamás cumpliría.

Una mujer que cargaba unas sábanas se apresuró a pasar.

Leisa se subió nuevamente a la tarima. El flautista que se sentaba junto a ella le entregó su instrumento. Ella retomó la pieza a la mitad y siguió tocando.

Blum miró una vez más mientras avanzaba por el patio, con el guardia aún detrás de él. Sabía que cada vistazo bien podría ser el último. Que la había encontrado, agonizante, pero sólo por unos breves y fugaces segundos. Y sólo para perderla una vez más.

—Conque enamorado, ¿eh, judío? —dijo el guardia con una sonrisa burlona de superioridad, empujándolo hacia los bloques—. Me hace llorar.

—Sí —dijo él, conteniendo su tormento. No podía dejarla así de fácil. No lo haría, sin importar su misión.

No otra vez.

Volteó y alcanzó a verla una última vez; entretanto, la orquesta empezó a tocar una canción más animada, y él pudo ver las lágrimas de tristeza en sus ojos.

«No dejarías a alguien de tu propia sangre, ¿cierto?», le había preguntado Mendl.

No. Ya lo había hecho una vez. Nunca más.

La misión seguía siendo todo para él: sacar a Mendl, el juramento que había hecho a Strauss, a Roosevelt.

Pero para Blum, quien, desde el otro lado del patio, le devolvió a Leisa esa última mirada de anhelo con una alusión de promesa, la misión acababa de cambiar.

CUARTA PARTE

51

La puerta de acero que conducía al bloque once se abrió y un hombre alto entró vacilante, con su gorra en la mano. Miró ansioso a su alrededor: había celdas por doquier; podía escuchar entre la gente apiñada en ellas, en medio de la oscuridad, unos cuantos gemidos desesperados. Había unos instrumentos de hierro, que parecían cadenas o arneses, colgados de ganchos en las paredes.

Franke, recargado en la pared, vio cómo se posaban los ojos del hombre corpulento sobre ellos, como si entendiese para qué eran.

—Pase. —El *Lagerkommandant* Ackermann se puso de pie—. Por favor, siéntese. —Señaló una silla de madera del otro lado de la mesa—. Su nombre es Macak, ¿correcto?

—Sí, ese soy yo. Macak.

—Pavel, ¿no es así? Y me dicen que la gente lo llama el «Oso», ¿correcto?

—Por mi disposición alegre, supongo. —El hombre de barba forzó una sonrisa. No le gustaban mucho los alemanes, sólo su dinero, y ahora, tras tener que haber interrumpido su trabajo a causa de un grupo armado que lo había traído hasta aquí, hasta este infierno, con un guardia de rostro sombrío en la puerta y dos importantes oficiales viéndolo fijamente, incluso a un hombre tan insensible como él se le perdonaría por sentir un poco de ansiedad.

—Sin duda. —El comandante del campo sonrió—. ¿Es usted uno de los capataces de esos equipos de construcción que se encuentran en Brzezinka?

—Así es.

—Y me han dicho que incluso ha trabajado aquí, dentro del campo, ¿cierto? Recientemente en realidad, ¿no es así?

—Sí, lo he hecho. —El capataz asintió nerviosamente y miró a Franke, quien seguía recargado en la pared—. Donde haya trabajo, allá vamos. Y ahora parece ser que es con usted.

—Incluso ayer, si no me equivoco —insistió el *Lagerkommandant*—. Me dicen que usted y su equipo ayudaron a construir las nuevas barracas cerca de la cocina, ¿no es así?

—Sí está satisfecho con ello, sí, nosotros lo hicimos. —El capataz asintió, esbozando una sonrisa forzada.

—¿Y el día anterior a ese también?

—El trabajo tomó tres días. —El capataz se encogió de hombros—. Hicimos lo que nos pidieron.

—El trabajo está bien, Herr Macak. Pero parece ser que hubo una pequeña discrepancia en el número de hombres que venían en el camión desde Brzezinka y se les permitió entrar al campo, y aquellos que se marcharon al final del día. Contamos treinta y uno en la mañana y, de algún modo, sólo treinta al salir. Estoy seguro de que fue un simple error.

—Treinta, ¿eh? —El capataz se pasó una mano por la barba—. Estoy bastante seguro de que sólo eran treinta. Siempre soy muy exacto con mis números. Además... —Un gemido emanó de la celda detrás de él—. Este no es precisamente el tipo de lugar en el que uno querría quedarse, si sabe a qué me refiero.

—¿Y por qué lo dice exactamente, Herr Macak? —El *Lagerkommandant* lo miró con una sonrisa helada.

—Sin ofender. —El capataz se encogió de hombros—. Es sólo que...

—Sí, lo sé, sólo bromeaba, Herr Macak. Entiendo perfectamente a qué se refiere. De hecho, nosotros pensamos lo mismo al principio. ¿Por qué alguien querría quedarse voluntariamente aquí? Excepto que, luego, nos topamos con esto... —El comandante se levantó y tomó una chaqueta marrón que estaba colgada de un gancho en la pared, luego se la arrojó al capataz sobre el regazo—. En un contenedor de basura. Casualmente, cerca del lugar en el que usted y su equipo estaban trabajando. Tal vez recuerde si alguien la llevaba puesta ese día. Si no me equivoco, no hacía precisamente mucho calor el martes. Podría entender que alguien se la hubiese quitado tal vez bajo el calor del sol. Pero encontrarla después en el fondo de un contenedor, bajo trapos y baldes... Y sumándole a este asunto el de la persona faltante, la cual, según usted, no existe. El número treinta y uno. Sabe que los alemanes siempre debemos ser muy precisos. Así que ¿tiene algo que decir al respecto, Herr Macak? Sólo para nuestros registros... —El *Lagerkommandant* no le quitaba la mirada de encima.

El capataz sintió cómo se acumulaba el sudor en su cuello y humedecía su gorra.

—Podría ser de cualquiera. —Se encogió de hombros—. No estoy muy seguro. —Ahora su voz tenía un dejo de ansiedad en ella.

—¿Tal vez haya algo que podamos hacer para refrescar su memoria? ¿Qué le parece? ¿Quizá un contrato laboral extendido en uno de los sitios de construcción de los alrededores? Es difícil encontrar trabajo estable estos días, ¿no es así?

—Así es —aceptó el capataz—. Y sería todo un honor para mí tenerlo. Pero la verdad es que no la reconozco —dijo el polaco, tratando de devolverles la chaqueta—. Lo siento, pero si eso es todo —miró su reloj—, seguramente mi equipo me estará esperando.

—Entonces, nosotros decimos que había treinta y un personas en su equipo... —El comandante colocó una silla justo enfrente de Macak, se sentó y lo observó fijamente. Traía un látigo en la mano—. Y usted dice que eran treinta. Pero ¿sabe qué es lo que creo? —Alzó un dedo—. Creo que esta chaqueta pertenece a esa persona que no aparece en el conteo. Así que, con el permiso de su equipo de trabajo... —Su mirada se endureció y pasó de amistosa a helada—, me temo que eso no es todo, Herr Macak, y tal vez sea así por un largo tiempo, hasta que descubramos precisamente de quién se trata.

El capataz dejó escapar un suspiro. Simplemente se quedó viendo al comandante y se rascó la barba. Franke pudo ver que se trataba de un hombre consciente de que estaba metido en un apuro y que estaba recorriendo en su mente todas las rutas de escape posibles para salir del embrollo.

—Tal vez, mientras lo piensa, podría considerar volverse un residente permanente aquí de ahora en adelante, Herr Macak. ¿Qué le parece? Podemos arreglarlo. Sin problema. Fue por eso que pedí que nos reuniéramos aquí. Aunque no puedo asegurarle —el comandante se encogió de hombros, con su sonrisa fija— que su estadía aquí será larga. ¿Entiende lo que quiero decir, Herr Macak?

El capataz inhaló profundo. Observó a Franke, el oficial de inteligencia, con su uniforme gris cubierto de águilas, que no se había movido ni hablado, pero cuya presencia en la habitación claramente le incomodaba.

Luego miró a Ackermann nuevamente.

—Mi primo. —El capataz tragó saliva y levantó la chaqueta—. Me dijo que el tipo estaba de visita. Que era un buen trabajador. Recuerdo que tomó un descanso casi al final de la jornada. No le seguí la pista.

—Descríbalo —intervino Franke, lanzándole una mirada a Ackermann. Era él, lo sentía.

—Estatura media, facciones oscuras, algo delgado. —Macak se encogió de hombros—. Como muchas personas que uno ve aquí. No podía usar un torno aunque su vida dependiese de ello, puedo decirles eso.

—¿Y hablaba polaco? —continuó Franke, colocándose delante de Macak ahora.

—Sí.

—¿Como un hablante nativo? ¿O tal vez como alguien que lo aprendió? ¿Un extranjero?

—La verdad, decía muy poco, lo menos posible —dijo el capataz—. Pero, por lo que pude escuchar, lo hablaba bastante bien.

—¿Y su primo? —intervino Ackermann, golpeando el látigo contra la mano—. ¿Cómo se llama?

Macak respiró con dificultad.

—Le hice una pregunta, Herr Macak. De una forma u otra, lo averiguaremos. Incluso si tenemos que traer a todo su puto equipo de trabajo de vuelta y apuntar un arma a sus rodillas. Entonces ¿qué cree que sea más fácil para usted, Herr Macak? Sería difícil desempeñar su oficio con una bala en la rodilla, ¿no?

El capataz los miró y tragó saliva. La terquedad en su mirada disminuyó poco a poco. Lo había intentado lo mejor que había podido. ¿Qué esperaban? No iba a morir para salvarlo. Estaban en medio de una guerra y había que sobrevivir. Además, tenía una esposa y dos hijas.

—Josef —dijo, llevándose una mano al rostro—. Wrarinski. Es el panadero. En Brzezinka.

—Brzezinka —confirmó Ackermann.

Macak asintió con tristeza.

—Que lo traigan —le dijo el coronel de inteligencia a Ackermann sin dudar—. De inmediato.

Macak conocía a Josef de toda la vida. El panadero incluso había preparado el pastel para la boda del capataz, tres capas con praliné dulce en el interior y glaseado de vainilla. Se había quedado casi toda la noche, bailando. Cada día de San Estanislao, él y Mira les traían magdalenas y pasteles de frutas.

Pero Macak sabía que acababa de firmar la sentencia de muerte de su primo.

52

Blum masticaba la corteza de un pan rancio y bebía las gachas aguadas de su tazón afuera de su barraca antes de que el bloque se separara en los respectivos equipos de trabajo.

Aunque reflexionase al respecto todo el día, sabía que no llegaría a una respuesta distinta. Sólo le costaría tiempo. Tiempo crucial. Y por vital que fuese lo que lo habían enviado a hacer aquí, algo más tenía que hacer. Algo igualmente importante.

Algo que no lo dejaba en paz.

No hay mayor tragedia que aquella de una sola persona que teme hacer lo correcto. «¿No nos dice eso el Talmud?» Que el rehuir el valor moral, sabiendo lo que es correcto, era la muerte de la luz. Se convertía en lo mismo que veía a su alrededor. «¿Costaría o salvaría vidas?» A veces, eso no importaba. Se dio cuenta de todo lo que estaría arriesgando. La promesa que le había hecho a Strauss. Al presidente Roosevelt. Su misión, y todo lo relacionado con ella. Aquellos cuyas vidas dependían del resultado. Lo lamentaba mucho.

Pero ahora se trataba de una vida. Una vida que significaba todo para él.

Y salvar esa única vida era semejante a salvar al mundo.

Ya la había dejado una vez, en Cracovia, la había dejado ahí para morir. Los había dejado a todos para morir.

Había jurado que eso no volvería a ocurrir. Y ahora esta era su oportunidad de probarlo.

El largo pase de lista que todos en el campo habían tenido que soportar había consumido la mitad de la mañana. Ya eran más de las diez. Eso quería decir que quedaban sólo nueve horas antes de que él, Mendl y Leo tuvieran que formarse bajo la torre del reloj para el turno nocturno. Blum sabía que sería aún más difícil que cuatro personas pasaran desapercibidas. Leisa nunca había sido muy valiente. Tendría que estar cerca de ella. Y de Mendl también. Aun así, sabía que tenía que intentarlo. Una nube oscura flotaba sobre el campo todos los días, pero, en su interior, el camino era ahora claro como el día para Blum.

Se escucharon los silbatos. La comida matutina había terminado.

—¡Fórmense! ¡A trabajar! —gritaron los kapos—. ¡Paso veloz! ¡Ya!

Alcanzó a ver a Shetman enjuagando su tazón en el grifo. Blum se acercó a él.

—Me dijiste que te avisara si necesitaba algo más aquí, ¿cierto?

El hombre de baja estatura siguió enjuagando su tazón.

—¿Qué es lo que necesitas?

Blum se arrodilló junto a él.

—¿Hay alguna manera de entrar al campo de las mujeres?

Shetman se encogió de hombros.

—Siempre hay una manera. ¿Cuándo necesitas ir?

—Hoy. Ahora —respondió Blum—. En las próximas horas.

—¿En las próximas horas...? —Sherman rio entre dientes y puso los ojos en blanco—. Debes estar muy urgido, chico. —Las incursiones al campo de las mujeres, situado a cientos de metros de distancia, tenían típicamente propósitos conyugales.

»Es difícil. —Shetman se encogió de hombros—. Y cuesta.

—¿Cuánto? —Blum metió la mano en el forro de su uniforme y sacó cuatro crujientes billetes de cincuenta libras. Libras esterlinas.

—Pero con dinero siempre es posible. —Los ojos del pequeño hombre se iluminaron—. Incluso aquí.

—Sólo que hay otra complicación...

—¿Complicación...? —Shetman lo miró.

Blum sacó otros dos billetes de cincuenta libras.

—Necesito que salga.

—Eso sí que te costará. —Shetman lo vio a los ojos y sonrió. Sacudió su tazón para secarlo y enrolló los billetes con la palma de la mano.

—Y ya que estoy pagando... —Blum sacó otro billete de cincuenta libras—, necesitaré otro uniforme de hombre. De talla pequeña.

53

La mujer entró de manera titubeante en la oficina del *Lagerkommandant*; traía un delgado vestido de yute, su cabeza estaba rasurada y tenía una pañoleta atada alrededor.

Se notaba que estaba nerviosa. Sus ojos se movían rápidamente entre el *Lagerkommandant* y Franke, el coronel de inteligencia, quien estaba sentado frente a la mesa. Se veía cautelosa, como si ni siquiera se atreviese a entrar a la habitación, en la guarida del león, cara a cara con el hombre que controlaba la vida y la muerte en este lugar.

—No tema. —Ackermann hizo señas a la mujer para que se acercara—. Prometo que no muerdo. Por favor, siéntese. —Señaló la silla—. Le dijo al *Obersturmführer* que tenía algo importante que compartir, ¿cierto?

La mujer se acercó a su escritorio y asintió. Podría haber tenido alrededor de unos cuarenta o sesenta; era difícil estar seguro en este lugar.

—Mi hijo —dijo ella nerviosamente— tiene sólo veinte años. Se encuentra en alguna parte del campo principal. No lo he visto desde que llegamos.

—Y lo verá, querida, lo verá —le respondió el comandante, amable—. Y le doy mi palabra de que yo lo cuidaré personalmente. Y a usted también. Una vez que escuchemos lo que tiene que decir.

—Entonces ¿tengo su promesa? —los miró con desconfianza.

Franke se dio cuenta de que la mujer no confiaría en el *Lagerkommandant* ni para verter agua sobre ella si estuviera en llamas y él tuviese un balde. Nadie en el campo lo haría.

—Como oficial, se lo aseguro, madame. Ahora, hable. El coronel Franke y yo tenemos asuntos que atender. ¿Qué es lo que tiene que decir?

—Esta mañana, por casualidad, apenas alcancé a escuchar una conversación —empezó a decir—. No escuché todo, sólo parte de ella. Pero lo que me dijeron que podría interesarles es que hay alguien aquí, dentro del campo, que se infiltró. Desde afuera.

Franke se enderezó en su silla. Habían enviado a un equipo para que trajera al panadero, pero esto era aún más evidencia de que sus sospechas eran ciertas.

—¿Escuchó? ¿Lo ve? ¡Está aquí! —le dijo a Ackermann; sintió un choque eléctrico que recorría sus venas—. Ahora ya no hay duda. ¿Está segura de esto, madame? —Miró a la mujer—. ¿Usted lo vio?

—Así es.

—¿Y dónde escuchó esto, madame? —le preguntó Ackermann.

—Cerca de la orquesta. Esta mañana. Mientras llevaba sábanas limpias a la enfermería. Él aseguró haberse escabullido dentro. Y dijo que se marcharía, de algún modo, esta noche.

—¿Esta noche? —En ese momento, Franke se puso de pie y se colocó justo frente a la mujer.

—Sí. Dijo que tenía una manera de escapar. Pero que sólo por esta noche, lo repetía una y otra vez. Lo siento, pero creo que me vieron, así que no pude escuchar cómo.

A Franke le hervía la sangre. Sus sospechas eran ciertas. Unos días atrás, todo esto no era más que un simple rompecabezas, uno que él debía resolver, y mientras las piezas se iban uniendo lentamente, él lo había arriesgado todo. Su carrera. Su reputación. Desde un principio, ¡sabía que esto era algo grande! Su oportunidad. Ahora sólo había que determinar el porqué. ¿Por qué estaba aquí este hombre? Y también, cómo detenerlo.

Sólo hasta esa noche. Eso no les daba mucho tiempo.

—¿Quién, madame? —Franke se acercó a la mujer—. ¿Quién es este hombre? Si lo vio, debe poder reconocerlo, ¿verdad?

—¿En este lugar...? —Ella sacudió la cabeza—. No sé de quién se trata. O en qué bloque está. Sólo lo escuché por un momento mientras pasaba por ahí.

—Descríbalo entonces.

—Era delgado, como de su estatura —dijo, señalando a Franke—. De facciones oscuras. Con uniforme de prisionero. De apariencia joven. No creo que más de veinticuatro años. Sé que eso no les ayuda mucho. Traté de seguirlo mientras le ordenaban que se alejara.

—¿Le ordenaban?

—Un guardia. Pero se perdió entre la multitud. No tengo idea de en qué bloque está. Lo siento, *Lagerkommandant*. Pero sí sé una cosa más...

—Díganos, madame —presionó Ackermann.

—Dijo que podría ver a mi hijo. —Lo miró para obtener una última confirmación—. ¿Es una promesa?

—Sí, sí. —Hizo un gesto con la mano—. Lo verá. Siga.

Probablemente en las cámaras de gas, sospechó Franke, si su conocimiento del lugar era correcto.

—Creo que tiene una hermana aquí. —La mujer lo miró.

—¿Una hermana...? —preguntó Franke. Sus ojos se agrandaron.

—Sí. Y una cosa más... Ella está en la orquesta. —La mujer asintió—. A ella sí la puedo identificar.

54

—Mirek, este es Levin. —Shetman le presentó a Blum al jefe del equipo de reparación del campo—. Me dicen que *panie* Mirek puede hacer que un carburador vuelva a la vida. Como ya lo hablamos, él se unirá y acompañará a tu equipo hoy.

El jefe del equipo de reparaciones miró a Blum a la vez que asentía con complicidad. De acuerdo con lo que había dicho Shetman, el equipo de reparaciones tenía el acceso menos restringido de todos entre el campo de los hombres y el de las mujeres, usando pases con los que podían ir y venir si la situación lo ameritaba. Y la bomba de agua del campo, la cual se encontraba en el campo principal, tenía que ser rutinariamente arrastrada de ida y vuelta al campo de las mujeres; en muchos casos, se hacía sólo como cubierta para situaciones conyugales, y en varias ocasiones, con un entendimiento tácito con los guardias, cuyos bolsillos siempre estaban bien llenos para hacerse de la vista gorda.

—Bien. Siempre nos hacen falta buenas manos. —El jefe de reparaciones dobló unos cuantos billetes crujientes en la palma de la mano.

Blum le había dado a Shetman trescientas cincuenta libras, una gran suma de dinero, para que le hiciera este «favor».

—Vendrás con nosotros sin decir una palabra —dijo el jefe de reparaciones—. Si alguno de los guardias anda merodeando sospechosamente por ahí, entonces todo se cancela. Nosotros decidimos. Sin chistar. Y tampoco hay reembolsos. Esas son las condiciones.

—Entiendo —acordó Blum. ¿Qué otra opción tenía?

—Por lo general, nos dan alrededor de veinte minutos para sacar la presión —Levin rio entre dientes—, si sabes a lo que me refiero. Ellos saben de qué va el asunto. Tenemos algunos regalos para ellos. Aquí está tu pase.

Blum observó el papel blanco y rectangular que tenía un texto muy difícil de leer.

—No te preocupes. Es perfectamente válido. Así que no te angusties por eso. Preocúpate por lo que estás a punto de hacer. Nunca hemos sacado a alguien.

—Entonces, gracias por hacer esto.

—No me agradezcas a mí. —Señaló a alguien más—. Rozen es el que irá contigo. Se ofreció.

Un hombre de tieso cabello oscuro y hombros delgados como ganchos dio un paso al frente. Blum estrechó su mano.

—No debería haber problema, si todo sale de acuerdo con lo planeado. ¿En qué bloque está ella? —preguntó el jefe de reparaciones.

—Trece —respondió Blum.

—¿Trece? —El jefe de reparaciones le hizo un guiño a Rozen—. ¿Qué les pasa a las de la trece con este asunto del agua? Acabamos de estar ahí el jueves pasado.

Shetman le entregó a Blum el uniforme que había solicitado y le dio una palmada en la espalda.

—Buena suerte.

—¿Por qué? —le preguntó Blum a Rozen mientras arrastraban la destartalada bomba hacia la entrada principal.

—¿Por qué qué?

—¿Por qué estás haciendo esto? Levin dijo que te ofreciste. —Ambos sabían que si los descubrían, les dispararían de inmediato. O los colgarían de una de las horcas y los dejarían ahí como exhibición para el resto de los prisioneros.

Rozen detuvo la carreta y se alzó la manga.

—Mira este número. —Blum lo miró: A11236—. He estado aquí desde el principio. Desde el cuarenta y uno. De ningún modo permitirán que gente como yo salgamos con vida. Hemos visto demasiado. —Volvió a tomar la barra de remolque—. No me han matado sólo porque puedo seguir trabajando para ellos. Así que, mientras tanto, trato de hacer todo lo que pueda por ayudar.

—Bueno, sea cual sea la razón, gracias —dijo Blum.

—Además, como dijo Levin, me agrada la idea. —Siguieron avanzando—. ¿Y de quién se trata? ¿Esposa? ¿Novia?

—Hermana —dijo Blum, dirigiendo la bomba desde atrás. Esta tenía una carcasa cilíndrica de estaño que contenía la bomba y un mecanismo de alimentación de la manguera colocado sobre una inestable plataforma de madera con cuatro ruedas y una barra de remolque.

—¿Hermana? Entonces ¿para qué la necesitas aquí? —Rozen lo miró, desconcertado.

—¿Está bien si te lo digo mañana? —preguntó Blum. Para entonces, ya no tendría que responder la pregunta. Y se habrían marchado.

—No tienes por qué decirme nada. —Rozen se encogió de hombros—. No es de mi incumbencia.

Pasaron por la cocina y el edificio de oficinas del otro lado de la cerca de alambre. Los guardias los observaron al pasar. Rozen les hizo un gesto con la cabeza a los pocos que reconocía. Nadie les dio problemas.

—He hecho negocios aquí por mucho tiempo. Conozco a la mayoría de los guardias que vigilan la entrada —dijo él—. Yo hablaré, si estás de acuerdo.

—Desde luego.

Al llegar a la entrada principal, les mostraron sus pases a los guardias. Blum no dejaba de sentir un nudo en el estómago. Un sargento de las ss, que traía una ametralladora colgada del hombro, miró la bomba.

—Emergencia en el campo de mujeres —le dijo Rozen—. Bloque trece.

—¿Trece? Es la segunda vez esta semana. —El guardia resopló y sacudió la cabeza—. ¿Qué hacen con el agua ahí?

—Si nos dejaran reparar las malditas tuberías de una vez por todas, no tendríamos que estar arrastrando esta cosa todo el tiempo.

—Tú. —Se acercó a Blum y este le entregó su pase—. ¿Nuevo...? ¿No te vi el otro día cargando las cubetas de mierda?

En ese momento, Blum se dio cuenta de que se trataba de uno de los guardias con los que Dormutter se había estado burlando el día anterior. Blum no estaba seguro de cómo debía responder.

—Se ve joven, pero es el mejor mecánico que hemos podido encontrar —intervino Rozen—. ¿Por qué desperdiciar una habilidad así en las letrinas?

El guardia miró a Blum de arriba abajo.

—Buen ascenso. —Le devolvió a Blum el pase—. Disfruten la vista por allá.

Se les indicó que pasaran con un gesto de la mano y avanzaron a lo largo del perímetro de la pared de ladrillo, siguiendo el camino. La ruidosa carreta requería cierto esfuerzo para poder pasar por la maleza y los baches. El campo de las mujeres estaba a sólo unos cientos de metros siguiendo ese sendero, pero el tener que ir arrastrando el aparato hacía que el viaje pareciese interminable. Entre más se acercaban a Birkenau, la peste en el aire empeoraba. Era como si Rozen y él se dirigiesen directamente a la nube gris que siempre flotaba sobre el campo.

Un camión de tropas pasó junto a ellos, lleno de soldados. Más hacia el occidente, Blum se percató de las vías del tren que estaban en construcción, y más adelante, la hilera de pinos y arces desde donde atacaría el grupo de partisanos de Josef esa noche. Este bosque era el único verdor que Blum había visto desde que llegó. Hizo una referencia mental al mapa de Vrba. Era bastante exacto, por lo que veía, considerando lo que se encontraba frente a él. Respiró ansioso. «Más tarde.»

—La entrada al campo de las mujeres está justo ahí. Aquí es donde empieza a ponerse peligroso —le advirtió Rozen—. ¿Dijiste bloque trece, verdad? ¿Ella sabe que vienes?

—No. Apenas hoy se enteró de que estaba aquí.

—Entonces te estás arriesgando en grande, si no te importa que lo diga. Sabes que sólo hay una oportunidad.

—Entiendo. —«Esta oportunidad es todo lo que tengo», se dijo Blum.

Llevaba varias horas sin escuchar a la orquesta tocar en ninguna parte del campo, ya que la mayoría de los prisioneros estaban en sus respectivos trabajos. Asumió que eso significaba que estaban en un descanso. O durmiendo. Eran poco más de las dos de la tarde. Más adelante, Blum vislumbró un pequeño edificio de ladrillo en medio del camino con dos guardias de las SS vigilando.

Rozen los miró con una expresión seria en el rostro.

—Ya estamos aquí.

Una pared de ladrillo rodeaba todo el perímetro del campo de las mujeres, con algunas torres de vigilancia cada determinado número de metros, armadas con ametralladoras.

—¡Ah, *Scharführer*! —Rozen asintió con confianza al guardia mientras se tambaleaban hasta la entrada.

—¿De vuelta tan pronto? —El guardia puso los ojos en blanco.

—Créame, para mí tampoco es ningún placer arrastrar este artefacto hasta aquí. Me facilitarían mucho la vida si tuvieran la suya aquí.

—Me aseguraré de tratar el asunto la próxima vez que hable con el *Führer* —resopló el guardia con una sonrisa sarcástica—. ¿A dónde te diriges hoy? ¿Al trece? ¿Otra vez? —le preguntó mientras Rozen le mostraba sus pases. Blum estaba seguro de que había un billete oculto entre ellos, como en un sándwich.

—Así que ¿qué hay ahí adentro? —El guardia se acercó a Blum y le echó un vistazo—. ¿*Frau*?

Blum miró a Rozen; no estaba seguro de cómo responder. El jefe de reparaciones asintió de inmediato.

—Sí. Mi esposa.

—Entonces espero que la vieja bomba funcione, si sabes a qué me refiero —rio entre dientes con complicidad—. Te veo en veinte —le dijo a Rozen con un guiño—, si es que sigo aquí.

Se apresuraron a pasar; el guardia revisó la palma de su mano antes de volver a su puesto. Luego se guardó algo en el bolsillo del uniforme.

Estaban dentro.

55

Las barracas de las mujeres eran similares a las de los hombres: estructuras largas de dos pisos, con ventanas en la parte superior y zanjas a los lados. Algunas incluso tenían pequeños jardines al frente, donde crecían flores silvestres. Había varias guardias femeninas de aspecto seco con uniformes color café de las SS y pistolas enfundadas en sus cinturones. También había guardias masculinos. Al pasar, varias prisioneras se les insinuaron.

—Vengan aquí, guapos. ¡Nosotras también necesitamos una buena manguera! ¿A dónde van?

—A la trece.

—¿Por qué toda la acción siempre es para la trece? ¿Qué tiene la trece que nosotras no? ¡Miren!

—Se acabó el agua, eso es todo —respondió Rozen, arrastrando la bomba por entre la fila de barracas.

—¡La nuestra también se acabó! —gritó una mujer—. Traigan esa gran bomba que tienen para acá. —Algunas se rieron abiertamente.

—Te veré cuando venga de regreso.

La mayoría tenían la cabeza rasurada y usaban harapos sin forma sobre sus huesos y pellejo. Además, rara vez veían a otro hombre fuera de los guardias, quienes las trataban con la misma brutalidad que a los prisioneros.

—La trece está por acá —dijo Rozen, señalando una larga barraca que era idéntica a las demás—. Tú te encargas de abrir el armazón y yo conectaré la bomba. Tienes veinte minutos. Menos, porque tenemos que aparentar que estamos trabajando de verdad. Y no puedes entrar a la barraca. Eso está prohibido. Y recuerda, sólo nos la llevaremos si no hay nadie alrededor. Y cuando yo lo diga. De otro modo, levanto todo y los dejo a ambos aquí.

—Entiendo. —A Blum empezó a acelerársele el corazón por la expectativa. Echó una vistazo alrededor. Tenían a sus propios *Blockführers* y empleados para vigilar, no solamente a los guardias. Un par de mujeres estaban cuidando el jardín a un lado de la barraca.

—Señoritas…, de vuelta otra vez —anunció Rozen—. Arreglaremos esta cosa. —Arrastró la bomba hasta un lado de la barraca de modo que quedara oculta en su mayoría. Blum abrió el armazón de la bomba. Había una gruesa manguera de hule enrollada alrededor de un carrete de madera, la cual jaló y le entregó a Rozen, quien a su vez encendió el motor y dirigió la manguera a la válvula exterior. Se hincó y abrió el grifo. Salió un chorrito de agua salobre. Probablemente tanta como tenían en un buen día, supuso Blum, al igual que en el campo de los hombres. Rozen tomó una llave inglesa, se inclinó y retiró la cabeza del grifo; luego conectó la boquilla de hule de la bomba a la tubería—. ¡Maestro, por favor…! —dijo mientras le hacía una señal a Blum, quien empezó a subir y bajar el mango de la bomba, forzando así al agua a salir a presión.

Luego miró a Blum y asintió con complicidad, lo cual quería decir: «¡Muévete!».

—Yo me ocuparé ahora.

Blum asintió. Se acercó a las dos mujeres que se encontraban en el jardín frente a la barraca, y les dijo rápidamente en polaco:

—Por favor, *panie*, ¿alguna de ustedes conoce a Leisa Blum? Está aquí en la trece.

Una de ellas sacudió la cabeza y dijo:

—*Greco*. —«Soy griega. No entiendo.»

La otra se encogió de hombros y sacudió la cabeza también.

—¿Blum? No ubico a nadie por nombre.

—Está en la orquesta. Toca el clarinete.

—¡Ah, clarinete! ¡Sí! —Su rostro se iluminó—. La conozco.

—¿Puedes buscarla por mí? ¡Rápido, por favor!

—Pero no sé si está aquí.

La mujer entró a la barraca. Blum volvió a donde se encontraba la bomba y se inclinó junto al grifo, fingiendo que revisaba la presión, mientras Rozen movía el mango de arriba abajo. Del otro lado del patio, alcanzó a ver a una guardia corpulenta aporreando sin piedad aparente a una mujer indefensa; la mujer gritaba y levantaba las manos intentando cubrirse. Pero pronto dejó de moverse. La guardia pateó el cuerpo inerte varias veces para asegurarse de que estuviese muerta y le dio vuelta con el pie. Por horrible que fuese esta visión, Blum siguió revisando el bloque. Ya habían pasado cinco minutos. ¿Y si Leisa no estaba aquí? ¿Y si tenía que volver con las manos vacías, sabiendo que habría podido salvarla pero había fallado?

Recordaría este momento por el resto de su vida.

Finalmente, la mujer que se había ido volvió con los brazos separados y sacudiendo la cabeza con decepción.

—Lo siento, no está aquí. Pero envié a alguien…

¿Y si alguien los había visto hablando antes? ¿Y si la orquesta estaba ensayando en alguna parte? En un ataque de pánico, Blum contempló miles de escenarios distintos. Miró a Rozen. Habían pasado diez minutos ya. ¿Dónde estaba?

De pronto, la *Oberaufseherin* —la celadora del bloque, así como los hombres tenían a su *Blockschreiber*— salió de la barraca gritándole a Rozen:

—¿Qué significa esto? Yo no te mandé llamar.

—Bueno, alguien lo hizo, madame. —Rozen levantó las manos, tranquilo—. Como puede ver, hay un problema. En fin, parece que la presión ya empieza a regresar.

Eso pareció calmarla y volvió a su oficina, vociferando:

—¡La próxima vez, sólo si yo lo ordeno!

Pero se agotaba el tiempo. No podrían quedarse mucho más.

Al fin, vio a una mujer visiblemente emocionada que venía de un bloque vecino y, unos metros detrás de ella, a Leisa. «¡Gracias a Dios!» En cuanto lo vio, Leisa se detuvo, claramente por el impacto, a unos veinte metros de distancia. Blum le hizo señas para que fuera a un lado de la barraca, detrás de la bomba, como dos enamorados que se ocultaban para tener unos momentos a solas.

—Nathan, ¿qué estás haciendo aquí? —preguntó con incredulidad—. Estaba ensayando y...

—Sshh. —La jaló más lejos detrás de la barraca, para asegurarse de que nadie los oyera—. Leisa, sólo escucha —dijo en voz baja—. Te dije que tengo una manera de salir de aquí. Pero tiene que ser esta noche. Y tienes que venir conmigo al campo de los hombres. Ahora.

—¿Al campo de los hombres? —Sus ojos se llenaron de terror—. ¿Ahora? ¿Cómo, Nathan?

—Dentro de la bomba. Acércate —le indicó—, que parezca que somos amantes. Funcionará, Leisa. Cabes perfectamente. Rozen va y viene todo el tiempo. Pero no hay tiempo para pensarlo. Tiene que ser ahora. Ni siquiera puedes volver para traer tus pertenencias. Ni siquiera puedes despedirte. Tienes que confiar en mí. Y venir conmigo.

—¿Ahora...? —Sacudió la cabeza temerosa—. No puedo, Nathan.

—¿Por qué?

—No lo sé. Simplemente no puedo. Es demasiado repentino. Tengo amigas...

—Tienes que hacerlo. De otro modo morirás aquí, Leisa. Con tus amigas. ¿Alguna vez te he defraudado?

—No. Nunca —dijo ella. Sin embargo, se notaba que estaba en conflicto.

—Y tampoco lo haré ahora. Escucha, sé que tienes miedo. Yo también lo tengo. Sé que todo esto parece algo sacado de un sueño, el hecho de que yo esté aquí. Pero estoy cumpliendo una misión, Leisa. Para sacar a alguien del campo. Un científico. Y tenemos una manera de escapar. Un avión vendrá esta noche. Cerca de aquí, para rescatarnos. Y llevarnos a Inglaterra.

—¿Un avión…? Inglaterra… —Blum vio cómo su cara cobraba vida, pero después de asegurarse de que no había guardias alrededor, el color desapareció de su rostro y fue reemplazado por un estremecimiento en su mirada—. Nathan, no puedo. Quiero, pero no estoy lista. Yo…

—Leisa, escúchame. ¡Tienes que hacerlo! —La tomó de los hombros—. Hazlo por la memoria de nuestros padres. Sabes que ellos querrían esto para ti. Para nosotros. Tenemos que intentarlo.

Blum calculó el tiempo. Estimaba que habían pasado ya quince minutos. A lo mucho, tenían cinco minutos más, tal vez. Cinco minutos para convencer a su hermana de dejar atrás todo lo que había conocido durante los últimos años y que depositara su confianza en él, una sombra de su pasado que había vuelto a la vida de repente, y de que se pusiera en un gran riesgo. Blum miró la bomba. Pronto Rozen empezaría a ponerse ansioso.

—Ahora que te he encontrado, no pienso irme sin ti, Leisa —le dijo, tomándola de los brazos—. Sin importar lo que esté en juego. No te dejaré. Nunca más.

A través del conflicto en su mirada podía ver hasta lo más profundo de su corazón. Podía ver el miedo que había ahí. La confianza que ella siempre le había tenido y que no conocía límites. Pero estaba congelada detrás de esta cerca de alambre. Este lugar le había quitado todo: su voluntad, su capacidad de actuar, su esperanza.

Sin embargo, una chispa de esto seguía existiendo en lo más profundo de su ser. Blum podía verla en sus ojos. Como la luz al final de un largo corredor. Él llevó sus manos a las mejillas de su hermana y le dijo otra vez:

—Soy yo el que te habla. Tienes que confiar en mí, Dolly. ¡Ven!

Al principio, sus ojos temblaron con indecisión. Pero, de pronto, empezó a asentir.

—De acuerdo, lo haré. Iré contigo, Nathan. —Seguía asintiendo—. Confío en ti. Iré.

Lleno de entusiasmo, Blum la tomó de las manos.

—Sabía que lo harías.

—Sólo necesito ir por mi...

—No. —Blum sacudió la cabeza—. No hay tiempo. Tiene que ser ahora.

—Mi clarinete... No puedo dejarlo.

—Ni siquiera tu instrumento, Leisa. Nada. Ya hemos perdido mucho tiempo. Tiene que ser ahora.

Tragó saliva con un aire de determinación, asintió y se limpió una última lágrima de la mejilla.

—De acuerdo... Entonces vamos.

—Lo lograremos —le dijo él, poniendo una mano sobre su rostro—. Lo prometo. ¿De acuerdo, *Doleczki*?

Ella dio un gran respiro para juntar valor y sonrió.

—Sí.

La tomó de los hombros y la llevó a la carreta. Luego miró a Rozen, quien seguía con la bomba, y asintió.

—Está lista.

—¡De acuerdo, reduciendo la presión! —anunció el reparador. Luego volvió a donde estaba la válvula, apagó la bomba y retiró la manguera del grifo, todo esto tratando de llamar la atención—. Vengan a ver... —Dos o tres mujeres se acercaron, se hincaron y abrieron el grifo. Salió agua, tal vez un poco más que antes. Pero igual de salobre—. Adelante, beban —les dijo—. Ya terminamos.

Algunas empezaron a llenar sus tazas mientras Blum guiaba a Leisa hasta la plataforma de la bomba y ella se apretaba para entrar al armazón de metal. Apenas había suficiente espacio para que entrara. Después Rozen tomó la manguera y la enroscó nuevamente en el carrete de madera, en tanto Leisa se agachaba en el interior. Entre más la enroscaba, más la ocultaba; hasta que la cubrió por completo. Una vez guardada la manguera, Blum cerró el armazón con su hermana adentro.

—Sé que está oscuro ahí —le dijo por una ventanilla—. Pero estarás a salvo. Lo prometo. Sólo conserva la calma.

—De acuerdo, Nathan. —Su voz tenía un dejo de resignación. Blum sabía lo aterrada que debía estar, encerrada ahí. Su hermana menor nunca fue como él, lanzándose al lago desde rocas, en su cabaña de verano, u ocultándose entre edificios después del toque de queda en el gueto.

Rozen miró a Blum.

—¿Listo?

—Sí. —Blum asintió.

—Entonces vámonos. —El reparador miró alrededor y no vio a nadie que pareciese estarles prestando mucha atención. Sólo era una reparación de rutina y estaban listos para marcharse. Con Rozen al frente, arrastraron la bomba de vuelta al patio central—. Adiós, chicas. —Se dirigió a ellas—. Hasta la próxima.

—Hasta la próxima, Rozen. Tú también deberías venir a pasarla bien alguna vez —le dijo una de ellas.

—Lo haré. —Se despidió de ella con la mano—. Lo prometo.

Siguieron empujando la bomba, que ahora pesaba más con Leisa en su interior, por el patio del campo de las mujeres y de regreso a la entrada principal. A Blum le temblaron las piernas al llegar a la entrada, donde el mismo guardia volvió a revisar sus pases. Miró a Blum, quien se encontraba detrás de la bomba, con una risa burlona.

—¿Tan pronto de vuelta? Vaya que ustedes no duran mucho, judíos.

—Dijo veinte minutos, *Unterscharführer*. —Rozen observó cómo el sargento rodeaba la bomba—. Estoy seguro de que, de haber tenido tiempo, mi amigo podría haber seguido por horas y horas.

Blum sabía que bastaría con un vistazo superficial al interior de la bomba, cumpliendo simplemente con su trabajo, para que los tres pudiesen darse por muertos. Se vio colgado en la horca, como los otros prisioneros que había visto, o en el suelo con una bala en la cabeza. A Leisa también, lo que empeoraba por mucho su preocupación.

«Sólo quédate quieta, Leisa… No te muevas», le suplicó con el pensamiento.

—Te ves un poco pálido. ¿Fue demasiado para ti? —le dijo el guardia a Blum con una risa de satisfacción.

—Es sólo que no había visto a mi esposa en mucho tiempo.

—Y quizá no la vuelvas a ver. Es mejor pensar que cada vez puede ser la última. De acuerdo, pueden irse. —Finalmente, el sargento les indicó que se marcharan. Empujaron la carreta hacia adelante, tratando de disimular el peso adicional en su interior. Casi llegaban al camino cuando, de repente, un segundo guardia salió de la caseta de vigilancia y dijo:

—Me voy, me necesitan en el cuartel del campo principal. Los escoltaré de vuelta.

El corazón de Blum saltó en caída libre. Le lanzó una mirada de preocupación a Rozen, quien se encontraba al frente. La mirada del reparador reflejaba lo mismo que la suya, y fue como si le dijese: «Sólo avanza con seguridad y no entres en pánico. Y esperemos que Leisa mantenga la calma». No había nada más que pudiesen hacer.

—Vamos, judíos. Paso veloz. —El guardia empuñó su rifle—. No tengo todo el día.

El estómago de Blum se hizo un nudo por el miedo. Siguieron empujando, por el terreno cubierto de maleza, para avanzar los doscientos metros que había entre los dos campos, aproximadamente. Con Leisa en el interior, la carreta era más difícil de maniobrar. Sus ruedas tambaleantes se movían de arriba abajo sobre los surcos y barrancos. Blum imaginó que su hermana debía estar enloqueciendo adentro de esa cosa. Seguramente lo había escuchado todo y sabía que su muerte, la muerte de todos, caminaba muy cerca de ellos.

—Bonita tarde, ¿no lo cree, *Herr Scharführer*? —le preguntó Rozen, más que nada para avisar a Leisa que tenían compañía en caso de que se le ocurriera decir algo.

El guardia no estaba de humor.

—Sólo concéntrate en lo que haces. No tengo todo el día.

Unos cuantos metros detrás de ellos, el guardia encendió un cigarrillo y empezó a fumar. Saludó con la mano a algunos compañeros que pasaban por el camino.

Blum trató de mantener las ruedas estables con cada gramo de fuerza que tenía. Si rompían un eje con una roca o una raíz enterrada, sería el fin de los tres.

Al fin, lograron llegar hasta la entrada del campo de los hombres. La suerte los acompañaba. Seguía ahí la misma pareja de guardias que la estaba vigilando cuando se marcharon.

—Miren lo que les traigo —dijo burlonamente el guardia que los había escoltado, sacudiendo su cigarrillo—. Dos apestosos sacos de mierda. Listos para la pila de estiércol. Son todos suyos ahora.

—¿Terminó la emergencia…? —El sargento que conocía a Rozen puso los ojos en blanco y sonrió con aire de satisfacción—. Estoy seguro de que todas las mujeres allá deben estarse bañando con toda su nueva y fresca agua.

—Sus pases —le ordenó el segundo guardia a Rozen, estirando la mano—. Déjenme ver. —Claramente este era nuevo, y parecía tomarse su deber un poco más en serio que su compañero con más antigüedad. Tenía estrechos ojos azules, cabello rubio bajo su gorra y una nariz chata y estrecha.

Rozen le entregó los pases.

—Y el de usted… —le dijo solemne y seriamente a Blum.

Blum le entregó el pequeño papel blanco.

Revisó todo minuciosamente, hasta la fecha; por lo visto, se tomaba el asunto muy en serio.

—A veces usan la bomba de agua de los hombres en el campo de las mujeres —dijo el sargento, aparentemente tratando de explicarle cómo funcionaban las cosas—. Pasa todo el tiempo, ¿no es así, Rozen? —dijo con un guiño de complicidad.

—Así es, señor. Todo el tiempo.

—De vez en cuando —dijo riendo el guardia de mayor antigüedad—, hasta los judíos tienen que meter sus pequeñas vergas en algo caliente, ¿cierto?

—Y vaya que estaba muy caliente —dijo Rozen con tono conspiratorio y lanzando una mirada a Blum.

El cabo rubio, con su uniforme de las SS nuevo y planchado, rodeó la bomba. Revisó las ruedas tambaleantes de la carreta, la desvencijada plataforma de madera y luego, para el horror de Blum, golpeó el armazón de metal con la punta de su arma. Se escuchó un sonido hueco.

—¿Qué hay ahí?

—La bomba, señor —respondió Rozen.

—La bomba... —El guardia golpeó el armazón otra vez—. Abra. Déjeme ver.

Blum se congeló.

El sargento miró a Rozen y puso los ojos en blanco con una especie de suspiro de desesperación y queja, como diciendo: «Es nuevo aquí. Sólo complácelo. Tiene que hacer su trabajo». Pero Blum sabía lo que pasaría si abrían y encontraban a Leisa adentro.

—Sólo es la bomba, señor —repitió Rozen.

El guardia nuevo lo miró fijamente; luego fijó su mirada en la puerta.

—Entonces ábrela.

El pánico se abrió camino a través de las entrañas de Blum. No podía abrirla. Si lo hacía, podían darse por muertos. Leisa apenas sería capaz de contenerse en el interior. «Quédate muy quieta», le ordenó en silencio. Sin duda había escuchado todo lo que estaba pasando. Blum miró a Rozen. No había nada que pudieran decir. El guardia golpeó la puerta otra vez.

—Ahora.

—Lo que usted diga... —Rozen se encogió de hombros, lanzándole una mirada conspiradora a Blum, y se acercó a la bomba—. Pero si nos dejaran arreglar las malditas tuberías de una vez por todas, alemanes de mierda, no tendríamos que arrastrar este jodido aparato todo el tiempo.

—¿Qué dijiste? —Los ojos del guardia se abrieron con incredulidad.

—Nada. —Rozen se enderezó, esperando la lluvia de golpes que venía hacia él—. Sólo decía que…

—¿Alemanes de mierda…? —El cabo tomó su rifle y golpeó a Rozen en la mandíbula. El prisionero cayó. Su boca estaba llena de sangre y uno de sus dientes estaba en el suelo—. ¡Malditos judíos de mierda! —exclamó, fulminándolo con la mirada y el rostro enrojecido de ira. Pateó a Rozen en las costillas y en la ingle mientras el reparador trataba de cubrirse—. ¡Sucio pedazo de mierda! —gritó, y lo pateó una y otra vez. Tomó su arma, retiró el seguro y la apuntó a su cabeza.

A Blum le hervía la sangre de desesperación. Quería intervenir. Estaban a punto de dispararle a Rozen, o matarlo a golpes. Pero ¿qué podía hacer? Sin importar lo que intentara, sería como un suicidio para él y también para Leisa, quien seguía adentro.

Rozen se cubrió la cabeza, esperando el fin.

—Cabo… —El sargento puso una mano sobre el hombro de su compañero—. Lo conozco. Ha estado aquí desde el principio. Pronto le llegará la hora…

El guardia más joven rozó el gatillo, apuntando directamente a Rozen, con los ojos encendidos de furia.

—Pero tal vez hoy no. ¿Qué dices? Ya tendrás tu oportunidad —dijo el guardia mayor—. Pero estoy de acuerdo, «alemanes de mierda…». Se acercó y pateó fuerte a Rozen en las costillas. El reparador dejó escapar un jadeo y se agarró el costado. El sargento lo pateó otra vez—. Si vuelvo a escucharte decir algo así, mi nuevo cabo podrá hacer todo lo que quiera contigo, ¿entiendes? Y con mi bendición.

Hecho un ovillo, Rozen escupió sangre y asintió con agradecimiento.

—Sí, señor. Lo siento.

—Ahora lárguense de aquí. ¿Todo bien, cabo? —le preguntó al guardia joven, quien seguía apuntando su arma a la cabeza de Rozen.

—Tienes los días contados, judío. —El joven finalmente bajó su arma, y le dio a Rozen una última patada en las costillas. El reparador se dio vuelta y jadeó—. Ahora váyanse de aquí, con una mierda, y considérense afortunados. ¡Ahora!

—Sí, señor. —Rozen se puso de rodillas y el cabo lo pateó en el trasero, haciendo que cayera nuevamente, esta vez de cara en la tierra. Blum corrió a ayudarlo a ponerse de pie, y tomó la barra del remolque—. Gracias, señores. A ambos. —Blum empezó a jalar la bomba, ayudando a la vez a Rozen, quien estaba doblado de dolor, tosiendo saliva ensangrentada y tambaleándose a su lado. Blum miró hacia atrás y vio cómo el sargento le daba una palmada al nuevo guardia en el hombro con una sonrisa comprensiva.

Habían logrado pasar.

—Dios, qué suerte. ¿Estás bien? —preguntó Blum en voz baja tan pronto como se alejaron lo suficiente. Los observaban unos cuantos prisioneros e incluso hombres de las ss que estaban cerca.

Rozen tosió y asintió. Luego le hizo un guiño a Blum y le esbozó una sonrisa victoriosa.

—Unas cuantas patadas en las costillas son mucho mejores que una bala en la cabeza si hubiese abierto la puerta. Pero ¿suerte…? —Resopló—. La única suerte es que le haya dado tantos sobornos a ese bastardo tantas veces. Obviamente, el solo pensar en pasar el resto de la guerra sin esa «compensación adicional» fue demasiado para él.

Blum miró los ojos astutos del prisionero y sonrió también.

—Además, ¿para qué quiero mis jodidos dientes en este lugar? —Rozen escupió un poco más de sangre—. Lo único que nos dan es sopa.

Siguieron arrastrando la bomba hasta el taller de reparaciones. No había nadie alrededor, por lo que Blum abrió la puerta del armazón y susurró en el interior:

—Leisa, ya puedes salir. Es seguro.

Movieron un poco la manguera y ella se arrastró para salir. Se veía pálida y asustada. Abrazó a Blum contenta; parecía que le daba miedo soltarlo. Le dio a Rozen un abrazo de agradecimiento también.

—Toma. —Blum le entregó el uniforme que Shetman le había conseguido—. Ponte esto, rápido. Por allá.

Leisa fue detrás de un camión, se quitó el vestido y se puso el pequeño uniforme a rayas.

Era un poco grande y le colgaba de los hombros; la hacía ver esquelética. Blum le entregó su propia gorra. Con la cabeza rasurada y piel suave, parecía un chico de catorce o quince años. Pero con eso bastaba.

—A ver... —Rozen tomó un poco de tierra del suelo, se frotó las manos y la aplicó al rostro de Leisa, en las mejillas y bajo los ojos. Posiblemente la hacía lucir uno o dos años mayor—. Ahora por lo menos te ves apta para trabajar. Bienvenida al campo de los hombres. —Le hizo un guiño con complicidad, luego se frotó el costado—. Lo que sea que vienes a hacer aquí.

Blum estrechó la mano del hombre.

—Gracias.

Jamás pensó que sentiría tanta dicha de estar de vuelta en ese horrible lugar.

«Sólo cuatro horas más.»

56

—Kurt... —Greta Ackermann se dio vuelta sorprendida en cuanto su esposo entró inesperadamente en la habitación.

Eran apenas las tres y ella estaba cambiándose para ir a la enfermería. Rara vez llegaba a casa a estas horas de la tarde. Acababa de terminar de cepillarse el cabello y había elegido un vestido discreto—. No te escuché subir las escaleras. ¿Ya almorzaste?

—No tengo hambre —dijo él. Se colocó detrás de ella frente al espejo mientras se disponía a ponerse el vestido sobre su ropa interior—. A ver, déjame ayudarte con eso.

—Podría pedirle a Hedda que prepare algo para ti. Creo que queda algo de pollo en el refrigerador...

—Me comí mi almuerzo —dijo él, sin quitarle los ojos de encima. La envolvió con sus brazos por detrás—. Mmmm, qué bien hueles. Ha pasado mucho tiempo desde...

—Ahora no, Kurt, por favor... —Trató de liberarse de su abrazo—. Estaba a punto de ir a la enfermería por una hora o dos. Le dije a las enfermeras que ayudaría con...

—Qué lástima desperdiciar tu aroma con esos judíos llenos de enfermedades —dijo, sin soltarla. Enterró su rostro en el cuello de ella, justo debajo de su cabello—. De todos modos, pronto estarán muertos. O tal vez tienes una cita con tu joven novio judío... Te gusta vestirte y arreglarte para él, ¿verdad? Y tal vez abrir uno o dos botones para regalarle un vistazo. No creas que no lo sé...

—¿Saber qué, Kurt…? Estás diciendo tonterías. —Trató de tomar su vestido—. Es sólo un chico. Además, es jueves. Nuestros juegos son los martes. Y, de cualquier modo, me pediste que dejara de jugar con él, así que puse nuestras partidas en pausa.

—Me parece bien. —Por dentro se alegró. Eso solucionaba un problema. Ahora, el siguiente. Se quitó la gorra y la arrojó sobre la cama. Se desabrochó los primeros botones de su chaqueta—. Ha pasado mucho tiempo. No hemos cogido desde aquella noche después de la fiesta de los Van Hoellen. Eso fue hace meses.

—Sí, y estabas borracho esa vez, según recuerdo. En fin, Kurt, por favor, tengo que irme. Me están esperando. —Intentó liberarse.

Él la apretó con más fuerza desde atrás, con un brazo bajo su pecho y el otro en su hombro, y la jaló hacia él.

—Kurt, por favor… Si viniste para eso, mejor vuelve a la oficina. Ahora no es el momento.

—Ni ahora ni nunca, aparentemente. —La lamió detrás de la oreja y la apretó con más fuerza. Luego le susurró con una voz ecuánime—: Lo harías por él, ¿no? El pequeño judío que juega ajedrez. Apuesto a que te arreglarías demasiado y te lo cogerías, ¿verdad? Pero no a mí. A tu esposo.

—¿De qué estás hablando, Kurt? Yo… Me estás lastimando… Por favor, suéltame. —Trató de luchar para safarse, pero él la tomó con más firmeza. No la soltaba. Lo odiaba tanto cuando se ponía así, obsesivo y abusivo. Usualmente cuando estaba borracho. Podía sentirlo detrás de ella, poniéndose duro y alistándose. Tenía razón: no lo había dejado penetrarla en meses. Apenas podía tolerar rozarlo levemente en la cama. Cuando comían juntos, escuchaba los insensibles detalles de sus días de trabajo: números que entraban, números que salían, trabajos completados. Lo acompañaba a sus fiestas de oficiales y veía cómo él y sus amigotes se emborrachaban y cantaban sus tontas canciones, y siempre era forzada a sonreír. Escuchaba el incesante parloteo sobre los sacrificios que había que hacer por su carrera; su ambición y su verdadero valor; su objetivo de reemplazar a Höss, quien pronto sería seleccionado para un trabajo más importante; sobre cómo usaría este hoyo infernal que tenía a su cargo para elevar su futuro. Todo esto lo escuchaba odiando el sonido de su voz, así como el simple hecho de que la tocara, llena de arrepentimiento por la poca vergüenza que él podía tener, por la decisión que había tomado en su juventud, por haberse permitido enganchar, por haberse casado con él. Y por la trampa en la que ahora se encontraba. Siempre asustada cuando él se acercaba a ella en la cama. ¿Qué tal si se embarazaba? ¿Qué tal si tenía que cargar con el hijo de él? ¿Qué haría entonces?

—Kurt, no. —Hubiese preferido que un reptil le pasara la lengua por su cuerpo. Trató de empujarlo—. Por favor…

—Nada de «no», sí… —respondió él. Su lengua parecía contener algún tipo de advertencia—. Hoy no me harás a un lado. Hoy nada de no, Greta. Hoy es sí.

—No soy uno de los prisioneros que tienes aquí, Kurt. —Lo fulminó con la mirada reflejada en el espejo—. No puedes darme órdenes.

—De hecho, sí eres mi prisionera, Greta. Eres mi esposa. Y sí, sí puedo darte órdenes. —Recorrió su brazo con la punta de los dedos—. No hay manera de deshacer eso.

Ella se dio vuelta en sus brazos; sus ojos, al igual que los de él, estaban llenos de fuego.

—La respuesta es sí, Kurt.

—¿Sí…? —Él sonrió; parecía complacido de al fin haberla persuadido.

—Sí, preferiría que me cogiera un pequeño judío antes que tú.

—¡Eres una puta! —Levantó el brazo mientras la sangre se le iba al rostro y la golpeó con el dorso de la mano.

Greta soltó un grito ahogado, tropezó hasta la cama y se tocó el labio. La sangre escurría por su barbilla.

—¡Eres un bastardo, Kurt!

—¿Hoy no? ¿Escuché bien...? —La golpeó otra vez y ella cayó—. Oh, claro que sí. Hoy sí. —Se arrodilló sobre ella, metiendo sus rodillas entre sus muslos y desabrochando sus pantalones. Ella trató de luchar, abofeteándolo y empujándolo, pero él la inmovilizó colocando una mano bajo su barbilla, lo que le quitó el aire, mientras con la otra bajaba su faja y empujaba su pene cerca. Ella lo fulminó con la mirada, con lágrimas acumuladas en los ojos, en tanto él declaraba con aire triunfante—: Hoy, Greta, me toca a mí joderte.

Más tarde, después de que él le había tapado la boca con la mano para cubrir sus gritos mientras la obligaba a levantar las piernas y empujaba su miembro muy dentro de ella; después de que le había arrancado el sostén y expulsado su indeseable líquido espeso en sus muslos y en las sábanas; después de haberla dejado gimoteando y secándose las lágrimas, Kurt se levantó de la cama y rio; era una risa furiosa y sin amor combinada con sentimientos de satisfacción.

—Lo ves —le dijo él, con un destello de burla en la mirada—. Aún puedo ser un hombre para ti, de una forma en la que nadie más puede serlo.

—Para mí eres un bastardo, Kurt. Eres el mismísimo demonio.

—Por favor, me das demasiado crédito, Greta. Sigo siendo un simple *Lagerkommandant*. En fin, me esperan un día y noche muy ocupados. Dos trenes. Uno del oeste. Praga, me parece. El otro de Hungría. —Se puso de pie y se abrochó los pantalones—. Y además está el asunto de nuestro hurón de inteligencia de Varsovia... *Sniff, sniff.* —Arrugó la nariz como una comadreja—. Cree que alguien se ha infiltrado en el campo desde afuera. Y quién sabe, tal vez tenga razón. De cualquier modo, pronto lo tendrá. Mientras tanto, lo único que está logrando es retrasar nuestras cuotas del día. —Tomó su chaqueta y la desarrugó—. Y esas cuotas son nuestro futuro, Greta... Lo sabes, ¿verdad?

Ella no respondió. Sólo se quedó viendo por la ventana con la mirada vacía. La vista no eran cercas de alambre o humo denso, sino un bosque, en la distancia. Algo agradable y verde.

Lejos de aquí.

—En fin, pronto lo tendremos. A este pequeño cazador de trufas. —Kurt metió los brazos en su chaqueta y acomodó las solapas—. Y en cuanto a este otro asunto, querida, yo no me encariñaría mucho con él si fuera tú. —Se abrochó la chaqueta.

—¿Qué otro asunto, Kurt? —preguntó Greta distraída—. ¿Quién?

—Tu pequeño amigo jugador de ajedrez. Podría llegar a convertirse en una gran distracción, ¿sabes? Sería un desperdicio. Ya se están acelerando los arreglos especiales.

—¿Arreglos especiales…?

—No seas ingenua, querida. Sabes, tan bien como yo, exactamente lo que hacemos aquí. ¿Cómo se le llama a ese pequeño aparato que mide tus movimientos en el ajedrez?

—Reloj de ajedrez, Kurt —respondió ella.

—Sí, el reloj de ajedrez. Bueno, será mejor que lo enciendas, querida. Tic, tic, tic, tic, tic… Porque no te queda mucho tiempo.

Greta se enderezó; la preocupación empezó a crecer dentro de ella. Conocía a Kurt, y no le gustaba cómo se escuchaba ahora. Había algo en su tono burlón que daba a entender que ya se había tomado una decisión.

—Ya dejé de jugar con él, Kurt. Justo como lo pediste. Dijiste que lo cuidarías. —Se cubrió el pecho con el vestido.

—Si no me equivoco, dije que lo haría el tiempo que fuera posible… —Se vio en el espejo y acomodó su chaqueta—. Pero me temo que el asunto ya no está en mis manos.

—Lo prometiste, Kurt. —Greta se puso de pie—. Sé que al menos tienes facultades para salvar a un solo judío en este infierno. Sólo lo haces para lastimarme.

—Me temo que estoy atado de manos. —Se encogió de hombros y se dio vuelta—. Esto viene directo desde Berlín. De las instancias más altas. Tic, toc. El reloj se ha acelerado. ¿Entiendes, querida…?

Ella se le quedó viendo. La repugnancia que sentía por él crecía y transpiraba como sudor a través de su piel.

—¿Quién diablos eres, Kurt?

—¿Quién soy yo…? —Su pregunta iba acompañada de una leve sonrisa.

—¿En qué te has convertido? En algo que ya no reconozco. Solíamos soñar sobre nuestra vida juntos. Querías ser abogado. ¿Qué clase de animal eres ahora?

—La misma clase de animal que tenemos a nuestro alrededor, Greta. Los ves todos los días, sólo que no te das cuenta. ¿Estás ciega? Sí, esta noche será grandiosa… —Colocó una mano en su mejilla y sonrió—. Y ya sabes cómo me gusta recibir a nuestros invitados.

Kurt se vio una vez más en el espejo, parecía satisfecho. Tomó su gorra y la puso sobre su cabeza, un poco inclinada hacia la derecha.

—Ahora, en cuanto al asunto de nuestro pequeño amigo de inteligencia y su cazador de trufas... resulta que la pequeña comadreja tiene una hermana aquí. En la orquesta, ¿qué te parece? Pero no te preocupes, querida, estamos a punto de resolver todo esto. —Se agachó y le dio un beso en la mejilla, tan seco como una lija—. Que tengas una bonita tarde, mi amor. —Se dirigió a la puerta—. Ah, y algo más, querida…

Ella lo miró; sentía un dolor que le punzaba el vientre, como si llevase un niño dentro que sabía que estaba muerto.

—Saluda de mi parte al buen doctor cuando estés en la enfermería, ¿sí? Deberíamos invitarlo a cenar un día de estos, ¿no crees?

57

Blum llevó a Leisa a su bloque y la ocultó en el área reservada para los enfermos, cerca de la parte de atrás.

—Recuéstate aquí —murmuró él, poniéndola en un catre. Le entregó una delgada cobija—. Mantente cubierta con esto. —Se estaba haciendo tarde. Pronto los grupos de trabajo estarían llenos—. Estarás a salvo aquí atrás. Nadie lo sabrá.

Sólo había otro prisionero estirado en un catre, con la boca abierta; se veía más muerto que vivo.

—Nathan, no puedo creer que en verdad estés aquí. —Leisa colocó las manos sobre su rostro, con sus ojos desbordando asombro—. Que en verdad esté tocándote.

—Y yo no puedo creer que después de todo lo que ha pasado, ¡estés con vida! Por mucho tiempo estuve seguro de que…

—No hables de eso ahora. —Le puso un dedo en el labio.

—No puedo evitarlo. Para mí es como si hubieses regresado de la muerte. Que tenga a mi hermana de vuelta… ¿Recuerdas cómo te llamaba cuando éramos niños?

—Claro. *Doleczki* —dijo ella—. «Hoyuelos.» Aunque me temo que apenas puedes verlos ahora. Y tú eras *Myszka*. Porque siempre fuiste como un ratoncito, por tu agilidad para meterte y salir de múltiples problemas.

Blum rio.

—Sí, *Myszka*… Casi puedo escuchar a mamá llamándome así. Sacándome de la cocina. «Fuera, *Myszka*, shu, shu, o conseguiré a un gran gato que venga por ti.» Sus ojos se iluminaron al evocar el bello recuerdo. Luego apartó la mirada—. Sabes que nunca me he perdonado, ni por un segundo, por haberme marchado. Por haberlos abandonado. Y a ti.

—No nos abandonaste, Nathan. Papá insistió en que te fueras.

—De haber estado ahí, jamás les habría permitido salir a la plaza. Yo sabía cómo moverme. El departamento del señor Loracyk llevaba a la azotea de la casa de al lado. Era un salto fácil. Nos podríamos haber escabullido por ahí y después salir en el siguiente edificio, en la calle Cimilianska.

—¿Y luego qué? ¿Correr de sótano en sótano como criminales hasta que alguien nos entregara? Jamás lo habrían hecho, Nathan. Lo sabes. Al final, todos en el gueto fueron enviados a alguna parte. No habrían tenido un destino diferente. —Trató de borrar la tristeza de su rostro—. Ellos siempre te vieron con mucho orgullo, hermano. Siempre te amaron y tenían grandes esperanzas en ti. Esa fue nuestra única esperanza al final. Que sin importar lo que nos ocurriese a nosotros, al menos tú te salvarías. Tú sobrevivirías. Y mírate ahora… —Se formaron lágrimas en sus ojos—. Estás aquí… en este campo. Igual que el resto de nosotros. ¿Qué caso tuvo todo?

—El punto es que ambos lograremos salir, Leisa. —La tomó de la mano—. Tú y yo. Ya lo verás.

—¿Así como Chaim supuestamente me salvaría? —Se recargó sobre el codo—. Fui con él, Nathan. Como me lo pediste. No tenía a dónde ir. ¿Y sabes dónde estaba? En una losa. En la morgue, en los cuarteles de la Gestapo. Esperando a ser arrojado a una fosa común. Estas cosas pasan, Nathan, cosas que ni siquiera tú puedes controlar. Es hora de dejar ir a mamá y a papá. Pero basta de eso. Tengo algo que mostrarte —dijo ella; su rostro se iluminó de repente—. Creo que te gustará. —Se quitó el zapato y abrió una grieta en el tacón falso. Sacó un trozo de papel muy bien doblado y lo abrió cuidadosamente—. No me he separado de él desde el día en que te marchaste. Lo he mantenido oculto, incluso aquí. Recuerdas que nos hicimos la promesa de…

Blum se quedó viendo el pedazo de papel.

Era su mitad del *Concierto para clarinete* de Mozart, que había partido en dos en el balcón de la escalera de incendios la noche antes de que él se fuera.

—Claro que lo recuerdo —dijo él y lo tomó.

—Mozart en La mayor. Se suponía que lo conservaríamos hasta que…

—Hasta que volviéramos a vernos. —Él la miró con arrepentimiento—. Leisa, ha sido un largo viaje… mudarme a Estados Unidos… y pensar que te habías ido para siempre. Me temo que…

—Lo sé, Nathan. —Puso la mano en su mejilla—. Está bien. No te preocupes. Lo entiendo…

—Me temo que por eso tuve que ocultarlo muy bien —dijo él, con una gran sonrisa, mientras metía la mano en el forro de su uniforme y sacaba un papel doblado de manera similar, el cual, al abrirlo, se convirtió en la otra mitad del concierto.

—¡Eres un diablillo, Nathan! —dijo extasiada.

—Yo tampoco me he separado de él ni por un día. Ha sido mi amuleto de la suerte. Es sólo que nunca creí que podríamos volver a hacer esto.

Colocaron las dos mitades sobre el catre y las unieron hasta que encajaron perfectamente.

A Leisa se le llenaron los ojos de lágrimas, lágrimas de alegría.

—Puedo escucharlo en mi cabeza. La-la, la-la-la, la-la… —Blum cantó, agitando las manos como si fuese un director de orquesta—. Casi puedo ver al mismísimo maestro Bernheimer, como si estuviese aquí en persona.

—Sí, el señor Bombacho. —Leisa rio también—. Siempre lucía como un personaje desaliñado que había salido directamente de una novela de Tolstói. Yo también puedo verlo.

—Imagino que ya habrá muerto —supuso Blum.

—Sí. Escuché que fue uno de los primeros que se llevaron.
—Leisa asintió—. Casi todas las personas que conocíamos están muertas ahora.

Él estrechó su mano.

—Pero, hermana, mañana tú y yo despertaremos y todo habrá sido como un sueño. Este lugar. Todo lo malo. Todo quedará atrás. Estaremos en Inglaterra.

—¿Inglaterra? —Ella parpadeó con incredulidad—. ¿Cómo?

—Ya te lo dije. Hay un avión. Aterrizará cerca, esta noche. Lograré que nos pongan en uno de los turnos nocturnos. Tú fingirás ser un chico. Sé que no parece fácil, pero será de noche y habrá mucha gente formada. Funcionará. A las cero treinta horas, habrá un ataque por parte de los partisanos locales. Ellos nos proporcionarán una distracción para poder escapar. Si todo sale bien, nos llevarán hasta el avión.

Sus ojos se agrandaron con asombro.

—¿Cómo es que eres parte de todo esto, Nathan? ¿Eres soldado ahora?

—Sí. Después de un año en la escuela, me enlisté en el ejército de Estados Unidos. Me enviaron de vuelta en una misión. Estoy aquí para sacar a un importante científico que necesitan los Aliados para ganar la guerra.

—¿Un científico...?

—La verdad es que ni siquiera yo sé qué es lo que hace. Sólo sé que es muy importante para la guerra. No vas a creer esto, Leisa, pero la misión fue personalmente aprobada por el presidente de Estados Unidos.

—¿Roosevelt?

—Sí. —Blum asintió.

—¿Lo conociste?

—No. Pero hablé con él por teléfono. Desde Londres. Me deseó suerte.

—¿El presidente te llamó en persona? ¿Y qué le dijiste?

—Le dije que me sentía honrado, pero que no necesitaba suerte... —Tomó su mitad de la partitura—. Siempre y cuando tuviese el amuleto que me había dado mi hermanita.

—Oh, no juegues. Seguro eso fue exactamente lo que dijiste... —Leisa puso los ojos en blanco. Con la cabeza rasurada y las facciones hundidas, le recordaba a la pequeña niña que siempre había vivido en su memoria—. Eres muy valiente, Nathan. Mamá y papá estarían muy orgullosos de ti. Imagínate, el presidente...

—Sí, seguramente le habría horneado una tarta de almendras y la habría enviado a la Casa Blanca.

—Y papá habría preguntado su talla de sombrero para enviarle uno. Tal vez un bonito bombín.

—Creo que prefiere los fedoras. O tal vez un sombrero panamá. Lo he visto en cortos de noticias.

—Sin importar el que fuese, papá habría dicho que tenía que ser firme y resistente —dijo Leisa, imitando la voz grave de su padre.

—Pero nunca tieso —añadió Blum.

—No, no. Ante todo, nunca tieso.

El prisionero que estaba frente a ellos se movió, con ojos vidriosos, y luego se dio vuelta.

—Nathan, ¿y qué tal si...? —Los ojos de Leisa se oscurecieron con preocupación—. ¿Qué tal si no sale todo bien?

—¿Qué quieres decir?

—Esta noche. ¿Qué tal si el avión no llega? ¿O si los alemanes nos encuentran? ¿O si los guardias se dan cuenta de que no soy un hombre? Deberías dejarme aquí. ¿Sabes la clase de riesgo en que te estás metiendo, y a este hombre, al llevarme contigo?

—Entonces todo habrá valido la pena, hermanita. Haber vuelto aquí. Haberte encontrado. Sin importar lo que nos depare el destino. Jamás experimenté una dicha igual a la que sentí cuando seguí el sonido de ese clarinete y vi que se trataba de ti. —Tomó su mitad de la partitura y la dobló otra vez—. Tú y yo estamos completos otra vez. Nunca te dejaría aquí. Sin importar el riesgo, o el resultado. Nunca más.

Ella se inclinó y lo abrazó por largo tiempo.

—En fin, no hay que pensar tonterías —dijo Blum, dándole una afectuosa palmada en la espalda—. Porque lo lograremos. Pronto estaremos uniendo estas dos mitades en Estados Unidos. Y tú estarás tocando el clarinete. En Carnegie Hall.

—¿Y tú estarás conmigo? —Lo soltó y lo miró. Él se dio cuenta de que había estado llorando.

—Claro. Ahí mismo en el escenario. A tu lado. —Limpió una lágrima de su mejilla—. Aún tratando de aprender mis escalas.

Eso la hizo reír.

—Pero, por ahora, debes fingir que duermes. Tengo que ocuparme de algunas cosas. No te preocupes, estarás a salvo aquí. Por ahora, guárdalas tú. —Le entregó las dos mitades dobladas—. Estamos completos otra vez. Eso es lo único que importa. Sólo nos quedan unas horas en este lugar.

—De acuerdo. —Tomó las mitades y las ocultó nuevamente en su zapato.

—Y sólo para que no te sorprendas, hay alguien más que nos acompañará esta noche. Es un joven, el sobrino del profesor. Es un chico bastante inteligente. Uno o dos años menor que tú.

—Entonces ¿seremos cuatro? —Su voz tenía un tono de preocupación.

—Sí. —Tal vez algo en su rostro mostraba que él tenía las mismas preocupaciones en mente—. Pero no te preocupes. Lo lograremos, Leisa. —Apretó fuerte su mano—. Dios quiere que así sea. Si no, ¿por qué habría llegado tan lejos?

—No estoy segura de que Dios nos esté observando —dijo Leisa—. Si así fuera, no existiría este lugar.

—Bueno, de uno u otro modo, yo te sacaré de aquí. ¿Qué te parece? —Blum le hizo un guiño.

—Sí, tú, mi valiente hermano. Eso sí que es algo que puedo creer. —Leisa sonrió, rodeando su cuello con los brazos una vez más.

58

Josef Wrarinski echó un vistazo alrededor de la oscura habitación y supo que le había llegado la hora. Gemidos bajos emanaban de la pequeña y cerrada fila de celdas detrás de él.

De la pared colgaban instrumentos cuyo único propósito, como sabía Josef, era infligir dolor. Tenía las manos atadas detrás de la espalda y frente a él había dos oficiales: uno era el comandante del campo, con un rostro apuesto pero con una falsa compasión el otro era un coronel casi sin cabello y una mirada impaciente pero decidida, quien portaba todas las insignias de un oficial de inteligencia.

Un sargento corpulento de labios gruesos y manos pequeñas y gordas estaba de pie a un lado, con la chaqueta del uniforme desabotonada y las mangas enrolladas, como si estuviese esperando que lo llamaran.

Si estaba aquí, se dijo Josef, claramente era porque lo sabían.

Podría retrasar las cosas, pensó. Podría negarlo todo; declararse inocente hasta quedarse ronco. Podría ponerse de rodillas y cantar *Die lustigen Holzhackerbuam*, «El leñador feliz», y beber una maldita cerveza y brindar con ellos. Pero de nada serviría. Él había elegido este camino y ahora debía seguirlo hasta el final. Josef sabía que jamás se marcharía de aquí por su propio pie.

Nunca más vería a su familia.

—Herr Wrarinski, bienvenido al bloque once —dijo el comandante con una sonrisa falsamente cortés—. Por favor, eche un vistazo alrededor, con confianza, disfrute del aroma. Creo que entiende la clase de lugar que es este y lo que sucede aquí.

Josef no respondió.

—Entonces, no perdamos el tiempo con juegos. Tenemos prisa. Le diré por qué está aquí. Primero, no finjamos que usted es un simple panadero, sería tanto como decir que, en vez de ser el *Lagerkommandant* de este campo, soy el administrador de un elegante spa para millonarios excéntricos. Hace dos días, alguien se las ingenió para llegar hasta este campo. Creemos que voló en un avión y que un grupo de partisanos, usted entre ellos, lo recogieron y lo ayudaron a infiltrarse al día siguiente, en un equipo de trabajo dentro del campo. El coronel Franke, aquí presente, quien, como podrá ver, es del cuerpo de inteligencia en Varsovia, cree que la misión de este hombre es sacar a alguien desde adentro del campo. Creemos que su escape está programado para esta noche, así que, como puede ver, esto no nos deja mucho tiempo para el típico interrogatorio del gato y el ratón. ¿Entiende? Así que la pregunta que le planteo, Herr Wrarinski, si es que espera volver a salir de aquí, es ¿quién es este hombre y cómo planea escapar esta noche?

—No lo sé. No sé de qué está hablando. —Josef se encogió de hombros. Como teniente del Armia Krajowa, estaba preparado para cualquier cosa que pudiesen hacer. Todos habían jurado que así sería. Estaba consciente del riesgo desde un principio y ahora tenía que afrontarlo.

—¿Y esa es su respuesta final? —preguntó el comandante.

—Mi única respuesta, ya que no sé cómo responder a la pregunta que me hacen. —El partisano asintió.

—Bueno, es una lástima. —El coronel de inteligencia se puso de pie con un suspiro y se desabotonó las mangas—. Porque eso significa que ya sea usted o su primo, Herr Macak, quien sigue siendo nuestro huésped en la celda detrás de usted, son unos mentirosos. Porque él nos dijo específicamente que fue usted el que acudió a él para infiltrar a esta persona en su equipo de trabajo el otro día. Primos... —Se encogió de hombros, doblando lentamente los puños de su camisa—. ¿Quién puede saber a ciencia cierta a quiénes son leales? Pero ya que tenemos poco tiempo, tendremos que asumir que los dos mienten. Ahora, podemos manejar esto de varias maneras, para descubrir quién dice la verdad y encargarnos del otro. Puedo pedirle al sargento Dormutter, quien nos acompaña, que aplique sus habilidades, y me dicen que puede ser un interrogador bastante duro y persuasivo.

Josef miró al sargento, quien estaba recargado en la pared, sonriendo con satisfacción.

—O puedo hacerle la pregunta otra vez… —Franke se sentó en el escritorio frente a Josef y abrió un archivo—. Esta vez recordándole que también tiene una esposa y dos niños encantadores en casa. Karl y Nikolas, ¿cierto? Ni siquiera han llegado a la adolescencia, me entristece el pensar en su futuro si el comandante Ackermann decidiera ir a recogerlos y trasladarlos a este lugar, digamos, sólo como hipótesis, esta noche. Tristemente hay muchas personas, entre ellas mujeres y niños, que no suelen durar ni un día, según me han dicho.

Josef miró al sargento de brazos carnosos, con esa sonrisa prepotente como indicando que estaba listo, y después al oficial de inteligencia de ojos como acero, quien se había puesto de pie y se había acercado al lugar en el que Josef estaba sentado, para después dejar el archivo en la silla junto a él, de modo que una foto de Mira y sus hijos se asomara ligeramente, sólo lo suficiente como para que Josef la viera.

—Qué lástima —dijo el coronel, encogiéndose de hombros y rascándose la frente— que ellos tengan que pagar por su silencio. —Se sentó en la orilla de la mesa y se le quedó viendo, no con indolencia, pensó Josef, sino con una resolución que era clara e inconfundible—. Se le acabó el tiempo, Herr Wrarinski —dijo el alemán—. La única cosa que queda por responder es ¿qué será de su esposa e hijos?

59

Alfred divisó a Zinchenko, el teniente y kapo que generalmente se encargaba de organizar los turnos de trabajo nocturnos, zigzagueando por el patio con la porra que nunca soltaba, mientras servían la comida de esa tarde.

—Kapo, ¿me permite una palabra…? —Alfred se acercó a él y atrajo su atención.

—Sólo si es rápido. —El teniente tenía un temperamento explosivo. Alfred lo había visto él mismo aporrear a docenas de prisioneros hasta perder el conocimiento, aparentemente sólo por el placer de hacerlo, o lo que es peor, sólo porque podía. A Alfred ni siquiera le gustaba acercarse a ese hombre porque uno nunca podía predecir con qué humor respondería, y mucho menos le agradaba tener que negociar con él por su destino.

—Esperaba que pudiera hacer los arreglos necesarios para que yo esté en el grupo de trabajo de las vías de tren esta noche —dijo Alfred, inclinándose cerca de él.

—¿Tú? —El kapo le respondió con un soplido de incredulidad.

—¿Por qué no?

—¿Por qué no?… ¿Alguna vez has levantado un pico o una pala en tu vida? —le preguntó el kapo con una sonrisa de superioridad—. Mírate, no queda nada de músculo en esos huesos, si es que alguna vez lo hubo.

—Tal vez. Pero hay suficiente para hacer el trabajo y así recibir la comida extra, si usted me lo permite.

Los turnos de trabajo nocturno eran organizados principalmente por los kapos, que iban de bloque en bloque despertando y sacando de sus literas a aquellos que acababan de regresar de sus jornadas de doce horas. Para evitar que se desmayaran, les servían un segundo tazón de sopa en un breve descanso después de la medianoche y, por lo general, podían dormir después del desayuno al día siguiente. Aun así, no era precisamente un trabajo fácil. Los guardias del turno nocturno siempre estaban de mal humor y se ponían agresivos con facilidad, y muchas veces, varios de los que se habían ido de pie la noche anterior regresaban como cadáveres desplomados y retorcidos por la mañana, arrastrados en una carreta.

—Si acepta, puede ganarse unos cuantos billetes. Libras esterlinas… —dijo Alfred, viendo la chispa en los ojos avariciosos del kapo.

—¿Quién crees que soy? —El teniente lo fulminó con la mirada—. Podría hacerte un hueco en ese cráneo que tienes sólo por sugerir algo así.

—Lo siento. No quise ser irrespetuoso —se disculpó Alfred—. Sólo una comida.

—Una comida. —El kapo escupió. Luego levantó la mirada—. ¿Dijiste libras…? —Alfred sabía que mencionar eso era como sacar la basura de la tarde bajo las narices de un ratón de cocina—. Los equipos se forman a las siete treinta junto a la torre del reloj —accedió el teniente.

—Gracias, Zinchenko. Ahí estaré.

—Y no quiero verte vomitando o algo así, profesor. Esto no es sólo un cupón de comida. Si vienes, trabajas, al igual que todos los demás. Si no…

—Entiendo —dijo Alfred—. Y escuche —dijo, dando un paso para acercarse al kapo mientras este empezaba a alejarse—, conozco a un par de prisioneros más que buscan el mismo privilegio.

—¿Otros?

—Uno de ellos es Leo. Lo conoce. Es el campeón de ajedrez del campo.

—No abuses de tu suerte, viejo. O tal vez te traerán de vuelta al campo en una de las carretas, y al diablo con tu comida.

—Sólo pensé que es difícil conseguir libras aquí... Esto sería al mismo precio, desde luego.

Al principio, el kapo empezó a alejarse, pero la manera como funcionaba su mente era tan transparente como el lento tictac de un reloj barato.

—¿Dijiste esterlinas, verdad...?

—Billetes nuevecitos. Se los quitaron a un recién llegado. ¿Para qué más los puedo usar? —Alfred se encogió de hombros—. Ya no tengo vicios en esta vida.

—Diez libras por cabeza. —El kapo se frotó la nariz.

—¿Diez? Es el doble de la tarifa en marcos.

—Ese es el precio. Si no estás dispuesto a pagarlo, puedes revisar los botes de basura de la cocina, a ver si encuentras más comida.

—Con ese dinero podría pagar una cena de lo mejor en Vilna. —Alfred trató de apelar al lugar de nacimiento del kapo y teniente, como si lo hubiese conocido.

—Entonces, adelante, puedes ir a Vilna. Yo invito. —El kapo empezó a alejarse.

—De acuerdo, de acuerdo. ¿Qué opción tengo? Ahí estaremos.

—Esperen al final de la fila —dijo el kapo con una sonrisa ambiciosa. Con lo de esta noche, tendría vodka como para un mes—. Y ven con el efectivo. Te buscaré ahí.

60

Cuando Martin Franke era niño y vivía en Essen, su padre, quien trabajaba como herrero en los hornos de la empresa Krupp Metalúrgica, actuaba como si tuviera un solo hijo.

Sin embargo, eran tres.

Su padre era un alcohólico taciturno e irascible, y cada noche, después de su turno, mientras su mujer se quedaba en la habitación haciendo edredones, él bebía en la mesa de la cocina hasta que llegaba la hora de tambalearse a la cama y rara vez intercambiaba alguna palabra con sus hijos. Su estilo particular de severidad no era del tipo que inspiraba a sus hijos a mejorar su posición en la vida a través de una buena educación y trabajo duro. Su intención era simplemente denigrarlos, para recordarles el oscuro y abrasador horno al cual él se arrastraba todos los días, y la escasa y dañada vida que tenían y de la cual él no había logrado salir.

Hans, el mayor, fue un destacado jugador de futbol en su juventud, y su padre, sin dudar un minuto, le restregaba sus logros a Martin en la cara, ya que él nunca tuvo la misma estatura física que su hermano mayor. En la mesa familiar, era como si Hans, que ya era titular en el equipo alemán, fuera una estrella internacional, aunque nunca llegó más allá de las canchas locales.

—¿Por qué no puedes ser más que una insignificante ramita? —se lamentaba su padre mientras veía a Martin con vergüenza—. Mira a tu hermano, tiene todo un futuro por delante. ¿Qué podrás ofrecer tú en una fábrica? Los alemanes necesitan hombres grandes como abetos para construir su futuro, no ramas escuálidas.

Ernst, el hijo de en medio, no fue bendecido con mucha materia gris entre las orejas, pero en una riña siempre podías contar con que fuera el último que quedara de pie. Cuando Ernst se veía en el espejo con su padre detrás de él, el viejo veía una imagen de él mismo en su juventud, alguien rudo, bueno con los puños, que tal vez tenía sueños, hasta que los percances después de la Gran Guerra lo obligaron a dedicar su vida a trabajar en el horno. En incontables ocasiones, Ernst le echaba a Martin toda la culpa por los problemas en los que se metía en la escuela y su mal comportamiento o por la cerveza faltante en la nevera de la casa. Tenía esa clase de bravuconería petulante y creída que ostentan aquellos que saben que no tienen nada que contribuir al mundo pero que, aun así, son personas con las que cualquiera buscaría alinearse y que fingen tenerlo todo. Incluso en esos días, cada vez que Martin lo recordaba, lo único que se le venía a la mente era la nariz chata de su hermano y sus labios gruesos, siempre esbozando una sonrisa arrogante.

Martin era el callado. Desde temprana edad siempre fue del tipo que observaba en vez de hacer algo, sin haber sido bendecido con la agilidad o la fuerza de sus hermanos mayores. Pero sí tenía una mente metódica. Sin embargo, sus altas calificaciones en la escuela resultaban más en indiferencia que en un motivo de orgullo ante los ojos de su padre, atontados por la cerveza. Nadie en su pueblo iba a ningún lado con excepción de la fundición, que era como un horno gigante que devoraba a la juventud como un bosque de madera. Después de la graduación, Hans, cuya habilidad para el futbol nunca llegó más allá de unas cuantas menciones en el periódico local, se volvió un fundidor en la siderúrgica, trabajó al lado de su padre. En 1942, a los cuarenta y seis años, cuando enlistaban a cualquiera que pudiera caminar, se lo llevaron y lo uniformaron. Y antes de que el telegrama pudiera llegar a su destino, se enteraron de que había muerto congelado en Stalingrado un año después. El abusivo Ernst se enlistó en las SA en 1935; mientras Hitler tomaba el poder, se dedicó a romper las ventanas de las sinagogas, destruir escaparates y golpear judíos, ya que sus puños tenían una gran demanda. En 1938 fue encontrado muerto en un callejón en Dortmund, con un cuchillo clavado en su uniforme color caqui y una estrella judía en el pecho.

Por su parte, Martin entró a la academia de la policía local después de su graduación. Su manera de actuar, siempre firme y atento, le proporcionó las habilidades necesarias para convertirse en un investigador destacado. Durante el curso de diez años, trabajó y se fue abriendo paso hasta convertirse en el inspector más condecorado de las fuerzas militares de Essen. En 1937 fue reclutado por la *Abwehr* con el rango de capitán. Fue recompensado con un puesto en Francia, en 1940, y luego con otro en la embajada de Lisboa en 1942, y una promoción a su rango.

Pero, para entonces, su padre ya había muerto en un accidente con el torno en el trabajo, y nunca pudo ver una sola medalla en el pecho de su hijo.

Y en eso pensaba Martin Franke en la oficina del *Lagerkommandant* esa noche, mientras esperaba para atrapar a su presa: en lo sorprendido que hubiera estado su padre si hubiese estado lo suficientemente sobrio para ver cómo, para el final de la noche, su hijo, que nunca fue más que una insignificante ramita para él y jamás pudo hacerle frente a su viejo borracho, desenterraba un complot que llamaría la atención de todos los grandes abetos de Berlín.

—Entonces ¿dónde está la mujer de la orquesta? —le preguntó Ackermann al teniente Fromm, su asistente, mientras este entraba en su oficina—. Ya han pasado tres horas.

—Encontramos a dos mujeres, pero de acuerdo con nuestra testigo —dijo el joven teniente—, ninguna de ellas es la que buscamos. La tercera, la clarinetista, de apellido Blum, no llegó a la presentación de esta tarde después de regresar de su turno de trabajo.

—Pues vayan por ella. ¿Por qué la tardanza? Tráiganmela —insistió Ackermann.

—Ese es el problema, *Herr Lagerkommandant*. Fuimos a su bloque, el trece, en el campo de las mujeres, pero no la encontramos por ninguna parte. De hecho, no la han visto desde entonces.

—¿Desde esta mañana…?

—Aparentemente desde que un equipo de trabajo fue enviado a su bloque en la tarde. La matrona del campo asegura que la vieron hablando con uno de los hombres del equipo. En ese momento asumieron que se trataba de una visita conyugal.

—¿Conyugal? No entiendo.

—Trajeron al equipo encargado de transportar la bomba de agua, aunque parece ser que no hubo ninguna solicitud oficial.

—¡Ahí lo tienen! —Ackermann miró a Franke, quien estaba en una mesa cercana, con emoción—. Creo que ya sabemos a quién vino a buscar su cazador de trufas.

Franke se puso de pie lentamente y sacudió la cabeza con escepticismo.

—¿A buscar a esa mujer? No, no lo creo, comandante. No fue por eso que lo enviaron en avión y lo pusieron en contacto con los partisanos locales. No, estoy seguro de que hay un premio mucho más grande que lo espera aquí. Ya lo veremos.

—El premio de un solo prisionero me parece una recompensa bastante grande —dijo Ackermann. Luego le dijo al teniente—: Busquen al jefe de reparaciones de ese equipo. Lo quiero ante mí de inmediato.

—Sí, *Herr Lagerkommandant*… —El asistente se aclaró la garganta, pero no se movió.

—Vaya, Fromm. ¿Por qué sigue aquí parado?

—Porque creo que ya sé dónde encontrarlos, *Herr Lagerkommandant* —dijo el teniente de las ss.

—Entonces vaya por ellos. ¿O está esperando a que le manden una postal desde Londres después de su escape?

—Hubo algo inusual en el pase de lista de los hombres de esta mañana. No salió a la luz sino hasta hace poco. —El teniente se aclaró la garganta.

—Estoy esperando...

—Uno de los prisioneros en el bloque doce usó el nombre de Fisher. Tenemos el registro de un tal Pavel Fisher que murió ayer. El *Blockführer* confirmó que él era el único Fisher en ese bloque.

—¿Y cuál era el número de este Fisher? —presionó Ackermann a su ayudante.

—¿El de hoy? —El teniente buscó sus notas y lo leyó—: A22327, *Herr Lagerkommandant*.

—¿Y...? —Ackermann esperó—. Estoy tratando de determinar si el número de ese tal Fisher correspondía con el del hombre muerto, así que, si no le molesta, ilústreme, *Obersturm-führer* Fromm.

—No, señor, no correspondía —respondió nerviosamente el asistente—. De hecho, el número A22327 pertenecía a un prisionero distinto.

—¿A quién? —Ackermann se le quedó viendo impaciente. Chasqueó los dedos—. Rápido, Fromm. Tenemos prisa.

—Rudolf Vrba. —El teniente tragó saliva con vacilación.

—Vrba. —Ackermann se puso de pie; se le fue el color del rostro. Desde luego, el nombre era conocido, conocido por todos en el campo, tanto guardias como prisioneros. Ahora sabía que, si esto llegaba a saberse, sin la aprehensión inmediata de todos los involucrados esta noche, las cosas no marcharían bien para él cuando Höss regresara y llegara el momento de hablar de su carrera. Sin importar las cifras que alcanzara.

—¿Qué pasa? —preguntó Franke.

—Tiene razón, coronel. Esto es mucho, mucho más grande que alguien que viene simplemente a rescatar a un familiar. ¡Que saquen a todos los prisioneros de ese bloque! —le ordenó Ackermann a Fromm—. A todos los malditos judíos que haya. Quiero que limpien y revisen el lugar de arriba abajo; quiero un registro de todo, hasta los malditos piojos. ¿Me entiende, teniente?

—Sí, *Herr Lagerkommandant*. Entiendo. —El teniente saludó y se dispuso a salir.

—Espere, teniente... —Franke le hizo un gesto al asistente para que se quedara—. Comandante, aquí hay más en juego que este hombre y un escape. Es de vital importancia que averigüemos precisamente quién es y para qué está aquí.

—¿Y qué es lo que sugiere, coronel?

—Sugiero que dejemos que la situación se desarrolle.

—¿Se desarrolle? ¿Por qué arriesgarse tanto? —preguntó Ackermann—. Sabemos dónde está, ya los tenemos.

—Sólo es un pequeño riesgo, ¿no cree? Los equipos de trabajo se formarán en breve, ¿no es así? —Franke revisó su reloj. Parte de su mente evocó un recuerdo de su padre, agachado frente a una cerveza. Ahora que sus dos brillantes hijos habían caído de forma vergonzosa, su insignificante ramita, su descendencia indigna de serlo, estaba a punto de descubrir un plan de los Aliados de tal magnitud que tal vez hasta lo haría merecedor de recibir la Cruz de Hierro—. Yo digo que dejemos que todo marche de acuerdo con su plan. Sabemos precisamente dónde estarán en unos cuantos minutos.

61

Mientras los minutos pasaban, Alfred se sentó entre los agotados trabajadores en su catre. Ya había tomado su comida de la tarde, su última en el campo, eso esperaba. De todas las cosas que había experimentado y esperaba olvidar, el caldo rancio que servían dos veces al día, que apenas los mantenía con vida, estaba cerca de los primeros lugares en su lista.

Su mente se desvió hacia el recuerdo de Marte y Lucy.

Recordó que las dos hablaban acerca de llegar a Estados Unidos algún día, para instalarse en alguna hermosa y bulliciosa ciudad donde hubiese alguna institución respetada: tal vez Chicago, con Fermi. O Berkeley, en California, con su viejo amigo Lawrence. O en Nueva York. Una vez estuvo ahí para presentar una investigación en el Simposio de Ciencia Atómica, en 1936. La oportunidad de continuar su trabajo en un lugar que fuese seguro y no hostil con los judíos sería un sueño hecho realidad.

Había sido el sueño de todos ellos cuando cruzaron de Polonia a Holanda y, después, a Francia, papeles en mano.

Pero ahora sólo él tendría la oportunidad de vivir ese sueño, si es que eso le deparaba el destino, el destino de esta sombra del hombre que alguna vez fue, pálido y desnutrido, tan delgado que Marte habría tenido que mirarlo dos veces y ni aun así habría podido reconocerlo.

Él y este chico.

Era igual que el teorema de Heisenberg, reflexionó Alfred. La incertidumbre es la única certidumbre que existe en este mundo. Lo único que uno puede medir por completo. Incluso en la pequeña escala del átomo, había límites inherentes respecto a la precisión con la que se podían identificar ciertos eventos.

Y, claramente, este era el caso en la gran escala de la vida.

Sonreía al recordar lo que el gran Einstein presuntamente había dicho cuando le dijeron que fue su teoría —$E = mc^2$—, la que había abierto un nuevo mundo y desencadenado las consecuencias radioactivas de masa y energía.

«*Ist das wirklich so?*» «¿Eso es verdad?»

Incluso una mente tan grande como la de Einstein nunca pudo imaginar las consecuencias que tendrían sus reflexiones fortuitas en una página de cuaderno.

Lo incognoscible era la belleza de la vida, Alfred lo sabía ahora. Y también su mayor tristeza.

Si identificas la posición de una partícula, recordó, digamos, permitiendo que esta se trasladara a través de una pantalla de sulfuro de zinc, cambia su velocidad y, por lo tanto, pierde su información. Si la bombardeas con rayos gamma también cambia inalterablemente su camino, así que ¿quién podría medir precisamente su posición? Cualquier método de medición nuevo siempre hacía que los anteriores, incluso si habían sido utilizados un instante antes, fuesen inciertos. Y después, el que siguiese de ese y el siguiente, según Heisenberg.

Sólo la integridad de todo conduce a la claridad.

¿Y cuándo tiene uno la oportunidad de ver eso? ¿Cuándo tenemos la oportunidad de ver el panorama completo?

«Ahora lo entienden, ¿cierto, Marte y Lucy? Sé que lo entienden. Y yo seguiré adelante, hasta donde Dios me lo permita.»

«Con este chico.»

El único momento de claridad verdadera es al final.

Se levantó de su catre y calzó sus pies azules e inflamados con sus duros zuecos. Dobló con cuidado la tela delgada y llena de agujeros que había utilizado como cobija durante los últimos meses y la colocó ordenadamente al pie de su colchón.

—¿Se va, profesor? —le preguntó Ostrow, el recolector, quien dormía frente a él, al ver que arreglaba sus cosas.

—Sólo tengo hambre —dijo Alfred—. Pienso ir por comida.

—¿De qué? ¿Algunos pedazos de pan duro? ¿Algo salado tal vez? Hervido a la perfección. ¿Tal vez un poco de grasa? —dijo el recolector entre risas.

—No. —Alfred lo miró—. De hecho, estaba pensando en panecillos ingleses.

—¿Panecillos ingleses? —El zapatero vio cómo Alfred caminaba hasta al frente del bloque, con la seguridad de que, con todos esos números y teoremas nublando su cabeza, el viejo finalmente se había vuelto loco.

—Estoy trabajando en el turno nocturno esta noche, en las vías —le avisó Alfred a Panish, el *Blockführer*.

—¿Tú? —Panish alzó las cejas.

—¿Y por qué no? ¿Es tan extraño que quiera hacer mi parte del trabajo?

—No, no es que sea extraño, es sólo que... —El *Blockführer* pensó que debía tratarse de un suicidio, que, como muchos lo hacían de vez en cuando, el viejo finalmente había decidido tirar la toalla—. Adiós, profesor. Que Dios lo acompañe.

—Gracias, Panish. Lo necesitaré.

El *Blockführer* anotó en su cuaderno que habría que ocupar la litera 71.

En la puerta, Alfred observó su bloque por la que él sabía sería la última vez. Formas encorvadas y delgadas, con más hueso que carne. Adiós. «Sólo la integridad conduce a la claridad», pensó. Ellos lo verán mañana. Sólo conocemos pedazos. Fragmentos. Lo que el universo nos permite ver. El resto... El resto son sólo cosas volando por ahí. Incertidumbre.

«*Ist das wirklich so?*» Sonrió y salió con el cielo nocturno sobre su cabeza.

62

Blum estaba sentado en la orilla del catre en el que dormía su hermana mientras la observaba.

Colocó una mano sobre su hombro, sintiendo su respiración constante, sus pulmones inhalando y exhalando, y se preguntó si, en sus sueños, existía un lugar lejano al que ella escapaba cada noche, un lugar donde podía sentirse segura, donde podía confiar, muy lejos del olor a muerte que penetraba todo aquí. Acarició su mejilla.

Doleczki.

Se recordó por qué estaba allí. Por qué había regresado a este país que sólo le evocaba los recuerdos más crueles de toda su vida. Por qué se había puesto este uniforme a rayas, se había infiltrado en este hoyo infernal y se estaba arriesgando a sufrir una muerte inmediata si se descubría quién era y cuál era su misión.

Ahora sabía que no había sido para ayudar a su nuevo país a ganar la guerra, ni siquiera para vengarse de los alemanes por lo que le hicieron a sus padres.

No, no era por eso.

Era para enterrar la vergüenza que había sentido por un largo tiempo por ser el único que se había marchado, para pagar la deuda que sentía en su corazón con aquellos que había dejado atrás.

Y ahora, mientras observaba con amor el rostro durmiente de su hermana, se dio cuenta de que había pagado esa deuda de la manera más extraordinaria.

Se sintió extasiado.

Una de las primeras piezas que Leisa tocó en un recital fue la de *Orfeo en los infiernos,* del alemán Offenbach. Esta contaba la historia de un amante afligido y desesperado que se aventuraba al inframundo con su lira, topándose con fantasmas y almas atormentadas de gente desconocida; con su música encantó a Cancerbero, el guardián de las profundidades de tres cabezas, hasta lograr incluso derretir el helado corazón de Hades lo suficiente para que este le permitiera al amor de Orfeo, Eurídice, volver con él al mundo de la superficie.

«Hagas lo que hagas, no mires hacia atrás», fue la única condición del gobernante del inframundo.

Y, de algún modo, Blum se identificaba con ese músico de la lira, abriéndose paso hasta el infierno, engañando a la muerte no una sino dos veces, más allá de las cercas de alambre y los guardias, hasta que el hermoso sonido de la música lo atrajo hacia ella.

Excepto que, esta vez, no la abandonaría.

Esta era la razón, y no los cálculos de algún profesor, por la que Dios lo había enviado aquí.

—Leisa —susurró, dándole un leve apretón en el hombro—. Despierta ya.

Su hermana se movió un tanto sobresaltada y luego, como si la tranquilizara el hecho de que Nathan siguiera a su lado, sonrió.

—Tuve un sueño de lo más inquietante —dijo ella—. Estábamos de vuelta en Cracovia. Yo me ocultaba. En el ático de la tienda de papá. ¿Recuerdas que solíamos jugar ahí, entre las filas y filas de sombreros y moldes para medir las tallas?

—Sí.

—Excepto que, esta vez, estaba encerrada. Estaba oscuro y nadie podía escucharme gritar. Y por un momento me asusté mucho, así que empecé a tocar. Por alguna razón, tenía mi clarinete y debía tocar más y más fuerte. Estaba segura de que nadie vendría, que estaría perdida ahí para siempre. Pero, entonces, tú llegaste. Encontraste la forma de entrar. Tú me rescataste, Nathan.

—Lo sé —dijo con una sonrisa—. Estaba pensando algo parecido. Igual que hoy.

Ella lo miró.

—Lo lograremos, ¿verdad, Nathan?

—Sí. Lo lograremos.

—No, lo digo en serio. Puedes decírmelo. Porque no podría seguir con esto si supiera que te estoy poniendo en peligro. Prefiero morir aquí, Nathan. Prefiero…

—Sshh, no digas más. —Apretó su brazo—. Nadie va a morir. ¿Recuerdas el juramento que le hice a papá cuando te sostuvo en la ventana…?

—Recuerdo que me lo contaste. —Leisa sonrió—. Yo era una bebé.

—Sólo tienes que saber que ahora más que nunca pienso cumplir esa promesa. Así que sí, lo lograremos. Lo prometo. —Miró al hombre que dormía en el catre frente a ellos—. Ahora ponte esto. —Le entregó su gorra y la colocó sobre su frente. Puso las manos en la grava cerca de los cimientos y le embarró un poco de tierra con los pulgares en las mejillas—. Listo, ahora luces como un joven y rudo chico.

—No es algo muy halagador que digamos, Nathan.

—Tal vez. Pero eso te salvará la vida hoy. Así que vámonos. —La ayudó a ponerse de pie. Sus latidos se aceleraron con apremio—. Llegó la hora.

63

Base Aérea de Newmarket, Inglaterra

Strauss ya estaba en la pista, dando instrucciones a la tripulación de vuelo que se estaba preparando para marcharse, cuando un radio operador corrió hacia él y le dijo que tenía una llamada importante. Siguió al hombre de vuelta al centro de comunicaciones.

Era Donovan. Desde Washington.

—Así que esta es la gran noche, ¿no, Peter? —dijo el jefe de la OSS.

—Sí, señor, así es.

—Estoy seguro de que debe ser un momento estresante para ti. ¿Hemos tenido más noticias?

—Sólo lo que le he comunicado. Blum está adentro, la tripulación del avión está preparando su plan de vuelo, tenemos bombarderos de distracción listos para salir de Hamburgo y Dresde, el ataque de los partisanos se llevará a cabo de acuerdo con lo planeado, en cinco horas.

—Bueno, has hecho bien tu trabajo, hijo. Deberías estar orgulloso, sin importar el resultado. Sólo llamé para desearles buena suerte.

—Gracias, coronel.

—¿Cómo se dice eso en hebreo, capitán?

—*Beh-hatz-la-já*, señor —respondió Strauss—. Quiere decir, literalmente, «éxito».

—¿Éxito...? Sabes, por lo general no es bueno esperanzarse demasiado en esta clase de trabajo. En estas situaciones, siempre hay más cosas que pueden salir más mal que bien, y destruir así esa esperanza. En este caso, mucho más que eso. Ambos sabíamos desde un principio que las probabilidades de éxito eran escasas.

—Entiendo, coronel. Pero creo que el hombre que elegí podría sorprenderlo en este caso.

—Bueno, nada me haría más feliz que informarle eso al presidente. Así que digamos que los dos pondremos un poco de esperanza en este caso.

—Gracias, señor. Aprecio mucho eso.

—Entonces, *beh-hatz-la-já* —dijo el jefe de la OSS, pronunciando las palabras con dificultad—. Sabes, *mazel tov* sería muchísimo más fácil.

Strauss rio.

—Sí. Ya veremos si es así, señor. Un poco más tarde.

—Estaré junto a mi escritorio el tiempo necesario, esperando noticias.

—Sí, señor. Le informaré tan pronto como sepa algo.

Strauss colgó el teléfono. Le resultaba difícil controlar el fuerte latido de su corazón. Tenía un buen presentimiento en su interior. Al diablo con las probabilidades. Sonrió. Estaba seguro de que vencerían esta noche.

64

Justo antes de las diecinueve treinta horas, la fila de trabajo se formó bajo el reloj cerca de la entrada principal. Había de treinta a cuarenta prisioneros de pie y no con mucho orden. La mayoría, incluyendo a muchos que ya habían trabajado todo el día y habían sido despertados de su siesta, mostraba muy pocos deseos de estar ahí. Blum se acercó junto con Leisa y buscaron un lugar en la dispar y desharrapada fila. Siguiendo las instrucciones de su hermano, Leisa mantuvo la mirada baja y no se quitó su gorra, que le cubría la frente. Con sus facciones oscurecidas y la tierra embarrada en las mejillas, no lucía muy diferente a un chico adolescente cualquiera. Ya había anochecido. Había cuatro o cinco guardias de las SS parados alrededor del grupo, manteniendo el orden. Otros rodeaban el área alrededor de la entrada principal, armados con ametralladoras. Los perros ladraban y tiraban de sus correas, como si el olor de los judíos arrastrándose al trabajo les recordara que era hora de comer.

Alfred y su sobrino se acercaron y se mezclaron entre la multitud de la fila.

—¿Todo listo? —preguntó Blum.

Mendl asintió.

—Pero ¿quién es este? —preguntó, sorprendido de verlo con alguien más. Su rostro reflejaba lo que Blum ya sabía: que tres personas era una cosa, pero ahora cuatro, fuera quien fuera esta nueva incorporación... cuatro personas serían aún más difíciles de ocultar mientras trataran de perderse durante el ataque. Cuatro eran demasiadas.

—Usted dijo que no dejaría atrás a alguien de su propia sangre —dijo Blum, señalando a Leo.

—Sí, pero...

—Bueno, pues tampoco yo. Leisa, este es el hombre al que vine a rescatar.

—¿Leisa? —Mendl se le quedó viendo, abriendo bien los ojos con confusión.

—Mi hermana —dijo Blum en voz baja—. Un acontecimiento imprevisto. Pero vendrá con nosotros. ¿Algún problema?

—¿Tu hermana? —Mendl se dio cuenta de que no había vacilación en el rostro de Blum—. Ningún problema —respondió. De todos modos, no había tiempo de ponerse a discutir.

—Soy Leo —dijo el «sobrino» de Mendl—. Los cuatro nos cuidaremos entre nosotros.

Leisa asintió con una sonrisa nerviosa.

Blum puso unos cuantos billetes en la mano de Alfred.

—Aquí tiene. Según la tarifa actual, será suficiente para los cuatro.

Llegaron unos cuantos rezagados.

—¡No rompan la fila! —Los guardias y kapos juntaban a todos a empujones. Lentamente, la fila empezó a avanzar hacia adelante. Los perros ladraban y les gruñían a los prisioneros mientras estos pasaban a su lado; lo único que evitaba que los atacaran eran sus adiestradores, que los sostenían. Blum observó mientras Mendl hacía contacto visual con un kapo que recorría la fila empuñando una porra.

—¿Listo para una noche de trabajo duro, profesor? —El kapo de mirada esquiva parecía reconocerlo.

—Espero que no sea tan mala después de todo. ¿Esta línea es para las vías del tren, verdad?

—Sí, para las vías del tren —respondió el kapo, asintiendo.

Alfred estiró la mano y colocó en la palma del kapo los billetes que Blum le había dado. Zinchenko volteó hacia abajo y pareció sorprenderse.

—Ahora somos cuatro —dijo Alfred.

—¿Cuatro?

—¿Qué más le da? Alguien más se nos unió. Ya pagamos por todos.

El kapo lo miró con desprecio, pero guardó el dinero en su bolsillo.

—Permanezcan en la fila o me aseguraré de que reciban una buena paliza. —Levantó su porra, amenazando a un prisionero que estaba en la fila detrás de ellos.

Varios camiones se estacionaron afuera de la entrada principal. El campo era la fuente de trabajo para los obreros de varios sitios. Algunos para las vías del tren que iban hasta Birkenau y varias zanjas más allá de las puertas del campo, que se usaban tanto como cloaca como de fosa común para aquellos que nunca llegaban a los hornos, que, de cualquier modo, estaban cerca de ahí conduciendo. Otros, como las instalaciones de IG Farben o la planta de municiones, estaban situados a uno o dos kilómetros de distancia al oeste, por Auschwitz III. El truco, como cuando Blum llegó aquí, consistía en asegurarse de que los colocaran en la fila indicada; de otro modo, nada de esto tendría caso. Llegaría el ataque y ellos se encontrarían en otro lugar. Quedarían varados ahí.

—Recuerden, corran hacia el río —le dijo Blum a Alfred al oído—. Tan pronto como comience el tiroteo. No hacia el bosque. Ellos nos cubrirán.

—Yo lo llevaré hasta ahí —dijo Leo.

—Tú harás exactamente lo que discutimos —le reprochó Alfred bruscamente. Por primera vez, Blum se daba cuenta de lo inseguro que se sentía el anciano respecto a si podría correr en medio del tiroteo. Aun así, todo dependía de que él llegara ahí con vida.

—Ustedes quédense conmigo —dijo Blum, colocándose entre Alfred y Leisa. Ahora tenía dos personas que proteger.

—¿Qué pasará si salimos y el ataque no llega? —preguntó Alfred—. ¿Si lo único que recibimos es nuestro tazón de sopa antes de que nos obliguen a marchar de regreso?

—Entonces no estará peor de lo que ya estaba esta mañana. —Blum se encogió de hombros, pensativo—. Pero yo no podré decir lo mismo.

Leo apuntó hacia el frente de la fila.

—Estamos avanzando.

En efecto, la fila empezó a moverse. Había un oficial hasta el frente que contaba a aquellos que pasaban frente a él. Alfred y Leo se mezclaron detrás de los demás.

—Tengo algo que decirte —le dijo Mendl a Blum al oído—, en caso de que no lo logremos.

—Lo lograremos.

—Se trata de Leo.

—¿Su sobrino? No se preocupe, haré lo mejor posible por protegerlo también. Le doy mi...

—No, no me refiero a eso. Yo...

De pronto, el oficial que estaba contando hasta el frente de la fila empezó a gritar:

—*Vierzig! Vierzig nur. Nicht mehr.*

«Cuarenta. Sólo cuarenta.»

Contaba a cada prisionero y les daba un ligero golpe en la cabeza mientras pasaban.

Blum se congeló. Analizó la fila delante de ellos. Tal vez habían pasado ya unos quince o veinte. Y delante de ellos, parecía haber un número igual de prisioneros. Se le hizo un nudo en el estómago.

—Nos van a dejar —le dijo a Mendl con preocupación. Si querían asegurarse de pasar, tenían que avanzar unos tres o cuatro lugares en la fila.

—Zinchenko... —Mendl llamó la atención del kapo a quien había sobornado—. Dijeron que sólo necesitan cuarenta...

—Una comida es una comida, profesor —respondió el kapo con indiferencia—. Hay otras filas.

—Esos otros trabajos no son más que marchas fúnebres —insistió Mendl—. Pagamos un precio. Un trato es un trato, Zinchenko. Cumpla su palabra.

—¿Quiere discutir, profesor? —El kapo mostró su porra—. Aquí está la corte de apelaciones. —Se notaba que al bastardo no le gustaba que lo desafiaran.

El pánico aumentó cuando Blum vio hacia adelante y se percató de que los últimos diez prisioneros se iban integrando al grupo de trabajo, mientras el oficial contaba en voz alta:

—Treinta y uno, treinta y dos... —Golpeaba la cabeza de cada prisionero que dejaba pasar.

Delante de ellos, seguía habiendo alrededor de unas quince personas más.

—No vamos a lograrlo —dijo Blum, más alarmado cada vez. ¿Todo esto para nada? Tal vez el avión ya estaba volando. El ataque... Era esta noche o nunca. Tenían que avanzar.

—Hay más de donde vino ese, Zinchenko —murmuró Mendl al kapo, al ver el mismo resultado tomando forma—. Puedo conseguírtelo.

—*Dreiunddreißig, vierunddreißig...* —seguía contando el oficial. «Treinta y tres, treinta y cuatro.»

Aún quedaban diez personas más delante de ellos, y sólo seis lugares.

—Zinchenko... —dijo Alfred entre dientes.

—¡Tengan! Más grano para el molino esta noche —dijo el kapo, empujando al profesor y a Leo hacia adelante y agarrando a Blum del cuello de su uniforme. Blum sostuvo a Leisa. El kapo arrojó a los cuatro hasta el frente de la fila, gruñéndole al oficial que los estaba contando—. Estos cuatro corren por mi cuenta esta noche. Trabajadores de primera, los cuatro.

—Ninguno de ellos parece capaz ni de cargar una pala —respondió el alemán mientras les echaba un ojo. Luego, siguió contando como si no le importara—: Treinta y cinco, treinta y seis, treinta y siete, treinta y ocho... —El oficial le dio un empujón a cada uno de ellos en el hombro hasta que pasaron—. Sólo dos más —se dirigió a la fila que estaba detrás de ellos—. Todos los demás, sigan formados. Habrá otros grupos de trabajo.

Habían logrado pasar.

Aliviado, Blum apretó el brazo de Leisa mientras pasaban lentamente por la entrada principal, que estaba rodeada por guardias que tenían la mirada perdida hacia el frente, como si los prisioneros fuesen ganado en lugar de personas. Muchos en la fila se quejaban sobre su suerte. Sacados de su catre, privados de una noche de sueño. Y para empeorar, el *Hauptscharführer* Scharf estaba a cargo; tenía un carácter explosivo incluso cuando había dormido bien. Retiraron las lonas de los compartimentos de carga de los camiones y aquellos que estaban hasta el frente de la fila empezaron a subir; los guardias revisaban sus números y los empujaban; los perros ladraban y gruñían escandalosamente, como un recordatorio para cualquiera que tuviese la idea de escapar lejos de la cerca de alambre.

El corazón de Blum latía con expectación. Escabullirse con Mendl era una cosa, pero Leo y Leisa hacían que la situación fuese mucho más desafiante. Ya casi lo lograban. Sólo un punto de control más. Más adelante, había un guardia anotando los números de los trabajadores. Lograr que Leisa pasara sería el último obstáculo. Ciertamente, con la cabeza rasurada y la tierra en sus mejillas, se veía prácticamente tan masculina como Leo.

—Sólo di tu apellido y muestra tu brazo —le susurró Blum en el oído—. Y no los veas a los ojos. Mantén la cabeza agachada. Estarás bien. —Ella asintió valiente, pero Blum podía sentir cómo latía con fuerza su nervioso corazón.

Mendl fue el primero. Recitó su nombre y número. Diligentemente, el guardia lo dejó pasar. Luego Leo. El mismo resultado. Blum era el siguiente. Empujó a Leisa frente a él y la tomó del brazo.

—Blum —murmuró con una voz baja mientras mostraba su antebrazo.

—A390207 —leyó el guardia. Leisa mantuvo la mirada agachada.

Blum miró la Luger atada al costado del guardia. Si detenía a Leisa, si aquí acababa todo, sería la señal para que Blum arremetiera contra él. Los matarían en un instante, desde luego. Pero él no dejaría que se los llevaran y torturaran. No se dejaría vencer sin pelear, como sus padres.

—Siguiente.

Leisa pasó.

Estaba hecho.

—Mirek. A22327 —dijo Blum.

—Mirek. A22317... —confirmó el guardia. Luego su mirada se dirigió al que se encontraba detrás de él—. Y tú...

Lo habían logrado. Gran parte de su fila ya se estaba subiendo al camión. Blum apretó el hombro de Leisa. Todo estaba marchando según el plan. Lo único que tendrían que hacer ahora era trabajar por un par de horas y esperar el ataque. Cuando este llegase, con disparos de ametralladora y tal vez una granada o dos, habría caos, humo, gente corriendo por todas partes. Claro, les quedaba el último obstáculo: escabullirse en medio del alboroto y llegar hasta el río. Y ahora, con cuatro personas en lugar de dos, esto sería una hazaña mucho más difícil de lograr. Pero de ser necesario, Blum estaba preparado para inutilizar a uno de los guardias; todos estarían distraídos en la confusión. Claro, sería riesgoso, de eso no había duda. Pero la parte más difícil ya había pasado. Había logrado entrar, encontrar a Mendl, y a Leisa también. Todo iba a salir bien, estaba seguro. Lo sentía en su corazón. En cuestión de horas, el avión aterrizaría y ellos estarían en camino a Londres. Y luego a Estados Unidos. Le vino a la memoria la imagen de Orfeo rescatando a Eurídice de la muerte; él también lo haría. Y, entonces, la advertencia de Hades le pasó por la mente también:

«Hagas lo que hagas, Leisa, no mires hacia atrás.»

Sólo unos cuantos segundos más.

Como la mitad del equipo de trabajo se había subido al camión número uno, la lona fue bajada y asegurada, y el resto de ellos fueron llevados al siguiente. Poco a poco, empezaron a formarse para subir. Cinco, luego diez, los guardias los arreaban con rapidez al compartimento de carga.

—*Schnell! Schnell!*

Casi llegaba su turno. El corazón de Blum se aceleró. Uno de los guardias se encargaba de empujar a cada uno de los que iban pasando.

—Tú. Tú.

Ya era su turno. Leo subió un pie y entró primero. Se dio vuelta para ayudar a Alfred, quien puso torpemente un pie sobre el escalón, tomó la mano de Leo y se impulsó con una rápida mirada de satisfacción que parecía decir: «Hasta ahora, todo bien». Blum acercó su rostro al oído de Leisa y susurró:

—Yo te ayudaré. Ya casi estamos ahí. Sólo es cuestión de...

El guardia les bloqueó el paso con su brazo.

—*Alt!*

Un instante después se encendieron unas luces brillantes; toda la escena se inundó con una luz cegadora. Blum se cubrió los ojos; los perros ladraban, saliendo de la oscuridad, y sólo eran visibles sus dientes y sus hocicos. Se escuchó el penetrante sonido de una sirena de alarma.

¿Qué estaba pasando?

Para el horror de Blum, el mismo comandante que había visto en el pase de lista esa mañana apareció detrás de un costado del camión, seguido muy de cerca por el coronel de la *Abwehr* que también había visto, con su Mauser desenfundada.

¿Por qué estaban aquí? ¿Qué diablos había salido mal?

Alguien lo sujetó de los hombros, en medio de voces en alemán que gritaban: «¡Estos cuatro!».

El coronel de inteligencia se puso de pie frente a él, con los ojos iluminados y llenos de satisfacción.

—Así que al fin nos conocemos, cazador de trufas... —dijo en inglés—. ¿Y cuál de ustedes es el premio?

El comandante saludó a Alfred.

—*Herr profesor.*

En ese instante, Blum supo de golpe que todo estaba perdido. La misión. Mendl. Leisa. Todo perdido. Con la sangre hirviendo, se lanzó hacia la pistola del coronel, tratando de arrancarla de su mano. Sabía que era un intento inútil. En cualquier segundo, seguramente sería destrozado por los disparos de una ametralladora. Sabía que le había costado la vida a su hermana, la cual había tratado de salvar valientemente. Pero, aun así, saltó. Sus manos llegaron incluso a agarrar el arma del coronel, enfocándose solamente en el hecho de que no moriría igual que sus padres, resignado y asustado, cuando de pronto alguien lo golpeó en la espalda con un objeto duro y contundente. Sus rodillas se colapsaron y cayó al suelo.

Leisa corrió hacia él y gritó, cubriendo a Nathan y repitiendo su nombre.

—Leisa, no, no... —suplicó Blum. La observó con una mirada de devastación, sabiendo que le había fallado. Les había fallado a todos.

—Ah, ¡y también está nuestra clarinetista faltante...! —dijo el comandante. A Leisa se le había caído la gorra y había quedado totalmente expuesta—. Puedes estar segura de que tus amigos te acompañarán con una serenata camino a la horca. —Asintió y un guardia la golpeó en la espalda con la culata de un rifle. Con un quejido, cayó al suelo.

—¡Leisa, no! No la lastimen. ¡Por favor! —Blum trató de alcanzarla.

—Y veamos quién es este —dijo el comandante. Un guardia jaló a Leo y lo bajó del camión.

—Lo siento, joven amigo —dijo Mendl mientras un guardia lo bajaba arrastrando, golpeando al anciano en la espalda y la cabeza con la culata de su arma.

—¡Alfred! —Leo se liberó, corrió hacia el viejo y recibió el golpe de un rifle en la cabeza, haciendo que cayera también al suelo.

Los guardias forzaron a Blum a ponerse de pie y lo escudriñaron con la brillante luz.

—Déjenla ir —dijo él, sin poder siquiera ver los rostros que tenía enfrente—. Ya me tienen. Por favor, déjenla ir.

Entonces, algo firme y contundente hizo contacto con la parte posterior de su cabeza y la imagen de su hermana siendo arrastrada inconsciente se vio inundada por una ola de oscuridad.

65

—En un mundo muy lejano... —le leía Greta al hombre apenas consciente que se encontraba en el catre, viendo hacia arriba con la mirada vacía—, a través del velo de niebla uno puede ver una imagen de belleza...

Venía aquí a leer casi todas las tardes. El día de hoy, después de lo que Kurt había hecho más temprano, no podía volver a casa. Por muy duro que fuese ver los cuerpos marchitos y desfigurados, con más hueso que carne, muchos exhalando sus últimos alientos de vida, este también era uno de los pocos lugares que la hacían sentir completa. Que la hacían creer en la vida nuevamente. El ver el breve destello de una sonrisa o el brillo en los ojos de alguien a punto de morir, cuya mente ahora había quedado libre. No se le permitía atender a los enfermos, ya que no era una enfermera entrenada, ni tampoco era apropiado, como había insistido Kurt, que la esposa de un *Lagerkommandant* tocara a los judíos directamente o, incluso más grave aún, que tratara de curarlos. Así que hacía lo que podía.

Y eso incluía hablarles suavemente a aquellos que estaban muriendo, asegurarles que no se encontraban solos. Nadie debería marcharse de este mundo sin tener a alguien que sostenga su mano o se siente a su lado. Una vez pasó de contrabando un poco de la valiosa sulfanilamida para tratar a un paciente con gangrena, que solía ser el equivalente a una sentencia de muerte en este lugar. Y una vez, cuando una joven prisionera que atendía a los enfermos y mantenía oculto su embarazo dio a luz en un estado lamentable y con terror, ya que generalmente significaba una sentencia de muerte tanto para la madre como para el bebé, pues Kurt solía hacer hincapié en que esto no era una guardería y que traer una vida judía al mundo no valía la leche que se desperdiciaría para alimentarla, tomó al bebé recién nacido e hizo los arreglos necesarios para que su sirvienta, Hedda, lo sacara a escondidas del campo. Y oró con toda la esperanza que le quedaba para que, incluso si ella misma no había traído un niño al mundo, en alguna parte hubiese uno con vida gracias a ella.

Uno por todos los que habían muerto.

Aunque lo que más hacía era leer: Rilke, Heine, Hölderlin. La mayoría de las personas a las que les leía ya eran más cadáver que persona. Les daban tres días, después de eso, te enviaban al crematorio y tu destino estaba sellado. Pero sabía que les gustaba escuchar la voz de una mujer, transportándolos momentáneamente a un lugar de tranquilidad y descanso. Y mientras ayudaba a algunos a que sus últimos pensamientos volaran más allá de la nube oscura y la cerca de alambre hasta sus hogares y sus familias, la propia Greta se sentía, al menos por un breve momento, menos atrapada y sola.

Casi libre.

—*Pani*... —El paciente al que le estaba leyendo estiró la mano y tocó su brazo. Sus labios temblaron. Indicó que le gustaría un sorbo de agua.

—Sólo descanse. Vuelvo enseguida. —Dejó marcada la página en que se había quedado y se levantó para servirle en una pequeña taza.

Fue entonces que escuchó el sonido de la sirena.

Un ruido inconfundible e incesante que penetraba todo el campo como una navaja por los oídos, diseñado para alertar a los guardias en caso de un intento de escape o una emergencia, y para indicarles a los prisioneros que habían capturado a alguien, ya que nadie lograba llegar jamás más allá de la segunda hilera de alambre electrificado.

Dentro de su corazón, siempre aplaudía a aquellos lo suficientemente valientes para intentarlo.

Pero ahora temía, por lo que Kurt le había dicho, que hubiesen encontrado al topo que buscaba el oficial de inteligencia. La desmoralizaba que hubiesen ganado otra vez, justo como Kurt lo había predicho.

Aun así, por un segundo mantuvo la esperanza de que, tal vez, en esta ocasión no hubiesen ganado. La esperanza de que, quizá, alguien hubiera logrado escapar.

Puso la taza de agua frente a los labios del paciente y permitió que bebiera, luego se disculpó por un momento y salió.

Los guardias corrían, con sus armas en mano, en dirección de la entrada principal.

—*Rottenführer* Langer —gritó al ver que el cabo venía de esa dirección—. ¿Qué está pasando?

—Un intento de escape —le dijo.

—¿Escape...? —Entonces tal vez no habían atrapado al topo aún. Todavía había esperanza.

—Pero no se preocupe, Frau Ackermann —dijo Langer, con evidente sarcasmo—. Le complacerá saber que no tuvieron éxito.

«Le complacerá...» Le hubiese complacido que alguien lograra llegar más allá de la cerca de alambre, aunque fuera por un momento, para morir ahí, como muchos lo hacían, sólo para poner fin a su sufrimiento de una vez por todas. Pero quienesquiera que fuesen estos fugitivos, sabía que no se enfrentarían a una muerte tan rápida.

—Excelente, cabo —respondió, lo suficiente claro para que hasta un tonto como Langer pudiese ver a través de su respuesta.

—Pero creo que estará particularmente interesada, Frau Ackermann, en conocer la identidad de uno de los fugitivos... —Los ojos del *Rottenführer* se iluminaron con una mezcla de regodeo y satisfacción—. El joven, me temo —dijo él.

—¿Joven...? —Su corazón dio un vuelco.

—Wolciek, su compañero de ajedrez, Frau Ackermann.

—¿Leo? —El pulso de Greta se detuvo en seco.

—Siempre supe que ese pequeño malparido tenía un lado astuto —el *Rottenführer* resopló—. Y encima, con toda la bondad que usted generosamente le mostró. En fin, debería asegurarse de que no le haya robado a sus anchas antes de que le pongamos fin a su patética existencia.

«Leo.»

Sintió como si alguien le hubiese atado el corazón a un yunque y lo hubiese arrojado al océano. Por un momento, pensó que el mismo Kurt lo había planeado todo. Sabía lo mucho que resentía su intimidad. Y lo que le había dicho… «Mis manos están atadas.» Que no podía protegerlo más. Ella sabía que él haría todo lo posible con tal de lastimarla. Esto era muy de su estilo.

«Leo.»

Se sintió perturbada. Sabía que ya era hombre muerto. Peor que eso. Kurt siempre se encargaba de encontrar algo especial para aquellos que eran descubiertos tratando de escapar, como advertencia para cualquiera que albergase ese tipo de ideas. Y este castigo lo aplicaría él personalmente y lo disfrutaría. Y cómo se regodearía después, con ese repulsivo y prepotente tono de «te lo dije». «Si mal no recuerdo, Greta, te advertí que no debías abrirle las puertas de nuestra casa a un judío y bajar la guardia.»

—Sí, tiene razón —le respondió Greta a Langer—. Revisaré. —Pero por dentro, su corazón estaba destrozado por la devastadora noticia—. ¿Y a dónde se lo han llevado, *Rottenführer*? —le preguntó, aunque, desde luego, ya sabía la respuesta.

—A donde se llevan a todos, Frau Ackermann. —Langer resopló con una risa cínica—. A darle una cálida bienvenida de vuelta al campo. Aunque no importa, para la hora del desayuno ya estará en la horca, para que todos puedan verlo al pasar. Esas alimañas deben servir como ejemplo para los demás, ¿no cree? —preguntó. Él mismo había arrastrado a Leo visita tras visita hasta su puerta y había recibido órdenes de esperar afuera, y ahora parecía estar disfrutando enormemente del dolor que él sabía le causaba esto.

—Sí, cabo. —Greta asintió—. Un ejemplo sin duda.

El cabo se disculpó con una sonrisa de satisfacción y echó a correr, riendo a carcajadas por dentro. Sin duda, todos en el cuartel estarían riéndose del asunto dentro de una hora. «Un ejemplo», había dicho él. Sí. Un ejemplo, sin duda.

Greta emprendió el camino hacia su casa. Leo era el único indicio de bondad que ella había encontrado en este lugar.

Pero por una vez en su vida, el *Rottenführer* tenía razón.

Eso era precisamente lo que debía hacerse con esas personas. Un ejemplo.

66

Al sentir el agua que le salpicaba el rostro, Blum reaccionó. Su cuerpo estaba suspendido, con los brazos colgados de un gancho en una celda y los pies arrastrando el suelo. Estaba oscuro. Los brazos le dolían. La celda apestaba a excremento y orina. Su cabeza aún se sentía confusa por el golpe que había recibido. Quería preguntar: «¿Dónde están? ¿Leisa? ¿Mendl? ¿Qué han hecho con ellos?». Pero entonces se dio cuenta de que su boca estaba tapada. Había dos hombres de pie en la celda frente a él. A uno lo reconocía como el sargento mayor Scharf. «Evita a ese, es un asesino nato», le habían advertido. El otro era Zinchenko. No tenía idea de cuánto tiempo había pasado. Horas, tal vez. Probablemente el avión ya había llegado y se había marchado a estas alturas. Su única salida de este lugar.

¿Y qué importancia tenía ahora?

De cualquier modo, en breve moriría.

—Herr Vrba. —El alemán se rio, tomándolo de la muñeca—. A22327. Bienvenido de vuelta. No teníamos idea de lo mucho que extrañaba este lugar.

Lo bajaron de donde estaba colgado.

—Disculpe, pero tenemos que embellecerlo un poco antes de su entrevista. Luce un poco andrajoso —dijo el sargento de las SS—. Luego le dio a Blum un puñetazo en la boca del estómago, sacándole el poco aire que tenía en los pulmones y haciendo que se doblara de dolor. Zinchenko lo levantó y Strauss lo golpeó otra vez. Cada célula en su cuerpo gritó de dolor, le faltaba el aire, sintió deseos de vomitar—. Esto es sólo el comienzo. Acostúmbrate, judío —dijo el guardia de las ss—. Tenemos toda la noche. Para mí, esto ni siquiera es trabajo. Es un placer. —El siguiente golpe fue dirigido a sus riñones. Un dolor paralizante recorrió todo su cuerpo.

Luego lo soltaron y se desplomó sobre el piso de concreto sucio.

¿Dónde estaba Leisa? Probablemente ya estaba muerta. No la necesitaban, ¿así que para qué mantenerla con vida? No era más que otra prisionera que había tratado de escapar. «Miles mueren cada día.» Alguien los había traicionado. Tal vez Josef, el partisano. Quién sabe. ¿Y qué importancia tenía ahora? La misión había terminado. Él estaba acabado. Cuando estuvieran listos, harían todo en su poder por descubrir por qué estaba ahí. Seguramente torturarlo. Para ellos era un juego de niños. Golpear sus talones. Meterle alambres por el cuerpo. No sabía si podría resistir mucho abuso. Y, a fin de cuentas, ¿qué es lo que sabía en realidad? No mucho. Por eso nunca le habían revelado toda la información, según había dicho Strauss. «En caso de que...» En caso de que terminase justo como estaba ahora.

Era una misión suicida. Todos lo sabían desde el principio.

—Vamos, judío, tiene gente que ver. Mueva el culo y levántense. —Scharf le arrancó la cinta adhesiva de la boca.

Los pensamientos de Blum se enfocaron en las cápsulas de cianuro que estaban cosidas en el cuello de su camisa. «Muerde», le había dicho Strauss. «Con eso bastará.» En cuestión de segundos. Tenía que creer que seguían estando ahí. Como Strauss lo había planteado: «Si te capturan, puede que sea la mejor alternativa...».

Si tan sólo agachaba la cabeza y mordisqueaba el cuello de su camisa, no tendría que pasar por todo el sufrimiento.

Lo arrastraron frente a una fila de celdas; sus piernas no podían sostenerlo. La luz se volvió un poco más brillante, emanando de manera desagradable de un foco. Al final del pasillo, vio una mesa. Había un alemán recargado sobre ella. Blum alcanzó a reconocerlo: el coronel de inteligencia. Y Ackermann, el comandante, detrás de él, vestido de gala como si tuviese una cita con el *Führer*. Había tres sillas de madera frente a la mesa. Dos de estas sillas tenían cuerpos desplomados sobre ellas, con los brazos atados detrás. Vio que se trataba de Mendl y Leo. Sus rostros estaban hinchados y llenos de moretones. No se veían mucho mejor que él. Especialmente Mendl. Su cabeza estaba agachada y respiraba con dificultad. Leo hacía todo lo posible por lucir valiente, a pesar del bulto en su rostro, pero por dentro, Blum sabía que debía estar muerto de miedo.

Porque él lo estaba.

—¡Le guardamos un lugar! —anunció el coronel de inteligencia, con el rostro iluminado—. Qué gusto que pueda acompañarnos, Herr Blum. Ese es su nombre, ¿verdad? Ya tuve el gusto de conocer a su hermana. Qué lástima que no pude escucharla tocar.

—¿Dónde está? —Blum lo miró con una mirada acusatoria.

—Por favor, por favor, ya llegaremos a esa parte después —dijo el coronel—. Por el momento, enfoquémonos en lo que tenemos aquí.

Arrojaron a Blum sobre la silla de la izquierda, pusieron sus brazos detrás de su espalda y los ataron con una cuerda. Con aparente deleite, Scharf apretó el nudo lo más que pudo. Blum miró a Mendl y a Leo.

—Lo siento —les dijo. Trató de succionar el aire que le hacía falta en los pulmones.

—No importa. —Mendl también respiró con dificultad y trató de sonreír—. De cualquier modo, no estoy seguro de que mi estómago aún tenga la capacidad de disfrutar la comida del exterior. Estoy más triste por Leo… Fue mi culpa por incluirlo en esto desde un principio. Y claro, por su…

«Hermana.» Decidió no decirlo. Quién sabe dónde estaba ella o qué destino había sufrido ya.

—No escuches nada de lo que dice —le dijo Leo a Blum—. Es un anciano. Su cabeza no funciona bien a veces.

—Insolente hasta el final. —Mendl le esbozó una afectuosa sonrisa—. Eso siempre te impidió progresar como estudiante.

—Entonces ¿empezamos? —dijo el coronel con poco cabello, con las palmas juntas como si anunciase el comienzo de una fiesta.

—Quiero saber dónde está mi hermana —le dijo Blum en alemán al comandante de facciones oscuras sentado detrás de la mesa. Tenía un pequeño látigo en la mano.

—Yo no me preocuparía por ella en este momento. —Sacudió la cabeza—. Me temo que su destino está sellado. Depende de usted hacerlo —golpeó el látigo contra la mano— más tolerable, si entiende a qué me refiero.

—Díganme qué han hecho con ella —repitió Blum—. Quiero verla.

—¿Sabe...? —El comandante resopló de mala gana y con una sonrisa de diversión.

—Soy el coronel Franke —dijo el oficial de inteligencia mientras se sentaba en la orilla de la mesa, de cara a ellos. Su mirada se detuvo en Blum; un par de ojos grises que se veían satisfechos, por un lado, de haber encontrado a su presa, y al mismo tiempo calculadores, calmados y metódicos—. Sé que sólo ha estado aquí en el campo unos cuantos días, pero creo que se habrá dado cuenta, y si no, estoy seguro de que sus amigos pueden verificarlo, de que el comandante Ackermann, aquí presente, es capaz de hacer muchas cosas. Una de ellas, como lo he notado, es causar más sufrimiento del que un hombre puede soportar. Él y su asistente, que nos acompaña también, el *Hauptscharführer* Scharf. Que es precisamente lo que ocurrirá, puedo asegurarle, si nuestra discusión no rinde frutos.

El corpulento sargento lo miró con un destello en la mirada.

—Déjenme empezar por lo que ya sabemos. Le interesará saber que he estado siguiendo su viaje por largo tiempo. Sabemos que lo dejaron aquí la mañana del 23 de mayo, hace tres días. Su acento es bastante bueno, Herr Blum. Es polaco, me imagino. ¿Checo, tal vez?

—Quiero ver a mi hermana —exigió Blum nuevamente.

—Pronto nos lo dirá —dijo Franke ignorando su solicitud—. O si no, uno de sus asociados lo hará, se lo aseguro. Sabemos que lo recibió la resistencia local y que llegó al campo como parte de un equipo de construcción. El capataz del equipo, me temo, acaba de sufrir un repentino accidente en el trabajo que ha puesto fin a su carrera como constructor. Le reventaron el cráneo. Sé que lo enviaron aquí para localizar a alguien dentro del campo, y parece ser que ya descubrimos a quién —dijo el coronel, golpeando un dedo contra la mesa—. Al profesor… y sacar a esta persona. Pero díganos, por favor, ¿a dónde tenía planeado llevarlo, Herr Blum? Si es que quiere volver a ver a su hermana. ¿De vuelta a Inglaterra, tal vez? ¿Cuál es su área de especialidad, profesor Mendl? ¿Matemáticas? ¿Física…? —Esperó—. ¿No tenemos ganas de hablar…? No importa. Pronto lo sabremos. En cuanto a los otros… —Miró a Leo—. ¿Cómo encaja usted en todo esto, jovencito? He escuchado que es un prodigio para el ajedrez. Yo también solía jugar. Será una lástima perderme ese desafío. ¿Nadie se anima? —Asintió con una sonrisa, como si estuviese muy calmado, y revisó su reloj—. Diez treinta… Aún es temprano. Tenemos toda la noche. Hay muchas cosas que uno puede hacer para conseguir que alguien hable, especialmente teniendo toda la noche por delante.

—Apresuremos esto, coronel. —El comandante le dio un golpecito a su reloj con impaciencia—. Suficiente charla. El *Hauptscharführer* Scharf se está impacientando. Y yo también. Estos son mis prisioneros, no los de usted. Nosotros los interrogaremos como queramos. Pero, tristemente, hay un tren en camino que llegará pronto, lo cual interferirá. Y, poniendo el asunto del espionaje a un lado, aquí seguimos teniendo asuntos que atender.

—Vaya a ver el asunto de su tren, Herr comandante. Tendrá que responderle a Göring personalmente si no sacan lo que saben antes de que su sargento los mate a golpes. Entonces ¿quién es usted? —El coronel volvió su atención a Blum—. ¿Por qué Mendl?

¿Por qué él? ¿Por qué es tan importante este viejo para enviar a alguien a este infierno para sacarlo? ¿Y a dónde...? En cuanto a usted, mi joven amigo... —Observó a Leo—. Parece tenerle aprecio al viejo. Empiece a hablar o dejaré que el sargento cumpla su trabajo con usted si sus amigos son demasiados tontos para cooperar.

—De todos modos estamos muertos. —Leo se encogió de hombros, viendo al hombre a los ojos—. Estábamos muertos desde el momento en que pasamos por esa reja. Sólo era cuestión de tiempo.

—Déjenlos ir —dijo Blum—. A Leisa y al chico. Deme su palabra de oficial de que no les harán daño. Entonces le diré lo que quiere saber.

—Entonces empiece a hablar, Herr Blum. —El coronel de inteligencia se levantó y fue a sentarse frente a él—. Mi auto está justo afuera. Puedo dejarlos en la frontera rumana en cuestión de horas.

—Nadie irá a ningún lado —lo interrumpió Mendl, luchando por juntar suficiente aliento para hablar—. De hecho, ninguno de nosotros seguirá aquí mañana. Incluso si el coronel le da su palabra, en cuanto él se marche, tendrán una bala detrás de la cabeza. O tal vez algo incluso «peor». ¿No es así, *Herr Lagerkommandant*? Ya estamos muertos, sólo falta el tiro de gracia.

—Como ya dije, la elección es suya —dijo Ackermann, asintiendo con un ademán que parecía decir «dejemos de perder el tiempo»—. Yo digo que los torturemos a cada uno. Que Scharf se encargue de ellos. En un minuto, estarán cantando como aves.

—Verá, no puedo salvarlos por mucho tiempo —dijo Franke—. Después de eso, lo que ocurra está fuera de mi control.

Se escuchó un ruido en la puerta y entró un guardia.

—El tren, *Herr Lagerkommandant*. Pidió que le avisáramos...

Ackermann asintió y tomó aliento.

—Media hora. Una hora como máximo. Volveré. —El comandante se puso de pie—. Nadie sale del bloque. Nadie va a ninguna parte. Es una orden. ¿Entendido, Scharf?

—Desde luego, Herr comandante. —El sargento saludó—. Perfectamente.

—Kapo Zinchenko, puede acompañarme. Y si no ha obtenido lo que quiere para cuando regrese... —fulminó a Franke con la mirada—, lo haremos a mi modo. Y usted, mi pequeño campeón de ajedrez —dijo, mirando a Leo con una sonrisa helada—, cuando regrese hablaremos largo y tendido sobre cómo fue que obtuvo estas... —Sacó la foto de Greta que Leo se había llevado y la dejó sobre la mesa, luego tomó la torre blanca que ella le había dado y la colocó encima de la foto. Sonrió—. Espero con ansias esa charla. —Dejó su bastón en la mesa y salió.

—Ya lo escucharon. —Franke levantó las palmas con frustración, como dando a entender que ya no tenía el control de la situación—. Tiene un trabajo muy difícil. Aunque, en ciertos aspectos, puede que tenga razón. Siempre me han dicho que tengo demasiada paciencia. Entonces ¿qué es lo que saben? —Le dio la vuelta a la mesa y se acercó a Alfred. Los ojos del viejo miraron hacia abajo y su boca se abrió ligeramente—. ¿Por qué enviaron a este hombre a encontrarlo? ¿Qué es lo que sabe usted, profesor, que pueda ser tan importante?

—Sólo que la densidad de un gas es directamente proporcional a su masa —dijo Mendl con una leve sonrisa—. ¿No es así, Leo?

—Sí, profesor, así es —respondió el chico—. Al menos eso es lo que me han dicho.

—Muy valiente, muy valiente. ¿No lo cree, Scharf? Tal despliegue de osadía. Entonces, usted es la trufa... —le dijo Franke a Mendl, sacando su Luger de su pistolera y moviéndola entre sus manos—. Y eso lo convierte a usted en el cerdo. —Miró a Blum—. Y ya ha visto lo que le pasa a los cerditos aquí, ¿verdad? —Sostuvo firmemente la pistola y la puso en el costado de Alfred—. ¿Por qué vino a sacarlo?

—Si cree que la posibilidad de una bala me asusta después de seis meses aquí, en verdad ha subestimado enormemente a este nido de ratas —dijo Mendl.

—¿No me diga, profesor? —Franke apretó el gatillo.

Hubo un sonido amortiguado y el olor acre de tela y carne humana quemadas. Con un gemido, Alfred se balanceó hacia atrás en su silla, con una mueca torcida en el rostro.

—¡No! —gritó Leo.

Una flor de sangre se extendió por el uniforme de Alfred.

—El siguiente será en sus rótulas, chico. Y luego en sus huevos. Sabes cuáles son los huevos, ¿no, chico? Si a él no le molesta, sé que a ti sí. Entonces ¿por qué el interés en el viejo profesor? Sé que usted lo sabe. ¿Y a dónde se dirigían? Hable. —Puso la Luger en la rodilla de Mendl—. Sólo usted puede detener esto.

—No lo hagas. —Mendl miró a Leo y sacudió la cabeza. Observó su costado; la sangre mojaba su uniforme—. ¿Me escuchas, Leo? No lo hagas.

—Sí, Leo, escúchalo. —Franke envolvió el gatillo firmemente con el dedo—. ¿Qué tanta tolerancia tiene, chico? ¿Cuánto cree que soportará verlo sufrir? No tiene mucho tiempo. Sin respuesta...

El coronel apretó el gatillo otra vez.

Mendl se sacudió en su silla, pero las ataduras lo sujetaban. Arqueó la cabeza hacia atrás y se retorció de dolor. La sangre salía de arriba de su rodilla.

—¡Basta! —suplicó Leo.

—Lo diré una vez más, hijo. —El coronel tomó su pistola y la cargó de nuevo. La dirigió hacia donde se unían las piernas de Alfred—. Contaré hasta cinco...

—No, hijo —dijo Mendl, sacudiendo la cabeza. Ya no tenía color en el rostro—. Ni una palabra.

—Dos, uno... —Franke sostuvo el arma con firmeza—. ¡Ahora!

—¡Es físico! —gritó Leo—. ¡Basta! ¡Por favor! Especialista en química electromagnética, y en un proceso llamado difusión gaseosa, que trata del desplazamiento de un gas dentro de un espacio cerrado.

—¿Y por qué eso es tan importante? —insistió Franke. Volvió a presionar la boca del arma contra la ingle de Alfred—. Lo destruiré parte por parte, lo prometo. ¿Por qué vino este hombre aquí? —Hizo un gesto en dirección a Blum—. ¿Quién está detrás de todo esto? ¿Los británicos? ¿Los estadounidenses? ¿A dónde pensaban llevarlo? No me presione, chico, le queda poco tiempo.

—¡Hágamelo a mí! —Leo se retorció en sus ataduras—. Déjelo en paz. ¡Dispáreme a mí! ¿No ve que se está muriendo? ¡Dispáreme a mí!

—Última oportunidad. —La mirada de Franke se dirigió a Leo mientras quitaba el seguro.

—No, por el amor de Dios —dijo Blum, forcejeando para liberarse de sus ataduras. El matón de las ss se acercó y le dio un fuerte golpe en la cabeza a Blum con su puño enguantado.

—¡Iba a llevarlo a Estados Unidos! —gritó Leo—. Estados Unidos.

—¡Estados Unidos! —dijo Franke con voz entrecortada y ojos muy abiertos.

—Es para hacer un arma. Lo siento, Alfred, pero no puedo quedarme aquí sentado viendo cómo te matan. Lo siento... —Leo miró al coronel y empezó a sollozar—. Dispáreme. Puede dispararme a mí. ¡No ve que lo está matando!

Franke retiró su arma. Blum se dio cuenta de que su cerebro estaba juntando las piezas del rompecabezas, y percatándose de que esto había escalado a algo mucho más grande de lo que incluso él había imaginado.

—¿Qué clase de arma? —le dijo a Leo—. ¿Qué clase de arma? Esta vez la puso en la cabeza de Alfred—. O le juro que esto es sólo el comienzo de lo que verá. Dígame o su cerebro quedará esparcido sobre su regazo.

—¡No lo sé! ¡No sé qué tipo de arma! Lo juro. No sé nada sobre el arma. Eso fue lo único que me dijo. Sólo no lo lastime más. Lo siento, Alfred, pero no puedo ver cómo te matan así. No puedo... no puedo... —El chico agachó la cabeza y lloró.

—Está bien, hijo —murmuró Alfred suavemente. Miró a Franke—. Eso es todo lo que sabe. Ya obtuvo todo lo que podía sacarle.

—La mancha de sangre en su costado se había extendido—. Eso es todo lo que le conté.

Franke se sentó nuevamente en la orilla de la mesa, esta vez frente a Blum.

—De acuerdo… En ese caso, le toca a usted, cazador de trufas. Es tu turno. —Le puso la pistola en la rodilla a Blum—. Por algún motivo, no creo que nadie se moleste en salvarlo.

—Probablemente esté en lo cierto —le respondió Blum. Se agachó para alcanzar las dos píldoras que tenía en el cuello de la camisa. Strauss había dicho que, incluso a través del material, entraría suficiente veneno en su cuerpo para cumplir su función. ¿Y por qué no ahora? La misión ya no existía. Leisa probablemente estaba muerta; y todos lo estarían en cuestión de horas. Levantó el hombro para que el cuello de la camisa quedase cerca de sus dientes. «¿Por qué no ahora?»

—Excepto una persona… —dijo el coronel. Observó a Scharf y asintió—. Alguien que aún podría persuadirlo. Tráiganla.

67

Arrastraron a Leisa desde la última celda y le arrancaron la cinta adhesiva de la boca. Ella aspiró aire y gritó:

—¡Nathan!

Era muy duro para Blum verla así. Su rostro estaba inflamado; sus ojos hinchados y amoratados. Al verla, se llenó de dolor. Pero lo único que podía hacer era sacudir la cabeza con impotencia.

—Lo siento tanto.

—No, Nathan, no lo lamentes. —Leisa lo miró con los ojos inundados de lágrimas—. Yo sólo lamento que estés aquí.

Él sonrió, a pesar de las lágrimas que escurrían por sus mejillas. Lágrimas de pena, de impotencia. Forcejeó para liberarse de las ataduras, tratando desesperadamente de torcer sus brazos para sacarlos por los nudos, casi arrancándolos de sus cavidades.

—No te atrevas a tocarla otra vez —le dijo furiosamente a Franke en alemán—. O encontraré la manera de acabar contigo.

—¿Eso harás? No me digas. Muy osado, Herr Blum. Es todo un protector. Y además muy conmovedor. —La luz se reflejaba en la brillante frente del coronel—. ¿No lo cree, sargento Scharf?

—Así es, coronel —dijo riendo el verdugo de las ss, como si las cosas estuviesen a punto de marchar muy bien para él.

—Escuché sobre su pequeña reunión junto al alambrado —dijo Franke—. Una pregunta, ¿sabías que tu hermana estaba aquí, o fue sólo por azares del destino que la encontraste mientras buscabas al profesor?

Blum no respondió.

—Supongo que fue la segunda opción. Con más razón, es una historia que le llega a uno al corazón, ¿verdad, sargento?

—Así es, señor, sin duda. —El *Hauptscharführer* sonrió, entretenido.

—Bueno, ahora veremos qué tan conmovedora se pone. —Franke tomó su pistola y recorrió suavemente con el dorso de la mano el rostro y el cuello de Leisa.

Blum lo fulminó con la mirada; le hervía la sangre.

—Déjala en paz.

—¿Quién te ordenó venir aquí para localizar al estimado profesor? ¿Cómo planeaban llevarlo de regreso? Primero a Inglaterra, me imagino. ¿O tal vez a Suecia? ¿Por tierra? ¿O tenían un avión?

—Profesor, ¿cómo estás? —le preguntó Leo, inclinándose lo más que podía.

—Temo que no muy bien... —Mendl recargó la cabeza hacia atrás. Era obvio que estaba muriendo lentamente.

—No te preocupes por él. Cuéntame sobre el arma que el joven mencionó. —Franke se sentó frente a Blum, y trazó la forma de la mejilla de Leisa con la boca de la pistola—. He escuchado de tales cosas como agua pesada, aprovechar el poder del átomo... ¿Qué tan avanzados están los Aliados en su desarrollo? ¿Te comió la lengua el gato? Tal vez yo pueda aflojársela un poco. —Apretó la Luger contra la cabeza de Leisa—. ¿Cómo será ver que explota su cerebro y queda esparcido en su regazo? Muy sucio, creo. Sólo tú puedes detenerlo.

Leisa sacudió la cabeza; las lágrimas inundaban sus mejillas.

—Nathan, no lo hagas. Ni una palabra. De cualquier modo, ya todos estamos muertos. No le des lo que quiere.

Blum gritó y luchó con todas sus fuerzas por liberar sus manos atadas. Sólo para poder ponerlas alrededor del cuello de Franke, si Dios intervenía a su favor, y luego ser molido a golpes por el sargento sediento de sangre. Ella tenía razón, todos estaban muertos de cualquier modo.

—No sé qué clase de bomba es —gritó—. ¡Por favor! Déjala en paz.

—Me pregunto cómo será ver morir a tu hermana. La hermana que rescataste con tanto valor del campo de las mujeres. Y ahora, verla aquí frente a ti, tan cerca de la muerte. Y tú eres el único que puede salvarla. Con una sola palabra. Basta con que apriete con el dedo y... —Franke movió su dedo sobre el gatillo.

—¡Juro que no sé nada más sobre el arma! —gritó Blum, suplicando con los ojos llenos de desesperación—. Sólo me enviaron aquí para sacarlo. Es todo lo que sé. Lo juro.

Leisa lo vio a los ojos, implorando.

—No, Nathan, no lo hagas.

—¿Por qué a ti? —El coronel lo vio fijamente. Blum se retorció inútilmente en sus ataduras—. Dime, o morirá antes de su próxima respiración.

—Porque hablaba el idioma. Y porque mi apariencia era idónea para mezclarme entre los prisioneros.

—¿Eres polaco?

—Sí —asintió.

—¿Y de dónde venías antes de esta misión? ¿De Inglaterra? ¿De Estados Unidos?

—¡De Estados Unidos! —Blum miró a Leisa, sacudiendo la cabeza con desaliento.

—¡De Estados Unidos! —Los ojos de Franke se iluminaron—. ¿Y cómo llegaste hasta aquí? —Levantó el arma otra vez—. No te quedes mudo ahora...

—Escapé del gueto en Cracovia en 1941. Y me enlisté en el ejército un año después.

Leisa lo miró, y la tranquilidad reemplazó al miedo en su rostro. De pronto él se dio cuenta. Había creído lo contrario desde un principio. Sin embargo, en este momento, en el que no podía hacer nada para detenerlo, para salvarla, vio que su hermana, quien estaba dispuesta a morir, era más fuerte que él. Era hermosa.

—Nathan, te libero de tu juramento —le dijo ella con una sonrisa de complicidad deliberada—. Está bien ahora, está bien parar ya.

—Entonces ¿por qué regresaste? —insistió Franke. A Blum le ardían los ojos por las lágrimas—. Sea cual sea el juramento del que habla, no puede ser que valga tanto para verla morir. Habías salido. Estabas a salvo. ¿Por qué lo arriesgaste todo para regresar? ¿Para encontrar a tu hermana?

Nathan sacudió la cabeza.

—No. Pensé que estaba muerta.

—¿Por tu nuevo país, entonces…? —dijo Franke, sin dejar de presionar la Luger contra la sien de Leisa. Ella volteó la cabeza.

—No. —Blum sacudió la cabeza—. Porque estaba avergonzado. Avergonzado por haber escapado. —Blum miró a Leisa y sus ojos se llenaron de lágrimas—. Porque todos los demás, mis padres y mi hermana, o eso pensaba, estaban muertos. —Blum observó a Franke—. Porque yo era el único que había podido salir.

—Lo ves, siempre hablan. Quieren hacerse los grandes héroes, pero siempre hablan. —El oficial de inteligencia sonrió—. Quería vengar la muerte de tus padres. Y entonces ¿cómo te sientes ahora, Herr Blum, sabiendo que lo que has hecho ha tenido justo el efecto contrario? ¿Que esta pequeña aventura esencialmente ha logrado que la persona a quien más amabas, y que seguía con vida, muera?

—Todos hubiéramos muerto de cualquier modo, *Myszka*.—Leisa miró a Blum—. Esto sólo lo hace más rápido.

—¿Que cómo me siento…? —dijo Blum. En la distancia, escuchó el sonido de música de marcha. Estaban desembarcando el tren de Ackermann. Observó a su hermana y le sonrió; su mente evocó la imagen de ella cuando era niña, tal vez sólo un vistazo o un guiño travieso mientras hacían su tarea. Luego miró al coronel—. Lo haría otra vez. Sin pensarlo. —En ese momento pensó que tal vez estas serían las últimas palabras que ella escucharía—. Ella es la mitad de lo que yo soy, sin importar lo que eso sea. Y tú no puedes separarnos. Prefiero morir con ella que vivir sin saber. —Luego regresó la mirada a Franke y se encogió de hombros—. Entonces ¿qué tanto te conmueve eso?

—Déjame mostrarte —dijo el coronel, y extendió su brazo sobre la sien de Leisa.

Entonces se distrajo por el sonido de una puerta abriéndose. Entró una mujer muy bonita con un vestido estampado, una gabardina y su cabello rubio recogido en un moño apretado.

—¡Frau Ackermann! —exclamó el sargento Scharf, sorprendido.

Leo alzó la mirada.

—Nunca había estado aquí —dijo ella, examinando la habitación donde, se decía, se llevaban a cabo estos actos tan serios—. Sólo he escuchado…

—Frau Ackermann, con todo respeto, este no es lugar para una mujer. —Franke bajó su arma—. Por lo tanto, debo pedirle que…

—Tengo algo que decir —dijo ella. Su mirada se dirigió a Leo, primero, con cariño al percatarse de la foto y la pieza de ajedrez hecha de alabastro que se encontraban sobre la mesa; luego pareció endurecerse rápidamente—. Te traté con respeto. Te di comida, regalos. Te dije que te cuidaría… Y es así como agradeces mi confianza, traicionándome.

Detrás de Leo, Scharf contuvo una sonrisa de satisfacción.

—Estas personas no valen nada, madame —le dijo Franke—. Uno les muestra un poco de amabilidad y se comportan como…

Ella sacó la mano de su gabardina, sosteniendo un arma.

—¡Frau Ackermann! —Los ojos de Franke se ensancharon y dio un paso hacia ella.

Su mano estaba un poco temblorosa al principio. Claramente, nunca había sostenido un arma. Pero extendió ambos brazos firmemente y le apuntó a Leo, quien estaba amarrado en la silla.

—Te acogí bajo mi protección. Te di esperanza. Me pusiste en vergüenza. —Retiró el percutor del arma.

—Madame, lo lamento. —Leo la miró y agachó la cabeza, esperando.

—No lo lamentes. —Greta giró los hombros y movió el arma en dirección a Franke. Él la miró en estado de *shock*—. ¿Se comportan como qué, coronel…?

Disparó. La mandíbula de Franke se abrió en medio de una respuesta perpleja y sin palabras. Apareció un agujero entre los ojos del hombre de la *Abwehr* y cayó como una pesa al suelo.

La sonrisa burlona de Scharf desapareció de inmediato, y trató con dificultad de alcanzar su propia arma. Greta le disparó dos veces en el pecho, y el impacto lo lanzó contra la pared, donde se hundió lentamente, en una mancha de su propia sangre, y se deslizó hasta el suelo.

Al principio, sólo hubo silencio. Y el olor a plomo y carne quemada. Por un momento, todos estaban demasiado estupefactos para entender del todo lo que acababa de ocurrir.

—Rápido —dijo Greta—. No hay mucho tiempo. El tren sólo los mantendrá ocupados por unos minutos. Corrió hacia Leo y lo desató. —¿Tienen alguna manera de escapar? —dijo, dirigiendo la pregunta a Blum.

—Sí. Creo que sí —respondió él, un poco aturdido.

—Entonces pueden cambiarse. —Señaló el uniforme del oficial de inteligencia—. Su auto está afuera. Hay un chofer en él. Pero deben apresurarse.

—¡Nathan! —Leisa corrió hacia Nathan y deshizo el nudo que mantenía sus muñecas atadas.

Blum sacudió los brazos para librarse de la cuerda y abrazó a Leisa. Pensó que no volvería a sostenerla entre sus brazos. Luego corrió rápidamente hacia el cuerpo de Franke en el suelo e hizo lo que Frau Ackermann había sugerido, desabotonó la chaqueta gris del oficial, sacando los brazos del hombre muerto. Escucharon el sonido lejano de la música y el escándalo de los recién llegados en la plataforma del tren. Ya no separaban a la gente en dos filas, a la izquierda o a la derecha, sino que todos iban en una sola y avanzaban con rapidez, probablemente en dirección a su muerte esa misma noche.

Blum deseaba poder advertirles a todos y a cada uno de ellos. Pero, por ahora, era la mejor distracción que pudiesen pedir.

Tan pronto como Leo se liberó, corrió hacia Mendl. El rostro del anciano estaba totalmente blanco. Había perdido mucha sangre; la sangre de la herida había atravesado su uniforme a rayas por completo. Sin embargo, su mirada reflejaba una especie de calma y claridad, incluso mientras sus fuerzas se agotaban. Blum se puso la chaqueta del oficial mientras Leo desataba los brazos de Mendl.

—Profesor, por favor, levántese. Tiene que venir con nosotros.

—No. —El viejo sacudió la cabeza—. Ya es demasiado tarde. No iré a ninguna parte. Como ves, mi tiempo se ha agotado.

—No, no se ha agotado —suplicó Leo—. Aún no, Alfred. Tienes que venir con nosotros.

Blum le quitó las botas al hombre muerto y le arrancó los pantalones.

—Creo que usted sabe más que nadie, señor, lo mucho que depende de ello. —Metió las piernas en el pantalón y se puso las botas negras, que eran una o dos tallas más grandes que sus pies, pero aun así, le quedaron sin dificultad.

Leo trató de ayudar a su amigo a ponerse de pie.

—Alfred, por favor… tienes que intentarlo. Nosotros podemos llevarte.

—No. No puedo. No puedo… —Su respiración se había vuelto pesada y dificultosa. Miró su costado y colocó la mano ahí. Luego volvió a levantarla y vio su palma manchada de sangre. Sacudió la cabeza, triste—. Sólo moriré en el camino y los retrasaré. Dejen que me quede.

—Imposible —insistió Blum, usando el uniforme de la *Abwehr* que había pertenecido a Franke. Aunque, desde luego, no lucía para nada como el coronel en lo absoluto: tenía la mitad de años que él y facciones más oscuras. Pero de noche, con el uniforme y la gorra baja cubriendo su frente, sólo necesitarían un instante—. Levántese, señor. El presidente de Estados Unidos me envió a llevarlo allá conmigo, y mientras siga habiendo aliento en su cuerpo, eso es exactamente lo que haré. Usted más que nadie sabe lo que está en juego, lo que depende de que usted logre salir. Lo cargaré de ser necesario. Sólo hasta el auto.

—Blum, por favor… —La mancha de sangre se había extendido aún más en el costado de Mendl. Sólo quedaba resignación en su mirada—. No puedo.

—¡Tiene que hacerlo! No pienso dejarlo. No después de todo lo que hemos arriesgado para encontrarlo, profesor. No ahora. —Blum sabía que sólo tenían unos segundos para salir de ahí. Ackermann había dicho que volvería en media hora. Eso podría ser en cualquier momento. Blum observó al pálido físico, temiendo, con cada instante que pasaba, que falleciera y todo se perdiera: la misión, su juramento. La voz de Roosevelt resonaba en su cabeza: «No nos falles»; no sabía qué hacer.

—Me temo que Dios tenía en mente un final distinto para mí —dijo Mendl, jadeando y esbozando una sonrisa muy débil—. Pero aún existe una manera…

—¿Una manera…? La única manera es por la puerta, señor. ¿A qué se refiere? —Blum sabía que, en cuestión de un par de minutos, el hombre por quien había arriesgado su vida posiblemente moriría.

—Leo —dijo el profesor. Extendió la mano, casi sin ver, y Leo la tomó. Mendl miró a Blum—. Leo no es mi sobrino. Mentí. Lo siento, sé que eso podría habernos retrasado, pero lo hice precisamente en caso de esta eventualidad. El chico… —Mendl tosió, y luego hizo una mueca de dolor, limpiándose la sangre de los labios con su manga—. Él lo sabe todo. Todo lo que yo sé. Cada prueba. Cada fórmula. Todo lo que necesitan. Se lo he estado enseñando estos últimos meses.

—¿Se lo ha estado enseñando? —Blum se quedó viendo a Leo, boquiabierto—. ¿Habla en serio?

—Sí —dijo el chico—. Pero…

—Lo tiene todo, Blum. Cada detalle. —Una flama que ardía en los ojos de Mendl confirmaba lo que decía—. Incluso más que si te diera mis propias notas para que te las llevaras. Te doy mi palabra.

Blum miró a Leo. No tenía ninguna libreta, ningún cuaderno a la mano. Nada. Y tampoco llevaba nada consigo cuando habían tratado de escapar del campo.

—¿Cómo? ¿Dónde...?

—Dile, Leo —dijo Alfred con una sonrisa y asintiendo—. Vamos.

El chico tocó su propia sien.

—Aquí.

—¿En tu cabeza? —Blum abrió la boca otra vez y observó a Mendl.

—Recuerda, te dije que era un chico excepcional... —dijo el profesor, aunque cada respiración que daba parecía quitarle más y más energía—. Es tan bueno como una enciclopedia con todo lo que tiene en la cabeza. Lo supe en cuanto lo conocí. Créeme, Blum, no sabes lo dichoso que sería si pudiese irme contigo y reunirme con algunos de mis viejos amigos; si pudiese presentar mi trabajo, al fin. Pero sólo los retrasaría. Sabes tan bien como yo que, en tal caso, ninguno de nosotros lograría escapar. Así que váyanse ahora. —Sonrió débilmente, luego tosió con sangre en la lengua—. Ya no me necesitan.

—Rápido, tienen que apresurarse —dijo Greta—. ¿Escuchan a la orquesta? La multitud empieza a avanzar. Kurt volverá pronto.

—Están tocando la *Oda a la Alegría*, de Beethoven —le confirmó Leisa a Blum—. Eso significa que los están bajando de la plataforma.

Los ojos de Leo se llenaron de lágrimas.

—Alfred, por favor, ven con nosotros... tienes que hacerlo.

—No, hijo. Este es tu destino, Leo, no el mío. Por eso Dios te puso en mi camino. Ahora lo entiendo. Es la única certeza que tengo.

—No puedo dejarte aquí.

—Sí, lo harás, Leo. Tienes que dejarme. Prometiste que lo harías. Tienes que cumplir tu palabra.

Blum tomó a Leo de los hombros y lo miró a los ojos.

—¿Todo esto es verdad? ¿Sabes todo esto, todo lo que él dice? ¿Cada parte? Necesito estar totalmente seguro.

—Sí. —El chico dudó al principio, luego asintió con convicción—. Lo juro.

—Entonces tenemos que irnos. Ahora. —Recogió la Luger de Franke del suelo—. Profesor, desearía poder decir algo más. Dios le debe un mejor destino que simplemente quedarse aquí para morir.

—Mi destino está en buenas manos —dijo con una sonrisa que reflejaba determinación—. Mis chicas llevan mucho tiempo esperándome.

—Y, madame... —Blum miró a Greta—. Tenemos espacio. ¿Vendrá con nosotros?

—Gracias. —Ella sacudió la cabeza—. Pero me quedaré con él.

—Por favor, venga con nosotros... —le imploró Leo. Todos sabían el destino que le aguardaba cuando su esposo regresara.

—No. —Greta le esbozó una sonrisa—. El profesor está en lo cierto. Tampoco es mi destino. Además, es posible que necesiten unos minutos de distracción adicionales cuando mi esposo regrese. Así que váyanse.

Blum asintió.

—Entonces, sin importar qué fue lo que la incitó a hacer lo que hizo por nosotros, tiene mi más sincero y profundo agradecimiento.

—Tienen que apresurarse. —Miró a Leo profundamente a los ojos y colocó una mano sobre su mejilla—. Vete. Los guardias volverán de la plataforma en cualquier momento. Que Dios los acompañe.

—Y a usted también, madame —respondió Blum—. Leisa, envuélvete con esa tela. —Blum señaló una cobija doblada que estaba en el suelo—. Leo, tú me seguirás una vez que te dé la señal de que es seguro. ¿Dice que su auto está afuera?

—Sí. —Greta asintió—. Cuando entré, su chofer estaba fumando un cigarrillo.

—Bueno, esperemos que ya haya terminado y haya vuelto al auto. —Blum revisó el arma—. De otro modo, su guerra habrá llegado a su fin y tendremos que tratar de escapar en el auto, lo mejor que podamos. Leo, ¿de casualidad sabes conducir?

—No —respondió, sacudiendo la cabeza—. No sé conducir.

—Yo tampoco, por desgracia. Esperemos que el chofer esté de vuelta en el auto. Profesor…

Mendl no respondió. Su cabeza estaba inclinada, su boca abierta, sus labios blancos y agrietados y murmuraba algo. Se estaba muriendo.

—¡Alfred! —dijo Leo, con la angustia desgarrándolo desde adentro. Nuevamente, parecía incapaz de marcharse.

—¡Leo! —Blum lo tomó del hombro—. Tienes que dejarlo. Es hora de irnos.

—Yo me quedaré con él —dijo Greta—. No morirá solo. Tu amigo tiene razón, tienen que marcharse sin demora. Pero, Leo…

—Sí, Frau Ackermann… —Leo se volvió al llegar a la puerta.

—Greta. —Ella sonrió—. Y no avergonzarías a una dama habiéndolo olvidado tan fácilmente, ¿verdad…? —Tomó de la mesa la foto de ella en un bote que Leo se había llevado, así como la pieza de ajedrez blanca que le había dado. Se acercó a él, las colocó entre las manos del chico y le dio un cariñoso beso en la mejilla—. El bien gana, Leo. De vez en cuando. Recuérdalo. Incluso aquí. Así que sálvate y vive tu vida. Si no por otra cosa, hazlo por mí.

—Lo haré, madame —le dijo; las lágrimas escurrían por sus mejillas—. Lo haré.

—Vete entonces. —Greta volvió al lado del profesor y lo tomó de la mano—. Ahora necesita escuchar una voz reconfortante.

—Gracias otra vez —dijo Blum, mientras abría la puerta del bloque de celdas unos cuantos centímetros. Se asomó. Vio el gran auto a unos cuantos metros de distancia. No parecía haber nadie alrededor—. ¿Están listos? —Miró a Leo y a Leisa. Ambos asintieron. Había llegado el momento. Observó a Alfred una vez más y le esbozó una última sonrisa a Greta—. Que sea por el bien entonces.

—Sí. Por algo de bien.

Blum bajó la gorra del coronel para que esta ocultara sus ojos y salió.

68

Una vez afuera, la suerte sí que los acompañaba. No había guardias a la vista. Escucharon un gran estruendo y vieron el brillante destello de unas luces que provenían de la plataforma del tren, cerca de la entrada principal. El chofer de Franke estaba en el asiento delantero de un gran sedán Daimler, con la puerta abierta.

—Vamos —dijo Blum, quien sostenía a Leisa cubierta con una cobija en sus brazos, y le hizo una señal a Leo con la mano.

El chofer corrió a abrir la puerta.

—Quédate al frente —gritó Blum en alemán. Tenía la Luger de Franke en la mano y estaba preparado para usarla si el chofer no obedecía. Afortunadamente, el coronel de inteligencia debía haber sido un jefe tan estricto que el chofer simplemente saludó y se quedó detrás del volante después de responder:

—Sí, Herr coronel.

Blum abrió el cerrojo del maletero del Daimler y se abrió una gran compuerta. Luego, metió a Leisa.

—Ahora. —Miró a su alrededor y, con otra señal dirigida a Leo, este salió. El chico corrió y se metió al maletero también. Blum les dijo—: Permanezcan en silencio. Los sacaré a ambos cuando estemos lejos y a salvo.

Puso el cerrojo al maletero y salió de atrás del auto.

—Enciende el motor —le gritó, subiendo al asiento trasero, con la gorra del coronel de la *Abwehr* cubriendo parte de su rostro—. Regresamos esta noche. Vamos.

El chofer miró hacia atrás.

—¿De vuelta a Varsovia, Herr coronel...? —Ya era casi medianoche y era un viaje de muchas horas.

Sus ojos se ensancharon por el asombro.

Blum tenía la Luger en su rostro.

—Si quieres vivir, sólo conduce. Una vez que nos alejemos de la entrada, te dejaré salir. Pero si dices una sola palabra o das la más mínima señal de que algo está mal, será lo último que hagas. ¿Entendido?

El chofer, un cabo que portaba un uniforme gris de la *Abwehr* y una gorra con visera, un par de años mayor que Blum, cuando mucho, asintió y miró hacia el frente.

—Sí, señor, entiendo. —Giró la llave y el motor del Daimler se encendió con un retumbo.

—Mantén ambas manos en el volante donde pueda verlas. Y como puedes escuchar, cabo, mi alemán es perfecto, así que nada de juegos. Puedes estar seguro de que mi arma está detrás de tu cabeza.

—Sí, coronel. —El chofer asintió nerviosamente.

—Conduce.

Le dio vuelta al auto y se dirigió lentamente a la entrada principal. Aparentemente, nadie les prestaba atención ni los perseguía. Blum alcanzaba a ver guardias en las torres de vigilancia, detrás de ametralladoras, pero su atención parecía estar dirigida a las vías, no al elegante auto de un oficial debajo de ellos. Había mucho movimiento al frente, ya que el tren principal había dejado su carga. Proyectores deslumbrantes y música de orquesta; una festiva danza eslava. Los guardias gritaban órdenes. Blum alcanzaba a ver una gran multitud, miles de personas, como una ola negra, congestionada en la plataforma del tren.

Era probable que ninguno de ellos viviera para ver la luz del día.

—Detente en la entrada, como de costumbre —le indicó Blum. Su ritmo cardiaco empezó a acelerarse. Vio a dos o tres guardias vigilando la entrada—. Y te repito, una sola palabra o movimiento en falso y respirarás tu último aliento.

—Sí. Entiendo. —El chofer asintió.

—Bien.

Al acercarse al acceso de ladrillo, bajaron la velocidad y se detuvieron frente a la entrada, la misma por la que Blum había entrado tres días antes.

El reloj de la puerta marcaba las doce con ocho minutos. Faltaba una hora y media, aproximadamente, para que aterrizara el avión, de acuerdo con el plan, si es que aún aterrizaba. De pronto, Blum contuvo un temblor de preocupación al pensar que él y Mendl no estarían en el río, de acuerdo con lo planeado, cuando ocurriera el ataque, dentro de veinte minutos. Un guardia salió de la caseta de vigilancia y se acercó al Daimler. El chofer bajó la ventanilla. Blum jaló el mecanismo del arma para que el conductor lo escuchara.

—Recuerda, estoy escuchando cada palabra.

—¿Se va tan tarde? —preguntó el guardia de la entrada, echándole un vistazo al auto.

—De vuelta a Varsovia —dijo el chofer—. Un asunto urgente, me temo.

—Herr coronel... —dijo el guardia, mirando someramente la parte de atrás del auto.

Blum, sentado en la parte más oscura del asiento trasero, le respondió con un gesto de la mano. El arma estaba oculta bajo el abrigo del coronel, que le cubría el brazo.

El corazón casi se le salía del pecho.

—Bueno, en ese caso, cuidado con la niebla —dijo el guardia, e hizo una señal en dirección a la caseta de vigilancia—. Hay mucha en el valle por la noche.

—Gracias. Tendré cuidado —respondió el chofer. La barrera se alzó lentamente y el guardia se hizo a un lado.

Blum dejó escapar una profunda exhalación.

El Daimler avanzó. Al pasar, Blum miró hacia atrás y vio cómo el guardia retomaba su posición en la caseta de vigilancia. La barrera bajó nuevamente. Su corazón empezó a retomar su ritmo normal.

Había pasado tres días en el peor infierno imaginable en la tierra.

Y ahora eran libres.

69

Ackermann sabía que algo estaba mal tan pronto como él y Fromm se acercaron al bloque de celdas.

Se escuchaban silbatos. Los guardias corrían por todas partes, gritando. El teniente Kessler estaba de pie en la entrada, con el rostro cenizo; se puso en posición de firmes y saludó cuando Ackermann se acercó.

—¿Qué pasó aquí? —preguntó el *Lagerkommandant,* con un sentimiento nervioso dando vueltas en su vientre.

Kessler se limitó a señalar el interior.

Ackermann entró, y su quijada se tensó fuertemente al echar un vistazo alrededor.

Franke estaba muerto. «Imposible.» En el suelo. Había un agujero oscuro en su frente. Sus ojos estaban tan abiertos como dos monedas de cincuenta peniques.

Y Scharf... Él estaba sentado y recargado en la pared; se veía tan sobresaltado como era humanamente posible, con dos agujeros rojos en el pecho y un rastro de sangre embarrado en la pared donde su cuerpo se había deslizado.

Greta lo miró, con un vestido de estampado azul y una gabardina. Tenía un arma en la mano.

—¿Qué pasó aquí? —dijo horrorizado, aunque la respuesta era irrevocablemente evidente.

—Se han ido, Kurt. Eso es lo que ha pasado. —Greta sonrió, aunque no con humor—. Tu preciado topo. Su hermana. Oh, y mi pequeño amigo jugador de ajedrez. Todos se han ido. El profesor... —Mendl estaba sentado en una silla con la cabeza hacia atrás, los ojos parpadeando en largos intervalos, una gran mancha de sangre en su uniforme a rayas y murmurando algo—. Él se quedó conmigo.

—¿Qué diablos está diciendo? —preguntó Ackermann, aunque no sabía a ciencia cierta por qué le importaba.

—Está hablando en alemán, Kurt. Deberías entender. Algo sobre «*Ist das wirklich so?*»

—«¿Eso es verdad?» —preguntó Ackermann, desconcertado.

—Tal vez está tan sorprendido como tú, Kurt, por lo que ve.

—Greta, baja el arma. Por favor.

—No, Kurt. No lo haré. —En vez de eso, le apuntó.

Fromm trató de tomar su pistola, pero Ackermann estiró un brazo.

—Podría matarte también, Kurt. Pero ¿qué importancia tiene ahora? —Su mirada y su voz denotaban cierto placer—. Tu carrera está acabada. Todo por lo que has trabajado tan duro. Todos tus adorados números. Y ni siquiera necesito apretar el gatillo. Ya estás muerto. Tan muerto para ellos como lo estás para mí. Muerto para todos.

Ackermann la observó con horror y luego miró lentamente alrededor.

—Greta, ¿qué has hecho?

—¿Qué he hecho yo? —Ella rio—. La pregunta es, ¿qué es lo que has hecho tú, Kurt? ¿Qué es lo que han hecho todos ustedes? Eran personas. Tus preciados números... No dígitos, Kurt. Eran madres. Esposos. Niños pequeños. Tenían vidas. Esperanzas. Al igual que nosotros, alguna vez. Gente.

—Hice lo que tenía que hacer, Greta. Si no hubiese sido yo, habría sido alguien más. —Dio un paso hacia adelante—. Fromm, activa la alarma. Quiero que traigan a esos tres de regreso ahora.

—Sí, *Herr Lagerkommandant*. —El asistente retrocedió lentamente en dirección a la puerta, consciente del arma que Greta tenía entre manos, la cual nunca se movió del pecho de su esposo. Salió corriendo.

—Vamos a atraparlos, Greta. Todo esto habrá sido en vano. Los atraparemos, y ya sabes lo que les haremos. Ahora baja el arma.

—Me temo que no puedo hacerlo, Kurt. Es demasiado tarde. Ambos lo sabemos. No ahora. Ah, y otra cosa, mi pobrecito y querido esposo… Algo que deberías saber.

—¿Qué es lo que debería saber, Greta? —La observó con ira que se iba acumulando dentro de él. Tenía razón. Su carrera estaba arruinada. Sus vidas. ¿Qué más faltaba?

—Tenías razón. Sí me cogí al pequeño judío.

La mandíbula del *Lagerkommandant* se tensó con furia.

—Dejé que me hiciera voluntariamente lo que tú tuviste que obligarme a hacer.

Él apretó los dientes.

—Greta, dame el arma.

El anciano había dejado de murmurar. La cabeza le colgaba hacia un lado. Su boca estaba abierta. Pero sus ojos parecían tranquilos. Finalmente, dejó salir una última y profunda exhalación.

Se había ido.

—Creo que sabes lo que eso significa, Kurt. «*Ist das wirklich so?*» Cualquiera que haya vivido en este infierno lo sabría. Creo que ve a su esposa y a su hija, así como yo veo algo ahora…

—¿Qué es lo que ves, Greta?

—Veo más allá de esto. Incluso en este infierno, uno tiene que seguir creyendo en algo, ¿no es así?

—¿Y en qué crees tú, Greta?

—¿En qué creo yo…? —Le esbozó una pequeña sonrisa—. Yo creo en el cielo, Kurt. En la gran inmensidad azul del cielo.

—¡Greta!

Se llevó el arma a la cabeza y apretó el gatillo.

Después de que el cuerpo de Greta cayó al suelo, finalmente pudo quitarse un gran peso de encima. Ya no se sentía atada a este lugar lleno de fealdad y muerte. Pasó junto a Kurt, que seguía observando con horror, como si ella no estuviese ahí. La puerta estaba abierta. Pasó frente a las barracas, una tras otra, todas geométricamente idénticas, y junto al funesto crematorio de ladrillos rojos. Los guardias corrían por todas partes. Siguió más allá del amargo y penetrante olor y la pesada nube negra que siempre flotaba tan baja que nunca permitía ver el cielo azul detrás de ella, incluso en días despejados.

Pero ahora podía ver el cielo: infinito y hermoso. Podía ver estrellas y galaxias. Podía ver hasta un lugar lejano sobre el que había leído. Un lugar de pastizales, ríos y belleza. Todo parecía tan cercano, justo delante de ella. La hizo sonreír. A través de la niebla. Siempre había estado a un brazo de distancia, pensó. Siempre tan cercano.

Más allá de la cerca de alambre.

70

—Dirígete al pueblo de Rajsko —le dijo Blum al conductor tan pronto como se alejaron del campo. Un letrero en el camino decía que estaba a doce kilómetros al sureste—. Recuerda que sigues teniendo un arma en la cabeza.

—Por favor —dijo el joven chofer—. Haré lo que diga, pero no me dispare. Acabo de casarme hace cuatro meses.

—Entonces sólo conduce. Con ambas manos en el volante. Todo el tiempo.

El punto donde había saltado se encontraba en un campo a tres kilómetros al sur de la aldea de Wilczkowice, y el sitio de aterrizaje estaba en un camino de granja lo suficiente despejado para que el avión Mosquito cupiera, a medio kilómetro al norte. Josef le había señalado el lugar después de recogerlo.

—¿Qué hora tienes? —le preguntó al chofer.

—¿Hora? Las cero cero quince horas, señor —respondió, mirando hacia atrás.

El ataque al grupo de trabajo estaba programado para dentro de quince minutos. El avión ya debía de estar en camino. Pero al no haber nadie en el río, los temores de Blum lo condujeron a pensar si el avión siquiera aterrizaría. Sólo podía orar para que aún hubiese gente en el sitio de aterrizaje. Debían despejar el campo y alumbrar el camino. Se pondrían en contacto por radio con el avión.

Ahora sólo tenía que localizar el sitio.

—¿Cuál es el kilometraje, cabo? En el odómetro.

—¿El kilometraje? Setenta y ocho-cuatro-dos-nueve —leyó.

—Setenta y ocho-cuatro-dos-nueve —repitió Blum—. Gracias. —Por primera vez, se recargó en el asiento.

El camino estaba oscuro; después de la medianoche, ya casi no había nadie transitándolo. Se preguntó cuánto podrían avanzar antes de que los descubriesen. Hasta que descubriesen a Greta Ackermann. Al principio, los alemanes no podrían saber con certeza qué dirección habían tomado. Pero probablemente tenían controles fronterizos en cada pueblo y, en un elegante y llamativo Daimler, los encontrarían rápidamente.

—Apaga las luces —le ordenó Blum al chofer.

—Pero, señor, el camino está oscuro. Es peligroso.

—Créeme, será más peligroso si no las apagas. —Blum puso el arma en la parte posterior de la cabeza del chofer—. Apágalas.

El chofer obedeció y apagó los faros.

Los pensamientos de Blum fueron hacia Mendl y la esposa de Ackermann. Probablemente él ya estaba muerto; en cuanto a ella, imposible saber. Sólo oraba para que lo que había dicho el profesor fuera cierto. Que todo lo que él sabía estaba a salvo en el cerebro de Leo. Todo dependía de eso ahora.

«Rajsko, a tres kilómetros.»

—Baja la velocidad. Giraremos a la izquierda más adelante.

—¿A la izquierda? Creí que había dicho que quería ir a Rajsko.

—Verás una especie de molino a tu lado derecho, y debería haber un camino de tierra a la izquierda. Tómalo. Ve despacio o lo pasarás. —Era una de las carreteras secundarias que Josef había tomado para evitar ser detectado camino a Brzezinka la noche en que Blum llegó.

De pronto, más adelante, vio la luz de unos faros en la distancia que venían hacia ellos.

—Rápido, sal del camino ahora.

—¿Aquí, señor?

—¡Ahora! En esta zanja, a la izquierda. —Blum le puso la pistola en la cabeza otra vez—. Y que ni se te ocurra encender las luces mientras pasan, a menos que quieras que esa nueva esposa de la que hablas se convierta en una viuda de guerra.

—Sí, señor. —El chofer asintió. Giró el volante del Daimler, con las luces apagadas ahora, y entró a un claro que estaba al lado de la carretera. Las luces que se acercaban se hicieron más brillantes. Blum vio que se trataba de un camión que se dirigía al campo. Mientras pasaba, su corazón se detuvo por completo. Se inclinó con el arma aún en la cabeza del chofer.

—Ni un movimiento.

Al pasar, Blum vio que se trataba de un camión de tropas... lleno. Sabía que había un destacamento en Rajsko. Así que, probablemente, ya se habían enterado en otras partes. Contuvo la respiración mientras veía cómo pasaba el camión y seguía avanzando, con sus luces traseras desvaneciéndose en la oscuridad de la noche.

Blum dejó escapar un suspiro.

—De acuerdo, sigamos. Y mantén los ojos abiertos para entrar por el desvío.

Encontraron el camino y bordearon el pueblo que dormía. El camino pasaba junto a granjas y cabañas oscuras, con sus habitantes dormidos. El camino era disparejo y estaba lleno de baches, más adecuado para un camión de granja o un tractor que para un pesado Daimler, diseñado para mantener una velocidad constante. Se sentía mal por Leisa y Leo, lo que debían de estar sufriendo encerrados en el maletero.

Finalmente, el desvío los condujo al camino principal otra vez.

—¿Por dónde ahora? —preguntó el cabo.

—A la izquierda. Hacia Wilczkowice.

El chofer viró y, por algunos kilómetros, el único vehículo con el que se encontraron fue un camión que transportaba químicos, el cual se dirigía al este, posiblemente a las instalaciones de IG Farben. Blum trató de encontrar algo, cualquier cosa, que le resultase vagamente familiar. No había nada, pero, para su sorpresa, un par de kilómetros más adelante se toparon con el cruce de tren donde los guardias los habían detenido a él y Josef tres noches atrás, que ahora estaba desierto y en silencio. Blum sabía que iba por buen camino, pero ahora era cuando las cosas empezaban a complicarse. Cuando viajó con Josef y Anja, pasó todo el tiempo con ellos, sin prestar atención al camino. En ningún momento le pasó por la cabeza que tal vez tendría la necesidad de encontrar el camino de vuelta. Sabía que buscaba un camino alternativo, sin pavimentar, lejos de la autopista principal. «Pero ¿dónde?» Pasaron junto a una granja con un silo cónico. Sí, pensó que tal vez ya había visto eso antes. Tal vez.

—Sigue avanzando.

Más adelante, pasaron junto a un camino de granja sombrío, bloqueado por una cerca.

—¡Detente!

El chofer frenó.

—¿Cuál es el kilometraje ahora? —preguntó Blum—. ¿En el odómetro?

—Setenta y ocho cuatro cincuenta y uno —leyó el chofer.

Habían conducido por veintidós kilómetros. «Quince millas.» Este tenía que ser el camino.

—Sal del auto y abre esa reja —le ordenó Blum—. Si intentas correr, te disparo en la espalda. Ya no te necesito ahora.

—No lo haré. No lo haga. Por favor.

—Entrégame tu arma.

—No llevo arma —dijo el chofer—. Sólo soy un mecánico. Mire… —Se levantó la chaqueta. Como había dicho, no había arma atada a su cinturón.

—Está bien. Hazlo rápido entonces. —Blum salió del auto con él—. Deberías poder abrir la reja.

El cabo corrió hacia ella y movió la cerradura torpemente por unos segundos, luego, abrió finalmente la reja; en todo este tiempo, Blum no le quitó la pistola de encima ni un instante. Estaba oscuro como la boca de un lobo. Blum no estaba cien por ciento seguro del camino, pero esta reja tenía que ser la misma que Josef había abierto cuando se dirigían a Brzezinka. No habían pasado por ninguna otra parecida. Y el kilometraje parecía corresponder.

—Ahora, ve atrás del auto y abre el maletero —le ordenó Blum.

—De acuerdo —dijo el chofer, alzando las palmas a la altura de los hombros—. Pero no dispare. —Abrió el maletero del auto. Leo y Leisa asomaron la cabeza con incertidumbre.

—¿Dónde diablos estamos? —preguntó Leo.

—Cerca de donde tenemos que estar. Salgan.

Leisa miró alrededor.

—¿Está todo bien, Nathan? ¿Sabes dónde estamos?

Blum le hizo un guiño para indicarle que todo estaba bien.

—¿Qué hacemos con él? —dijo Leo refiriéndose al chofer, quien empezaba a verlos con ansiedad y preocupación.

—Ya decidiremos. Por ahora, súbanse. Leo, tú al frente.

Continuaron avanzando por el camino oscuro, con las luces encendidas ahora. Blum se concentraba en cada trecho y cada vuelta, tratando de encontrar algo que le resultara familiar. Un granero. La reja de una granja. Un letrero.

Nada.

—¿Qué hora es? —le preguntó nuevamente al chofer.

—Cero cero cuarenta —dijo él. «Cincuenta minutos para el aterrizaje.» Si perdían el avión, no importaría si estaban en lo correcto o equivocados. Tampoco importaría dónde estaban. No tenían otra forma de volver a casa. Estaba el refugio de Rajsko, pero eso implicaría conducir en un vehículo que cada nazi en Polonia probablemente estaría buscando. Además, su plan de escape se había filtrado, claramente. Tal vez el refugio ya ni siquiera era un lugar seguro.

De pronto, llegaron a una bifurcación.

El chofer miró hacia atrás.

—¿Por dónde?

«Tres kilómetros al oeste de Wilczkowice», había dicho Josef.

—Por ahí —dijo Blum, apuntando hacia la izquierda.

Aquí, el camino parecía avanzar a lo largo de una hilera de frondosos árboles.

—¿Cómo podrá aterrizar el avión? —preguntó Leisa, mirando alrededor—. Aquí todo es bosque.

—¡Sshh! —le advirtió Blum. Vio cómo el guardia volteaba la cabeza.

—¿Estás seguro de que sabes dónde estás? —le preguntó Leo desde el frente.

—No tengo tan buena memoria como tú —dijo Blum secamente—, pero sé que está cerca de aquí.

Más le valía orar para que así fuera.

Siguieron avanzando por otro kilómetro o dos. La noche era tan densa y oscura que no podían ver nada más que el brillo de sus propios faros y los insectos que chocaban con el parabrisas, prácticamente cegándolos. El Daimler se tambaleaba al avanzar por el camino desnivelado. Un conejo pasó corriendo frente a ellos; el chofer se detuvo. Luego llegaron a una cerca de alambre que bloqueaba un campo. A Blum le parecía haber visto este campo antes. Después, una casa en la distancia, donde un perro ladraba. Un letrero escrito a mano: *NIE WCHODZIC NA*. «No se acerquen a los campos.»

Su corazón se aceleró. Estaba seguro de que se hallaba cerca del lugar donde había aterrizado.

—Estaciónate aquí.

El Daimler se detuvo.

—¿Es aquí? —Leo miró los alrededores de forma dudosa. No había nada. Nada más que campos cercados y más bosque.

—Lo suficientemente cerca. Salgan todos.

No había ni una luz ni un punto de referencia por ningún lado. Blum estimaba que habían conducido unos dos kilómetros desde la carretera principal. La vivienda más cercana estaba al menos a unos cientos de metros de distancia.

El chofer los miró con nerviosismo y las manos levantadas.

—¿Ahora qué? —Leo observaba a Blum, cuestionándolo.
Blum se fijó en el chofer.
—Ahora nos ocupamos de él.

71

—Dame tu reloj —le ordenó Blum al chofer.

—Le perteneció a mi padre —protestó el alemán.

—Mis disculpas para él entonces. Al mío lo asesinaron los nazis. —Blum le apuntó con el arma—. Vamos, entrégalo.

El chofer se quitó el reloj y se lo dio. Diez para la una. Faltaban cuarenta minutos, si es que el avión aún estaba programado para aterrizar. El ataque a las vías del tren ya debía haber ocurrido y los partisanos se habrían dado cuenta de que nadie había llegado a encontrarse con ellos.

El corazón de Blum se aceleró con ansiedad. No había señal de persona alguna alrededor.

—¿Entonces? ¿Qué hacemos con él? —preguntó finalmente Leo.

—Dice que es sólo un mecánico —dijo Blum.

—Lo soy —insistió el chofer al escuchar la palabra «mecánico», que era igual en polaco. Probablemente tenía uno o dos años más que Blum, no más. Con una nueva esposa, si es que decía la verdad. Sus ojos se movían de un lugar a otro, tal vez buscando una posible ruta de escape para correr de ser necesario.

—Bueno, pero ha escuchado cosas —dijo Leo—. Y, mecánico o no, tiene esa águila en el pecho. —Señaló su insignia de la *Abwehr*.

—Es sólo un uniforme —le suplicó el chofer a Blum, sin necesitar traducción de lo que había escuchado—. Fui reclutado.

—Ustedes dos, adelántense. —Blum señaló un oscuro grupo de árboles a unos doscientos metros de distancia—. Esperen ahí. Yo me encargaré de él.

—Tienes que matarlo —le dijo Leo en polaco—. Si no, alertará a todos los demás.

—Tal vez dice la verdad —dijo Leisa, hablando en defensa del chofer.

Blum asintió.

—Ustedes sigan. Los alcanzaré en un momento.

El chofer parecía estar tratando de entender lo que decían y no parecía muy feliz con lo que escuchaba.

Leo y Leisa empezaron a caminar por la alta hierba hacia los árboles. Blum esperó hasta que se perdieron de vista.

—Por favor, no le diré a nadie —suplicó el alemán, presintiendo lo que ocurría—. Sólo soy un mecánico. Me ordenaron que condujera este auto. El uniforme no significa nada para mí. Me obligan a usarlo. No creo en lo que hacen.

—Sólo camina. —Blum señaló con el arma. Había un punto bajo un árbol donde el pasto era más alto—. Por ahí.

—Por favor, hice lo que me pidió. Dijo que me dejaría ir. No le diré absolutamente a nadie. Lo prometo —suplicó nerviosamente.

—Escuchaste lo del avión.

—No escuché nada. ¿Cuál avión? No hablo ni una palabra de polaco. Mi esposa me espera de regreso en tres meses. No me dispare. Por favor…

—Lo siento. Pasan muchas cosas malas durante la guerra. ¿Nadie te lo dijo? Camina hacia allá. —El chofer dio un paso hacia atrás. Blum sabía qué era lo que debía hacer. Recordó lo que Strauss y Kendry le habían preguntado en Inglaterra: «¿Puedes matar?».

«Soy un soldado. Claro que puedo matar.»

En esta misión, esa podía ser la diferencia entre la vida y la muerte. «Tendrás que hacer cosas mucho peores que matar a un gato.»

«Entonces hazlo. Ahora.»

El chofer se quedó ahí parado, con el miedo inundando sus ojos.

—Los nazis asesinaron a mis padres —dijo Blum—, sólo porque estaban cerca del lugar donde mataron a uno de los suyos. —Tensó su dedo sobre el gatillo.

—Yo no lo hice —suplicó el cabo. Miró a Blum a los ojos—. Por favor.

—Da un paso hacia atrás.

Temeroso, el chofer tragó saliva e hizo lo que le había ordenado.

Blum quería dispararle. Por la memoria de su padre y su madre. Por todo el dolor y el sufrimiento monumental que había presenciado durante los últimos tres días. Por todo esto, le parecía justo sostener esta arma y ver cómo suplicaba este *szkop* alemán momentos antes de su ejecución, como lo haría cualquiera, como miles de judíos lo habían hecho anteriormente por su vida.

Blum apuntó la Luger al pecho del conductor.

«Dispara ahora.»

En vez de eso, bajó el arma.

—Vamos, vete. Lárgate de aquí.

El chofer lo miró con desconcierto.

—¡Vete! Y recuerda que fue un judío el que devolvió tu vida cuando pude haberla tomado. Haz algo bueno con ella. Eso está en el Talmud.

—Sí. —El cabo sonrió y asintió, agradecido por este golpe de suerte—. Lo prometo. Lo haré.

—Entra al bosque que está por allá y quédate ahí hasta que nos vayamos. —Blum le apuntó con el arma otra vez—. O si no, cambiaré de opinión.

—Sí. Desde luego. No se preocupe, lo haré.

Calculó que tendría que recorrer al menos unos tres kilómetros por el oscuro camino de tierra para regresar a la autopista principal y hacerle señas a un vehículo. Y si corría hacia una de las granjas, estando aquí solo y desarmado… ¿cómo saber con certeza a quién pertenecía la lealtad de cualquier granjero?

—¡Vete!

—Sí. Gracias —dijo el joven cabo, asintiendo—. Gracias —dijo otra vez. Se alejó, miró hacia atrás una vez más, retomó el ritmo y desapareció entre la maleza.

Blum disparó un tiro al suelo. Luego otro.

Después, corrió por la alta hierba hasta donde Leo y Leisa lo esperaban.

—¿Lo hiciste? —preguntó Leo.

Blum asintió sombríamente.

—Fue la decisión correcta. ¿Y ahora…? —Leo lo miró con reservas.

«La una.» No estaba seguro de haber tomado la decisión correcta al dejar que el chofer se marchara, pero el avión llegaría en media hora. Demasiado pronto, pensó Blum, como para que el hombre pudiese regresar y encontrar a sus compatriotas.

«Medio kilómetro al sudeste del lugar del salto.»

Blum señaló esa dirección.

—Ahora seguimos a pie.

72

Medianoche, hora estándar de Greenwich
0100 horas en Polonia

En Newcastle, Peter Strauss estaba inclinado junto a un operador de radio que se estaba comunicando con la resistencia polaca.

—Cazador de trufas uno a Katya —dijo el radio operador en polaco a su contacto en el terreno—. Por favor confirme si tiene nuestra entrega. El camión está cerca.

El avión Mosquito se había marchado hacía tres horas. No se había comunicado por radio durante la mayor parte del viaje, pero ahora, de acuerdo con el horario, se encontraba en Polonia, acercándose al sitio de aterrizaje.

Si todo salía bien, Blum debería estar con Mendl en ese avión en aproximadamente media hora.

Strauss no era un hombre religioso. La escuela de leyes y la implacable guerra lo habían curado hacía mucho tiempo de ese lujo. Su padre, el cantor de sinagoga, apenas reconocía al hombre secular con dos pequeños hijos que andaba por ahí con gorras de los Yankees —¡ni siquiera de los Dodgers!— y apenas conocía el significado de los *Yamim Noraim*. Sin embargo, Strauss sentía que debía orar un poco esta noche. Llevaban un año tratando de sacar a este hombre de Europa. Un año en el que varios operarios habían muerto; un año en el que les habían bloqueado todo camino; un año en el cual la esperanza se había convertido en desesperación al menos una docena de veces.

Y ahora, por fin, estaban a unos minutos. «Tan cerca como el Éxodo está del Génesis», habría dicho el cantor. Cada célula en su cuerpo parecía estar atenta a la situación. Strauss había fumado ya seis cigarrillos en la última hora. Sin duda, el ataque en las afueras del campo ya había sucedido. En cualquier segundo, debería estar recibiendo noticias de su contacto en el terreno. Si ya los tenían, si Blum y Mendl estaban a salvo en sus manos, sólo les quedaba aterrizar.

—¿Algo...? —le insistió al operador de radio, buscando cualquier señal de contacto.

—Nada aún, señor.

—Siga intentando.

—Cazador de trufas uno a Katya. El camión está en el vecindario. Avísenos si tiene nuestra mercancía.

0010.

—*To Katya* —se escuchó finalmente la voz rasposa en polaco. «Aquí Katya.»

—¡Tenemos contacto, señor! —dijo el operador—. Katya, el camionero quiere saber si ya tiene su entrega.

—*Negacja* —dijo la voz. «Negativo»—. No hay trufas. Sólo hay betabel hoy, me temo.

Ni siquiera hacía falta que el radio operador tradujera. «Betabel.» Esa era la respuesta predeterminada en caso de que el escape no hubiese salido de acuerdo con el plan.

El estómago de Strauss se hundió. Todo debía haber ocurrido hacía casi una hora. Revisó su reloj, aunque ya lo había revisado cinco veces en los últimos diez minutos.

«Betabel de mierda.»

Se sentó en la orilla de la mesa del radio.

—Lo siento, señor. ¿Aterrizamos de todos modos? —le preguntó el radio operador—. El piloto quiere saber.

«¿Aterrizaban de todos modos?» Qué caso tenía arriesgar un avión y a su tripulación en medio del territorio ocupado de Polonia si su «cargamento» no estaba ahí para que lo recogieran. ¿Por la escasa esperanza de que hubiesen encontrado alguna otra forma de salir? Había que ser realista, no había esperanza. Un año, un año de planeación, de supervisar cada detalle, contemplar cada posibilidad, desperdiciado. Y Blum... Strauss murmuró una oración en hebreo. Tenía las mayores esperanzas. Que Dios lo bendiga. Que Dios los bendijera a todos, se dijo, por lo que habían hecho. Dejó escapar un aliento de indignación y se frotó la frente.

—Señor, el piloto está preguntando si aún deberían aterrizar. —El radio operador lo miró.

Strauss sintió el deseo de decir: «Sí, al diablo, háganlo de todos modos. Aterricen». Un destello de esperanza que seguía ardiendo dentro de él. Blum era un hombre ingenioso.

—Cancélalo —dijo. Bajó el auricular y observó su reloj—. Que se queden en el área hasta la hora de la extracción, y que luego regresen.

Este plan era un suicidio desde su creación, reconoció Strauss en su mente. Donovan lo había dicho. Todos lo habían dicho. Una misión sin regreso desde el principio. Oró para que Blum estuviese bien, de algún modo, incluso si no había logrado salir. Forzado a pasar la guerra en ese campo. Para ponerlo en palabras sencillas, le agradaba el bastardo y admiraba su valor. Pero la cruda verdad era que posiblemente nunca sabrían qué había sido de él.

—Comuníqueme con el cuartel general de la oss en D. C. —le dijo Strauss al operador después de que había entregado su mensaje al piloto del avión.

El presidente había pedido que lo mantuviesen informado de la misión.

Debía saber las malas noticias.

73

Los tres se abrieron paso con dificultad por el bosque y la densa maleza en la dirección que Blum había indicado; estaba seguro de que esta era la que Josef había señalado, el lugar donde aterrizaría el avión.

Estaba oscuro; sólo la luna iluminaba su camino. Leisa y Leo estaban descalzos. Se mantuvieron lo más ocultos que pudieron. Mientras caminaban, Blum oraba, una y otra vez, para que la única esperanza que le quedaba, que ese avión aún viniera, no resultara inútil y también para que el sitio de aterrizaje estuviera cerca. Sabía que alguien los había delatado, eso estaba claro. ¿Había sido Josef? ¿O el capataz, Macak? ¿O Anja, incluso? ¿Y qué tanto del plan habría divulgado esa persona?

Blum se dio cuenta de que, si el ataque de los partisanos al sitio de trabajo ya había ocurrido, según lo planeado, lo único que podían estar pensando en esos momentos era que él y Mendl no lo habían logrado. Que estaba muerto o había sido capturado. En ese caso, ¿qué seguiría? Quién sabe si ya habrían comunicado esa información por radio, y si el avión aún vendría de acuerdo con el plan. O si ya había dado la vuelta e iba camino de regreso a Inglaterra.

Si siquiera habría alguien esperándolos en el lugar.

—¿Estás seguro de que vamos bien? —Leo lo miraba con exasperación reflejada en su rostro, como si estuviesen deambulando en una búsqueda sin sentido.

—Sí, es pasando el siguiente campo —dijo Blum—. Estoy seguro.

Tenía que creerlo él mismo.

¿Y qué tal si no venía? El avión. Y si no había nadie esperándolos. Blum recordó el refugio en Rajsko… A estas alturas, esa opción ya estaba probablemente perdida. El lugar estaba a miles de kilómetros. Y cada control fronterizo en el área estaría buscando el Daimler de Franke. Pronto el bosque estaría plagado de alemanes. No había manera de que pudieran llegar hasta el pueblo a pie.

Blum sabía que era esto o nada.

—Sigan caminando —los exhortó, como tratando de convencerse también.

—Nathan, ¿podemos descansar por un momento? —preguntó Leisa, tratando de recuperar el aliento. Sus pies descalzos estaban cortados y doloridos.

Él revisó el reloj. Ya eran las 0110. Veinte minutos para el aterrizaje. Nada del paisaje le resultaba familiar. No había señal alguna de alguien que viniera a recibirlos. La única luz que tenían para guiarse era la brillante luna llena.

Tal vez en el siguiente campo.

—No, tenemos que seguir. A ver, déjame ayudarte, Leisa. Te cargaré.

—No, puedo hacerlo —dijo ella, sin dejar de avanzar.

—¿Recuerdas cuando solíamos jugar al escondite afuera de nuestra casa de campo? —Trató de distraerla para olvidarse un poco de su situación.

—Sí, pero siempre lo hacíamos de día. Además, jugábamos con nuestro primo menor, Janusz, que siempre acababa revelando tus lugares de escondite.

—Había que sobornarlo con pasteles para que mantuviera la boca cerrada, de otro modo, podías darte por muerto.

Leisa se rio.

—Vaya mocoso. Entonces no es de extrañarse que se haya puesto tan panzón.

—Sí, creo que él y esa gata, Phoebe, confabulaban para...

Escucharon un sonido que venía de atrás. Incluso Leo se dio vuelta.

El corazón de Blum se detuvo.

Eran perros. Ladrando. No la clase de perro que vigila una granja y se despierta de noche.

Muchos perros. El sonido era lejano pero claro. Venían detrás de ellos.

—¡Deténganse! —dijo Blum, tomando a Leisa del brazo. Levantó las palmas para indicarles que se quedaran quietos.

En la distancia, escucharon voces también. Un grito.

«¡Mierda!» Tenían que ser. Los alemanes los estaban persiguiendo.

—¿Cómo pudieron llegar tan pronto? —dijo Leisa en una voz desolada que daba a entender: «¿Qué esperanza tenemos ahora?».

—No lo sé. No lo sé... —Blum sacudió la cabeza, inseguro. ¿Podría haber sido el chofer? ¿Tan rápido? Desde luego, Leo tenía razón. Debió haber matado al bastardo sin dudarlo. Se había equivocado al dejarlo ir.

O tal vez la persona que los había delatado en un principio también había revelado la ubicación del sitio de aterrizaje.

¿Qué importancia tenía? Estaban detrás de ellos ahora. Tal vez como a medio kilómetro.

—¡Corran! —Tomó la mano de Leisa y se echó a correr a través del campo con hierba alta—. El lugar es allá adelante, estoy seguro. —Blum los instó a seguir corriendo. «Un cuarto de kilómetro al sudeste del lugar del salto.» Tenía que estar por aquí. Pero no se suponía que fuese su trabajo llevarlos al lugar, sino de los partisanos, así que todo le resultaba desconocido.

Corrieron hasta que casi se quedaron sin aliento.

—¿A dónde diablos vamos, Nathan? —dijo finalmente Leisa, exhausta—. Nunca podremos dejarlos atrás.

—Están a sólo unos minutos de distancia —dijo Leo—. Para cuando lleguemos a...

De pronto, se tropezó y dejó escapar un grito. Unos tres metros adelante, se había tropezado con algo y caído de costado.

—¿Qué diablos es esto?

Levantó un objeto.

—Es una linterna —dijo Blum. Apagada.

—Aquí hay otra —dijo Leo, arrastrándose a unos metros de distancia—. Y otra más.

Después, corrió más adelante y se topó con otra.

Había docenas de ellas. En dos líneas paralelas. Colocadas en intervalos de diez metros.

—Debe ser alguna especie de camino —dijo Leo. De tierra, desde luego. Un camino despejado en medio del campo desigual e irregular. Parecía extenderse bastante a lo largo. Era lo suficientemente amplio para un camión o un tractor. O un…

Se miraron el uno al otro con alegría y se dieron cuenta de que lo habían encontrado.

—¡Por Dios, es el sitio de aterrizaje! —dijo Blum. Tenía que ser.

Observó su reloj. ¡Lo habían logrado! «Quince minutos para el aterrizaje.»

Blum quería dar volteretas y vitorear con euforia, pero los alemanes estaban detrás de ellos, a minutos de distancia.

—Ahora tenemos que…

De la nada, una mano le cubrió la boca y jaló su cabeza. Sintió un cuchillo en la garganta.

—*Nie ruszaj się*—le susurró alguien en polaco. «No hagas ni un movimiento.»

Del oscuro bosque salió gente sosteniendo armas.

Leo y Leisa levantaron las manos.

—¿Cómo carajos llegaron aquí? —le susurró a Blum en el oído el hombre que tenía el cuchillo.

—Escapamos del campo. Trajimos sus trufas —dijo él, usando la misma contraseña que había usado con Josef—. Vengo desde muy lejos…

La persona soltó su cuello. Blum se dio vuelta y quedó cara a cara con un hombre de barba que traía una chaqueta de caza y una gorra. El hombre puso el cuchillo en su cinturón.

También estaba Anja, la chica que lo había recogido junto con Josef. Sus rizos dorados sobresalían por debajo de su gorro de lana. Sostenía su ametralladora Błyskawica.

—¿Dónde está Josef? —preguntó Blum.

—Josef está muerto.

—¿Muerto?

—Se lo llevaron. Los alemanes. Asumimos que tú lo habías delatado.

—¿Yo? De ninguna manera. Nunca.

—Entonces ¿por qué no estabas en el sitio de trabajo, de acuerdo con el plan? —le preguntó el hombre de barba—. Seguimos adelante con la emboscada, pero no había nadie ahí.

—Lo intentamos, pero nos descubrieron en la entrada del campo. Alguien nos delató. Nos arrojaron en una celda.

—Era una trampa —espetó el hombre barbado, quien parecía ser el líder. Un grupo de diez personas más, todas con ropa oscura, salieron de entre los árboles y arbustos—. Perdimos a seis buenos combatientes.

—¿Una trampa…?

—Nos estaban esperando. ¿Qué le ocurrió al viejo? Se suponía que serían sólo dos personas.

—No lo logró. Somos sólo nosotros —dijo Blum—. Pero la misión no ha muerto aún.

El líder se les quedó viendo, con sospecha y resentimiento en su mirada. Miró despectivamente a Leo.

—No sé quién carajo eres, pero espero que salvarte haya valido la vida de nuestro amigo Josef. Él mató a muchos alemanes.

—¿Y el avión? —les preguntó Blum—. Los alemanes nos vienen pisando los talones.

—Nosotros nos encargaremos de los alemanes esta vez. —Les hizo una señal a los hombres que se encontraban en el bosque, y estos empezaron a extenderse por la maleza—. En cuanto al avión… Lucjan, tráeme la radio otra vez. La verdad es que pensamos que no veríamos a nadie aquí. Necesito llamar a su transporte otra vez.

Strauss estaba a punto de contactar a Donovan para darle las malas noticias cuando el radio operador lo tomó del brazo.

—Creo que debería esperar un segundo, señor. Está entrando otra transmisión.

—Cazador de trufas uno. Katya al habla… —El operador tradujo el mensaje en polaco—. Le alegrará saber que, después de todo, sí tenemos sus trufas. Tres grandes trufas. Listas para ser recogidas. Vengan a buscarlas, como habíamos acordado. Y rápido, por favor, porque tenemos otros compradores cerca.

«Tenemos sus trufas. ¡Vengan a buscarlas!»

—¡Seguimos en marcha! —gritó Blum, mientras sacudía los hombros del operador, casi haciendo que se le cayeran los auriculares. Tomó el micrófono y contactó personalmente al avión, que estaba dando vueltas.

—Perro de agua uno, Perro de agua uno, ¡seguimos en marcha! Repito, están ahí. Bajen y recójanlos lo más rápido que puedan. Y puede que se topen con algo de emoción en el suelo. ¡Seguimos en marcha con el plan!

Se escuchó la respuesta rasposa del copiloto del Mosquito.

—Entendido. Vamos para allá.

Strauss se recargó en el respaldo de la silla. La euforia recorría su cuerpo. Era un hombre reservado por naturaleza, y el hijo de un cantor de sinagoga, pero no hizo esfuerzo alguno por contener su entusiasmo.

—Cancele la llamada a Donovan —le dijo al operador; golpeó la mesa y salieron volando varios papeles—. ¡Seguimos en marcha! ¡Están ahí!

Sin importar cómo diablos lo había conseguido Blum, ¡estaban ahí!

Luego se detuvo por un momento y se puso a pensar por primera vez en lo que acababa de decirles el líder de los partisanos. Se sentó en la orilla de la mesa y murmuró, levantando la ceja:

—¿Tres…?

74

Se ocultaron en el bosque hasta que la banda de partisanos desapareció en sus respectivos escondites. Anja y otro corrieron hacia el campo y encendieron las linternas.

En cuestión de minutos, la pista de aterrizaje se hizo visible.

Ahora a Blum sólo le quedaba orar para que pudieran contener a los alemanes.

«Cinco minutos.»

—El avión está en el área —les dijo Janusz, el líder de los partisanos—. Por desgracia, parece que también tendremos un comité de bienvenida local.

Se escuchaban los ladridos de los perros de búsqueda que se acercaban, avanzando por los campos oscuros, incluso más cerca que hacía unos minutos. Gritos en alemán. Luces moviéndose intermitentemente al azar.

Blum revisó su Luger. Su sangre hervía. Quedaba claro que tendrían que pelear para escapar.

De pronto, por encima de ellos, escucharon el sonido de un motor en el cielo nocturno.

—¿Escuchas eso? —le dijo Blum a Leisa, con voz exultante mientras apuntaba al cielo—. ¿A quién más podría venir a recoger ese avión? En unas cuantas horas, estaremos en Inglaterra.

Por primera vez desde que la había encontrado en la orquesta ese mismo día, vio la brillante sonrisa en su rostro y los ojos llenos de confianza que recordaba de su juventud.

—Sí. Lo escucho, Nathan.

—Lo ves, Leo. —Blum le dio un empujón al chico, con aire triunfante—. Te dije que este era el lugar.

—Nunca lo dudé. —Leo le devolvió la sonrisa. Luego dirigió una mirada nerviosa al lugar de donde provenían los gritos en alemán.

Pasó otro minuto y el estruendo que había encima de ellos se volvió más fuerte. El avión aterrizaría sin luces, había explicado Janusz, y usaría las linternas para guiarse.

—¡Ahí! —Leo señaló el cielo.

Apenas una sombra por encima del horizonte, con la única luz proveniente de la cabina, el avión venía bajando desde el norte. Pronto estuvo a sólo unos doscientos metros del suelo; sus alas se mecían en el viento.

—¡Está bajando rápido! —dijo Blum.

—Prepárense. Estará en el suelo en treinta segundos —dijo Janusz—. Cuando aterrice, nosotros...

De pronto, escucharon el sonido de los disparos de una ametralladora. Una ZB vz. 26 checa. Los partisanos habían sorprendido a los alemanes y estaban tratando de alejarlos del lugar. Lo único que tenían que hacer era mantenerlos ocupados por uno o dos minutos.

Blum sólo alcanzaba a ver sombras oscuras, soldados que avanzaban por el mismo campo por el cual él, Leisa y Leo habían pasado minutos antes, y los destellos amarillos de los disparos de las ametralladoras.

—¡Agáchense! —les ordenó Janusz—. Vamos a recibir disparos. —Los alemanes estaban respondiendo al fuego, principalmente en dirección al bosque, donde se encontraban ocultos los combatientes de la resistencia. Los disparos eran tan escandalosos que no estaban seguros de si ya habían visto el avión.

—Hay muchos de ellos. —Janusz le quitó el seguro a su Błyskawica—. Una vez que aterrice, tendrán que moverse rápidamente, y hagan lo que hagan, no se detengan.

Blum asintió, tomando la mano de Leisa.

—Entiendo. ¿Y tú?

—Sí. — Leisa asintió; la preocupación se veía claramente reflejada en su mirada.

—Entonces prepárate. Toma mi mano.

La anticipación recorría su cuerpo como un río que se desbordaba en la orilla. Blum recorrió con la mirada la ruta del Mosquito mientras volaba por encima del campo y se acercaba. Ahora ya podía ver sus alas bajando de un lado a otro, más y más bajo cada vez, y la luz de la cabina descendiendo bajo los árboles, y luego tocando tierra; sus ruedas golpearon el suelo y rebotaron con fuerza una, dos veces, por la pista improvisada llena de baches.

—¡Prepárense, ya está abajo! —dijo Janusz.

Con las hélices aún girando, se detuvo en el otro extremo del campo y dio vuelta de inmediato. Se detuvo nuevamente a unos doscientos metros de ellos, preparado para una partida rápida.

Se abrió una escotilla en el fuselaje.

Janusz les dio el visto bueno.

—¡Vayan, ahora! ¡Vamos! —El combate ya estaba más cerca de ellos—. ¡Buena suerte!

Amartillando su Błyskawica, Anja le dijo a Blum:

—Estaba equivocada. Sí que luces como un combatiente ahora.

Él le devolvió la sonrisa.

—Al igual que tú.

Asintiendo a Leo y tomando la mano de Leisa, Blum gritó:

—¡Corran!

Corrieron hacia el campo, moviendo las piernas tan rápido como podían. Detrás de ellos, escucharon el estridente sonido de una granada explotando. Luego, un destello. Sobresaltada por el sonido, Leisa se detuvo y gritó.

—¡No te detengas! —gritó Blum mientras la tomaba de la mano y la jalaba.

El combate se acercó más. Los alemanes, ahora conscientes del avión, habían cambiado su atención a ellos tres. Mientras corrían, los disparos rebotaban cerca de sus pies; escuchaban el sonido silbante de las balas que golpeaban el suelo detrás de ellos.

—¡Corran! —gritó Blum otra vez.

El avión estaba a unos cien metros de distancia. Había un aviador agachado en la abertura de la escotilla, agitando la mano para indicarles que se apresuraran. Leo iba corriendo hasta adelante, y Blum, sosteniendo la mano de Leisa, unos diez metros detrás de él.

—¡No se detengan, ninguno de los dos! ¡Corran!

Escuchó una explosión no muy lejos de ellos. Una granada había aterrizado directamente en el lugar desde donde Janusz y sus hombres habían estado disparando; varios cuerpos salieron volando en medio de la explosión amarilla. La conmoción casi les destroza los tímpanos. Anja salió de entre la maleza: se paró en pleno campo abierto, cubriéndolos y disparando su ametralladora hasta que esta quedó vacía. Después, Blum escuchó el sonido de alguien que respondía al fuego; Anja gritó y cayó al suelo.

—¡Anja! —Quería ir a ayudarla, pero no podía detenerse ahora—. ¡Leisa, Leo, sigan corriendo!

De pronto, apareció un alemán a su lado. Blum soltó a Leisa y le disparó cuatro veces con su Luger, vaciando el cartucho de Franke. El soldado cayó sobre su espalda.

Blum se dio la vuelta y corrió.

El aviador seguía haciendo señas con la mano. «Veinte metros.» Llovían las balas, raspando el suelo detrás de ellos, emitiendo un fuerte sonido metálico al golpear el fuselaje.

—¡Leisa, sigue corriendo! ¡No te detengas!

Iban a lograrlo. «Diez metros.»

Finalmente, llegaron al avión; a su alrededor, las balas seguían rebotando fuertemente en la estructura metálica.

—¡Tú primero! —le dijo Blum a Leo.

El aviador estiró la mano.

—¿Quién demonios son estos? —gritó—. ¿Dónde está el viejo?

Subió a Leo al avión. Luego le dio la mano a Leisa.

—Mendl está muerto —dijo Blum—. ¡Leisa, súbete ya! —Los disparos se habían vuelto más intensos. Las balas emitían un sonido metálico, como un fuerte granizo, al estrellarse contra el fuselaje. Una bala rozó el hombro del aviador y este se quejó: «¡Mierda!», agachándose dentro del avión.

Leisa gritó histérica, rodeada de disparos que pasaban volando junto a ellos.

—¡Leisa, tienes que subirte ahora! —Blum la empujó para que subiera al avión; el aviador se puso en cuclillas y la tomó del brazo. La jaló dentro del avión. Los motores aceleraron escandalosamente y las hélices empezaron a girar.

—¡Vamos, Nathan! —le gritó ella.

Ahora era el turno de Blum. El aviador lo tomó de la mano; las balas seguían golpeando y abollando la puerta del fuselaje.

—¡Nathan, dame la mano! —Leisa se dio vuelta para ayudarlo.

«Leisa, no...»

Estiró la mano y tocó la de ella, vislumbrando en sus ojos feroces y decididos su belleza y el amor que sentía por él.

Fue en ese instante que sintió cómo algo caliente y abrasador golpeaba su espalda como el derechazo de un campeón de boxeo, pero más fuerte. Sus entrañas estaban en llamas.

—¡Nathan! —gritó su hermana.

Luego otro, enderezando la espalda de Blum; los dedos se le resbalaban del agarre desesperado del aviador.

Tal vez otro más.

Lo siguiente que supo fue que estaba en el suelo. Alzó la mirada y vio el avión. No podía escuchar ningún sonido; sólo veía al aviador que le gritaba silenciosamente que se pusiera de pie. Y a Leisa, con sus facciones retorcidas por la impotencia y el horror, gritando su nombre una y otra vez, pero sin sonido, y estirando la mano desesperadamente, forcejeando con el aviador para que la dejara bajar por él.

«Nathan, levántate.»

Trató de impulsarse para ponerse de rodillas. Trató con todas sus fuerzas. Pero era como si el peso más grande que jamás hubiese sentido lo hubiese fijado al suelo. Y no le permitía levantarse.

«Levántate.»

Recargó la cabeza en la tierra. Se sentía bien ahí. Parpadeó una o dos veces. Miró la mano que tenía en el pecho, y estaba cubierta de sangre. Todo empezó a ponerse borroso. «Tienes que levantarte», se decía. «Arriba.» Sintió una explosión a su izquierda, cerca del avión. Una granada, tal vez. La tierra lo arrojó por un segundo y luego regresó al suelo.

Podía ver al aviador y a Leisa cubriéndose del fuego enemigo.

Sería mejor que salieran rápido de ahí, se dijo Blum. «Váyanse.»

«Tienes que irte ahora, Leisa. Ahora.»

Recostó la cabeza. Escuchó el zumbido de las hélices propulsoras. El único arrepentimiento que tenía era no haber hecho lo que pensaba hacer originalmente y dispararle al maldito chofer.

75

—¡Nathan! —gritó Leisa—. ¡Nathan! —gritó mientras lo veía horrorizada desde arriba. Trató de saltar del avión para traerlo, pero el aviador la sostuvo del torso para controlarla, luchando en contra de sus desesperados intentos por liberarse—. ¡Nathan, no, no, no!

—¡Tenemos que irnos! —gritó el aviador, tratando de cerrar la puerta. Las balas rebotaban contra el fuselaje y él se tiró al suelo—. Los disparos son demasiado intensos. —Ya se podían divisar alemanes corriendo por el campo, a sólo unos cincuenta metros del avión. El aviador estiró el brazo para empujar la manija de la puerta—. ¡Tenemos que irnos ahora!

—¡No! ¡No! —seguía gritando ella, luchando con cada gramo de fuerza que tenía—. ¡Nathan! ¡Nathan! Tenemos que ir por él.

Antes de que el aviador cerrara la puerta, ella se asomó y lo vio impotente y horrorizada, ciega al fuego enemigo. Yo lo vi ahí. Sus ojos estaban quietos y vidriosos. No sé, tal vez alcancé a ver que aún quedaba algo de vida en ellos. No miedo. Ni siquiera un destello de miedo. Arrepentimiento, tal vez. Al verla irse. Si no suena demasiado descabellado, casi diría que había una sonrisa en su rostro.

—¡No podemos! —El aviador la jaló de vuelta al interior del avión—. Se ha ido.

—¡No! —Ella trató de liberarse de sus brazos—. ¡No se ha ido! ¡No se ha ido!

—¡Se ha ido! —gritó el aviador, y cerró la puerta.

—¡No...! —Estaba gritando y sollozando, mientras le quedaba del todo claro que lo habían dejado atrás—. No, no —seguía repitiendo, con lágrimas que escurrían por su rostro—. Se suponía que fuera yo. No lo entiende, yo era la que se suponía que moriría. ¡No él! ¡Yo...!

Corrió a la pequeña ventana y siguió gritando su nombre, viéndolo desde arriba, mientras las balas rebotaban en la puerta.

—Nathan, levántate, por favor...

—¡Tenemos que salir de aquí ahora! —nos gritó uno de los pilotos—. ¡Sosténganse!

Las hélices empezaron a zumbar cada vez más rápido y el estruendo del motor se intensificó hasta convertirse en un enorme ruido. Empezamos a movernos.

—¿No lo entiende? Yo era la que se suponía que moriría —seguía sollozando ella—. No él. ¡Yo! ¡Nathan!

—¡Ambos tienen que sujetarse ya! —dijo el aviador—. Estamos despegando. Sosténganse fuerte.

—¡No, por favor, no se vayan! —Ella corrió hacia la puerta—. ¡No despeguen! ¡No despeguen! —dijo, mientras la velocidad del avión aumentaba—. No lo dejen... —Ella clavó sus dedos en la puerta.

La tomé y la traje conmigo al asiento improvisado. No había tiempo de sujetar a nadie. El avión ya se estaba moviendo, rápidamente. Sentí el tirón de la fuerza de gravedad mientras el Mosquito iba ganando velocidad sobre la pista de aterrizaje llena de baches.

Así que sólo la sostuve fuertemente, tanto como pude. Estaba llorando, sollozando sobre mí, repitiendo su nombre una y otra vez.

La sostuve contra mi cuerpo y juré en ese momento que nunca la dejaría ir.

76

«Así que así se siente...», se dijo Blum.

La puerta del avión estaba cerrada. Leisa estaba a salvo en el interior. Escuchó el estruendo de motores acelerando y el golpeteo de las balas rebotando en el avión.

«No está tan mal, en absoluto.»

El zumbido de los motores se hizo más y más fuerte.

Luego, todo quedó en silencio.

La poca luz que había, incluso si era sólo la del halo de la luna, se intensificó hasta convertirse en un brillante resplandor, tan luminoso como la explosión de una estrella. Le pareció escuchar el chirrido del avión al despegar del camino irregular. Y que se precipitó, tal vez sólo una vez, y bajó las alas para despedirse.

O tal vez sólo lo estaba imaginando.

De cualquier modo, se sentía orgulloso, de alguna manera. Leo iba camino a Inglaterra. Con todo lo que contenía su cabeza. Strauss y Donovan estarían satisfechos. Había hecho lo que dijo que haría. Había cumplido su misión.

En cuanto a Leisa... Ella también estaba a salvo. La había cuidado. Tal como lo había prometido siempre. En ese aspecto, también había cumplido su juramento.

Doleczki. Sonrió. Había visto esos hoyuelos una última vez cuando ella le sonrió en el bosque. «No te enojes conmigo. Ese fue mi juramento desde un principio. Nuestra partitura de Mozart encajó por última vez. Recuérdalo. Mantenla así. Unida.»

«No, no está tan mal, en absoluto.»

Escuchó gritos. No podía distinguir si estaban cerca o lejos de él. O si sus ojos estaban abiertos o cerrados. ¿Qué importancia tenía ahora? *Aliyá*. ¿Por qué, de todas las palabras, esta era la que venía a su mente? La primera vez que la había leído en la Torá, había hecho la promesa de regresar algún día. A la Tierra Santa.

«Un hombre puede obligar a toda su familia a ir con él a la tierra de Israel», le había dicho el rabino Leitner, «pero no puede obligar a nadie a marcharse.»

Enterró las uñas en la suave tierra a su alrededor.

«Papá, ya te lo dije, no me iré.»

La noche en la que se había marchado era oscura; los nervios se arremolinaban en su estómago. Se encontraba en la transición entre chico y hombre.

«No quiero irme», le suplicó a su padre mientras se vestía para emprender su viaje. «Si me voy, ¿quién la cuidará?»

«Tienes que irte», le dijo su padre. «Te libero de tu juramento, Nathan. Ya no puedes protegerla más.»

«Sí puedo», respondió él con tono desafiante.

«No. No puedes.» Su padre sacudió la cabeza. «Ya no más. Con lo que se viene, ahora sólo Dios puede protegerla. Pero ahora tienes algo igual de importante que puedes proteger. Llevarás la *Mishná* a un nuevo hogar. De ese modo, nos protegerás a todos, hijo mío. Nuestra historia. Nuestra tradición. No sólo a Leisa. A todos. Por eso tienes que irte.»

«Pero, papá...»

«Aquello que es bueno no puede conocerse a corto plazo, Nathan. ¿Recuerdas?», dijo su padre. «Es un gran honor.» Puso sus manos en los hombros de Nathan. «Y te eligieron a ti, mi hijo. Toma...» Su padre se quitó el sombrero, su bombín de fieltro, y se lo puso a Nathan en la cabeza, ajustándolo para que le quedara a la perfección. «Esto te pertenece ahora. Te has convertido en todo un hombre. Y recuerda, un sombrero no es sólo algo que usas, es lo que representas. Lo que eres.»

Un sentimiento de orgullo equiparable al que había sentido la primera vez que se paró en la *bimá* y leyó la Torá recorrió su cuerpo. La boca de su padre se curvó en una sonrisa. Puso la mano en la mejilla de Nathan. «¿Entiendes todo esto, hijo mío? Todo lo que te he dicho.»

Un soldado corrió hacia él en el suelo. Apuntó su rifle al pecho de Blum, con el dedo en el gatillo.

«Sí, papá.» Nathan vio a su padre a los ojos. «Creo que lo entiendo.»

77

Hospital Edward Hines Jr. para Veteranos

—Entonces, supongo que ya sabrás —el viejo se mueve en su silla y mira a su hija con ojos vacíos e inyectados de sangre— que la mujer que sostuve en el avión es tu madre.

Su hija asiente, sosteniendo firmemente la mano de su padre y con lágrimas formándose en sus ojos.

—Sí.

—Juré que nunca la dejaría ir. Y así lo hice. No la dejé ir por sesenta años.

—Oh, papá —dice ella, tomando su mano y acercándola suavemente a su mejilla.

—Usó su segundo nombre, Ida, cuando llegó a Estados Unidos, y supongo que simplemente se le quedó. Todos estos años. Como entiendes ahora, pasaron muchas cosas ahí que queríamos dejar atrás. Nos mudamos a Chicago, justo como lo había hecho su hermano. Era la única familia que cualquiera de los dos teníamos.

Nunca ha escuchado esto, nada de esto, la verdadera historia de cómo se conocieron su padre y su madre. Sólo ha escuchado, sin muchas explicaciones, que fue «en el campo».

—Oh, papi. —Ella aprieta su mano.

Ya es más de medianoche. El personal del piso ha dejado que se quede. La enfermera del turno nocturno les ha estado echando un ojo de vez en cuando mientras entraba por la bandeja, o le traía sus pastillas, pero lo dejaron terminar su historia. Ha estado sentado todo este tiempo, los años se le notan en la mirada, años que se ha guardado para sí mismo, completamente ocultos; sólo se detenía para tomar unos cuantos sorbos de agua cuando su garganta se secaba.

Luego se queda ahí sentado, y no queda nada más que decir.

—Lo ves, no soy un héroe. Ni siquiera pude salvar al hombre que me salvó a mí. Esta foto… —Levanta la fotografía de los oficiales del ejército entregando la Cruz por Servicio Distinguido—. No me otorgaron la condecoración a mí. Se la dieron a su hermana. Tu mamá. Su único pariente con vida. Probablemente no la viste en la caja, pero hay una pequeña placa, «A Nathan Blum, teniente, Ejército de Estados Unidos de América». Él sí era un héroe. —El anciano sacude la cabeza—. Tu tío… no yo.

—No estoy segura de eso, papá. —Su hija sacude la cabeza también—. Por lo que he escuchado, creo que ambos lo fueron.

—No lo sé… —Su padre se recarga en el respaldo—. Pero sí le di el honor más grande que se me pudo ocurrir… —La toma de las manos—. Y ese fue darte a ti su nombre, mi cielo. Por lo menos al fin puedo decirte de dónde proviene tu nombre. Natalie.

Una sensación de orgullo surge dentro de ella. Sus ojos brillan. Nunca lo había sabido. Natalie. En honor a Nathan. Su tío—. Gracias, papá. —Asiente.

—Lo siento tanto… —Él sacude la cabeza otra vez mientras una lágrima escurre por su mejilla.

—¿Por qué? —Ella aprieta y besa su mano.

—Por no haber podido revelarte lo que había en mi corazón durante todos estos años. Lo que siempre estuvo ahí. Cada día. —Se toca el pecho—. Aquí adentro.

—Está bien. —Toma un pañuelo para secar sus ojos—. Ya lo hiciste ahora.

—Hicimos un pacto, tu mamá y yo. Nunca volví a tocar otra pieza de ajedrez. Y ella… Bueno, como sabes, tal vez tocó un poco el piano con el paso de los años. Pero el clarinete… —Él se encoge de hombros—. Sólo le recordaba todas las cosas por las cuales se sentía responsable y que quería dejar atrás. Aunque sí trajo esto aquí con ella. —Mete la mano en la caja de cigarros y saca las dos mitades del *Concierto para clarinete* de Mozart, las cuales están unidas por cinta adhesiva—. Así que ahora puedes ver que son una sola. Esto estuvo setenta años ahí... —la mira y sonríe—. Sabes que él fue el verdadero amor de su vida, su hermano, no yo.

—Eso no es verdad. Te adoraba, papá. Tú lo sabes.

—Bueno, solía decir que yo también tenía a mi ídolo... —Levanta la pieza de ajedrez blanca y la sostiene—. Sabes, no ha pasado un solo día en el que no piense en ella. En el que no haya sentido un gran peso en el corazón. Todos estos años. Esa es la razón. Entiendes lo que quiero decir, ¿verdad?

—Sí. —Ella asiente, con lágrimas empezando a brotar de sus ojos.

—Ella me dijo: «El bien gana, Leo... Incluso en este lugar». Incluso en el infierno del que salimos. «Vive tu vida», me dijo. «Si no por otra cosa, hazlo por mí.» Y lo he hecho. —Devuelve la mirada a su hija—. He sido un buen padre, ¿no es así, cielo?

—Claro que sí, papi. El mejor.

—¿Y un buen esposo?

—Sí. —Lo toma de la mano—. Sesenta años.

—¿Y les proporcioné todo lo necesario? Construimos una familia. Tú, Greg, y los niños...

—Una familia hermosa, papá. Sí, lo hiciste.

—Ese fue el juramento que hice. En ese avión. Y he tratado de honrarlo cada día. —Mira la fotografía de la bonita mujer rubia en el bote, con la orilla de su gorro blanco de marinero doblada hacia arriba y una sonrisa hermosa—. Ninguno de nosotros estaríamos aquí de no haber sido por ella. Tú nunca habrías nacido. Todas las cosas buenas en mi vida nunca hubieran sucedido. Habría muerto ahí. Así que supongo que, al final, tenía razón, sobre el bien.

—Sí. —Su hija mira la fotografía doblada—. Tenía razón.

—Toma, puedes quedarte con todo esto ahora. —Le entrega la foto y la pieza de ajedrez—. Tal vez les cuentes la historia a los niños algún día. Cuando yo ya no esté aquí. Pero por ahora estoy un poco cansado. Creo que me he ganado esa siesta. Creo que la última vez que me quedé despierto tan tarde fue cuando tu mamá y yo tomamos ese crucero por el Caribe y gané dos mil ochocientos dólares en el casino del barco.

—Esa historia tampoco la conocía. —Su hija ríe sorprendida.

—Tu mamá se enojó conmigo. Nunca dejó que me acercara a un casino otra vez. —Esboza una sonrisa—. Pero siempre fui muy bueno para contar las cartas.

Trata de ponerse de pie, y ella lo toma del brazo para ayudarlo, un paso a la vez, hasta llegar a la cama, donde se recuesta relajado y suspira con satisfacción.

—Sólo bájala un poquito, mi cielo. Ahí está el interruptor. Sabes, cuando por fin salga de este lugar —le guiña un ojo— deberíamos conseguir una de estas para la casa.

—Claro, papá. La pondremos en la lista. —Ella presiona la palanca y lo baja suavemente.

—Así está bien. —Él cierra los ojos por un segundo. Cuando los abre, se da cuenta de que su hija lo está observando—. ¿Qué?

—Es sólo que te he amado cada día de mi vida, papi. Pero nunca estuve más orgullosa de ti de lo que lo estoy ahora.

Él asiente y esboza una sonrisa de satisfacción.

—Me alegra oírte decir eso, mi cielo. Pero ahora necesito mi sueño reparador, si no te molesta.

—Claro que no. —Se agacha y le da un beso—. Volveré mañana.

Toma todas las cosas y vuelve a ponerlas ordenadamente en la caja de cigarros. Se queda viendo la fotografía de la mujer en el bote, cuyo nombre ya conoce ahora, una última vez.

—Gracias —le susurra suavemente.

Luego, guarda la fotografía en la caja junto con todo lo demás y la cierra, cierra la historia de donde provienen sus vidas, y se dirige a la puerta. Se detiene antes de apagar la luz.

—Sólo tengo que preguntarte una cosa más, papá. ¿Era verdad?

—¿Qué era verdad, mi cielo? —le pregunta con los ojos cerrados.

—Lo de tu memoria. Siempre supimos que era muy buena. Digo, sin duda podías recitar el Código de Derecho Civil de Illinois de memoria.

—¿Que si era verdad? Bueno, déjame ver... Si mal no recuerdo, tú naciste el 22 de enero de 1955. —Se lleva los dedos a la frente—. Que fue un sábado, me parece.

—Claro que fue sábado, papá. Lo he escuchado un millón de veces, fue por eso que no pudiste ir al juego de los Cachorros ese día. Tenías boletos de primera fila.

—Oh. Está bien, está bien... Supongo que me he oxidado un poco con la vejez.

Ella sonríe, a punto de apagar el interruptor.

—Y no me dijiste qué pasó con las fórmulas que trajiste. El trabajo de Mendl. ¿Qué pasó con todo eso? ¿Tuvo el impacto que esperaban?

—¿Que si tuvo el impacto...? —Él se encoge de hombros—. Dicen que cambió el curso de la guerra. De la historia, de hecho. Al principio no estaban muy seguros de qué hacer. Digo, ya que ni Alfred ni Nathan estaban ahí. Me llevaron a un lugar en Nuevo México y simplemente empecé a recitar todo de un tirón... Pusieron a varias personas a anotarlo todo tan rápido como lo iba diciendo. Aunque resultó que, finalmente, los alemanes no estaban tan cerca de inventar la bomba como todos pensaban. Aun así, ¿sabes qué, mi cielo...?

—¿Qué, papá?

Su padre la mira.

—Nunca entendí ni una sola de las cosas que el viejo me dijo. Sólo lo asimilé todo y lo guardé aquí. —Se toca la cabeza—. Difusión gaseosa... Nunca tuvo sentido para mí. Ahora, si me hablas de derecho tributario, eso sí que lo entiendo. —Sus palabras comienzan a debilitarse—. Fideicomisos, testamentos... Esas cosas sí tienen sentido. ¿Entiendes a qué me refiero, mi cie...?

Ella se queda de pie en la puerta por un momento mientras él cierra los ojos. En cuestión de segundos, se queda dormido.

—Sí, papá. —Apaga la luz—. Creo que lo entiendo.

EPÍLOGO

En una de las paredes del Bradbury Science Museum, ubicado en Los Álamos, Nuevo México, hay una gran placa, justo detrás de las estatuas de tamaño real del general Leslie Groves y Robert Oppenheimer, con su icónico sombrero de ala blanda. Esta placa conmemora a los científicos que, como parte del Proyecto Manhattan, ayudaron a supervisar el desarrollo de la bomba atómica y cambiaron el curso de la historia moderna.

Hay 247 nombres en la pared. Algunos de ellos son nombres que cualquiera que haya estudiado este capítulo de la historia conoce: Einstein, Fermi, Bohr, Teller. Otros, como Kistiakowsky, Morrison, Neddermeyer y Ulam, pertenecen a físicos teóricos, químicos y matemáticos, quienes poseían una brillantez fuera de lo ordinario y cuyas contribuciones fueron esenciales; sin embargo, sus nombres no son tan ampliamente conocidos.

De todos estos nombres, sólo hay uno que nunca trabajó personalmente en el Proyecto Manhattan, murió en Europa durante la guerra, en un campo de concentración, lejos de los laboratorios ubicados en Los Álamos o en Oak Ridge, Tennessee, y las circunstancias de su fallecimiento son imprecisas. Pero su contribución, en materia de difusión gaseosa, que fue traída al país por gente de valentía extraordinaria, es considerada, por aquellos que erigieron este tributo, tan fundamental para el éxito de este proyecto como las contribuciones de aquellos que trabajaron arduamente día tras día en Los Álamos.

Si se arrodillan, pueden encontrarlo entre McKibben y Morrison, cerca del final de la tercera fila.

Alfred Mendl.

NOTA DEL AUTOR

Mi suegro, Nathan Zorman, fue criado en Varsovia, Polonia, y por un azar del destino que sin duda salvó su vida se marchó a principios de 1939 para venir a Estados Unidos meses antes de que estallara la guerra.

Nunca volvió a saber de ninguno de los miembros de su familia.

En 1941, cuando Estados Unidos entró a la guerra, se enlistó en el ejército estadounidense y fue ubicado en el cuerpo de inteligencia, debido a su manejo de los idiomas.

Tristemente, murió meses antes de la publicación de esta novela, a los noventa y seis años, pero, como muchos de los sobrevivientes, nunca habló ni una palabra de sus experiencias, ni durante la guerra ni sobre su vida en Polonia. El evocar en su mente los rostros de la familia que jamás volvió a ver era simplemente demasiado doloroso. A través de los años, ni siquiera intentó descubrir cuál había sido el destino de su familia. Siempre deseó encontrar la manera de transmitir su angustia en un libro, el dolor y la pérdida, el sentimiento de culpa por haber sobrevivido, el cual, siempre pensé, a pesar de las muchas bendiciones en su vida, le impidió encontrar la felicidad interna por más de setenta años.

La mayor parte de la historia que leyeron está basada en la verdad. Alfred Wetzler y Rudolf Vrba sí existieron, y su descripción de Auschwitz después de su increíble escape circuló por los canales de comunicación más importantes del gobierno de Estados Unidos y sacó a la luz los horrores que se cometían ahí. Las juntas con el presidente Roosevelt y su gabinete de guerra sobre este mismo tema están basadas en la realidad, ya que sus secretarios de Guerra revisaron varios planes que se propusieron para ponerle un alto al genocidio, tales como ataques a los campos o bombardeos a las vías de tren que llevaban a ellos; planes que finalmente se rechazaron. La cautivadora saga de los judíos de Vittel, con sus documentos de identidad latinoamericanos falsificados, también es verdadera, así como lo fue su destino después de haber sido traicionados por un judío del gueto de Varsovia: todos, las 240 personas, fueron enviados a Auschwitz en enero de 1944 y nunca más volvió a saberse nada de ellos.

Al estudiar el pasado de mi suegro, me topé con las masacres que ocurrieron en Leópolis, Polonia (ahora parte de Ucrania), en junio-julio de 1941, durante la ocupación alemana. En ese momento, Leópolis tenía una próspera universidad y la tercera población judía más grande en Polonia. En lo que se denominó un acto de «autopurificación», la universidad del lugar fue brutalmente purgada por nazis y ucranianos, quienes se encargaron de reunir a miles de intelectuales judíos, profesores, científicos y artistas, ya fuese para asesinarlos ahí mismo o para enviarlos a los campos de exterminio de Treblinka, Sobibor y Auschwitz. Partiendo desde ahí, no era un gran salto para un novelista preguntarse: ¿y si alguno de esos estimados pensadores llevaba consigo conocimiento fundamental que pudo cambiar el resultado de la guerra o, incluso más allá de eso, el curso del pensamiento humano? Algo que tenía que ser rescatado o, de otro modo, como un secreto enterrado, moriría junto con él.

Fue con esta idea en mente que me encontré con la figura del prominente físico danés Niels Bohr. Considerado uno de los fundadores de la teoría atómica, Bohr recibió el Premio Nobel de Física en 1922 y fue uno de los científicos más venerados de su época. En el libro describo su angustioso escape de Dinamarca, literalmente un día antes de su arresto planeado, después del cual posiblemente habría sido enviado a un campo de exterminio, y su viaje incluso más angustioso hacia Londres, atado al compartimento de bombas de un Mosquito británico. Un año después, fue miembro de la misión británica del Proyecto Manhattan en Los Álamos. Además de ser una figura paterna para muchos de los otros físicos del lugar, en 1945 Robert Oppenheimer le acreditó a Bohr una importante contribución para los iniciadores modulados de neutrones, la cual fue crucial para el dispositivo detonante de la bomba. El amplio conocimiento de Bohr nunca ayudó a los nazis, pero no es difícil imaginarse que, si hubiese sido enviado a los campos y obligado a sucumbir y ayudar a los alemanes, el curso de la guerra podría haber sido decididamente alterado o, al menos, su resultado retrasado.

Tristemente, Alfred Mendl no es una figura real (y su mención en Los Álamos también es ficticia), pero la ciencia que le enseñó a Leo —el proceso de difusión gaseosa, en el cual el uranio-235 enriquecido se separa de su pariente más común y no fisible, el U-238— sí se convirtió en el método de separación más eficiente para las primeras bombas atómicas. Cabe mencionar también que no fue un físico europeo quien estuvo al frente de este proceso en 1943 y 1944, sino científicos de la Universidad de Minnesota y la Universidad de California en Berkeley. En cuanto a esa investigación, estoy en deuda con varios libros (listados en la bibliografía), pero principalmente con el convincente y monumental estudio *The Making of the Atomic Bomb*, de Richard Rhodes, un ingeniero químico que en verdad trabajó en el Proyecto Manhattan en Oak Ridge.

Mientras investigaba para este libro, también me encontré con la historia de la vida real de Denis Avey, un soldado británico capturado en el norte de África y enviado a un campo de prisioneros de guerra en Polonia, quien realmente se infiltró en Auschwitz por una noche y salió para contar los horrores que se vivían ahí. Se puede leer su excepcional historia en su autobiografía *The Man Who Broke into Auschwitz* (Da Capo Press, 2011). Así que pensar que Nathan en verdad pudo haber entrado y salido no le exige tanto a la imaginación.

He tratado de ser lo más fiel posible a la historia verdadera que rodea a los eventos descritos en el libro. (El testimonio de Filip Müller en *Eyewitness Auschwitz* [Ivan Dee Publisher] fue uno de varios recuentos de primera mano que resultaron indispensables para la creación de esta novela.) Nunca, ni por un segundo, he creído haber escrito el libro definitivo en cuanto al tema de Auschwitz: las atrocidades de ese lugar ya han sido documentadas con más detalle en niveles mucho más gráficos y personales que el mío. Aun así, el tema es sagrado y, como judío, respeto esa historia tanto como cualquiera. Pero sí me tomé lo que espero sean consideradas como pequeñas libertades en relación con la verdad en las siguientes áreas: una de ellas es que, después de 1942, el campo de las mujeres fue situado en el campo hermano de Auschwitz, Birkenau, a más de dos kilómetros al noreste. Y aunque mi historia se desarrolla en 1944, las vías de tren que llegaban más allá de la entrada de Birkenau ya se habían terminado de construir para ese entonces. Fuera de eso, he tratado de ser lo más preciso posible al describir el lugar y relatar lo que ahí sucedía. Varias personas, en especial Morris Pilberg, contaron historias personales de sus experiencias que se incluyen en la narrativa. También tuve la fortuna de que mi vecina, Joanna Powell, compartiera conmigo dos recuentos extraordinarios de testimonios de los miembros de su familia durante la *Shoá*, acerca de la vida de los judíos en Polonia antes de la guerra y, después, durante la ocupación. Sus historias me ayudaron enormemente. Por último, la organización de inteligencia militar alemana, la *Abwehr,* siempre fue una espina en el costado de Hitler, ya que los rangos superiores estaban ocupados por miembros del partido que no eran nazis. Se cree que la *Abwehr* estuvo involucrada en varios intentos de asesinato en contra de Hitler y, posiblemente, en negociaciones no autorizadas con los rusos. Hitler finalmente cerró la organización en 1944 (y su jefe, el almirante Wilhelm Canaris, fue arrestado), durante la línea de tiempo de este libro, en los meses que transcurrieron entre la deportación de los judíos de Vittel a Auschwitz y la mayoría de los eventos que ocurren en el campo. Por lo tanto, decidí recorrer la fecha un par de meses en aras de la narrativa, y en verdad espero que disculpen este pequeño cambio.

Como ya dije, una vez que Estados Unidos entró a la guerra, mi suegro se enlistó en el ejército y, debido a su facilidad para los idiomas, lo colocaron en el cuerpo de inteligencia. Así como su crianza en Polonia, nunca reveló ni habló de sus funciones en el ejército a ningún miembro de su familia. Lo que han leído aquí es mi historia, no la suya. Pero si yo hubiese podido de algún modo ir más allá de sus expresiones de dolor y melancolía cuando se le incitaba a hablar de su pasado, a través de su incapacidad para articular la carga de culpa y pérdida que guardó por tanto tiempo, si él hubiese sido capaz de contar su propia historia, todo el recuento de su vida en Polonia y el papel que desempeñó durante la guerra, siempre imaginé que se leería más o menos como este libro.

AGRADECIMIENTOS

Cuando haces algo que la gente no espera de ti, algo más allá de los límites de tu currículo, hay algo en particular que descubres rápidamente: quién te acompañará en ese viaje y quién se quedará atrás. Una de mis citas favoritas de Henry Ford es la siguiente: «Algunas personas creen que pueden y otras creen que no, y probablemente ambas tengan razón». Este libro, un libro tan cerca de mi corazón y a la vez tan distinto a cualquier cosa que haya intentado hacer antes, representa aproximadamente la ocasión número 6 532 en la que les he pedido a varias personas que me acompañen en ese viaje a lo largo de un puñado de profesiones. Supongo que simplemente soy una de esas personas que piensan que siempre pueden, y espero que este libro, de la manera más humilde posible, lo confirme.

Hay tantas personas a las que tengo que agradecer, algunas de las cuales ya he mencionado en la «Nota del autor», que me han ayudado a que este esfuerzo parezca mucho mejor logrado y bien investigado:

A Robert Kupp, un nonagenario por derecho propio, quien fue un ingeniero químico asociado al Proyecto Manhattan, por ayudarme a mí, alguien que apenas logró pasar la materia de Ciencias de la Tierra en octavo grado, a navegar el complicado océano de la ciencia atómica.

A Joana Powell, mi vecina, por buscar entre sus cajas y compartir dos memorias familiares extraordinarias que pintaron un vívido cuadro de la vida judía antes y durante la guerra.

A Steve Berry y su esposa Liz, quienes expresaron con toda claridad en la barra de su cocina en Florida que este era el siguiente libro que tenía que escribir, y por su paciencia y perspicacia para construir una trama que ayudó a enriquecerla en algunos de los borradores iniciales.

A mi amigo Roy Grossman, quien siempre añade suficiente claridad a mi trabajo para que termine poniendo todos mis escritos en proceso frente a él.

A todas las personas que, a través de los años, han compartido sus anécdotas sobre el Holocausto, especialmente a Magda Linhart y Morris Pilberg, ambos sobrevivientes de Auschwitz, cuya desgarradora historia del arma que no dejaba de golpear la parte posterior de sus cabezas he utilizado en el libro. Rezo por haber logrado hacerle aunque sea un poco de justicia a todos ellos.

A mi agente, Simon Lipskar, quien me desafió constantemente a fortalecer los antecedentes históricos de la novela, y quien tampoco hizo un mal trabajo en encontrarle el mejor hogar.

A mi nuevo equipo en Minotaur Books y St. Martin's Press —mi editor, Kelley Ragland, Andy Martin, Sally Richardson, Jen Enderlin—, por haber visto la virtud en un borrador cuando muchos no lo hicieron y por darle la clase de entusiasmo y combinación de esfuerzos que un autor rara vez experimenta por parte de un editor. Rezo para que ese borrador se haya transformado en un libro aún mejor.

Y a mi esposa, Lynn, quien me ha acompañado en este viaje, al igual que lo ha hecho a lo largo de muchos otros, creyendo en ellos (casi siempre). Tu presencia en mi vida es evidente dentro de estas páginas.

FUENTES BIBLIOGRÁFICAS

Varios libros y relatos de primera mano, algunos de los cuales ya han sido mencionados en la «Nota del autor», contribuyeron enormemente para escribir y preparar *El elegido:*

FRANKLIN D. ROOSEVELT Y EL HOLOCAUSTO

Breitman, Richard y Allan J. Lichtman, *FDR and the Jews*, Harvard University Press, 2013.
Kranzler, David H., «Orthodox Ends, Unorthodox Means: The Role of the Vaad Hatzalah and Agudath Israel during the Holocaust», en Maxwell Seymour Finger (ed.), *The Goldberg Commission Report: American Jewry during the Holocaust*, 1984, 2011.
Olson, Lynne, *Those Angry Days: Roosevelt, Lindberg, and America's Fight over World War II*, Random House, 2013.
Rosen, Robert N., *Saving the Jews: Franklin Delano Roosevelt and the Holocaust*, Thunder's Mouth Press, 2006.

CULTURA JUDÍA

Bird, Kai y Martin J. Sherwin, *American Prometheus: The Triumph and Tragedy of J. Robert Oppenheimer*, Vintage Books, 2006.

El Proyecto Manhattan

Cameron Reed, Bruce, *The Physics of the Manhattan Project*, Springer-Verlag, 2015.
Rhodes, Richard, *The Making of the Atomic Bomb*, Simon and Schuster, 1986.
Telushkin, Rabbi Joseph, *Jewish Literacy*, William Morrow and Company, 1991.
Ulam, S. M., *The Adventures of a Mathematician*, The University of California Press, 1991.

Auschwitz

Avey, Denis y Rob Broomby, *The Man Who Broke into Auschwitz*, Da Capo Press, 2011.
Müller, Filip, *Eyewitness Auschwitz*, Ivan R. Dee, 1979.
Nomberg-Przytyk, Sara, *True Tales from a Grotesque Land, Auschwitz*, University of North Carolina Press, 1985.
Venzia, Shlomo, *Inside the Gas Chambers: Eight Months in the Sonderkommando of Auschwitz*, Polity Press, 2009.

La vida polaca durante la Segunda Guerra Mundial

Furst, Alan, *The Polish Officer*, Random House, 1995.

ÍNDICE

Prólogo 9

Primera parte 15
Segunda parte 103
Tercera parte 231
Cuarta parte 327

Epílogo 475
Nota del autor 477
Agradecimientos 483
Fuentes bibliográficas 485